民國文化與文學研究文叢

十 編

李 怡 主編

第 12 冊

複調與對位
——《郭沫若全集》集外文研究

張 勇 著

國家圖書館出版品預行編目資料

複調與對位——《郭沫若全集》集外文研究／張勇 著 — 初版
— 新北市：花木蘭文化事業有限公司，2018〔民 107〕
目 2+302 面；19×26 公分
（民國文化與文學研究文叢 十編：第 12 冊）
ISBN 978-986-485-529-2（精裝）
1. 郭沫若 2. 學術思想 3. 文學評論
820.9   107011809

ISBN-978-986-485-529-2

9 789864 855292

特邀編委（以姓氏筆畫為序）：

丁 帆	王德威	宋如珊
岩佐昌暲	奚 密	張中良
張堂錡	張福貴	須文蔚
馮 鐵	劉秀美	

民國文化與文學研究文叢
十 編 第十二冊   ISBN：978-986-485-529-2

複調與對位——《郭沫若全集》集外文研究

作 者 張 勇
主 編 李 怡
企 劃 四川大學中國詩歌研究院
總 編 輯 杜潔祥
副總編輯 楊嘉樂
編 輯 許郁翎、王 筑 美術編輯 陳逸婷
出 版 花木蘭文化事業有限公司
社 長 高小娟
聯絡地址 235 新北市中和區中安街七二號十三樓
　　　　 電話：02-2923-1455／傳真：02-2923-1452
網 址 http://www.huamulan.tw 信箱 hml810518@gmail.com
印 刷 普羅文化出版廣告事業
初 版 2018 年 9 月
全書字數 268256 字
定 價 十編 14 冊（精裝）新台幣 26,000 元   版權所有・請勿翻印

複調與對位
——《郭沫若全集》集外文研究

張勇　著

作者簡介

張勇，1976 年 9 月出生於山東省棗莊市，博士研究生，曾從事博士後研究工作，現任中國社會科學院郭沫若紀念館研究員，中國社會科學院研究生院文博中心特聘教授，碩士生導師，《郭沫若研究年鑒》常務副主編，國家社科項目主持人，國家社科重大項目子項目主持人。張勇長期從事中國現當代文學的研究和教學工作，尤其是在郭沫若研究方面取得了豐碩的成果，目前有專著 1 部，主編著作 10 餘部。在《中國現代文學研究叢刊》、《魯迅研究月刊》、《新文學史料》等學術刊物發表學術論文 80 餘篇。

提　　要

　　學術專著《複調與對位——〈郭沫若全集〉集外文研究》是在對未收入《郭沫若全集》之外的文學作品、書信以及翻譯作品進行蒐集、整理的基礎上，對這些作品進行的專題學術研究。本專著將按照時間順序對郭沫若早期書信集《櫻花書簡》、《女神》時期郭沫若集外詩歌、20 世紀 30 年代郭沫若集外譯文、1948 年前後郭沫若集外文、建國後郭沫若集外文以及郭沫若翻譯作品等多種文體的作品進行全面綜合的研究，從而得出了許多學理性的結論，如在對郭沫若所翻譯《少年維特之煩惱》版本演變梳理的基礎上，指出了這部作品的翻譯與《女神》創作的內在關聯性以及價值多樣性，從而分析了郭沫若翻譯活動的本真目的，以及他創作、翻譯以及社會活動相統一的獨特特徵，從而形成現代文學史上特有的「複調與對位」的現象。本專著既能紮實考辯出這些作品的出處和不同的版本演變的情況，還能通過對《郭沫若全集》集外文的研究進一步辨析郭沫若不同歷史時期的文藝創作思想，糾正了過去很多既定的觀點，從而對於郭沫若研究乃至中國現代文學研究都有啓發性的意義和價值。

在民國史料中重新發現現代文學
——《民國文化與文學研究文叢》第十輯引言

李 怡

　　研究中國現代文學需要有更大的文學的視野，也就是說，能夠成為「文學研究」關注的對象應該更為充分和廣泛，甚至是更多的「文學之外」的色彩斑斕的各種文字現象「大文學」現象需要的是更廣闊的史料，是為「大史料」。如何才能發現「文學」之「大」，進而擴充我們的「史料」範圍呢？這就需要還原現代文學的歷史現場，在客觀的「民國」空間中容納各種現代、非現代的文學現象，這就叫做「在民國史料中重新發現攜帶文學」。

　　但是這樣一個結論卻可能讓人疑竇重重：文獻史料是一切學術工作的基礎，無論什麼時代、無論什麼國度，都理當如此。如果這是一個簡單的常識，那麼，我們這個判斷可能就有點奇怪了：為什麼要如此強調「在民國史料中發現」呢？其實，在這裡我們想強調的是：文獻史料的發掘、整理並不像表面上看去那麼簡單，並不是只需要冷靜、耐性和客觀就能夠獲得，它依然承受了意識形態的種種印記，文獻史料的發掘、運用同時也是一件具有特殊思想意味的工作。

　　對於現代文學學科而言，系統的文獻史料工作開始於 1980 年代以後，即所謂的「新時期」。沒有當時思想領域的撥亂反正，就不會有對大量現代文學現象的重新評價，就不會有對胡適等自由主義作家的「平反」，甚至也不會有對 1930 年代左翼文學的重新認識，中國社科院主持的「文學史史料彙編」工程更不復存在。而且，這樣的文獻史料的發掘整理也依然存在一個逐步展開的過程，其展開的速度、程度都取決於思想開放的速度和程度。例如在一開

始，我們對文學史的思想認識和歷史描述中出現了「主流」說──當然是將左翼文學的發生發展視作不容置疑的「主流」，這樣一來至少比認定文學史只存在一種聲音要好：有「主流」就有「支流」，甚至還可以有「逆流」。這些「主」「次」之分無論多麼簡陋和經不起推敲，也都在事實上為多種文學現象的出場（即便是羞羞答答的出場）打開了通道。

即便如此，在二三十年前，要更充分地、更自由地呈現現代文學的史料也還是阻力重重。因為，更大的歷史認知框架首先規定了那個時代的社會性質：民國不是歷史進程的客觀時段，而是包含著鮮明的意識形態判斷的對象，更常見的稱謂是「舊中國」「舊社會」。在這樣一種認知框架下，百年來的中國文學發展史常常被描繪為一部你死我活的 「階級鬥爭史」，是「新中國」戰勝「民國」的歷史，也是「黨的」「人民的」「正義」的力量不斷戰勝「封建的」「反動的」「腐朽的」力量的歷史。

這樣的歷史認知框架產生了 1980 年代的「三流」文學──「主流」「支流」和「逆流」。當然，我們能夠讀到的主要是「主流」的史料，能夠理所當然進入討論話題的也屬於「主流文學現象」──就是在今天，也依然通過對「歷史進步方向」「新文學主潮」的種種認定不斷圈定了文獻史料的發現領域，影響著我們文獻整理的態度和視野。例如因為確立了「五四」新文學的「方向」，一切偏離這一方向的文學走向和文化傾向都飽受質疑，在很長一段時期中難以獲得足夠充分的重視：接近國民黨官方的文學潮流如此，保守主義的文學如此，市民通俗文學如此，舊體詩詞更是如此。甚至對一些文體發展史的描述也遵循這一模式。例如我們的認知框架一旦認定從《嘗試集》到《女神》再到「新月派」「現代派」以及「中國新詩派」就是現代新詩的發展軌跡，那麼，游離於這一線索之外的可能數量更多的新詩文本包括詩人本身就可能遭遇被忽視、被淹沒的命運，無法進入文獻研究的視野，例如稍稍晚於《嘗試集》的葉伯和的《詩歌集》，以及創作數量眾多卻被小說家身份所遮蔽的詩人徐舒。再比如小說史領域，因為我們將魯迅的《狂人日記》判定為「現代第一篇白話小說」，就根本不再顧及四川作家李劼人早在 1918 年之前就發表過白話小說的事實。

同樣的情況也出現在文學思潮的認定框架中。過去的文學史研究是將抗戰文學的中心與主流定位於抗日救亡，這樣，出現在當時的許多豐富而複雜的文學現象就只有備受冷落了。長期以來，我們重視的就僅僅是抗戰歌謠、「歷

史劇」等等，描述的中心也是重慶的「進步作家」。西南聯大位居抗戰「邊緣」的昆明，自然就不受重視。即便是抗戰陪都的重慶，也僅僅以「文協」或接近中國共產黨的作家爲中心。近年來，隨著這些抗戰文學認知的逐步更新，西南聯大的文學活動才引起了相當的關注，而重慶文壇在抗戰歷史劇之外的、處於「邊緣」的如北碚復旦大學等的文學活動也開始成爲碩士甚至博士論文的選題。這無疑得益於學術界在觀念上的重大變化：從「一切爲了抗戰」到「抗戰爲了人」的重大變化。文學作爲關注人類精神生活的重要方式，最有價值的恰恰是它能夠記錄和展示人在不同生存境遇中的心靈變化。

在我看來，能夠引起文學史認知框架重要突破的原因就在於我們的現代文學史觀正越來越回到對國家歷史情態的尊重，同時解構過去那種以政黨爲中心的歷史評價體系。而推動這種觀念革新的，就是現代文學研究的「民國視野」的出現。中國現代文學發生於民國，與民國的體制有關，與民國的社會環境有關，與民國的精神氛圍有關，也與民國本身的歷史命運有關。這本來是個簡單的事實，但是對於習慣於二元對立鬥爭邏輯的我們來說，卻意味著一種歷史框架的大解構和大重建——只有當作爲歷史概念的「民國」能夠「袪除」意識形態色彩、成爲歷史描述的時間定位與背景呈現之時，現代歷史（包括文學史）最豐富多彩的景象才眞正凸顯了出來。

最近 10 來年，現代文學研究出現了對「民國」的重視，「民國文學史」「民國史視角」「民國機制」「民國性」等研究方法漸次提出，有力地推動了學術的發展。正是在這樣的新的思想方法的啓迪下，我們才眞正突破了新中國／舊中國的對立認知，發了現代文學的廣闊天地：中國文學的歷史性巨變出現在清末民初，此時的中國開始步入了「現代」，一個全新的歷史空間得以打開。在這個新的歷史空間中，伴隨著文化交融、體制變革以及近代知識分子的艱苦求索，中國文學的樣式、構成和格局都發生了巨大的變化。具體而言，就是在「民國」之中發生著前所未有的嬗變——雖然錢基博說當時的某些前朝遺民不認「民國」，自己在無奈中啓用了文學的「現代」之名，但事實上，視「民國乃敵國」的文化人畢竟稀少——中國的「現代」之路就是因爲有了「民國」的旗幟才光明正大地開闢出來。大多數的「現代」作家還是願意將自己的夢想寄託在這樣一個「人民之國」——民國，並且在如此的「新中國」中積累自己的「現代」經驗。中國的「現代經驗」孕育於「民國」，或者說「民國」開啓了中國人眞正的「現代」經驗「新中國」與「民國」原本

不是對立的意義，自清末以降，如何建構起一個「人民之國」的「新中國」就是幾代民族先賢與新知識階層的強烈願望。可惜的是，在現實的「新中國」建立之後，爲了清算歷史的舊賬，在批判民國腐朽政權的同時，我們來不及爲曾經光榮的「民國理想」留下一席之地。久而久之「民國」就等同於「民國政府」，「民國」的記憶幾乎完全被北洋軍閥、國民黨反動派所淤塞，恰恰其中最值得珍惜的部分——民國文化被一再排除。殊不知，後者也包含了中國共產黨及許多進步文化力量的努力和奮鬥。當「民國文化」不能獲得必要的尊重，現代中國文學（文化）的遺產實際上也就被大大簡化了。

民國時期的中國文學也是民國文化當然的組成部分，當文化的記憶被簡化甚至刪除，那麼其中的文學的史料與文獻也就屈指可數了。在今天，在今後，現代文學文獻史料的進一步發掘整理，就有必要正視民國歷史的豐富與複雜，在袪除意識形態干擾的前提下將歷史交還給歷史自己。

嚴格說來，我們也是這些民國文獻搜集整理的見證人。民國文獻，是中華民族自古代轉向現代的精神歷程的最重要的記錄。但是，歲月流逝，政治變動，都一再使這些珍貴的文獻面臨散失、淹沒的命運，如何更及時地搜集、整理、出版這些珍貴的財富，越來越顯得刻不容緩！十五年前，我在重慶張天授老先生家讀到大量的民國珍品，張先生是重慶復旦大學的畢業生，收藏多種抗戰時期文學期刊和文學出版物。十五年之後，張老先生已經不在人世，大量珍品不知所終。三年前，我和張堂錡教授一起拜訪了臺灣政治大學的名譽教授尉天聰先生，在他家翻閱整套的《赤光》雜誌。《赤光》是中國共產黨旅法支部的機關刊物，由周恩來與當時的領導人任卓宣負責，鄧小平親自刻印鋼板，這幾位參與者的大名已經足以說明《赤光》的歷史價值了。三年後的今天，激情四溢的尉先生已經因爲車禍失去行動能力，再也不能親臨研討現場爲大家展示他的珍藏了。作爲歷史文物的見證人，更悲哀的可能還在於，我們或許同時也會成爲這些歷史即將消失的見證人！如果我們這一代人還不能爲這些文獻的保存、出版做出切實的努力，那麼，這段文化歷史的文獻就可能最後消失。爲了搜求、保存現代文學文獻，還有許許多多的學人節衣縮食，竭盡所能，將自己原本狹小的蝸居改造成了歷史的檔案館，文獻史料在客廳、臥室甚至過道堆積如山。中國社科院文學所的劉福春教授可謂中國新詩收藏第一人，這「第一人」的位置卻凝聚了他無數的付出，其中充滿了一位歷史保存人的種種辛酸：他每天都不得不在文獻的過道中側身穿行，他的

家人從大人到小孩每一位都被書砸傷劃傷過！民國歷史文獻不僅銘記在我們的思想中，也直接在我們的身體上留下了斑斑印痕！

由此一來，好像更是證明了這些民國文獻的珍貴性，證明了這些文獻收藏的特殊意義。在我們看來，其中所包含的還是一代代文學的創造者、一代代文獻的收藏人的誠摯和理想。在一個理想不斷喪失的時代，我們如果能夠小心地呵護這些歷史記憶，並將這樣的記憶轉化成我們自己的記憶，那就是文學之福音，也是歷史之福音。

民國時期的中國文學是色彩、品種、形態都無比豐富的 「大文學」。「大文學」就理所當然地需要「大史料」——無限廣闊的史料範圍，沒有禁區的文獻收藏，堅持不懈的研究整理。這既需要觀念的更新，也需要來自社會多個階層——學術界、出版界、讀書界、收藏界——的共同的理想和情懷。

2018 年 6 月 28 日於成都

目

次

緒　論

一、現狀與問題：新世紀郭沫若研究綜述

從整體上來講雖然郭沫若研究依然延續著以往研究的思路和方法，但進入 2010 年後有關郭沫若研究成果還是有這麼幾個可喜的變化和令人擔憂的問題。可喜的變化主要表現在兩個方面：

（一）郭沫若研究不斷受到學界和學者的重視

進入 90 年代以來，隨著社會思想的不斷解放，特別是有關重寫文學史呼聲的不斷湧起，有關郭沫若的歷史評價和地位等方面的問題出現了很多爭議性的聲音和言論，郭沫若的研究一度陷入到了低谷之中。每年度有關郭沫若研究方面的成果不足百篇，而且研究質量和水平也不斷下降，有創新性的成果非常少見，這種現象與同時期魯迅、張愛玲等熱點作家的研究成果相比形成了截然相反的兩種現象。

但進入到 2010 年後郭沫若研究成果的數量不斷增加，每年的研究成果基本上都是在 150 篇左右，2012 年又以郭沫若誕辰 120 週年爲契機，郭沫若研究成果的數量上也出現了很大上升，與張愛玲、沈從文等研究成果基本相當。2011 年《郭沫若研究年鑒》，2012 年《郭沫若研究文獻彙要》等專門整理和收入郭沫若研究成果的資料文獻也相繼出現。

有關郭沫若研究成果的質量也相對於提升，僅僅從發表論文刊物的質量上就有了明顯的提升，如《文學評論》、《中國現代文學研究叢刊》、《新文學史料》、《魯迅研究月刊》等高級別的刊物中不斷出現有關郭沫若研究的論文，2013 年《中國現代文學研究叢刊》的第 9 期就專門開闢了郭沫若研究的專欄；

魏建的《〈沫若詩詞選〉與郭沫若後期詩歌文獻》也獲得了《中國現代文學叢刊》2011 年度優秀論文獎，這也是近年來有關郭沫若研究成果所獲得的比較重要的獎項。

（二）郭沫若研究新人的不斷湧現

進入到 2010 年以來在老一輩郭沫若研究專家的帶領下，一大批新人開始關注並持續從事郭沫若研究，他們以新穎的研究視角，紮實的學術功底，取得了較爲豐富的成果，如顏煉軍的《1925，馬克思與孔子對話——以郭沫若小說〈馬克思進文廟〉爲中心》；孟文博的《郭沫若對一篇涉及魯迅的文藝論文的修改》便是這些年輕學者的重要體現。

爲了獎掖新人進行郭沫若研究所取得的成績，郭沫若研究會自 2010 年開始設立了青年優秀論文獎，用於獎勵每一年度中在郭沫若研究領域中取得重要成果的青年學者，該獎勵已經舉辦了兩屆，共有賈振勇、劉悅坦、周維東、李斌、張勇、何剛、史忠平、劉海洲等 8 名優秀青年學者獲此殊榮。該獎項的設置對於年輕學者積極從事郭沫若研究起到了重要推動作用。

更爲可喜的是全國很多高校的碩士和博士研究生也紛紛以郭沫若作爲畢業論文的選題，自 2010 年以郭沫若作爲碩士和博士選題的畢業論文達到了 30 多篇。研究內容更是涉及到文學、史學、古文字學、考古學、政治學、翻譯等各個方面，有些青年學者更是對郭沫若形成了持續性的研究，這對於拓展郭沫若研究的思路將會起到非常重要的作用。

郭沫若研究新人的不斷湧現以及研究成果質量和數量的提升固然可喜，但是這畢竟還只是某些方面的變化，在這些可喜的變化中依然還隱含著許多令人擔憂的問題，這主要表現在如下幾個方面：

1、郭沫若研究中重複研究的現象較為嚴重

自 2010 年以來郭沫若研究每一年研究成果的數量相對以往來講有了很大提高，但如果加以仔細考察便會發現這些成果中重複研究的現象較爲普遍，相同的選題，相似的視角形成了郭沫若研究中循環論證的現象。特別是如對《女神》這樣經典作品的重複研究更是觸目驚心，《女神》研究中文學思想和藝術特色成爲了永遠也繞不開的話題，每一年都會有類似的研究文章出現，觀點的復述和方法的重合都使得此類文章的理論價值和意義並不高，甚至是有些文章題目上的重合率都很高。其實有關《女神》的研究本應是一個永遠

也說不盡的話題，因為「一千個讀者就會有一千個哈莫雷特」，每一個讀者心目中的《女神》都應該是不同的，都應該是獨有的。如何說出自己心目中的《女神》才應是當下研究的關鍵所在。另外如有關《屈原》為代表的歷史劇的研究、郭沫若文藝思想研究等類別的研究都存在此類問題。今後的研究中如何能夠突破「舊瓶裝舊酒」的研究瓶頸將是學者們應著力關注和解決的問題。

2、郭沫若研究成果發表刊物的檔次普遍不高，轉載率不高

郭沫若研究近些年來雖然在數量上有所提升，但是從總體來講還依然在低谷中徘徊，這個問題一個重要的表徵便是論文成果發表刊物的層次不高，特別是發表在全國中文核心期刊和 CSSCI 刊物上的文章明顯偏少，僅就 2013 年為例只有約 20 篇左右，不足全年郭沫若研究論文的 20%。另外我們再以《中國社會科學》、《文學評論》、《中國現當代文學研究叢刊》、《新文學史料》等四份刊物為例，這四份刊物中 2013 年總共刊載有關魯迅研究的文章 24 篇，而有關郭沫若的文章僅僅只有 8 篇，這也就造成了郭沫若研究論文被《新華文摘》和《人大複印資料》等權威刊物轉載的困難。作為一種學術評價體系，雖然核心期刊和轉引率並不能代表該研究的全部方面，但是從另一方面來講，也可以從客觀反映出郭沫若研究目前整體水平不高，權威學者不多，社會影響不強的客觀現實。

3、郭沫若研究重文學思想輕史學考古的現象未有根本改觀

郭沫若是「五四」新文化運動以來具有百科全書式的文化大家，他在文學、歷史學、考古學、古文字學、書法以及社會活動等方面都做出了卓越的成績，留下了豐富的文化遺產。他不僅博古通今、才華橫溢，在中國文學、歷史、考古、書法等領域留下了寶貴的文化遺產，而且還學以致用、關注現實，為新中國的社會解放建設和科學文化事業的發展做出了卓越的貢獻。但目前的研究還不能完全反映出郭沫若的歷史定位，最主要的問題便是在郭沫若研究領域中重文學藝術解析輕歷史史學考辯，重文藝思想歸納輕考古文字辨析的現象愈發突出。僅就 2013 年郭沫若研究的成果來看，有關史學、考古、古文字等方面的研究成果僅僅只有十幾篇，不足全年研究成果的 10%。從數量上來看，郭沫若研究成果的側重領域明顯過於集中，如果長此以往將會大大削弱郭沫若的歷史地位和評價。

造成以上問題的原因是多方面的，既有歷史的，也有現實的；既有研究

者自身的，也有社會政治的。今後的郭沫若研究還應該多出精品，走一條均衡發展的道路。

二、複調和對位：《郭沫若全集》集外文研究的價值和意義

已經出版的《郭沫若全集》是最不「全」的全集之一。其中《郭沫若全集》「文學編」的作品遺漏現象特別突出。僅就目前掌握的情況來看，《郭沫若全集》「文學編」遺漏的作品至少有 2200 多篇（不含郭沫若的文學翻譯和純學術作品）。所以，郭沫若生前沒有結集出版的大量作品散佚在讀者的視線之外，有許多重要的作品甚至連研究郭沫若的學者都沒有看到。這些散佚在《郭沫若全集》之外的作品也構成了一個完整的體系，它涵蓋了郭沫若創作所涉及的各個領域之中，其中文學創作、翻譯作品以及來往書信等方面較為集中和突出。《郭沫若全集》和《郭沫若全集》集外文形成了兩個並行不悖的複調體系，他們時而並行、時而相交，又時而矛盾，雖然這兩個看似獨立的創作體系和世界，其實構成了一個完整的郭沫若創作的整體，特別是他們之間的對位關係更是值得我們去思考和探究。

因此，在現有《郭沫若全集》之外的大量集外作品急需蒐集、整理和研究。這些集外作品的有效利用和研究必將大大拓展郭沫若的文學世界，豐富我們對郭沫若的全面認識、特別是對郭沫若及其創作的複雜性能夠獲得新的學術發現。另外，由於郭沫若在現當代中國文學史乃至現代中國文化史上都具有重要的地位和影響，所以這一方面的研究不僅對於郭沫若研究本身非常重要，而且對於深化中國現當代文學史和現代中國文化史的研究也具有十分重要的意義。

本著作就是在郭沫若文學集外作品進行收集、考辨、補正、校注和整理的基礎上，對這些文學集外作品作進行了專題學術研究。成果的學術創新和主要建樹如下：

（一）「《郭沫若全集》現象」的研究突破

作家「全集不全」雖是普遍的現象，但像《郭沫若全集》這樣遺漏作品多達數百萬字的情況實在是罕見的。這一問題絕不是作品遺漏數量多少的問題，而是 20 世紀八九十年代中國帶有複雜內涵的文化現象。為此，本課題對這一現象進行了文化分析。發現這一現象背後是官方如何樹立這面左翼文人旗幟和學術界、出版方及讀者如何對待這面旗幟的複雜糾葛。突出表現為「體

制內」作家及其作品與「體制外」作家及其作品，在近三十年中國逐漸形成截然相反的接受命運。本研究成果通過對以郭沫若爲代表的「體制內」文人近 30 年的接受命運的文化分析，進而揭示了從「拔亂反正」時代到社會主義市場經濟時代中國現當代文學研究以及這一時期中國社會價值取向的歷史轉變。

（二）還原郭沫若及其文學世界的初步努力

近三十年對郭沫若的認識，呈現爲截然相反的兩極評價。褒者把郭沫若神聖化，貶者把他妖魔化。反差之大，在 20 世紀中國文人評價中是極爲少見的。造成兩極評價的原因之一，雙方都使用的是對自己觀點有利的掛一漏萬的文獻材料。通過大量文學集外文的發掘，利用新的更充分的文獻依據，努力還原郭沫若及其文學創作的眞實面貌。例如，有人只用郭沫若揭露蔣介石的檄文《請看今日之蔣介石》證明他的大無畏精神，卻迴避或根本沒有看到他寫的讚美蔣介石的文章《蔣委員長會見記》。再比如，許多人說郭沫若超肉麻地吹捧斯大林的詩作，說「斯大林是我的父親」。經過長時間的廣泛蒐集和研究，發現這樣的文本根本就不存在，是對郭沫若集外詩《斯大林，我向你高呼萬歲》添枝加葉、不斷歪曲後以訛傳訛的結果。還有，對郭沫若作品修改的研究取得突破。本著作的研究發現，有些收入《郭沫若全集》的作品刪節或改動之大，以至於面目全非，因而原作成爲集外作品。恰恰是這些未刪節或改動的原作能夠相對看出當時郭沫若思想感情的某些眞實性，而從後來刪節和改動的文字中能夠窺見當時社會歷史的豐富性和複雜性。

（三）通過對集外作品的研究，糾正了以往研究成果許多「定論」或「共識」的偏狹

通過這些整理出來集外作品的有效利用和研究大大拓展了郭沫若的文學世界，豐富對郭沫若的全面認識、特別是對郭沫若及其創作的複雜性獲得了許多新的學術發現。例如，前人歷來以詩集《女神》解說「五四」時期郭沫若的思想和藝術追求。但事實上，這時期郭沫若另外還創作並發表了 50 多首詩，沒有進入《女神》，也沒有收進郭沫若的各種《選集》、《文集》、《全集》。這些集外詩具有多樣的風格、體式和追求，其中有許多作品並不具有「五四」的時代特徵；並不帶有浪漫主義、現代主義的藝術傾向，而是帶有古典主義傾向；也並不是飽含火山爆發式的激情，而是適度抒情。所以，不能簡單地

認為「五四」時期郭沫若的新詩是浪漫主義的。從這一時期郭沫若的集外詩來看，他「沒有劃一的主義」而是在多方位地探索中國新詩發展的多種可能性。

三、《郭沫若全集》集外文研究的學術價值和應用價值

首先，從郭沫若研究本身來看，本著作既有開墾處女地、提供新的學術生長點的學術價值，又有將當前處於徘徊狀態的郭沫若研究推向深入的現實意義。

其次，本著作的價值又不限於郭沫若研究本身。由於郭沫若在現當代中國文學史具有重要的地位和影響，還在現代中國歷史學、考古學、古文字學、政治、外交、藝術、自然科學等眾多領域多有建樹和影響的「百科全書式的文化巨人」，所以，這些郭沫若不同時期、不同體裁的文學集外作品的發掘、整理及其研究成果的面世，將為推動中國現當代文學史研究和相關領域的研究，提供一大批全新的研究資料和學術啟示。

再次，本著作還具有糾正學風的意義。如前所說，作家全集不全雖是普遍現象，但像《郭沫若全集》這樣遺漏作品多達數百萬字的情況實在是驚人，其作品異本現象數量之多也實在是驚人。導致這些現象產生的原因固然有政治等其他的因素，但也確實有學風的因素。因此，本成果的研究必將警醒中國現當代文學研究界反觀和質疑已有各種作家全集的編選，觸發一些學者的作家研究回到原始文獻，回到歷史現場，反思已有的學術結論，以擺脫浮躁、空疏學風的不良影響。

第一章　初始的魅力 [註1]——郭沫若集外書信集《櫻花書簡》研究

　　由唐明中、黃高斌先生蒐集、整理出版的《櫻花書簡》收錄了 1913～1923 年郭沫若留日期間的六十六封家書，是郭沫若早期研究的珍貴文獻，其提供的郭沫若留日期間學習生活細節及相關家事等內容一直是郭沫若傳記、年譜等主要的參考。關於郭沫若留日生活及其早期文學活動現存一手文獻並不多，而郭沫若本人的敘述又頗具文學色彩，前後多有相悖之處，《櫻花書簡》所收家書實際貫穿郭沫若留日生活的始終，而且成書於上世紀 80 年代，根據原信手跡錄入，其真實性和可靠性很少受到質疑，因此也歷來為學界所重視。《櫻花書簡》史料的豐富性使得它一直作為可靠的佐證而以注釋的面貌出現，而其或許更有意義的文獻價值卻長期未被開掘。實際上，《櫻花書簡》不僅每封書信均可作為獨立的文學文本，而且作為中國近現代社會轉型最關鍵十年中的連續性文本文獻，其本身作為具體的歷史的整體所蘊含的潛在學術價值亦是筆者所不敢輕易估量的。故而，本文研究的目的即是從家書、語言等角度力圖揭示這種價值，並進一步探討青年郭沫若思想、文學觀念背後蘊含的可能性。

　　《櫻花書簡》所錄文獻不僅真實可靠，而且涉及範圍廣泛，大到國事、家事、壽誕婚嫁、教育仕途，小到個人財務、考試、飲食起居，甚至郭沫若的心情感悟、思想變動等均有直接呈現，這決定了對《櫻花書簡》的整體把握需要更多的嘗試和努力。本章節主要從一些細節考證求辯入手，以圖管窺

_____

〔註1〕 此部分為周文博士完成。

郭沫若早期思想的精神實質。《櫻花書簡》另一值得重視之處是其文本的文學性，因而本文側重關注郭沫若早年在文學領域的探索，通過將爲「元弟」改詩並附「做新詩的原則」一信與郭沫若第一次詩歌爆發期其他論詩的書信關聯、銜接，筆者發現郭沫若早期詩論中較之「內在律」更具其個人特色的「詩論」，也正是通過這一探索，我們對郭沫若早期文學思維方式和表達方式得以有更直觀的把握。

第一節　研究的源起

　　《櫻花書簡》是郭沫若早年留學日本期間家信的合集，收郭沫若自 1913 年「初出夔門」到 1923 年大學畢業整十年間寄給父母親人的書信共六十六封。這些信件由郭沫若元配夫人張瓊華女士精心保存，由樂山市文管所唐明中、黃高斌二位先生蒐集、整理出版。作爲「學習和研究郭沫若同志思想發展的極其珍貴的第一手資料，也是研究中國新文化運動的發展史料」〔註2〕，《櫻花書簡》自出版以來就受到學術界的重視。作爲私人信件，這些書信在寫作之時未有發表之心，其眞實、質樸和原生態的文本與詩人郭沫若的文學創作在文風、語言等方面既有一以貫之之處，又有明顯的不同，尤其是與《郭沫若自傳》中「我的童年」「我的學生時代」「創造十年」等文學化的敘事不同，《櫻花書簡》似乎展示了一個更爲「眞實」的郭沫若——擁護袁世凱，反對護法運動、讚美段祺瑞、愛國、愛家、拼命學習、對日本侵略充滿警惕與憤怒，爲反對「二十一條」而回國……凡此種種，都比作爲「左翼作家」的文學回憶更具說服力。同時，《櫻花書簡》提供的史料與郭沫若自傳多有印證和補充，現行諸多的郭沫若傳記、年譜和早期思想研究均大量徵引《櫻花書簡》。以在學術界認可度較高的三卷本《郭沫若年譜》（天津人民出版社 1992 年版）爲例，據筆者初步統計，該書 1914 年至 1923 年間郭沫若生平事略直接引用《櫻花書簡》多達 80 餘處，尤其是在文獻資料相對較少的 1914 年至 1919 年，《櫻花書簡》更是其間郭沫若生平史料的基本來源。不難看出，《櫻花書簡》在郭沫若早期生平、思想、文學創作中的重要性是不言而喻的。

　　目前，《櫻花書簡》主要作爲「極其珍貴的第一手資料」被版本眾多的

〔註2〕 唐明中、黃高斌編注：《櫻花書簡》，四川人民出版社 1981 年版，第 178 頁。

郭沫若傳記、評傳等作品廣泛徵用，而對其研究則極爲貧乏，只散見於郭沫若早期思想、生平的研究專著之中，未見有獨立研究論文在學術刊物上發表。相對而言，《櫻花書簡》作爲珍貴一手史料要比作爲獨立文獻應用要頻繁的多。武繼平《郭沫若留日十年》（重慶出版社 2001 年版）是考證郭沫若留日生活的專著，分「留日生活考證篇」和「作品思想論考篇」兩部，其中「留日生活考證篇」除作者借在日本國立九州大學任教之便查閱翻譯日文新史料外，考證內容也多以《櫻花書簡》爲中心，而其發掘的如郭沫若房屋租賃、多次搬家的經過、考試時間及成績排名、上學的路線等細節也多參照《櫻花書簡》按圖索驥在日本九州大學史料室、岡山縣圖書館、福岡市綜合圖書館查找新的文獻史料進而考證具體細節，其突出貢獻是對《櫻花書簡》史料的考證、發掘和補充；蔡震《文化越境的行旅——郭沫若在日本二十年》（文化藝術出版社 2005 年版）一書的第一章「在印象和感動中走進日本」以《櫻花書簡》提供的史料爲基礎對郭沫若留學日本的感悟、學習生活、思想變化等展開探討和分析。值得一提的是，該書附錄《關於〈櫻花書簡〉的正誤》一文，是目前關於《櫻花書簡》研究考證最具參考價值的一篇論文。該文對《櫻花書簡》九封信的寫作時間進行了重新考定，而筆者也正是在這一考定的基礎上才得以對《櫻花書簡》的語言演變有較爲清晰的把握。另外，蔡震、武繼平二位先生的專著均注意到陽明心學對郭沫若的巨大影響（見蔡著第三章，「『兩片嫩葉』——學術文化思考從這裡開始」；武著第三章第三節，「與王陽明的邂逅及其影響」），而這一點在《櫻花書簡》中更有突出的表現，因此，關於《櫻花書簡》前人研究雖然並不多，但卻是富於啓發性的，這些也都爲著者的研究打下了基礎。

　　《櫻花書簡》出版於 1981 年，在郭沫若著作編輯委員會成立（1978）之後，比第一批《郭沫若全集》面世（1982）早一年，但卻未被收入《郭沫若全集》，屬於郭沫若集外作品。如此重要的一手文獻未被收入《郭沫若全集》，的確令人費解，難怪相關研究專家斷言「《郭沫若全集》極有可能是世界上最不全的作家全集」〔註3〕。因此，本文研究的目標是發掘《櫻花書簡》的潛在價值——這一潛在價值也是郭沫若集外文的潛在價值，具體說來，即本文意在言明《櫻花書簡》是認識青年郭沫若的重要依據，這一依據甚至比《郭沫

〔註3〕　魏建：《郭沫若佚作與〈郭沫若全集〉》，《文學評論》，2010 年第 2 期。

若自傳》更爲可靠，其在郭沫若早期思想觀念、文學創作研究中的重要作用和巨大闡釋力需要我們爲之付諸更多的關注和努力，而這正是本文研究的意義和價值之所在。

在研究方法上章節力圖改變前人單純側重史料的做法而注重《櫻花書簡》的整體文獻價值考察。作爲史料，《櫻花書簡》已經得到學界的普遍重視，在有關早期郭沫若的相關論著中發揮著至關重要的作用。在這個過程中，《櫻花書簡》因它提供的史實而零散的存在於有關論述中，而作爲眞實文獻——《櫻花書簡》本身的文獻價值卻沒有被充分重視。大家關注的是《櫻花書簡》提供了這些眾多的史實，對某一史實或有深刻的分析或挖掘，但對這些史實聚合在一起所產生的意義和蘊含的可能性沒有予以足夠的重視。《櫻花書簡》一直作爲被言說的他者去證明著相關結論，而它本身作爲「可信史料」的結合體其實更蘊含著言說的無限可能性，這種可能性其實也是青年郭沫若的可能性，對研究郭沫若早期思想、文藝觀念、文學創作都有重要啓示。與前人研究不同，本文意在發掘《書簡》作爲史料集合整體的獨特價值，如將《櫻花書簡》作爲整體而納入中國書信發展的宏觀脈絡中去考察，探討社會的轉型、科技的進步、交通的變革對傳統家書所產生的影響，近代家書轉變的軌跡等等；或者考察《櫻花書簡》的語言變化及其與當時的社會思潮、文學革命之間的內在聯繫等等。這些新的考察視角不僅是對郭沫若思想和文學創作的重新審視，更能管窺郭沫若生活的那個時代所發生和將要發生的一切。將《櫻花書簡》作爲連續性文本文獻進行分析和考辨，從家書、語言等諸多方面考察《櫻花書簡》的文獻價值，從一些細節考證求辯入手（如對郭沫若和靜坐關係的考察），以圖管窺郭沫若早期思想的精神實質，同時對郭沫若早期文學創作文藝觀念（考辨郭沫若「最早的新詩」和從郭沫若詩論看其詩歌理念）乃至其思維方式和表達方式展開探討，以期有更準確直觀的把握。

當然，整體的考察並不意味著「精緻的創造」，本章節是在多個角度的整體考察、細節考辨和精神探析等諸多「小論文」的基礎上整合而來，因此本章節的缺點和不足在於，在論文的整體構思和宏觀架構上尚待進一步打磨、提煉和昇華。有一些新的發現和思考限於時間和能力未能充實到著作當中去，這些都將在以後的學習和研究中得到完善和補充。

第二節　《櫻花書簡》的文體表達與潛在價值初探

《櫻花書簡》是「郭沫若留學日本時期最爲珍貴的一批史料，對於瞭解、研究郭沫若留學期間的生活狀態、思想變化、棄醫從文的經歷等等，有極爲重要的學術價值。」〔註4〕但目前學界對《櫻花書簡》的重視亦主要體現在史料上，而對《櫻花書簡》本身缺少必要的整體性分析。郭沫若生活、學習、思想狀態是不斷變化著的，也只有在發展演變中方能把握。相比《櫻花書簡》提供的住居情況、學習考試情況等史實，《櫻花書簡》的整體考察或許更能說明其在郭沫若研究中的重要學術價值。如，就其文體而言，作爲家書——這一有著悠久傳統的交流表達方式，其在內容和形式上都有內在的規定性，這種規定性不僅對體裁、風格、語言有相應的要求，其背後更是一種主體經驗的對象化。因此將《櫻花書簡》放入中國書信發展的宏觀脈絡中去考察，對其表達方式和語言使用情況詳加分析，對理解和把握青年郭沫若思想情感變化十分有益，同時對當時的時代氛圍、文化思潮亦能有深切的把握。

一、古典書信傳統的精神延續

作爲郭沫若早年家書的合集，《櫻花書簡》較爲明顯的潛在價值即在於書信本身，在於我國幾千年的書信傳統。以歷史的眼光觀之，《櫻花書簡》在書信演變史上的獨特價值昭然若揭，然而要明確這種歷史關聯，我們首先還需申明，何爲古典書信傳統？《櫻花書簡》又怎樣延續了這種傳統？這首先得從我國書信的獨特性說起。

書信本是中古時代人類通用的一種交流方式，但在我國，隨著書信交流的日漸發達，其功用慢慢超出了互通訊息的初級階段，而成爲一大「文類」，並形成了獨具特色的書信傳統。根據郭沫若《卜辭通纂》對甲骨文的考證，有學者認爲上古時期的「邊報」是我國書信的早期形式，〔註5〕其應用性質明顯，主要用於傳遞軍事等國家重要訊息。隨著社會的發展，書信作爲一種聯繫方式逐漸制度化，於是有所謂「上書」「賜書」等官方化的書信形態，更有樂毅《報燕王書》、李斯《諫逐客書》等書信名篇。劉勰在《文心雕龍》中專列有《書記》篇，涉及了二十餘種文體，書信作爲一大「文類」由此奠定，

〔註4〕蔡震：《文化越境的行旅——郭沫若在日本二十年》附錄一《關於〈櫻花書簡〉的正誤》，文化藝術出版社 2005 年版，第 348 頁。

〔註5〕黃維華：《書信的文化源起與歷史流變》，《江海學刊》1996 年第 3 期。

書信傳統亦由此正式形成。

那麼，具體說來，所謂書信傳統究竟體現哪些方面呢？我以爲，拋開書信的通訊、交流等工具性以及私密性、針對性乃至得體、禮貌原則等等這些共通特點外，我國書信傳統的特色主要體現在以「言」和「心聲」爲中心的「論學」傳統〔註6〕和作爲一種深度情感交流模式兩個方面。自先秦始，書信的「論學」傳統即初現端倪，樂毅《報燕王書》、李斯《諫逐客書》、魯仲連《遺燕王書》等等，書信在各家各派闡釋自家學說方面發揮至關重要的作用。而司馬遷《報任少卿書》、嵇康《與山巨源絕交書》等名篇更是我國古典散文的典範之作。書信作爲一種文體而存在，介於正式和私密之間，往往是我國古典文學最爲豐富生動的部分，上古、秦漢如此，三國六朝亦如此，唐宋詩歌文體繁榮燦爛的同時，韓愈《師說》《祭十二郎文》、白居易《與元九書》、歐陽修《與高司諫書》也都是我國古代文學史上的不朽名篇。明代公安派三袁書箚堪稱晚明小品文的典範，從顧炎武的《與人書》到《曾國藩家書》，在明清的論學交流和學術流派的形成和流變中隨處可見書信的影子。而作爲一

〔註6〕 「論學」是筆者借用而泛化的概念，狹義的論學書信乃是學人、朋友之間討論文學、文化、思想或者哲學等具有學術討論性質的書信，如後人整理的《胡適論學往來書信選》（河北人民出版社，1998 年 8 月版）以及郭沫若、田漢和宗白華之間往來書信《三葉集》是較爲典型的論學書信。而回顧我國書信發展史，類似這樣的書信還很多：司馬遷《報任少卿書》、李陵《答蘇武書》、吳均《與宋元思書》、沈約《答陸厥書》、韓愈《與孟東野書》、王安石《答司馬諫議書》，這些書信或談人生大義，或具體商討音韻聲調，均是文學或文化學術的交流，至於李斯《諫逐客書》等奏書雖是寫給帝王的，但其論說、表達自我思想的方式亦對後世書信產生了巨大的影響。關於書信作爲文體的核心，劉勰在《文心雕龍·書記》中說「書之爲體，主言則也」又說「詳總書體，本盡在言，言以散鬱陶，託風采，故宜條暢以任氣，優柔以懌懷；文明從容，亦心聲之獻酬也」（《文心雕龍今譯》周振甫譯，中華書局 1986 年 12 月版，第 233 頁，相關解釋又見黃侃《文心雕龍箚記》，上海古籍出版社 2000 年 5 月版，第 82～87 頁），無論是「散鬱陶」「優柔以懌懷」的情感表達要求，還是「條暢以任氣」「託風采」的文法要求實際即是書信超越「主言」而直奔「心聲」了，不管怎麼說，至少在劉勰看來，互通信息的工具性在書信中已處於相對次要的地位，而「主言」才是書信之爲體的本質，倘若能「文明從容」以表「心聲」那是最好不過了。於此，我們不難看出，我國書信傳統是重「言志」而輕記述的。這一點對後來書信的保存流傳、家書家範等訓誡的興起都有非要重要的影響。概括我國書信的這一傳統，「言志」顯得空泛且容易混清，「論學」雖顯狹隘，但「學」在古漢語中有學問、才學之意又有言說、教學之表達，且在傳世書信佳作中，「論學」亦確是發展主流，因而將其作爲對我國書信發展傳統特色的概括，由小見大，可做一說。

種深度情感交流模式更是中華書信獨具的特色，數不清的家書、家範、家訓、世範、要言、訓子貼（這些書信或者寫給現實中具體的子孫，或者直接寫給尚不得見的未來子孫）所構成的家庭倫理道德說教話語在維護傳統禮法方面發揮著極爲重要的作用，是後人追隨先輩精神的指南，是先人留給後世子孫最爲重要的遺產。正是通過這種途徑，百年甚至千年前的祖宗彷彿從牌坊的碑位中走出，實現與後世情感精神的交流，給予明確的啓示，規範我們的言行，替代上帝神靈成爲家族子孫的信仰。古典書信傳統在《櫻花書簡》中得到較爲完整的延續和表現。

就《櫻花書簡》的「論學性」而言，考慮到青年郭沫若思想的不成熟，未必有什麼具體的「學」來論述，況且作爲寫給父母的家書，郭沫若需始終保持謹慎敬重的仰視姿態，〔註7〕不能和父母坐而論道。但這並不妨礙郭沫若學習模倣這一傳統的傾向，傳統書信的「論學」傳統在《櫻花書簡》中仍有較爲明顯的表現。《櫻花書簡》中「論」和「述」處於同樣重要的地位，而主要的長信則往往「論」大於「述」，議論和抒情大於陳述具體事件是《櫻花書簡》較爲顯著的特色。那麼，郭沫若「論」什麼呢？沒有完整的思想體系並不妨礙郭沫若對現實問題的積極思考，在《櫻花書簡》的前期，郭沫若「家國不分」「家國一體」的觀念十分濃厚，從所收第一信開始，郭沫若總能在家書中適時插入他對時局的看法：

> 正式大總統業已舉定袁世凱，歐美各國俱各承認矣。似此則吾中華民國尚有一線生機矣，無任慶幸。大哥近日不識有函歸家否？男今亦有函通知大哥處。經此變亂，郵電梗塞，南望故鄉，想亦十分著急，爲言握手匪遙，家中情形，當詳細面敍，藉以慰遠人心意也。「1913 年 10 月」〔註8〕

> 大哥曾與男兩函，亦言家中省中均無函至，頗有歸省意，近因約法會議發生，已拍電回川，頗思就此惟不識能否有效，因此羈留。尹昌衡川邊事已辭職，近因被人控告，謂與熊楊通謀，並在京吞食中央解款二十萬，大總頗欲徹底究按，已交陸卓部看管矣。無根之

〔註7〕 以今天的眼光來看，這種姿態似乎是一種封建禮法的束縛，但從信的內容來看，這種仰視和敬畏並不對郭沫若構成束縛，他對父母愛和敬是由衷的，並且這種眞誠的愛和敬在更多的時候成爲獲得家長諒解的理由。

〔註8〕 唐明中、黃高斌編注：《櫻花書簡》，四川人民出版社 1981 年版，第 2 頁。

水，立待其竭，小子輕狂，早料其必敗矣。「1914 年 2 月」〔註9〕

現在歐西各國大交兵戈，戰禍所及，漸移東亞，日本鬼國已與德國宣戰矣。官費今日到手，每月三十三元，從此按月收領。元弟今歲畢卒後，如歐亂早平，可急速來東。「1914 年 8 月」〔註10〕

近日中日交涉事件，甚為辣手，一般輿論，大是騰湧。吾川地僻，消息不寧，想傳聞溢實，必更加一層喧騷駭異也。男居此邦，日內仍依然上課，留學界雖有絡繹歸國者，然多屬私費生，至官費學生，則並未曾動也。

此次交涉，本屬險惡，然使便至交戰，或恐未必。何者？我國陸軍雖有，而軍械缺乏，而海軍則不足言也。鬼國雖小，終不能敵，且日本亦未必遽有戰意。彼近日，籍交換駐屯兵為名，海軍陸軍多發向我國者，想亦不過出於恫喝手段已也。然果使萬不得已而真至於開戰，則祖國存亡，至堪懸念，個人身事，所不敢問矣。天下事亦多有不可料者，如觀在德國，以一國之力，抵敵英、俄、法三大強，又前日者，非洲一小國杜蘭斯窪戰英二十年。設使我國萬一而出於戰也，亦未必便不能制勝。即以吾國古兵法言之，所謂兵驕必敗，日本鬼國，其驕橫可謂絕頂矣，天其真無眼以臨鑒之耶！今次吾國上下一心，雖前日之革命黨人，今亦多輸誠返回者，此則人和之徵也。鬼國近日政爭甚烈，內顧多所掣肘，敵我相權，未見便輸於彼小鬼也，我父、母請無焦慮。「1915 年 3 月」〔註11〕

上述引文較為真實的反映了郭沫若青年時期的思想狀態，與郭沫若自傳中文學色彩濃厚的回憶是有出入的，這一點我們後文再做討論。除這些直接的議論外，郭沫若對書信記敘描寫的寫法和要求也明顯受到傳統家書影響，這從他對「元弟」來信提出的種種要求和批評可見一斑：

元弟來函，文氣滯塞，言語多不成句，並有別字，殊出意外，屢次歸函，似多提及，非好吹毛求疵，實企望甚切，望元弟尚須留意也。「1914 年 11 月」〔註12〕

〔註9〕 唐明中、黃高斌編注：《櫻花書簡》，四川人民出版社 1981 年版，第 11 頁。
〔註10〕 同上，第 31 頁。
〔註11〕 同上，第 57 頁。
〔註12〕 同上，第 45 頁。

　　元弟頃來一函收到，言語過簡，筆墨太爲乾貴，竟連發信地點時日均不記上，殊不恰人望也。家函貴詳，古人所云，菽米魚鹽，都可記入；譬如父、母近日飯食如何，天氣何似，鄉中月內可有奇異事件，在在皆是材料。僅以片言隻紙率付遠郵，是猶試驗時，答案捕風，聊以塞責。屢次均有所要求，總不見詳細告我。至有前函言一事，言之不詳，必待家函歸詢，於後函內方能更道其委，求簡不簡，轉覺麻煩矣。元弟究謂何如？「1914 年 12 月」〔註 13〕

　　元弟以後來函，總望詳盡。家中事實所在多有，如果心存遠人，期相慰勉，可書之處，必不勝書。但每次來函，總覺下筆十分困難，乾枯到十二萬分，只搓一二件漫不足輕重語搪塞者然，殊非所能滿足者也。常常提說，自覺太難，然又不能不說也。「1915 年 3 月」〔註 14〕

　　元弟賜覽：昨吾弟來函，甚喜！以今年已過去三閱月矣，望得眼精圓，得此一封書，然乃道之不盡，語焉不詳，復忽短我情趣，函云於英文一科，迥若一字不能記憶，眞是三天不念口生經，來書？口成金，不知所謂？（謂經書典籍，假使三天不念則口調便生澀也。來書似於原句尚未領會得。）恐不僅英文一科爲然矣！函中不詳盡處，今且掇出一問何如？「六妹於昨日同鹿芹回溪矣」，是何時歸寧的？「正月三十日一函奉到，久未作覆，恕恕」，何以久不作覆？「大哥寄有亞細亞報回省」，是回成都，還是寄回嘉定？此一問，本不關重輕，特以來函有語病，故爲拈出耳。又「五哥尚不知大哥意之所在」，指的是大哥甚麼意思？辭句過簡，難以意會。「又謂中日新交涉可望平和解決」，是大兄說的還是五哥說的？此一問，亦本不關重輕，亦以有語病，故拈出。又如「今正天乾，小春收去一半」，收去一半不知所謂。又如匪風稍靖而下緩以去冬百餘人，白晝劫場，皆是拙筆。箋僅兩頁，字才百餘，積三四閱月之久，可一假筆端顫動，用慰遠人懷思事，想正不復少，乃僅得此，然得此亦殊不勝大幸，本亦可以慰意釋懷。然無奈字有字病，語有語病，僅此乃又多不甚了了，故今次實行用比詰責，亦是讀書人應講究事，不可謂我嘖嘖

〔註 13〕唐明中、黃高斌編注：《櫻花書簡》，四川人民出版社 1981 年版，第 52 頁。
〔註 14〕同上，第 58 頁。

多言也。「1915 年 4 月」〔註15〕

不難看出，郭沫若對家書是十分重視的，他對元弟的批評越來越嚴厲，最後甚至逐字逐句的批評，足見他對書信寫作的重視。郭沫若期盼元弟來信「詳盡」，但元弟來信卻總是「道之不盡，語焉不詳」，原因何在？「辭句過簡，難以意會」，「每次來函，總覺下筆十分困難，乾枯到十二萬分，只搓一二件漫不足輕重語搪塞者然，殊非所能滿足者也」，可見，問題不在於元弟家書是否告訴郭沫若家中發生的每一個細節，而是他所提到的每個事件，均沒有表達清楚。然而如何才能表達清楚以「慰意釋懷」呢？且看郭沫若自己是如何寫信的：

> 三哥厚愛，感謝甚勝。四姐六妹五嫂，均不我棄，惠我好音，乃至培謙三兒，亦能握筆裁箋，念及遠遊之叔，真令男做夢也笑醒了，有趣之至，有趣之至。且五哥返里，四姐六妹均歸寧，男之家稟，又得幸於阿父壽辰寄到，家庭樂況，大可想見。男雖遠寄異鄉，心誠所注，儼若班隨姊妹弟兄環拜膝下也。二月十三號家稟，附小像祝詞慶壽，頃想已達故鄉，獨恨不及正月份一同奉上，令二老及闔家更增一層樂趣，懺悔無及。「1914 年 3 月」〔註16〕

短短一百八十餘字，提到「三哥」「四姐」「六妹」「五嫂」「培謙」「五哥」諸多家庭成員，除詢問「二月十三號」為父親祝壽而「附小像祝詞慶壽」的家信是否收到外，沒有其他較為具體的事件，但僅這短短幾句話卻是足夠「詳盡」而足以令家鄉親人「慰意釋懷」的。當然，這種表達特色已非「論學」傳統所能簡單概括，它涉及到更為深層的語言哲學、語言文化層面，筆者藉此意在強調，郭沫若眼中的理想表達，或者說在他看來，元弟所寫家書的問題在於，為「述」而「述」，不得要領，而「述」為「論」為「言」為「心聲」才能做到劉勰所謂的「條暢以任氣，優柔以懌懷」而達到「文明從容」的境界。從上述引文來看，顯然「三哥」「四姐」「六妹」「五嫂」「培謙」在家書中有所表達，但郭沫若卻用「厚愛」「不我棄」「好音」詞語等予以轉述，表示感謝和感激。這其實是以「言」和「心聲」為中心，重視論述抒情的「論學」書信傳統影響下的表達方式。這種表達方式在《櫻花書簡》的後期有所改變，這一點我們後文再做詳述。

〔註15〕唐明中、黃高斌編注：《櫻花書簡》，四川人民出版社 1981 年版，第 69～61 頁。

〔註16〕同上，第 18 頁。

　　傳世的傳統家書主要是長輩寫給晚輩，作爲一種深度情感交流模式，其在立志、修身、勸學、處世、治家、盡忠等諸多道德倫理主題上開掘的深度甚至超過宗教聖經。傳統書信發展到晚清，已經十分完善和豐富，僅就家書而言，眾多的家書、家範、家訓、世範、要言、訓子帖所構成的家庭倫理道德說教話語在維護傳統禮法方面發揮著極爲重要的作用，至《曾國藩家書》，這種說教的書信形態被發揮到極致，對後世家書的內容和形態影響巨大。情深至切的現身說教成爲一種頗具傳染性的衝動，晚清李鴻章、張之洞均有家書刊行後世，而且都有不小的影響。這種說教的「衝動」其實也影響到了郭沫若，從《櫻花書簡》郭沫若寫給「元弟」的信來看，郭沫若欲盡兄長之責，批評教育的傾向還是很明顯的。從他對元弟來信的批評不難看出，他做起兄長來還是極爲嚴格的。其實，《櫻花書簡》中郭沫若對其元弟郭開運的批評教育隨處可見，除了對其來信有較高的要求和期待，對其爲人爲學等也都不惜筆墨多次言及。1917 年元弟的「長函」終於讓郭沫若覺得「暢達」「詳盡」，但馬上話鋒一轉說道，之所以滿意「實則前此若干函件，一次也未曾滿我意者，亦正不知其何故？」〔註 17〕

　　事實上，郭沫若的這種「說教衝動」並沒有太多的表現機會，因爲他對話的主要對象是他的「父、母親大人」，因此他更多的扮演者被「說教」的角色。秦牧先生主編的《中華家書》〔註 18〕收郭沫若《櫻花書簡》三封信，1914 年 11、12 月各一封，1917 年 11 月一封。這三封信的主要內容分別是討論侄兒少成的教育問題、表達思鄉之情和爲母親祝壽。從表達內容來看，這三封信的確非常有代表性，足見編者是經過精心挑選的。如何表現對父母訓誡的心領神會，如何在日常生活中貫徹落實，成爲郭沫若家信的主要內容。我國傳統文化最講求「孝」，孝也一直是家書最核心的話題之一，《櫻花書簡》中不少書信是郭沫若表達對父母的感恩思念與祝福的，有的甚至比較「誇張」，「八千歲爲春，八千歲爲秋，春酒介壽，無疆之休。男開貞蓬萊海屋跪祝」。〔註 19〕從上文郭沫若對元弟所寫家書嚴格的要求我們可以看出，郭沫若對家書的期待，對父母的思念和感恩是非常強烈的。同時，郭沫若亦是善於抒情的，除了「獨恨隔在無涯，定省不能，奮飛無翼，遙想玉體康寧，杖履洽吉

〔註 17〕 唐明中、黃高斌編注：《櫻花書簡》，四川人民出版社 1981 年版，第 123 頁。
〔註 18〕 秦牧編著：《中華家書》，江西人民出版社 1993 年版，第 72～82 頁。
〔註 19〕 唐明中、黃高斌編注：《櫻花書簡》，四川人民出版社 1981 年版，第 14 頁。

爲禱」這樣的直抒胸臆外，郭沫若更善於在有關日常生活的描述中實現與父母情感的交流，自然而親切，絲毫不顯做作。如：

> 今年岡山頗寒，朔風甚烈，漸已交春，寒意稍退矣，不識鄉中今歲氣候如何？……前元弟來函中言，父親二十年前舊羊皮襖換面云云。憶父母親似新制有狐皮皮襖，二十年前舊物，必無溫意，父親何不著用狐皮襖耶，令兒輩聳懼無安意也。「1917 年 1 月」〔註20〕

信中由「岡山頗寒，朔風甚烈」談起他在日本的冷暖穿衣情況，進而落腳到父親的「舊羊皮襖」，最後「令兒輩聳懼無安意也」一句表達他對父親的關心和掛念。《櫻花書簡》所收六十六封信中，郭沫若簡單彙報在日本穿衣飲食、學習等生活情況後，更多是詢問家中近況，類似「三哥五哥均有上省說，不識已啓程否？」「五哥晉省謀事，不識成功否？」「元弟近已歸家否？」這樣的詢問在剛到日本的前兩年幾乎每封信都有。而彙報自己在日本的生活，郭沫若亦描寫的繪聲繪色，形神兼備，比如談到吃，常見的是「男近來甚善飯」「努力餐飯」「飯食每膳六七碗，比從前甚有可觀也」，他不僅詳細的介紹日本的飯食如日本「雜煮」「年糕」「紅豆飯」，更時常想念家鄉的美食，信中提到不下三次：1917 年 1 月信中「新年豬頭肉，已四個年頭不曾吃得，想起便流起口水起來了。大頭菜炒肉，眞是得吃」，並說日本的「大頭菜」其實是白蘿蔔；1917 年 2 月信末「想吃過年粑，不得到口，不覺口中便流起口水來了。近來，幾每日必買燒紅薯吃，甚有風味，但不及鄉中味甜也」思念之中，日本燒紅薯也不如家鄉的甘甜了；1917 年 8 月信末「想吃豇豆嫩椒，總不容易買到手。想起家裏的甜漿稀飯，便又汪汪的流起口水來了」。《櫻花書簡》正是通過趣味化的生活表述來表達其對父母、親人乃至國家的眞實感受，《櫻花書簡》的存在以實例證明我國家庭倫理在實現情感交流和維護傳統意識形態上的互動方式和巨大作用，其影響亦是潛在深層而不易改變的，支撐郭沫若後來種種感人至深的愛國行爲的家國情感在《櫻花書簡》中即有十分直白的表露。而郭沫若只是當時愛國青年的一份子，那些爲祖國強大而奮鬥而奔走呼號的愛國青年，其父母、家庭在其腦海或意識的深處又扮演著怎樣的角色呢？這一點，相信我們不難想像。

　　誠如有關研究所言，「書信由於慢，它因此需要全身心的參與，而情感活動也就在這個過程中慢慢生發、漸漸膨脹。而所有的情感由於綿延的時間，

〔註20〕唐明中、黃高斌編注：《櫻花書簡》，四川人民出版社 1981 年版，第 114 頁。

彷彿有了一個個的節點，也彷彿有了可以落腳之處。這樣的情感體驗是能夠進入記憶之中的，而人的生命結構中由於有了這種情感記憶，似乎也變得更有分量了。」〔註 21〕換言之，在信息化通訊的今天我們真正體味這種深度情感交流模式需要回到歷史的情景中去，郭沫若遠在日本，而其父母則在中國西南偏僻的鄉下，郭沫若對家書的情感投入和整個書信過程情感的發酵膨脹遠遠超過我們現代人的想像，父母、家鄉乃至國家在郭沫若心中的重要性更不是一般意義的理解。只有深切的理解這一點，我們才能更進一步理解郭沫若早期精神苦悶的根源，關於這一點，後文再做詳述。

二、家書的現代轉變與新質

網上流傳的一份調查中，「家書」與「特區」「萬元戶」「倒爺」等一起被列為「十年間從人們嘴邊消失的詞彙」，〔註 22〕給出家書消失的時間是 1990年代末，這種說法不僅被各地報紙爭相轉載，也得到部分專家的認可。〔註 23〕2005 年 4 月，在費孝通、季羨林、任繼愈等數十位文化名人的積極倡議下，由中國國家博物館、中國民間文藝家協會、中華炎黃文化研究會中華全國集郵聯合會、中國文物報社、炎黃春秋雜誌社等單位共同發起的搶救民間家書項目正式啟動並最後落戶中國人民大學。從上述信息中，我們不難看出，與上文提到書信輝煌的歷史形成鮮明對比，在科技日益發達的二十一世紀，家書這一傳統文化形態只能在文化名人和相關機構的「搶救」下，進入博物館和甲骨、鼎銘一起向後人訴說著一個古老民族的歷史。由這一「歸宿」回望家書發展的歷史，我們看見的是現代家書在二十世紀的跌宕起伏。《櫻花書簡》的十年，也正是上個世紀社會文化轉型最為關鍵的十年。《櫻花書簡》前後的變化無論是在語言、文化、思想、哲學、教育等諸多領域都有不同程度的體現，即以家書而論，其轉變帶來的啟示亦值得我們深思。

1913 年至 1923 年正是中國傳統社會處於所謂結構性崩潰和現代性重建的關鍵十年，中西文化交融、科舉終結、新型教育等影響到社會文化的方方面面，書信自然也難逃這種「侵害」。所謂新的文化生產和文化傳播方式，不單指報社雜誌書局等新型媒介，傳統書信仍起著至關重要的作用。仔細觀察，

〔註 21〕 趙勇：《書信的終結與短信的蔓延》《當代文壇》，2008 年第 3 期。
〔註 22〕 朱坤、朱慧、汪慶：《十年間從人們嘴邊消失的詞彙》，http://cul.sohu.com/ 20060913/n 245320273.shtml。
〔註 23〕 趙勇：《書信的終結與短信的蔓延》《當代文壇》，2008 年第 3 期。

我們發現傳統書信在當時的新形勢下不僅沒有變弱反而是增強。文人書信如此，家庭書信亦如此。新文化運動的醞釀和產生都是在書信中完成的（這一點只需參看胡適編選《中國新文學大系第一集·建設理論集》的目錄就能曉見），後來文人書信的出版一直很流行，如郭沫若、田漢與宗白華的《三葉集》、魯迅的《兩地書》等等。當然這不是本文考察的重點，筆者引此意在說明在現代技術的支撐下，傳統書信有過短暫的繁榮，家人、友人間的通信頻率在我們今天看來也是很高的。《櫻花書簡》所收六十六封書信僅是郭沫若原配夫人張瓊華女士所保存的當時郭沫若與家中通信的一部分，而且應該是很少的一部分，但其中個別月份的信件仍算得上勤便，如 1914 年 9 月就有三封信。另外，郭沫若信中有不少自責的話，如 1916 年 11 月「前周竟無家報」〔註24〕1916 年 12 月「前周以準備多忙，竟無函歸」〔註25〕1917 年 1 月「要了兩個星期……竟連家信也忘了寫了，真是該打該打」〔註26〕從這些話中我們可以看出，在郭沫若的理想狀態下，與家中保持一個星期一封的通信是生活常態。如果我們算上寄信所需的時間，郭沫若 1914 年 11 月 16 日信中提到「元弟十月廿六日，由成都來函接到」，也就是說當時從成都寄信至郭沫若所在的日本東京大約需要 20 天，而郭沫若的家信到成都後還需由「嘉定府城內縣街洪昌店」「沙灣旅客便袖回交」才能送到父母手中，我們大致可以估算，在相對順暢的情況下郭沫若從日本寄信給遠在沙灣的父母，到達需一個月，〔註27〕來回就是兩月。可見，郭沫若給家裏寫信後，大約需要兩個月後才能收到回覆，而這期間他可能又寫了四五封信了。也即是說，通信過程的漫長實際並沒有妨礙郭沫若與家中親人的交流，作為一種有著悠久傳統的情感交流模式，書信在近代科技的支撐下，獲得的是飛速的發展，它進一步拉近了人與人之間的距離。在傳統文化中「家書抵萬金」，書信也一直是維繫親情、友情的重要方式，是一種深度的情感交流模式，隨著近代社會的進步，這一模式進一步

〔註24〕 唐明中、黃高斌編注：《櫻花書簡》，四川人民出版社 1981 年版，第 102 頁。
〔註25〕 同上，第 104 頁。
〔註26〕 同上，第 109 頁。
〔註27〕 根據信的內容估算大約需要一個月，根據信封上的郵戳推算也大約需要一個月：如 1917 年 11 月信封有「日本岡山第六高等學校郭開貞家報，十一月七日」，郵戳「岡山 11、8」「宜昌府六年十一月十九」「重慶府六年十一月三十」嘉定府印記不清。由此可見當時從日本岡山寄信到湖北宜昌約需 11 天，到重慶再需 11 天，如此就是 22 天，加上到嘉定府再找「旅人」捎帶回沙灣所需的時間，至少也得一個月。

膨脹，成爲當時大多數讀書人生活的重要組成部分。筆者分析郭沫若寫信的數量和頻次意在揭示以郭沫若爲代表的一代學人早期生活狀態。進入新世紀，電話、短信、網絡等交流方式日益佔據生活的當下，眞切地理解當時的書信交流需要適當的歷史還原。

作爲一種經常性的書面交流，郭沫若家書「論學」內容很快由早期模倣古典散文和談論立志、修身、勸學、處世、治家、盡忠等這些傳統書信的流行話題轉變到教育、婚姻等現實問題中來。其中較爲典型的例子是他對「七妹」婚姻的態度。對於家中爲七妹郭葆貞主辦的婚事，郭沫若是反對的，爲此他特意給家中寫信，表明他的態度：

> 季昌弟鑒：……胡家問名，旣母親親行下溪訪詢合意，兄不敢說贊成，然亦不敢不說贊成也。本來，我國婚姻制度，總是難說。不過，兄之所見，以爲只要胡家子弟聰俊，則伊父之爲暴發起家與否，或迷信宗教與否，在所不論；維胡氏昆仲，兄嘗識其二，殊覺不甚聰明過人也。父母老矣，爲兒女子事，尚是自勞跋涉，爲兒子的，何敢更從旁插嘴，播斥論兩耶？「姻緣總是前生定，不是人間強得來」，「嫁雞隨雞，嫁狗隨狗」，「得個臭蛤蟆，也只有飽吃一口」而已。然七妹尚幼，似不必過急，如尚未成行，則請二老不妨詳加採訪，考詢其子弟誠是俊才；一來也不誤妹子終身，二來也遂二老爲兒子女辛勞苦意，不識二老以爲何如也。「1915 年 7 月」〔註28〕

從行文來看，郭沫若欲極力反對這門婚事，但有些話對父母講顯然不合適，所以信寫給一直爲父母代筆的元弟，但寫著寫著就又直呼「二老」且問「不識二老以爲何如也」。由於帶著情緒，信中言辭亦極爲大膽直露，話裏有話地表示反抗──「不敢說贊成，然亦不敢不說贊成也」，接著又說「我國婚姻制度，總是難說」，對於妹妹的婚事，他一邊說父母操辦理所當然，「爲兒子的，何敢更從旁插嘴，播斥論兩耶？」但又一邊說他認識的胡家子弟「殊覺不甚聰明過人也」，言下之意，七妹的未婚夫也未必聰俊，並半引半諷的說「姻緣總是前生定，不是人間強得來」「嫁雞隨雞，嫁狗隨狗，得個臭蛤蟆，也只有飽吃一口」。很明顯，郭沫若反對這門婚事，在他看來，「胡家子弟」配不上他妹妹，覺得其人不夠「聰明」，甚至用雞、狗、臭蛤蟆來形容，暗示如果「強得來」，妹妹後半生就得在「飽吃」臭蛤蟆中度過了。在妹妹婚姻基本既成事實的情況下，這極度

〔註28〕唐明中、黃高斌編注：《櫻花書簡》，四川人民出版社 1981 年版，第 79 頁。

情緒化的言辭必然引來責難。郭沫若後來在《漂流三部曲》記敘了家中的反應：「九年前他有一位妹子訂婚的時候，他寫信反對，發過一次牢騷，說甚麼『嫁雞隨雞，嫁狗隨狗，嫁得一個臭蛤蟆，也只得飽吃一口』的話，他的父母竟痛責了他一場，那位妹子也尋了好幾次短見。」〔註29〕對於妹妹的婚事，郭沫若之所以如此「上心」且帶著如此強烈的情緒，恐怕與他自己的婚姻遭遇脫不開關係。在這封信的末尾，郭沫若又非常決絕地寫道：「八嫂（指郭沫若元配夫人張瓊華，郭沫若行八）來函亦讀悉，願弟為我傳語，道我無暇，不能另函，也不必另函，尚望好為我事奉父母也」，〔註30〕其要表達的不是「我沒空」，而是根本不必為給張寫信而有空，憤怒到近乎蠻橫的程度。

當然圍繞郭沫若的婚姻，還有很多可以展開討論之處，本文在此想強調的是，這種直抒胸臆、不加修飾的表達方式。暫且不和他人家書比較，僅與《櫻花書簡》中「初出夔門」幾封信相比，就可以看出郭沫若由模倣古文到嘗試自我表達的實踐和探索。《櫻花書簡》中最早的一封信寫於 1913 年 10 月，郭沫若初出夔門，寫信向父母彙報他由成都出發平安到達重慶並尚在等候輪船的情形，但這封信讀起來卻十分別致，內容與形式結合的十分完美，頗有《小石潭記》《石鍾山記》《登泰山記》等遊記散文的風範，「縣城外有廟宇一，名廣德寺，中有玉觀音神像一尊，高三尺許，廣處約尺餘，俗傳更有觀首菩薩肉身在焉，此則誕妄矣。」「合川城外兩河匯合，一遂寧河，即由遂寧至合川者，在城之西南面流，一渠河，由渠縣來者，在城東流，合俱來匯於城下，合流而東。」「在途共計十一日，或行或息，或舟或輿，天氣晴和，道途平垣，殊不覺苦。東安、合州雖初經戰事，伏莽猶多，因有兵勇護送（逢縣請派者），並無驚擾情形，福星照臨，幸事，幸事。」第二封殘信描寫夜渡黃河時的情形「奇駭欲狂，夜渡黃河橋，長十九里，上懸電燈，下映河水，光明四爍，黃白相間，水聲風聲，助人快意」，〔註31〕辭章義理兼得而絲毫不影響他要表達的意思，而且用簡練的四字句進行精準的描寫，由此可見，郭沫若古文功底深厚，他努力學習傳統散文，已經做到收放自如，其情感也隱藏在文字背後，非仔細再三咀嚼則難以體察。

實際上，我國家書典範由《曾國藩家書》到《傅雷家書》跨越較大，尤

〔註29〕《郭沫若全集・文學編》第 9 卷，人民文學出版社 1985 年版，第 275 頁。
〔註30〕唐明中、黃高斌編注：《櫻花書簡》，四川人民出版社 1981 年版，第 80 頁。
〔註31〕同上，第 8～11 頁。

其是在情感的表達方式上，從「載道載言」到「絲絲親情」，中間既有傳統家書的現代演變又有西方書信表達的影響，《櫻花書簡》即是過渡轉型期的真實體現。它既不像《曾國藩家書》，其情感需要在家國理想的關照下去揣測、咀嚼和回味，也不像《傅雷家書》，在形式和內容上都借鑒西方，如稱呼已是「親愛的」，文中表達情感更加炙熱感人，「孩子，孩子，孩子，我要怎樣的擁抱你才能表示我的悔與熱愛呢！」〔註32〕筆者以為，郭沫若之愛好文學，棄醫從文乃至其後來一貫的「主情」的表達方式，在《櫻花書簡》中已露出端倪。作為一種深度的情感交流模式，筆者不敢妄談《櫻花書簡》對郭沫若日後的文學創作究竟起到多大的作用，但僅就抒情而言，郭沫若在《櫻花書簡》中就有出色的表現。比如表達「孝」，表達對父母親人的感恩和思念，郭沫若很快就擺脫掉家國一體，道德高蹈的表達，他從日常生活細節入手，比如做夢，《櫻花書簡》中不少信寫到夢，夢見父親、母親或者夢見回家，1914 年 8 月「昨夜又復夢得歸家，見六妹顏色滿白，心殊懸懸也！」〔註33〕「男前夜夢見回家，見父親正有優容。夢境離奇，更有種種不可思議之處，不識家中近況如何？」經過長期的醞釀，這些夢往往成為母子連心、父子一心的種種徵兆，對於家中的父母來說，恐怕沒有比這種表達更具神秘的魅力了。再如給父母祝壽，除了「轉回金表一件，金鏈一根」「為我二老壽，金堅而不磨，祝我二老康疆！表運行不滯，祝我二老康慰！鏈循環而無盡，祝我二老百年長壽，長壽百年而無盡」〔註34〕外，郭沫若甚至從日本寄回一根「一位木」的樹枝，並作《一位木謠》為父母祝壽：

　　　　木名一位，取其貴也；其葉長青，喻吾親壽如東海，長春不老。

　　　遠物將意，望吾父母賜笑一覽也。並製一位木謠一首如下：

　　　　一位木，葉長青，千歲萬歲春復春。

　　　　青銅柯，堅鐵心，一為王笏重千金。

　　　　富貴壽考無與倫，萬里一枝壽吾親。

　　　　一枝都百葉，葉葉寄兒心。「1916 年 2 月」〔註35〕

當「孝」源自內心深處最真誠的情感時，其表達便往往自然而真摯。郭沫若

〔註32〕傅雷：《傅雷家書》，天津社會科學院出版社 2006 年版，第 27 頁。
〔註33〕唐明中、黃高斌編注：《櫻花書簡》，四川人民出版社 1981 年版，第 29 頁。
〔註34〕同上，第 55 頁。
〔註35〕同上，第 92 頁。

的情感表達不僅推陳出新，而且與時俱進，到了 1921 年 12 月，郭沫若在信中這樣寫到：

> 開封隔著半透明的紙早隱約看見父親底真容，早便流下了淚來。八年不見父親，父親的面容比從前不同得多了，壽紋比從前要多些，要深些了。我記得八年前，父親底面容，下眼瞼確莫有這麼露出。我狠盼不得早一刻回家。母親的像覺得比八年前還要康健一樣。兒想在明年暑假定要回家一次。「1921 年 12 月」〔註36〕

此時《三葉集》已經出版，郭沫若與友人的通信已經與時代接軌，但與父母的通信一直堅持傳統的書信格式，但在內容的表達上，不僅使用現代白話語言，而且靈活使用結構助詞「的、得、底」，語氣助詞由「矣」到「了」並有副詞修飾，對於情感的描繪更加細膩準確。這種舊瓶裝新酒的方法不僅照顧到雙親的閱讀習慣，也間接的將時代氣息帶回家中。於此，筆者想強調的是，《櫻花書簡》中較晚一些的書信現代家書的趨向明顯，是一種較為典型的採用傳統書信格式而使用現代書信語言的書信形態。

　　無論是在情感表達上漸趨親切直白不加修飾，還是重內容輕形式，與社會文化思潮同步，書信趨向自由隨意，《櫻花書簡》都體現了由傳統家書向現代家書的過渡。《櫻花書簡》的前幾封信郭沫若顯然是經過精心構思的，年輕的郭沫若當時最想做的恐怕莫過於證明自己，為國為民貢獻自己的理想和熱情，相比而言，他到日本留學後日漸踏實，已將理想落實到日常生活之中，而不是急切地空談。1917 年 1 月信的內容就非常之隨意，「每日照常上課」和日本過舊曆年以及日本維新之後的民風、家鄉的飯菜、多搬家有益於衛生等等都是隨意而談，想到什麼便寫什麼。1922 年 1 月信的內容就更加寬泛，銀行匯款、棄醫從文復又繼續學業、學醫與學德文日文問題、學醫年限、試驗考試乃至實習情況，最後又提到和兒、博兒的近況等等。此時郭沫若寫家信的態度已全然沒有早期措辭文采的講求，而是隨意抒寫，簡明暢達為好。

　　換言之，郭沫若早期的書信是在做文章，後期才是與父母談家常。《櫻花書簡》是傳統書信向現代轉變的典型，這種典型性不僅體現在它繼承了傳統書信思想、道德、審美等既有的優良傳統，更表現為它逐漸擺脫這種傳統在形式和內容上的負面影響而日漸蛻變成為符合現代人情感表達需要的書信表

〔註36〕唐明中、黃高斌編注：《櫻花書簡》，四川人民出版社 1981 年版，第 164 頁。

達方式。具體說來，其維護和強化傳統思想意識形態的功用逐漸弱化，而其「論學」和深度情感交流的固有內涵卻在新的時代背景下適應溝通交流的需要獲得相應的現代品格從而滿足現代人的精神生活需求。從家書的「變」，到郭沫若思想乃至精神狀態的「變」，從自負的小「士子」到時代的弄潮兒，從傳統到現代……從《櫻花書簡》變化，我們不僅看到郭沫若的成長變化，更能管窺那個時代的風雲際會，而筆者從家書角度探索和研究亦只是《櫻花書簡》帶給我們啓示的一個方面，其更多的潛在價值有待進一步發掘。

三、由文言到現代白話的語言轉變

　　由於時間跨度長達十年，《櫻花書簡》的語言變化是極爲明顯的，中間又有「五四」新文化運動，因此語言考察成爲揭示《櫻花書簡》潛在價值的重要維度。然而，《櫻花書簡》的語言變化卻「不盡如人意」，雖然 1913 年信與 1923 年信之間語言對比極爲明顯，一爲文言，一爲現代白話，但中間的過渡階段卻頗爲複雜。比如 1918 年 8 月，信的開頭是「男來九州將近四個星期了，日前從六高來一明片，報告九州醫大准其無試驗入學，看看暑假不久要過，想在兩星期之內，便會開學呢。」〔註37〕這已是標準的現代白話了，而後一封 11 月的信卻又彷彿突然回到幾年前，這樣說道「前讀來函，言人言必十年讀書，始出問世；我言先十年問世，然後讀書，其說甚辯。然吾因得一證矣，盲者能行，恃相故也。今使盲者自謂吾能自行百里後，然後用相，不必智人聞之，而知其非妄即誇矣……嗟乎，吾弟其勉之矣，父母耄矣！」〔註38〕該信文言的「書袋氣」比 1915 年信的語言都要濃，而其後 1919 年 1 月的信語言又轉回白話：「家中想必還是過舊曆年。過年豬不知已經殺了莫有。日下想做餅做粑，家裏定忙不過了呢。年假放至正月十五，尚有兩禮拜的餘暇。假中無事，或溫習學課，或讀中國書過日」。〔註39〕爲何會出現這種情況呢？

　　《櫻花書簡》原信部分信封信套和信是分開的，所以《櫻花書簡》中部分書信的寫作時間是根據內容和其他線索考證得來，難免出現紕漏。蔡震先生經過詳細考證，對其中九封信的寫作時間做出更正，〔註40〕其中更正時間

〔註37〕唐明中、黃高斌編注：《櫻花書簡》，四川人民出版社 1981 年版，第 149 頁。
〔註38〕同上，第 152 頁。
〔註39〕同上，第 157 頁。
〔註40〕蔡震：《文化越境的行旅──郭沫若在日本二十年》附錄一《關於〈櫻花書簡〉的正誤》，文化藝術出版社 2005 年版，第 348 頁。

與原書考證時間跨度超過一年的有第 43 函、50 函、54 函、55 函、57 函、59 函。在閱讀蔡震先生文章之前，筆者即對第 59 函（上文所引 1918 年 11 月一信）產生過懷疑，因為根據語言判斷，第 59 函寫於 1918 年 11 月的確非常突兀，這一時間錯誤對《櫻花書簡》的語言考察構成了不小的干擾。但由此反觀，這些錯誤的時間恰恰成為《櫻花書簡》語言價值的有力佐證。除第 59 函實際寫於 1915 年 11 月外，又如第 50 函，根據蔡震先生考證，此信乃是誤將 1917 年 6 月的信封當做是該信的信封，根據信的內容該信應寫於 1914 年 6 月 23 日。該信不長，從語言上看，基本全是文言，如將第一句「本月內已有兩稟肅呈矣，茲復奉得三哥、四姐及兒婦書各一件，讀悉一是」與 1917 年 4 月 11 日信中「今年只接得元弟一封信，想必有所遺失。去歲曾寄相片一張回家，不識曾收到否？」相比較，表達的內容很相近，但後一句就沒有「兩稟」「肅呈」「茲覆」「讀悉一是」這樣的舊式套話，這種表達 1915 年之後就沒有了。總體來看，蔡震先生對《櫻花書簡》部分信件時間的更正，凡是正誤時差超過一年的書信，其語言均可以作為佐證，將信件放還至正確的年代，不僅是內容上的一致，其在語言形態及演變軌跡上也較為一致。第 50 函如此，其他各函亦如此，限於篇幅，恕不一一列舉。

　　《櫻花書簡》書信的語言，除了早期的文言和後期的現代白話外，中間大量的語言，既非文言，也非現代白話，如 1916 年 11 月一信：

> 　　想見阿母誕日闔家團圓之樂，獨兒遠離膝下，大哥亦羈宦燕京，不知二老當日又思念兒輩何似也。男想前大、五哥同在日本時，父母每一念及，便泫然流涕，兒今離膝下已三年餘矣，不知二老又為兒雪了許多眼淚。「1916 年 11 月」〔註41〕

文白程度讀來頗似晚清通俗小說，如劉鶚《老殘遊記》開篇「……這閣造得畫棟飛雲，珠簾卷雨，十分壯麗。西面看城中人戶，煙雨萬家；東面看海上波濤，崢嶸千里。所以城中人士往往於下午攜尊挈酒，在閣中住宿，準備次日天來明時，看海中出日……秋天雖是晝夜停匀時候，究竟日出日入，有蒙氣傳光，還覺得夜是短的。」〔註42〕這種語言我們今天讀來也覺得熟悉，但似乎又與古白話小說的語言更近一些。那麼，郭沫若為何會採用這種語言形式給父母寫信？這種語言形式和現代白話有何區別，在現代文學發展史上又

〔註41〕唐明中、黃高斌編注：《櫻花書簡》，四川人民出版社 1981 年版，第 102 頁。
〔註42〕劉鶚：《老殘遊記》（插圖本），齊魯書社 2002 年版，第 1～2 頁。

有怎樣的地位呢？

　　如前文所述，書信在古典雅文學體系中是佔有一席之地的，《櫻花書簡》的第一封信就是一篇優美的古文。與雅文學相對應，我國傳統書面語中還有一直受到輕視的「白話」俗文學體系，兩者即余英時所謂的「大傳統」「小傳統」，〔註43〕需要特別指出的是，雅、俗文學是兩套並行的書面表達系統，和口語不直接處在一個層面。〔註44〕按照胡適1935年在《中國新文學大系·建設理論集·導言》裏的說法，現代白話是由「俗白話」〔註45〕發展演變而來。在這篇導言中，胡適不僅不再鼓吹廢除聲調甚至直接廢除漢字而用「音標文字」的激進主張，而且以勝利者的理性為新文學追根溯源，對新文化運動前「言文一致」的諸多實踐做了相對理性的分析。對於新文學的成功，他不同意「朋友陳獨秀」所謂的「最後之因」。不同於陳獨秀經濟基礎決定上層建築的「經濟史觀」，胡適認為白話文學取得最終勝利的原因，首先「是我們有了一千多年的白話文學作品、禪門語錄、理學語錄、白話詩調曲子、白話小說。」〔註46〕其次是「官話」的實際存在，「大同小異」的官話覆蓋了大部分的中國領土而且已經有了兩千多年的歷史（「官話」即是北方方言）；第三個原因胡適認為「海禁開了，和世界文化接觸了，有了參考比較的資料」。〔註47〕筆者以為，胡適的這種分析比較接近語言發展的實際，從《櫻花書簡》的語言來看，郭沫若模倣古文寫信時間很短，差不多到日本之後，就看不到其模倣的痕跡，語言句式變化漸多，詞彙更為豐富，而隨後便越來越通俗易解直到以

〔註43〕余英時：《士與中國文化》，上海人民出版社2003年版，第117頁。

〔註44〕當時中國的口語實際情況則更為複雜，數不清的方言、腔調差別到根本無法聽懂彼此，但卻又通用一種書面語，所以語音問題在操作上十分複雜。因此，儘管「言文一致」很早就成為知識界思想界的共識，但如何完成卻眾所紛紜，從傳教士、王照、勞乃宣等為漢字注音，到讀音統一會依古韻為古文注音，再到後來的國語羅馬字、廢除聲調等等這些嘗試均已失敗而告終。從《櫻花書簡》來看，這些運動至少沒有影響到郭沫若，對於當時的中國人的影響也是微乎其微的。從語言學的角度來看，絕對的「言文一致」也是不可能實現的。

〔註45〕關於「俗白話」一直存在的一個誤區是將其直接等同於晚清各地的白話報，或者等同於口語等等，這些理解混淆了書面語與口語，也在某種程度上混亂了白話新文學歷史特質和時代特徵。如果以這種理解去解讀當時的文獻，也會在迷茫中走向歧途。

〔註46〕胡適：《中國新文學大系·建設理論集·導言》，上海良友圖書公司1935年版，第15～16頁。

〔註47〕同上，第16頁。

俗白話爲主要語言表達形式。換言之，《櫻花書簡》在語言的使用上其實非常
靈活，書信用語大多是「大小傳統」並用，且愈是往後「白話小傳統」的分
量愈重。郭沫若之所以在語言使用上如此自由，隨時代潮流選擇容易表達容
易理解的語言形式，一方面是當時業已盛行知識界多年的「言文一致」的思
潮，擺脫文言束縛不僅不失讀書人的面子，某種程度上還能彰顯自己的見識；
另一方面，恐怕與其父母文化程度不高，對此沒有強力的束縛有關。從《郭
沫若自傳》中我們得知，郭沫若父親十五歲輟學，學商三年便主持家務，文
化程度不高，而且年紀大，郭沫若信寫的漂亮固然可以顯示才華，倘若寫的
明白曉暢，父母理解起來不費力氣，那也是一種孝道。再則，郭沫若有將時
代風氣帶入家鄉，開闊家鄉親人視野的想法，「不日將有歐戰寫眞貼寄歸家
中，傳閱後，不妨令全場人看看，亦是開通風氣之一舉也。」〔註48〕在他看
來「吾家爲鄉中望族，一舉一動影響全鄉；憶前鄉中尚無打麻雀牌之習，自
吾家打起後，遂至蔚成風氣，不識年來此風何似也。」〔註49〕不難看出，這
種將時代風氣引入家鄉的觀念是郭沫若理想抱負的一部分，因而說其在語言
選擇使用上緊隨時代潮流，是較爲可信的。

　　在筆者看來，《櫻花書簡》的語言存在至少明確了兩個基本史實：第一，
誠如胡適所言，「五四」白話新文學之所以成功，在於它遵循了語言發展的規
律，尊重了中國人使用母語的實際。在「五四」白話文運動之前，爲實現「言
文一致」，不少先驅嘗試過一個又一個專業化的方案，這些方案如果在日本那
樣的小國很可能就成功了，但中國太大、文化積澱太深，結果導致這些嘗試
無一例外的都失敗了。胡適並非語言專家，自稱「門外漢」，但他至少有後知
之明，從其《導言》中不難看出，他後來清醒的認識到，「五四」白話文運動
得以成功的關鍵在於它以「小傳統」爲突破口，在梁啓超等人的基礎上將「俗
白話」提高到正統的地位取代文言，再藉以歐化的句式語詞和「人的文學」
思想從而完成現代白話的構建。從《櫻花書簡》我們可以看出當時人們使用
語言的具體情況是：文言是書面表達的正統，俗白話經過晚晴「言文一致」
的呼籲已經表現出表達上的優勢，不再被歧視而受到排斥，在書信尤其是私
密性的個人書信上，俗白話越來越受歡迎。胡適所呼籲的「八事」「八不」的

〔註48〕　胡適：《中國新文學大系・建設理論集・導言》，上海良友圖書公司 1935 年版，
　　　　　第 111 頁。
〔註49〕　唐明中、黃高斌編注：《櫻花書簡》，四川人民出版社 1981 年版，第 113 頁。

核心其實就是當時大家私下裏正在做但卻沒有公開，而胡適理直氣壯的將其公開並上升到文學革命的高度，因而他得到了眾多人的支持和響應，並以此為突破口實現了語言改革上的重大突破。

第二，儘管符合語言實際又有眾人的支持，「五四」白話文運動卻並不是一呼百應，應者雲集，在沒有強有力政府強制推行的情況下，其面臨的時間考驗和大眾選擇與其他語言改革一樣，成敗短期內尚屬未知。郭沫若是很關心時事的，又處在留日學生的大潮之中，但他接受現代白話並真正融入其中卻是在 1918 年 8 月前後，此時距 1917 年 1 月已經一年零七個月了。而在 1917 年其語言正處在一個相對駁雜的狀態。從《櫻花書簡》幾封較有代表性的幾封信，我們仍能看出其語言發展演變的軌跡：如 1914 年 3 月 14 日信是一封文言長信，「數月來，夢寐中時所望及者，一朝捧讀，南面王之樂，不足以易。價抵萬金，似猶未洽也。三哥厚愛，感謝甚勝」，〔註50〕文言句式簡潔明快還有用典，「南面王」在文言中有做皇帝或一方長官的意思，孔子曾經稱讚冉雍，說過「雍也可使南面」的話〔註51〕，《聊齋誌異》中《雲翠仙》篇也有「與以南面王豈易哉」的說法，郭沫若用此表達對家書的期盼和收到家書的喜悅。但信中也有這樣的話「尹昌衡一敗塗地，幾乎有宣佈死刑之說，近來尚未聞作如何結果也」，這是俗白話小說中常見的句式。這種句式在 1915 年之前並不多見也不明顯，但 1915 年之後如 7 月「暑天到了，吾弟可少少休息，少成亦可令休息半月或一月」，1915 年 10 月信開頭即寫到「男居岡山已是一個多月了，所住的地方……」，這些非文言的表達隨後越來越多，其中 1917 年 11 月的信很具代表性，主要用俗白話寫成，「本月初一日，乃母親誕日。男日前早早掛在心頭，不意到當日來竟至忘懷了」，但有很多話其實和現代白話並無太多區別，「像這些長命壽星，都是吾人應該要活到二百歲的證據，又如我國古時候，老子、莊子都是活了二百多歲的」，〔註52〕信中還雜有英文外國人名，這種行文方式不僅當時存在，在白話新文學成為主流語言之後，仍有以這種方式寫作的，比如錢鍾書的不少散文，就是俗白話、外文和現代白話的混用。到了 1918 年 8 月就不見文言而全然是現代白話了，「房子裏面卻不大乾淨，周圍都是土壁，房錢卻是很貴，每個月電燈，要五塊半錢，算好窗戶甚多，

〔註50〕唐明中、黃高斌編注：《櫻花書簡》，四川人民出版社 1981 年版，第 18 頁。
〔註51〕楊伯峻：《論語譯注·雍也篇》，中華書局 1980 年版，第 54 頁。
〔註52〕唐明中、黃高斌編注：《櫻花書簡》，四川人民出版社 1981 年版，第 135 頁。

涼風時至，可恨毛房太近，又時有糞香撲鼻也。」〔註 53〕此外，從原信斷句來看，第 55 函最早有斷句，《櫻花書簡》編者認為該信寫於 1918 年 3 月，並認為該信是「迄今所見到的郭沫若的家信中，最先提及在日本結婚成家之事。」〔註 54〕而蔡震先生根據其中吳鹿蘋歸國、日本學制以及該信與同樣談及「在日本結婚成家之事」的第 56 函間的關係等考證該信應寫於 1919 年 3 月。〔註 55〕從斷句來看，第 55 函有斷句，而第 56 函卻無斷句，如果第 55 函寫於 1918 年 3 月，與寫於 1918 年 5 月的第 56 僅相差兩月，而前者有斷句，後者卻無斷句，有悖常理。而 1918 年 8 月家書即《櫻花書簡》第 58 函原信有斷句，且其後除第 62 函和第 66 函兩封安娜產子的喜報無斷句外，其他各信均有斷句（第 59 函前文已作說明，寫於 1915 年 11 月，原信亦無斷句，不再贅述）。蔡震考證第 55 函寫於 1919 年 3 月，符合原信斷句規律。由此不難看出，1918 年 8 月進入福岡帝國醫大是《櫻花書簡》語言變化上的分水嶺，也是郭沫若語言使用上的一個重要轉變，明確這一點對還原郭沫若早期文學創作有十分重要的意義，比如郭沫若最早的新詩創作究竟是在 1916 年還是在 1918 年，語言考察可以為此提供一個較有說服力的參考，這一點後文再做詳述。

順應時代也必將得到時代的回報，郭沫若自接受現代白話開始，其文學衝動便如脫韁的野馬，再也控制不住。他於 1918 年夏秋之交做白話小說《骷髏》、秋冬之交作白話新詩《解剖室中》，1919 年 1 月做新詩《新月與晴海》，同年二三月間做白話小說《牧羊哀話》，應該說從這時起郭沫若已經深深地融入到新文學的大潮之中，難以回頭了。

當然，《櫻花書簡》在語言史上到底有多大價值還有待語言研究者進一步深入。本文強調《櫻花書簡》的語言價值意在為分析《櫻花書簡》進而理解郭沫若早期思想和文學創作提供支持。

第三節　由《櫻花書簡》看青年郭沫若的思想世界

本章嘗試對《櫻花書簡》進行文本分析，分析的路徑首先是從思想的角度。因為，作為家書，《櫻花書簡》的文本有傳統家書特有的論說性，這些家

〔註 53〕唐明中、黃高斌編注：《櫻花書簡》，四川人民出版社 1981 年版，第 149 頁。
〔註 54〕同上，第 142 頁。
〔註 55〕詳情見蔡震《文化越境的行旅——郭沫若在日本二十年》附錄一《關於〈櫻花書簡〉的正誤》，文化藝術出版社 2005 年版，第 348 頁。

書寫作之時沒有發表之心，郭沫若當時的思想也不十分成熟，對於父母郭沫
若在文辭上亦不加矯飾，所以《櫻花書簡》中的觀點生動鮮明，眞實展現了
青年郭沫若的思想動態。所得到的結論也與一般意義上的理解有較大的出
入，比如，很多人在說到青年郭沫若時都說他「天生叛逆」，以《櫻花書簡》
觀之，這種「描述」與郭沫若當時眞實的思想狀態有一定的距離。同時，郭
沫若早期精神頓悟的思維方式和心靈苦悶的根源也通過《櫻花書簡》得以揭
示，通過《櫻花書簡》，我們看到青年郭沫若蘊含著無限的可能性，在這些可
能性的基礎上理解郭沫若作爲詩人、文學家的獨特性有較爲明晰的啓示意義。

一、「反叛者」的限度

「反叛」「叛逆」是與青年郭沫若相關表述中經常見到的詞彙，也是一個
學界近乎公認的判斷〔註56〕。但若再追問，郭沫若叛逆的性格是怎樣形成的？
具有怎樣的精神內核？這個問題就變得複雜起來。尤其是結合《櫻花書簡》，
這個問題就更難回答，因爲所謂「叛逆性格」是否存在也成了一個需要解答
的問題。

郭沫若「叛逆者」的形象首先是由他自己塑造的。在其早年的自傳中，
學堂鬧事、學潮、酗酒、斥退等不羈行爲佔有相當的篇幅，郭沫若將自己描
述成一個「叛逆者」的意圖明顯。作爲多年後回顧得來的「成功經驗」，郭沫
若的敘述並不完全客觀，如他說「像這樣倚仗人多勢眾在戲場內惹是生非，
這在當時的學生界是最流行的風氣。而我又差不多是十處打鑼九處在的人」，
〔註57〕「最流行的風氣」的判斷顯然是經驗性的判斷，個人色彩濃厚。然而
就是這些回顧起來的文學色彩濃厚的「成功經驗」被後世研究者轉化爲「早
期經驗」，從而依靠弗洛伊德的精神分析理論判定郭沫若叛逆性格具有「必然
性」，這種推論從根本上是站不住腳的。

如果說在郭沫若自傳中，他是一個叛逆的「壞學生」，那麼在《櫻花書簡》
中，他卻是一個刻苦用功成績斐然的「好學生」。信中既有平日學習的眞實描

〔註56〕如陳曉春《從鄉土、家庭的「邊緣性」看郭沫若叛逆性格的必然性》(《郭沫
　　　　若學刊》1997年第1期)，李向陽《地域文化與郭沫若叛逆性格的形成》(《郭
　　　　沫若學刊》1998年第4期)，《本刊獨家專訪郭沫若女兒郭庶英：父親的叛逆
　　　　是與生俱來的》(《環球人物》2009年第20期)，李怡《來自巴蜀的反叛與先
　　　　鋒——郭沫若與四川文學片論之一》(《跨越時空的自由——郭沫若研究論
　　　　集》，東方出版社2008年4月出版，第54〜71頁)
〔註57〕《郭沫若全集·文學編》第11卷，人民文學出版社1992年版，第108頁。

述，又有深刻地自我反省，對未來充滿信心與期待，沒有浮空的豪言壯語，對父母的承諾與感恩眞實感人，如：

> 近在神田，研究日語，離寓有中國八九里遠，每日步行而往，必乘電車而歸，以午後五鐘下課，急於趕飯故也。……拼此半年工夫，極力予備，暑假之內，如萬一能考得官費學校，則家中以後盡可不必貼補，已可敷用。勤苦二字，相因而至，富思淫佚，飽思暖逸，勢所必然，故不苦不勤，不能成業。「1914 年 2 月」〔註 58〕

> 顧親恩國恩，天高地厚，大好男兒，當圖萬一之報。此又學業深造所不能一日緩者，暫苦久甘，將來自信所以慰我親心者，當必勝今日依依如兒女子守候起居之樂，少有以益，至賴祖德親恩。……男來東兩月矣，尋常話少能上口，近已開手作文，雖不見佳妙，也能暢所欲言無苦，書籍文報，漸能瞭解，想拼此半年腦力，六七月間，當能預考。「1914 年 3 月」〔註 59〕

此外，1915 年 10 月 21 日，郭沫若在致父母的家書中，將自己每日的作息時間表詳細彙報父母，其學習刻苦用功的程度由此可見一斑：

> 五時半起床
>
> 五時半至六時半盥嗽並行冷水浴一次
>
> 六時半至七時　靜坐
>
> 七時早餐
>
> 八時至午後二時，登校　星期一則至午後三時星期六則至十二時便無課
>
> 十二時午餐
>
> 午後課畢後　溫習時間　此時間每日復行溫浴一次
>
> 五時　晚餐
>
> 至餐後七時散步　此間有操山者山形頗似峨眉山麓，均稻田散策田間，四顧皆山焉。恍若如歸故鄉然者。
>
> 七時至十時溫習準備時間
>
> 十時十五分靜坐入寢「1915 年 10 月」〔註 60〕

〔註 58〕唐明中、黃高斌編注：《櫻花書簡》，四川人民出版社 1981 年版，第 12 頁。

〔註 59〕同上，第 19 頁。

〔註 60〕同上，第 84 頁。

這些刻苦用功的細節和自傳中的「叛逆」青年判若兩人。在學習上如此，在思想上，《櫻花書簡》中的郭沫若也可謂中規中矩，且不說反叛封建傳統，以今天的眼光觀之，說其落後守舊亦不爲過：

1914 年初袁世凱正借「約法會議」逆歷史潮流而動，郭沫若卻對其大加讚賞，對反對袁世凱的人頗有微詞：

> 中國自反正來，一般得志青年，糊塗搗蛋，蠹國病民，禽荒沉湎，忘卻兄臺貴姓，袁氏此次振救，頗快人意，一棒當頭，喝醒癡頑，亦復不少也。「1914 年 2 月」〔註 61〕

在 1915 年，袁世凱簽訂日本滅亡中國的「二十一條」之後，郭沫若仍然爲其開脫，對「歸罪政府」的反袁世凱言論，他認爲是「思圖破壞，殊屬失當」：

> 再此次交涉之得和乎解決，國家之損失實屬不少，然處此均勢破裂之際，復無強力足供禦衛，至是數百年積弱之敝有致。近日過激者流，竟欲歸罪政府，思圖破壞，殊屬失當，將來尚望天保不替，民自圖強，則國其庶可救也。「1915 年 5 月」〔註 62〕

此外，他對日本帝國主義的狼子野心也沒有足夠的認識：

> 歐洲戰爭，內地想多傳聞，中日兩國，將來可告無事，男居此間，別無他慮也。「1914 年 9 月」〔註 63〕

當然，以今天的眼光如此看待郭沫若是不妥當的，郭沫若對袁世凱的態度，以「後知之明」觀之是錯誤的，但確實代表了當時大數中國人（包括知識精英）的看法，是當時國人渴望一個強大的中央政府「強力禦衛」外敵的普遍心態的反應，不能以簡單的對錯來判斷。筆者之所以強調這些「錯誤」，意在說明，郭沫若作爲封建傳統的「反叛者」同樣是建立的「後知之明」的判斷之上，並不是「早期經驗」所決定的。其所謂「早期經驗」的反叛，其實並不明確指向封建傳統。《櫻花書簡》中郭沫若「極力予備」「勤苦」學習，對父母、國家充滿感恩，對祖國政府（儘管後來歷史證明當時的政府是反動的）具有向心力充滿期待……，這些與郭沫若自傳中的「叛逆」青年有著明顯的差別。究其原因，一方面乃是郭沫若留學日本接觸西方文化，學習態度日漸務實踏實；另一方面其實也證明郭沫若自傳文學色彩的濃厚，而「反叛精神」

〔註 61〕唐明中、黃高斌編注：《櫻花書簡》，四川人民出版社 1981 年版，第 12 頁。

〔註 62〕同上，第 65 頁。

〔註 63〕同上，第 33 頁。

即是文學色彩中非常出色的一筆。郭沫若自傳創作時間是 20 世紀 20 年代末（1928 年）至 30 年代，文學革命已經成功而轉向革命文學的時期，文學革命反傳統的歷史功績已經載入史冊，郭沫若強調自己的「反抗精神」實際是他二三十年代思想狀況的真實反映，至於學生時代的郭沫若是否真的就是一個「反叛者」，郭沫若自傳的說服力顯然有限。

實事求是地說，郭沫若當時是否就是一個「反叛者」的確並不十分了然。判斷郭沫若是否是一個「反叛者」首先得明確，究竟要反叛什麼？比較一致的答案是封建禮教、封建傳統，縱觀郭沫若一生，他的確是一個封建傳統的「反叛者」。然而年輕時便是如此嗎？事實上，所謂「封建傳統」不過是後人的概括，而且是由其反對者建構起來的，就青年郭沫若而言，其所謂反叛，目標只是一些現實的追求，誠如其在自傳中所描述的那樣：成績本來是第一名，在一幫「老書生」反對之後被降為第三名，於是「這件事對於我一生是第一個轉扭點，我開始接觸了人性的惡濁面。我恨之深深，我內心的叛逆性便被培植了。」〔註 64〕再如，郭沫若在評述李劼人時自豪地宣稱《大波》中那個「最不規矩」「一定要做出些花樣來，表示他那反抗的精神，以及輕蔑的情意」的「姓鄢的學生」就是他自己。具體怎麼做呢？「叫不要咳嗽，他總要大聲的咳嗽幾聲，叫大家留心聽話，他總東張西望的擺出一副心不在焉的態度」〔註 65〕這種叛逆現在年輕人中也很常見，用現在的詞表達就是「耍酷」，與反封建精神其實並不構成直接的聯繫。所以，以郭沫若個人的描述來看，青年郭沫若的「反叛」並沒有明確的指向性，也就是說，儘管他可能有種種不為傳統所羈絆的行為，但反傳統並不是他當時行為的目標，其行為的歷史意味是一種文學化的闡釋，不能成為判斷的依據。

然而，這是否就意味著郭沫若的反叛精神純屬子虛烏有呢？我們究竟該如何理解郭沫若的反叛？將郭沫若的反叛行為、反叛精神單純地理解為他個人的行為思想是誤讀「反叛者」郭沫若的關鍵所在。如果這些行為僅僅是郭沫若個人的，固然有「早期經驗」的理論昇華，也有「土匪巢穴」等民間文化影響，更有偏遠地區的野性衝動作為支撐，貌似嚴密無懈可擊，但內在邏輯卻大有問題，更無法解釋文獻史料帶來的悖論。換個角度，從社會背景的宏觀角度分析，郭沫若自傳中的「壞學生」和《櫻花書簡》中的「好學生」

<hr />

〔註 64〕《郭沫若全集·文學編》第 12 卷，人民文學出版社 1992 年版，第 9 頁。
〔註 65〕李劼人：《李劼人選集》第 1 卷，四川人民出版社 1980 年版，第 13～14 頁。

其實有著內在的一致性，這種一致性包含「傳統」與「世界」兩個方面。「壞學生」想走向世界，對周圍環境作出質疑和不屑，對此，郭沫若有過十分形象的描述：

> 「但就留在正規的學校裏罷，依然沒有可學的東西。而且在那鼎革的時期，學校多是奉行故事，有好些稍諧人意的教員也都轉入了政界，剩給學生的便是焦躁、無聊、空虛。在當時有機會的人，便朝省外、國外跑，不能跑的呢便只好陷著熬資格了。我自己在當時眞是苦悶到了絕頂，要考省外的學校或留學罷，起碼要中學畢業資格，然而中學還沒有畢業。因此便錯過了很多的機會。在這樣苦悶狀態中，被逼著愈朝吃酒賦詩、遊山玩水的道路上走。」〔註66〕

而「好學生」在歐風美雨中逐漸成長成熟並已經開始回望傳統，他不僅創紀錄的用半年時間考上官費留學生，而且開始反思自己以前的種種行爲，力圖奮發有爲：

> 男前在國中，毫未嘗嘗辛苦，致怠情成性，幾有不可救藥之槪，男自今以後，當痛自刷新，力求實際學業成就，雖苦猶甘，下自問心無愧，上足報我父母天高地厚之恩於萬一，而答諸兄長之培誨之勤，所矢志盟，心日夕自勵者也。〔註67〕

不難看出，「壞學生」與「好學生」的內在統一是郭沫若「反叛精神」的核心構成，也是當時社會思潮的大勢所趨。也就是說，只有將郭沫若置於20世紀初的具體歷史語境中並與當時眾多的知識精英發生關聯，郭沫若的「反叛精神」才存在，否則只是一種穿鑿附會的想像，而所謂的具有必然性的「叛逆性格」則根本不存在。誠如李怡先生所言，「在現代中國的反叛與先鋒追求的整體背景上」，以郭沫若、巴金、李劼人、沙汀等爲代表四川作家「以各自不同的方式複雜地顯示了巴蜀人桀驁不馴的反叛姿態」。〔註68〕忽略整體背景而附會「叛逆性格」是理解郭沫若早期思想的歧途。

青年郭沫若早期的反叛或者說「耍酷」行爲並不是說郭沫若天生就具有「反叛性格」，這些行爲的背後實際隱含著一種渴望，一種對知識、對世界的渴望，

〔註66〕《郭沫若全集·文學編》第12卷，人民文學出版社1992年版，第13頁。
〔註67〕唐明中、黃高斌編注：《櫻花書簡》，四川人民出版社1981年版，第13頁。
〔註68〕李怡：《來自巴蜀的反叛與先鋒——郭沫若與四川文學片論之一》，見《跨越時空的自由——郭沫若研究論集》，東方出版社2008年版，第54～55頁。

同時也是壓抑不住的理想抱負的外在表現。因此，郭沫若的反叛與當時中國社會思潮緊密聯繫，是一種合歷史潮流而動的個人行為，但他不是歷史先知，更不會從小長著「反骨」具有天生的叛逆性格。我認為作為一種道德價值判斷，作為對郭沫若思想藝術成就、歷史貢獻的一種概括，對當時社會文化思潮的一種理解，「反叛者」郭沫若無疑是十分恰當的。但這種「反叛」應該有它應有的限度，最起碼不能逆向反推，因其終生的成就而認定他「必然」是叛逆者，並且在具體歷史時期、文學作品的分析闡釋上，它也不具有普適性。我們從郭沫若的反叛精神中看出的不是必然性，而是可能性，郭沫若對傳統文化的理解超出我們以往的想像，他由「反叛者」到「反叛者」的反叛者也不是沒有可能。如康有為、嚴復、王國維、楊度、辜鴻銘等這些近代中國早期的思想巨人都有過類似的轉變，郭沫若早期的思想同樣蘊含著豐富的可能性。

二、早期心靈苦悶的根源

「吶喊」之後是「苦悶和彷徨」，「苦悶」是「五四」之後青年們普遍表達的心靈狀態，郭沫若更以「死」這一極端意象來表達自己的苦悶。如他早期的新詩《新月與白雲》、《死的誘惑》、《別離》、《維奴司》、《死》等等，在《太戈爾來華的我見》中他亦這樣描述：

> 「民國五六年的時候，正是我最彷徨不定而且最危險的時候。有時候想去自殺，有時候又想去當和尚。每天只把莊子和王陽明和新舊約全書當日課誦讀，清早和晚上又要靜坐。我時常問自己：還是肯定我一切的本能來執著這個世界呢？還是否定我一切的本能去追求那個世界？」〔註69〕

問題在於，「民國五六年的時候」（1916～1917）正是郭沫若與安娜戀愛的時刻，而那幾首新詩也正是「先先後後為她而作的」，〔註70〕為何戀愛的甜蜜伴隨著如此痛苦的體驗？郭沫若所謂「最彷徨不定而且最危險的時候」他和安娜已經同居，《新月與白雲》、《死的誘惑》、《別離》、《維奴司》也不是一般的愛情詩——由愛恨而生的生死誓言，其內容是在得到愛之後，「死」卻向他逼近。那麼，嚴重困擾郭沫若的究竟是什麼呢？

《三葉集》中，郭沫若在寫給田漢的信中談到他和安娜的感情，其言辭

〔註69〕黃淳浩：《〈文藝論集〉彙校本》，湖南人民出版社1984年版，第185頁。
〔註70〕《郭沫若全集·文學編》第16卷，人民文學出版社1985年版，第209頁。

眞切並有深刻的自我剖析和懺悔，打動了不少讀者。一般認為郭沫若對元配張瓊華和安娜有雙重的負罪感〔註71〕，這自然是正確的，郭沫若在《三葉集》中極力表達的也正是一點。但筆者以為，郭沫若對張瓊華和安娜的負罪感均不單純。比如，郭沫若對張瓊華的負罪感其實並不指向張個人，其背後是更為深廣的自我對自我心中傳統「家國想像」的「破壞」，這一點在《櫻花書簡》中表現的尤為明確。

《櫻花書簡》中郭沫若為他和安娜同居生子的「罪孽」給父母請罪的信有兩封，〔註72〕說自己「罪孽」「百法難贖」，「悔之罔極」：

> 男不肖陷於罪孽，百法難贖，更貽二老天大憂慮，悔之罔極，只自日日淚向心頭落也。自接元弟往日責讓一函，屢思肅稟，自白終覺毫無面目，提起筆竟寫不出一句話來。今日接到玉英一函，敘及父母哀痛之情，更令人神魂不屬。往事不願重談，言之徒傷二老之心。而今而後男只日夕儆惕，補救從前之非。今歲暑中，可國事稍就平妥，擬歸省一行，當時再負荊請罪，請二老重重打兒，恐打之不痛，兒更傷心矣！「1918 年 5 月」〔註73〕

讓郭沫若「神魂不屬」的是父母的「哀痛之情」，而非對元配的背叛，對於張瓊華個人，郭沫若只是表示願承擔責任，〔註74〕他說：

> 是男誤了人，也不能多怪，還望父母親恕兒不孝之罪。「1918 年 3 月」〔註75〕

言辭遠不及對父母懺悔那般懇切，「也不能多怪」一句具體含義模糊，但其表達方式尤其是「也」「多」這些虛詞的使用，讓人不難體味其背後的複雜情感，並且郭沫若並未請求張寬恕，而是再次懇請父母寬恕。這就不難理解，在《三

〔註71〕蔡震，《郭沫若留學日本的雙重啟示》，引自新華網 2011 年 02 月 23 日 http://news.xinhuanet.com/xhfk/2011-02/23/c_121112966_3.htm。

〔註72〕關於這兩封信（55、56 函）的寫作時間，蔡震先生考證 55 函寫於 1919 年 3 月，在 56 函（寫於 1918 年 5 月）之後，詳細考證見《文化越境的行旅——郭沫若在日本二十年》第 350～351 頁。

〔註73〕唐明中、黃高斌編注：《櫻花書簡》，四川人民出版社 1981 年版，第 144 頁。

〔註74〕儘管在《黑貓》中，郭沫若表示「父母是徵求了我的同意的，我的一生如果有應該要懺悔的事，這要算是最重大的一件」，這一表達和魯迅《傷逝》開篇「如果我能夠，我要寫下我的悔恨和悲哀，為子君，為自己」一樣，強調懺悔的前提。

〔註75〕唐明中、黃高斌編注：《櫻花書簡》，四川人民出版社 1981 年版，第 140 頁。

葉集》中他所表達的只是已有婚姻的罪惡，而不是背叛元配的罪惡。這兩種「罪惡」的區別在於，郭沫若的負罪感實際指向的是家庭這一文化能指，而非個人感情的背叛（如他《黑貓》所述他們之間也並無太多的個人情感），這樣一來，郭沫若的負罪感就與家庭緊緊聯繫在一起，這是才是嚴重困擾郭沫若的關鍵所在。

如此我們不妨這樣說，在郭沫若內心的深處，與安娜「搏鬥」的不是張瓊華，而是以沙灣為落腳點的整個傳統家庭文化。在傳統文化中，「家」是一個有超常穩定性的社會能指，處於道德倫理形態的中心位置，進入 20 世紀以來，尤其是「五四」前後，這一社會最小的單位和細胞，開始發生突變。郭沫若與安娜的愛情和婚姻實際就處在這巨變的漩渦中心，因此，郭沫若面臨的壓力不只是外在的，而更多是內在的。這種心靈糾結和掙扎一方面體現在郭沫若早期的文學作品中，另一方面也在《櫻花書簡》中留下了印跡。

從《櫻花書簡》所收家書的頻次來看，1916 年 9 月之後（郭沫若與安娜 8 月相識，9 月正值戀愛開始的前後），是郭沫若家書的另一個高峰期（第一個高峰是剛到日本的 1914 年），從 9 月開始到 1917 年 2 月，郭沫若每個月都有家書寄回，且 1916 年 12 月和 1917 年 1 月均有兩封家書寄回（郭沫若與安娜於 1916 年 12 月開始同居），這在《櫻花書簡》中是不多見的。這些家書「文白參用」，其長度和表述的細膩程度都是所收其他家書難以望其項背的。以 1916 年 9 月的家書為例，信中郭沫若在請求家中匯款之後，接著說道：

> 「日本學制，高等學校，實為大學預科，注重外國言文，其他
> 科學，實不過高等普通而已。故雖高等畢業，非再由大學畢業後，
> 終無立身處世之長策」「1916 年 9 月」〔註76〕

然後舉出夏禹、蘇武的例子表述自己的留學理想：

> 「男想古時夏禹治水，九年在外，三過家門不入；蘇武使匈奴，
> 牧羊十九年，饉齕冰雪。男幼受父母鞠養，長受國家培植，質雖魯
> 鈍，終非幹國棟家之器，要思習一技，長一藝，以期自糊口腹，並
> 籍報效國家；留學期間不及十年，無夏、蘇之苦，廣見聞福，敢不
> 深自刻勉，克收厥成，寧敢歧路忘羊，捷徑窘步，中道輟足，以貽
> 父母羞，為家國蠹也！」「1916 年 9 月」〔註77〕

〔註76〕唐明中、黃高斌編注：《櫻花書簡》，四川人民出版社 1981 年版，第 97～98 頁。
〔註77〕同上。

並安慰父母說：

> 「父母愛男，望勿時以男爲念。方今世界大通，郵便天下，較
> 之古人家書萬金，動需年月之苦，已不啻有萬里咫尺之別。寫眞在
> 望，猶男侍立膝前；家報飛傳，猶男喋褻座右；男年已不稚，自當
> 努力自愛，絕不至遠貽父母隱憂，父母愛男，望勿以男爲念也。」
> 「1916 年 9 月」〔註 78〕

接著他又替大哥解釋家書少的原因，說大哥「丈夫氣概」「總以國故糾紛，魚
鴻不免有所沉滯耳」，對「五哥」「五嫂」「大嫂」等家事也一一關心詢問。

　　讀完這封信，我們不難推測信開頭提到的「元弟七月二日第七號掛號信」
的內容：父母想必是抱怨他和「大哥」家書過少，並催他早日完成學業學成
歸國。而郭沫若不僅有學醫「實業救國」的遠大志向，且此時他正和安娜處
於熱戀之中，因此父母的「無心之舉」實際恰恰把郭沫若推到內心情感衝突
的風口浪尖上。顯然，他決意「肯定我一切的本能來執著這個世界」，婉拒父
母的催學歸國自然是這封家書的題中之意。其中「留學期間不及十年」一句
尤爲耐人尋味，此時郭沫若留日剛兩年多，尚不及三年，而他卻以「不及十
年」來回絕父母學成回國的提議，一方面應該說，這是他長久的求學志向使
然，但另一方面，熱戀的感情心理無疑也是堅定他在日本求學信念的重要因
素。也屬巧合，郭沫若 1913 年至 1923 年在日本留學，算來也正好十年。

　　1916 年的 12 月 27 日的家書是該月的第二封信，此時郭沫若已與安娜同
居，信中引用了王陽明《元夕》詩一首，以「預想家中團圓之樂」，這與《太
戈爾來華的我見》中說「民國五六年」「最彷徨不定而且最危險的時候」把王
陽明當日課來讀的說法正好一致，也進一步證實所謂「民國五六年」正是 1916
年 12 月與安娜同居的前後。也就是說，自與安娜同居開始，痛苦、煩惱、掙
扎甚至「死亡」就開始侵擾郭沫若。然而，郭沫若爲何反應如此強烈，甚至
想到自殺？讓郭沫若難以取捨的究竟是什麼？

　　在中國傳統家庭倫理中，「孝」作爲核心價值觀從顯性和隱性、言語和行
爲等諸多方面影響著人的成長和發展，《櫻花書簡》本身即是「孝」的一種顯
示。儘管在「五四」時代，作爲封建綱常倫理的「孝」被激烈的批判，但作
爲文化上的「孝」，它實際仍左右著當時包括「五四」先驅在內的所有中國人
的言行。如魯迅、郭沫若均默然接受了父母安排的婚姻，並終生恪守作爲「丈

〔註 78〕唐明中、黃高斌編注：《櫻花書簡》，四川人民出版社 1981 年版，第 97～98 頁。

夫」的責任，儘管忍受著萬般難以言說的痛苦，卻始終不越雷池一步，究其原因，根結即是其內心深處至誠至深之孝以及以孝爲核心的家國傳統。無獨有偶，他們與自己相愛之人同居之後，均在有子之後才向父母稟告，而郭氏雙親和「魯迅的老太太」也不出意外的原諒了他們。「父慈子孝」的傳統家庭倫理本身是雙向互動的，但在野心政治家「以孝治天下」的邏輯下，「孝」失去其本質而成爲單向的服從，再加上一班庸儒（或者是御用文人）將典籍教條化，「孝」最終淪爲統治愚民的工具。在五四新文學的批判話語中，除了對「孝」作爲愚民工具的批判外，還從進化論的角度對「孝」本身所包有的老年哲學和過去本位進行批判。然而對究竟該不該孝卻是一致的默認或贊同，換言之，五四新文學所要批判的不是徹底否定孝，而是要還原孝，建立雙向互動的孝。郭沫若當時心靈的震蕩正是建立在他對「孝」的這一理解和體認之上，於此，「to be or not to be」的莎士比亞式的心靈掙扎在郭沫若哪裏有了生動的體現：「我時常問自己：還是肯定我一切的本能來執著這個世界呢？還是否定我一切的本能去追求那個世界？」具體的說，「這個世界」實際指以安娜爲中心的近代世界，「那個世界」則指以四川沙灣爲中心的中國傳統世界。這種碰撞和選擇是郭沫若早期心靈苦悶的根源。

　　郭沫若對安娜的懺悔也不單純，是指在其懺悔邏輯混亂的背後是他不願面對的逃避。在《三葉集》中，郭沫若這樣表達自己的懺悔和痛苦：

> 「我到十二月的年假裏，便又往東京一行，我便勸她把病院生活率性早早犧牲了，同我到岡山去同居，一面從事準備。咳！壽昌兄！我終竟太把我柔弱的靈魂過於自信了！我們同居不久，我的靈魂竟一敗塗地！我的安娜竟被我破壞了！」〔註79〕

結合上下文仔細體味，郭沫若所謂的「破壞」非指生理上的而是精神上的，郭沫若後文也有說明，「我的罪惡如僅只是破壞了戀愛的神聖——直截了當地說時，如僅只是苟合！那我也不至於過於自遣。」〔註80〕接著郭沫若談到自己的元配、談到自己是「結了婚的人」等等，以表示自己雙重罪惡的懺悔。仔細閱讀郭沫若給田漢的信，對郭沫若的感情抱以理性的分析，筆者以爲，郭沫若好比《傷逝》裏的涓生，其懺悔並不徹底，其懺悔邏輯有值得深究之處。爲何是同居不久郭沫若的「靈魂」才「一敗塗地」？其後文所述已婚等

〔註79〕《郭沫若全集·文學編》第15卷，人民文學出版社1990年版，第41頁。
〔註80〕同上，第43頁。

諸多理由，在同居之前就應有所考慮，這顯然是一種模糊的說辭。郭沫若所謂的「破壞」不是生理的破壞，那究竟意指什麼呢？安娜在郭沫若心中有著怎樣的形象和地位呢？

在給田漢的信中郭沫若描繪了安娜在他心中的形象：

> 「壽昌兄！我實不瞞你說，我最初見了我安娜的時候，我覺得她眉目之間，有種不可思議的潔光——可是現在已經消滅了——令我肅然生敬。」〔註81〕

這便是人們常常提到的「女神」形象的現實原型，安娜在郭沫若早期文學創作中的重要作用已為學界公認。「可是現在已經消滅了」，為什麼會「消滅」呢？當然，同居生子的生活壓力、時間的流逝以及理想回歸現實等都可以作為安娜在郭沫若心中黯淡的理由。這通常化的推論雖無過渡闡釋的嫌疑，但卻無形中泯滅了郭沫若作為文學家的特質和忽略了「五四」前後社會思想文化的實際，而如果沿著本文家庭倫理的角度分析，以深切地歷史同情心深入郭沫若內心的深處，就會發現，郭沫若將安娜視為心中的「女神」，以及後來安娜「潔光」的逝去，都可以在廣闊的歷史文化背景中找到支持。

如果沿著上文傳統家庭倫理的角度分析，一個問題就必然浮現，郭沫若是不是背叛了婚姻？安娜是不是「第三者」？這個問題郭沫若和安娜當時同樣必然需要面對，不僅是因外在壓力，而更多是為了說服自己。因為，在中國傳統家庭倫理中第三者是不能容忍的，即使21世紀的當下社會對於「小三」也幾乎是零度容忍。「五四」新文化運動，女性自我覺醒，社會呼喊「娜拉」，文學作品也開始出現三者間的愛情，如許地山的《春桃》、夏衍的《上海屋檐下》、巴金的《寒夜》等。但細心的讀者會發現李茂傷殘、匡復入獄八年以及革命的遠大理想、社會環境的惡劣等等外在不可抗拒因素是這種「畸形」婚姻（以傳統的家庭倫理觀之）存在的必要條件，外在的強大壓力是突破傳統家庭倫理束縛的動力，儘管作家們都不同程度地對舊家庭表示不滿和質疑，但這似乎都建立在認同的基礎之上。認同之一就是反對第三者插足，除非有什麼特別的理由。郭沫若的理由是什麼呢？他對安娜的愛需要尋找到突破口才能噴湧而出，那麼安娜在郭沫若的心中肯定不是第三者，而是以一種更為崇高的形象出現，這種形象足夠強大，強大到能夠打破郭沫若心中傳統的強力束縛。那就是有著「不可思議的潔光」令人「肅然生敬」的「女神」安娜

〔註81〕《郭沫若全集・文學編》第15卷，人民文學出版社1990年版，第40頁。

——她本身即是一個敢於追求自由與自我的叛逆者，一個對自己家庭說不的獨立女性，一個如安娜‧卡列尼娜一樣複雜的偉大女性。對於郭沫若自己，郁達夫總結「五四」功績的話即可用來作爲說服他的理由：「五四運動的最大的成功，第一要算『個人』的發見。從前的人是爲君而存在，爲道而存在，爲父母而存在，現在的人才曉得爲自我而存在了。」〔註 82〕我想，正是在這種心理下，郭沫若和安娜毅然走到了一起。然而，正如魯迅先生所揭示的那樣，「娜拉走後怎樣」，當現實生活的壓力撲面而來，眞的「女神」終究並不存在，傳統家庭的壓力又再次氣勢洶洶的壓了過來，讓郭沫若覺得「毫無面目」「神魂不屬」。我以爲，討論涓生是不是最後眞的不愛子君了，沒有實際的意義，追問郭沫若在和安娜同居之後是不是開始悔恨愛情，也是誤入歧途。但有一點可以肯定，郭沫若正如《傷逝》裏的涓生，面對社會的殘酷，他和「他的愛」並沒有做好準備，並且當愛情的「潔光」消滅，他難免產生「逃避」的傾向。這種傾向伴隨著傳統家庭的壓力和理想的幻滅，逼迫他們扣問現實，如何從這種精神困境中走出，是當時許多青年必須面對的難題。這一難題涉及婚姻、愛情、家庭、事業、國家、民族等生活的諸多方面，思考破解這一問題的思維方式以及表達這一問題的方式實際預示著一種人生軌跡或方向，郭沫若棄醫從文與此恐怕亦有種種潛在的關聯。

三、精神悟道的獨特思維方式

　　郭沫若在留日期間靜坐治療神經衰弱症是論者經常提到的話題，蔡震《文化越境的行旅──郭沫若在日本二十年》和武繼平《郭沫若留日十年》等專著中對此均有涉及。近來亦有報刊雜誌對郭沫若靜坐養生的事蹟有過介紹，〔註83〕文章內容大同小異，即簡單陳述郭沫若靜坐治病的史實，簡單介紹靜坐的基本方法。然而究竟什麼是靜坐？郭沫若到底與靜坐有著怎樣的聯繫？王陽明、靜坐對郭沫若究竟產生了怎樣的影響？當我們走近這些問題，試圖回答這些問題時發現，郭沫若不僅與靜坐有著十分緊密的聯繫，他早年的精神修

〔註82〕　郁達夫：《中國新文學大系‧散文二集‧導言》，見《郁達夫文集》第 6 卷，花城出版社、三聯書店香港分店 1982 年版，第 261 頁。

〔註83〕　如《郭沫若「靜坐」治失眠》（《大家健康》1995 年第 3 期）、《郭沫若的靜坐養生法》（《家庭科技》1995 年第 9 期）、《郭沫若的靜坐療法》（《氣功》1998年第 7 期）、《郭沫若的靜坐養生法》（《健康天地》2000 年第 10 期）、《郭沫若的靜坐法與我》（《科學養生》2001 年第 5 期）、《郭沫若靜坐養生法》（《武當》2009 年第 9 期）、《郭沫若靜坐養生法》（《勞動保障世界》2010 年第 3 期）。

養和思維方式都與之緊密相關。

　　1924 年 6 月 17 日，郭沫若在爲泰東書局刊行的《陽明全書》作序〔註84〕時詳細談到他靜坐的經歷：

　　　　因爲過於邁遇等躁進的緣故，在一高預科一年畢業之後，我竟得了劇度的神經衰弱症……不久才萌生了靜坐的念頭，又在坊間買了一本《岡田式靜坐法》來開始靜坐。我每天清晨起來靜坐三十分……不及兩個禮拜的工夫，我的睡眠時間漸漸延長了，夢也減少了，心疾也漸漸平復，竟能騎馬競漕〔註85〕了……」〔註86〕

郭沫若具體是如何靜坐的，《櫻花書簡》的家書中，郭沫若對此有詳細的記錄（引文見本章第一節作息時間表），從這份作息時間表我們可以看出，他早晚各靜坐一次，每次半個小時。

　　什麼是靜坐？郭沫若對解答這個問題做出了極爲重要的貢獻。他對靜坐淵源的考證是目前靜坐理論的基礎，在此之前，一般認爲，靜坐在宋明理學以後才眞正爲儒家所重視，明代袁黃（號了凡）在所撰《靜坐要訣》中就這樣寫道：「靜坐之訣原出於禪門，吾儒無有也。自程子見人靜坐，即歎其善學。朱子又欲以靜坐補小學收放心一段工夫，而儒者始知所從事矣。」〔註87〕由此可見，儒家承認靜坐起源於佛教的禪宗，自程朱開始儒家才將靜坐作爲一種手段納入到修身的體系當中。而禪學研究又普遍認爲，「中國禪來源於印度禪」，〔註88〕印度禪的早期形式瑜伽不僅歷史悠久（誕生在佛教之前），而且目前仍在世界範圍內流行，如果以此觀之，不能不令人產生靜坐源於瑜伽的猜想，甚至可能將靜坐與瑜伽混談。

　　對此，郭沫若認爲，靜坐「溯源於顏回」，莊子是顏回的弟子，靜坐經莊子傳承而爲道家所沿襲，換言之，靜坐是中華文化的固有因子。關於這一論斷，郭沫若在《偉大的精神生活者王陽明》中並未詳細論述，只說「這個事實我留待別的機會再論」。這個機會一直等到 1945 年，在《十批判書·儒家八派的批

〔註84〕序名爲《偉大的精神生活者王陽明》，後又在《文藝論集》中改題爲《儒教精神之復活者王陽明》，在《沫若文集》中名爲《王陽明禮讚》，原文見黃淳浩《〈文藝論集〉彙校本》（湖南人民出版社 1984 年 11 月版）第 54～70 頁。

〔註85〕競漕，爲日文詞彙，划船競賽的意思，郭沫若在《蒲劍·龍船·鯉幟》一文中特別用英語注釋爲「boat race」。

〔註86〕黃淳浩：《〈文藝論集〉彙校本》，湖南人民出版社 1984 年版，第 55～56 頁。

〔註87〕袁黃：《靜坐要訣》，上海古籍出版社 1990 年版，第 1 頁。

〔註88〕洪修平：《中國禪學思想史》，中國人民大學出版社 2009 年版，第 1 頁。

判》中，郭沫若論述「顏氏之儒」時，即談到顏回與莊子的關係，並在論述開始即強調「心齋」和「坐忘」兩節。〔註89〕閱讀全文，我們發現，「心齋坐忘」是郭沫若論證「顏氏之儒」的基礎，此外他沒有再列舉出更加有力的證據。在《莊子的批判》一文中，為論證莊子本是「顏氏之儒」，郭沫若再次引用「心齋」「坐忘」作為論據。〔註90〕1947 年 7 月 12 日郭沫若根據別人送他的《行氣玉佩銘》拓片，參照羅振玉編寫的《三代吉金文存》中所錄《劍珌》圖片作了一篇名為《行氣銘釋文》的文章，發表在同年 8 月 1 日《中國建設》第 4 卷第 5 期上。郭沫若認為這些銘文「蓋戰國時代之物無疑」，〔註91〕全部銘文 45 個字經過他辨認之後被後人認為是目前中國最早的氣功文獻。「行氣，深則蓄，蓄則伸，伸則下，下則定，定則固，固則萌，萌則長，長則退，退則天。天幾春在上，地幾春在下。順則生，逆則死。」這刻在十二面小玉柱上的銘文，郭沫若解釋為「深呼吸之一回合」，〔註92〕並引述《莊子·刻意篇》中的話相印證。至此，郭沫若才算是真正完成了 1924 年他在《偉大的精神生活者王陽明》中的論述。

從《偉大的精神生活者王陽明》到《行氣銘釋文》，歷時 23 年之久，問題是，郭沫若為何對靜坐問題如此感興趣？靜坐之於郭沫若有著怎樣獨特的意義呢？首先，這絕非治療「神經衰弱症」那麼簡單，郭沫若對靜坐的理解和感悟也不僅是作為「手段」治病，在他看來，靜坐是一種「必要的」「精神修養」，〔註93〕是「奮鬥主義」的，是一種偉大的精神生活。也即是說，郭沫若對靜坐的理解和興趣點完全超出治病養生這些形而下的層面，而上升到精神悟道的高度。從《櫻花書簡》所列時間表可以看出，靜坐只是郭沫若「精神修養」的一部分，早上「鹽嗽並行冷水浴一次」、午後有「復行溫浴一次」並且五時與七時之間還有散步時間，散步的地點也特別提及「此間有操山者山形頗似峨眉山麓，均稻田散策田間，四顧皆山焉。恍若如歸故鄉然者」。操山，郭沫若多次提及，1916 年 12 月家信中專門描述登操山的景況：

> 現已在年假中矣，同學相聚，校內吾國同學有十一人焉，時多
> 樂舉；天高日暖，時登操山而嘯風焉。操山峙立校內，山木青蔥可

〔註89〕《郭沫若全集·歷史編》第 2 卷，人民出版社 1984 年版，第 110～111 頁。
〔註90〕同上，第 147 頁。
〔註91〕《郭沫若全集·考古編》第 10 卷，科學出版社 1992 年版，第 169 頁。
〔註92〕同上，第 171 頁。
〔註93〕郭沫若：《偉大的精神生活者王陽明》，見黃淳浩《〈文藝論集〉彙校本》，湖南人民出版社 1984 年版，第 55 頁。

愛，驟望之頗似峨眉也。後樂園者，為日人三公園之一，中有大池一，餘則清流成渠，灌注其間，微風散拂，則漣漪四起。復有鶴鳥數隻，戲為水浴，丹冠素羽，與淡日而爭鮮也，對之亦頗愉悅。「1916年12月」〔註94〕

眾所周知，我國傳統文化沒有宗教，通過對大自然的感悟從而達到「天人合一」的哲學高度是我國文化詩學中非常具有特色的構成，西方到華茲華斯才真正發掘出大自然的深刻內涵。「天高日暖，登山嘯風」「山木青蔥可愛」乃至由此而產生的「愉悅感」乃是一種獨特的文人審美情懷，是儒家士子精神修養的核心構成之一。由此可見，散步也是郭沫若精神生活極為重要的一部分。

靜坐是「內功」，對外在形體修煉並不十分強調。民國時期著名的靜坐大師因是子蔣維喬先生曾極力的推崇提倡靜坐，也得到了不少人的響應，但遭到青年毛澤東的明確反對。毛澤東在 1917 年 4 月 1 日《新青年》第 3 卷第 2 號上發表名為《體育之研究》的文章說道「朱子主敬，陸子主靜。靜，靜也；敬，非動也，亦靜而已。老子曰無動為大。釋氏務求寂靜。靜坐之法，為朱陸之徒者咸尊之。近有因是子者，言靜坐法，自詡其法之神，而鄙運動者之自損其體。是或一道，然予未敢傚之也。愚拙之見，天地蓋惟有動而已。」毛澤東的理由很簡單，他主「動」，不主「靜」，「天地蓋惟有動而已」，青年毛澤東洗冷水浴是大家都知道的典故，尤其是在寒冷的早晨「五時半至六時半」，郭沫若在《櫻花書簡》中所謂「行冷水浴一次」恐怕也是出於「動」的鍛鍊要求。與毛澤東鮮明的立場相比，郭沫若多少顯得有些矛盾，又洗冷水澡又靜坐，同時踐行兩種截然不同修養方法。對此，他在《偉大的精神生活者王陽明》特有說明，他認為靜坐「是與奮鬥主義不相違背的」，由此可見郭沫若的靜坐觀並不純粹，他顯然擺脫了世俗靜坐的偏見，而強調體悟靜坐的動靜之辨。在他那裡，「入靜」和「思動」不相違背，「內外不悖而出入自由」才是靜坐的最高境界。另外，所謂「半日靜坐半日讀書」，從郭沫若靜坐的時間和次數來看，他也沒有恪守靜坐法則以「靜」為要務，而是根據他學習生活習慣恰當控制，不注重外在形式而追求精神上的悟道。這一點在他靜坐的呼吸方法上表現的更加突出。

所謂「呼吸吐納」之法是靜坐最為核心的部分，是靜坐的靈魂。靜坐有很多種，其不同主要體現在呼吸法則上。郭沫若在《偉大的精神生活者王陽

〔註94〕唐明中、黃高斌編注：《櫻花書簡》，四川人民出版社 1981 年版，第 106 頁。

明》中說他學習的是當時日本比較流行的《岡田式靜坐法》，但他在《偉大的精神生活者王陽明》附錄四所列的靜坐法則和《岡田式靜坐法》的呼吸要訣卻是完全相反的。

《靜坐的工夫》是郭沫若論及靜坐最爲詳細的文獻資料，以附論的形式附於《王陽明禮讚》一文之後，其中較爲詳細的介紹了郭沫若靜坐的具體方法，現抄錄如下：

（一）呼吸　吸長而緩，呼短而促，宜行於不經意之間。

（二）身體部位：端坐。

頭　頭部　直對前面，眼微閉，唇微閉，牙關不相接，不可緊咬。

胸部　後背微圓，前胸不可開張，心窩部宜凹下，兩手又置在大腿上。

腹部　上腹凹下，臀部向後突出到可能的地步。腳位兩膝不可並，可離開八九寸的光景。

（三）精神　全不可用力，力點宜注集在臍下，腦中宜無念無想，但想念不能消滅時亦不勉強抑制。

（四）時間　以午後一二時爲宜，至少須坐三十分鐘。地點不論，在事務室中也可，在電車中也可，隨處都可以實行。〔註95〕

這是郭沫若總結的四條靜坐的要則，雖然簡單，但幾乎涵蓋了靜坐方法的各個方面。一般說來，靜坐的具體方法雖然各家各派諸說紛紜，但均可大致分爲「調身」、「調息」、「調神」三個部分。顯然，郭沫若十分看重「調息」，即調節呼吸的吐納之法在靜坐中的重要作用，將它放在首要的位置。這和流行於日本的岡田式靜坐法強調呼吸重要性的看法一致，但具體的呼吸方法卻截然相反。

《岡田式靜坐法》〔註96〕在「正呼吸法」中強調：

（四）吐息緩而長。（五）吸息時，空氣滿胸，自然膨脹，而臍

〔註95〕郭沫若：《偉大的精神生活者王陽明》，見黃淳浩《〈文藝論集〉彙校本》，湖南人民出版社1984年版，第70頁。

〔註96〕筆者參考的是民國十一年（1932年）由著名的氣功大師「因是子」（蔣維喬）先生翻譯，商務印書館刊行的《岡田式靜坐法》，由山西科學技術出版社2011年影印出版。

　　　下因之微縮……（七）吸息宜短」〔註97〕

依照此法，呼吸進氣時，肚臍以下〔註98〕收縮而將空氣迅速聚於胸腔，而後緩緩吐出，同時臍下緩慢擴張完成一個深呼吸的回合。這個過程，一快一慢，即呼氣快而吐氣慢。而郭沫若則正好相反，他的呼吸法要求吸氣緩慢持續時間長，而吐氣時間短且迅速（「吸長而緩，呼短而促」）。就臍下的收擴而言，兩者也正好相反，岡田式吸氣時，臍下收縮，而郭沫若式則臍下膨脹擴大。換言之，就整個深呼吸過程來說，兩者正好相反，且就人類的呼吸習慣而言，郭沫若的呼吸之法更符合普遍的呼吸習慣，而《岡田式靜坐法》所述「正呼吸法」則有違日常的呼吸習慣。對此，杉木毅所著《岡田式靜坐法》有比較詳盡的介紹，他說「岡田式呼吸法，吸氣時間短……日本大多數人的呼吸於此相反，即吸氣時鼓腹，呼氣時收腹。」〔註99〕顯然，按照《岡田式靜坐法》的調息法則來看，郭沫若的呼吸之法是完全錯誤的。如果對氣功靜坐稍加瞭解，我們就能知道，呼吸的「調息」之法在氣功中的實際統攝作用，因此基本可以排除郭沫若因疏忽大意或不求甚解而誤學誤用的可能。況且，「治病看療效」，郭沫若用靜坐療養成功的事實和他對靜坐的研究與考證也說明他不可能是糊裏糊塗、打打靜坐把式的低級模倣者。與岡田式靜坐法逆向的呼吸方法不同，郭沫若主張順應普通人的呼吸習慣，呼吸應「行於不經意之間」，他用自己的親身實踐證明，不用刻意悖逆自然的呼吸習慣同樣能夠「入靜」，達到靜坐的效果。我想郭沫若在擬定這四條規則時，將調息的法則放在開首，怕是有引起人們注意的因素吧。

　　郭沫若為何如此重視靜坐？不苟同於《岡田式靜坐法》、不簡單追求外在形式、考證靜坐先秦就存在以及將靜坐與冷浴、散步等一起作為日常修養方式，這些行為有何內在的邏輯和線索呢？這還得從王陽明說起。

　　《櫻花書簡》中郭沫若在除夕之夜「預想家中團圓之樂」，引用了王陽明《元夕》詩：

　　　　不久行將除夕矣，預想家中團圓之樂，恨不如鶴鳥之有翼而高

〔註97〕因是子：《岡田式靜坐法・岡田先生》，商務印書館1932年3月初版，山西科學技術出版社2011年影印版，第77頁。

〔註98〕在氣功中，臍為「人類之根本，全身之重心」，郭沫若說「岡田氏在臍下運氣的工夫我是時時刻刻提醒著的」，顯然深受此說影響。

〔註99〕杉木毅，胡斌譯：《岡田式靜坐法》，選自《靜坐氣功──因是子靜坐法彙編》附錄一，四川科學技術出版社1990年出版，第131頁。

飛，一飛飛到吾父母前也。王陽明先生謫貶貴州龍岡，元夕有詩云：

> 故園今夕是元宵，獨向蠻村坐寂寥。
> 賴有遺經堪作伴，喜無車馬過相邀。
> 春還草閣梅先動，月滿虛庭雪未消。
> 堂上花燈諸弟集，重闈應念一身遙。

諷讀一過，儼如自家心中所懷而不能見諸筆端者也。蠻村獨坐，不堪寂寥；堂上花燈，重闈念遠，眞好似替自家代刀作出然者；然陽明先生學行萬古，忠孝兩全，男則內懷多疚，徒自愧汗己耳！「1916年 12 月」〔註100〕

郭沫若家書是絕少借他人言志的，無論是給父母祝壽還表達自己心境、志向、理想都是自己的言說，因此，王陽明的這首詩在《櫻花書簡》中顯得尤為突出。並且他對王陽明詩歌和為人的稱讚與八年之後在《偉大的精神生活者王陽明》中對王陽明的極力推崇相一致：

> 「他是偉大的精神生活者，他是自強不息的奮鬥主義者，儒家的精神眞能體現了的，孔子以後我恐怕只有他這一人。」〔註101〕

郭沫若將王陽明放在與孔子比肩的高度，推崇之高可見一斑。儘管這句話在 1959 年收入《沫若文集》時被刪去，但王陽明對郭沫若早期產生的巨大影響卻不會因時代政治潮流的變動而消逝。王陽明不僅實際影響著郭沫若對傳統儒家文化的看法，使郭沫若在「五四」前後激進的批判潮流中對傳統文化保持理性克制的態度，更引導他眞正走進儒家文化的深處，體味「儒家的精神」，將儒家文化作為一種人文教養注入自己年輕的生命當中，從而為他以後「球形天才」的道路奠定堅實的基礎。

以歷史的眼光來看，郭沫若從誦讀《王文成公全集》到實施靜坐，所遵循的正是理學名家的修身路徑。魏晉以降，禪宗日興而儒學日趨式微，號稱新儒學的宋明理學在誕生之初，即極力提倡靜坐，企圖以此作為理學系統修身的重要手段來振興儒學。黃宗羲的《宋元學案・伊川學案》記載程頤「每見人靜坐，便歎其善學」。朱熹也曾說：「人若逐日無事，有現成飯吃用，半日靜坐，半工讀書，如此一二年，何患不進。」（《朱子語類》卷一百一十六）

〔註100〕唐明中、黃高斌編注：《櫻花書簡》，四川人民出版社 1981 年版，第 106 頁。
〔註101〕郭沫若：《偉大的精神生活者王陽明》，見黃淳浩《〈文藝論集〉彙校本》，湖南人民出版社 1984 年版，第 55 頁。

有宋以來，靜坐都是不少書院教學活動的內容。朱熹甚至把靜坐作為學習的基礎，「始學工夫，須是靜坐。靜坐則本原已定，雖不免逐物，及收歸來，也有個安頓處。」（《朱子語類》卷十二）明代大儒高攀龍不僅身體力行的讀書靜坐，而且著有《靜坐說》以傳後世，成為儒家靜坐最具代表性的人物。總之，自宋明理學始，靜坐便成為儒家修身的重要內容。

但需要說明的是，儒家的靜坐和佛道的靜坐有明顯的不同，儒家諸子並不把靜坐當作成佛升仙或者養生的手段，而是作為「致知」「正心」「達理」的手段，程顥就曾說：「若特地將靜坐作一件工夫則卻是釋子坐禪矣。」（《朱文公文集》卷六十二）對此，王陽明也說：「所謂靜坐事，非欲坐禪入定，蓋因吾輩平日為事物紛拏，未知為己，欲以此補小學收放心一段工夫耳。」（《明儒學案・姚江學案》）由此可見，儒家提倡靜坐，不是要出世求仙，也不是要五神通天四大皆空，更不是要強身健體、延年益壽，而是把靜坐當作讀書的手段，進學的基礎。郭沫若顯然深受儒家修身學說的影響，他說「我們以靜坐為手段，不以靜坐為目的」。由此觀之，他不照搬岡田式靜坐法、考證在春秋戰國時期即有原始的「靜坐」存在，「心齋坐忘」可以算作是形而上的哲學思考，而「行氣銘文」則是具體的實踐方法，這一切都體現了他早期精神修養的一致性。

而所謂「精神修養」和思維方式究竟是怎樣的呢？「閉門即是深山，讀書隨處淨土」，明代陳繼儒的這句話之所以引起很多人的共鳴，大概是因為它道出了大多數讀書人所渴求的「進入」狀態，這種狀態頗似靜坐的「入靜」，即真正擺脫周圍環境的干擾而進入思考的世界。郭沫若曾這樣描述自己靜坐後的精神狀態：「而在我的精神上更使我徹悟了一個奇異的世界。從前在我眼前的世界只是死的平面畫，到這時候才活了起來，才成了立體，我能看得它如像水晶石一樣徹底玲瓏……」。〔註102〕但這樣「徹悟」的境界不是每個人都能達到，因為在我們大多數人看來，「科學的」將靜坐當做一種自我治療慢性疾病的養生方法或手段無疑是安全而又可靠的，不奢望成佛也不祈求升仙，只求身體健康生活幸福，而實際上在徒有形式的模倣之後，我們仍難以窺得靜坐的門徑。上個世紀八十年代的「氣功熱」生動地說明，這種模倣式的「養生」很難長久，其要麼被迫放棄，要麼走向佛道或演變成偽科學。

〔註102〕郭沫若：《偉大的精神生活者王陽明》，見黃淳浩《〈文藝論集〉彙校本》，湖南人民出版社 1984 年版，第 56 頁。

郭沫若不僅脫去了籠罩在靜坐周圍的道教方術、佛門禪功等神秘的宗教外衣，更深刻體會到靜坐中蘊涵著的哲學思考。內丹、精神內視、控制意念、制心等等這些靜坐法門，在郭沫若這裡卻全然是一種思想的馳騁、哲學的啓蒙。郭沫若說「我素來喜歡讀莊子」，但以前他並未讀懂，只是「玩賞他的文辭」而「閉卻了他的意義」，但在靜坐之後，「到了這個時候，我看透他了，我知道『道』是甚麼，『化』是甚麼了。我從此更被導引到老子，導引到孔門哲學，導引到印度哲學，導引到近世初期歐洲大陸唯心派諸哲學家，尤其是司皮諾若（Spinoza）。我就這樣發現了一個八面玲瓏的形而上的莊嚴世界。」〔註103〕從死的平面畫到奇異的世界、水晶石一樣徹底玲瓏的立體世界、八面玲瓏的形而上的莊嚴世界，郭沫若完成了對自我的超越，他不再是過去單純而叛逆的青年，也不再以單向思維去面對複雜多變的世界，他的思維是辨證的、多維的，他眼前的世界是一個他能看透的晶瑩透亮的立體世界，這就是他「以徹底的同情去求身心的受用」的「奮鬥主義的」精神修養。

郭沫若與中國傳統文化是血脈相連的，即使是在留學日本期間，在中國青年爭相向日本西方學習的時代潮流中，他仍然沒有忘記吸食祖國文化的營養。與「五四」前後激進地否定批判傳統的時代主潮不同，郭沫若在給友人的書信中對孔子大加讚賞，認為「說孔子是個『中國底罪魁』，『盜丘』，那就未免太厚誣古人而欺示來者」，〔註104〕他還在《中國文化之傳統精神》中對孔子展開系統的肯定與讚美，說孔子能「不斷地自勵，不斷地向上，不斷地更新」「對於吸收一切知識為自己生命之糧食，他的精神每不知疲」「是真的自強不息之道，人生在他是不斷努力的過程」……〔註105〕有學者認為「這時的郭沫若是在孔子身上寄託了自己的人格理想……處在從『權威危機』到確定人格楷模的過程中」，「這時的郭沫若是在把孔子奉為人格神。」〔註106〕從以孔子為代表的傳統文化中發掘奮鬥主義，這種對孔子的「曲解」某種程度上也正是郭沫若的創造，是滿足他對「圓滿的人格」追求的一種精神塑造。

這一點在《偉大的精神生活者王陽明》一文的附論中也得到較為明確的

〔註103〕郭沫若：《偉大的精神生活者王陽明》，見黃淳浩《〈文藝論集〉彙校本》，湖南人民出版社1984年版，第56頁。

〔註104〕《郭沫若全集·文學編》第15卷，人民文學出版社1990年版，第21頁。

〔註105〕《郭沫若全集·歷史編》第3卷，人民出版社1984年版，第259～262頁。

〔註106〕魏建：《「五四」時期郭沫若對孔子的「曲解」》，見《郭沫若評說九十年》李怡、蔡震編，文化藝術出版社2010年1月版，第258頁。

說明。附論名爲《精神文明與物質文明》，文章不長，但觀點十分鮮明。郭沫若首先批評了一戰後「東方的精神文明是救世福音」這種「盲目」「籠統」的說法，指出西方破產的是「社會組織」，而不是科學文明。救世的東方精神文明不是「否定現實的印度思想」，也不是「反對進化，侮蔑肉體的」希伯來文明和「自私自利」的道教，而是「出入無礙，內外如一，對於精神方面力求全面發展，對於物質方面力求富庶」的儒家文化，他甚至將儒家和社會主義聯繫在一起，說「所以在我自己是信仰孔教的，信仰王陽明，而同時也是信仰社會主義的」。〔註 107〕許多人將郭沫若思想的社會主義轉變歸因於翻譯《社會組織與社會革命》，這種說法忽視了郭沫若早期的生活經歷和精神修養。根據《創造十年續篇》中的敘述，《偉大的精神生活者王陽明》寫於翻譯《社會組織與社會革命》之後，都在郭沫若思想發生轉變的 1924 年。〔註 108〕此時孔教、王陽明和社會主義都是郭沫若的「信仰」，這顯然是不合常理的。從以「靜」爲要義的靜坐中發掘出動的精神修養，從儒家學說中看到奮鬥主義，並與社會主義突然建立了聯繫，郭沫若眞可謂「好讀書不求甚解」了。然而，正是從這個意義上說，郭沫若才算是眞正理解了陶淵明此話的眞實含義，這是一種典型的「拿來主義」〔註 109〕的態度，而陶淵明也正是在突破宗法禮教束縛和面臨佛教等外來文化壓力的情況下說「好讀書不求甚解」的。顯然，這是一種頗爲可取的變革思路，而支撐這一思路的正是筆者所一再強調的精神悟

〔註 107〕郭沫若：《偉大的精神生活者王陽明》，見黃淳浩《〈文藝論集〉彙校本》，湖南人民出版社 1984 年版，第 67 頁。

〔註 108〕關於《偉大的精神生活者王陽明》的寫作時間，郭沫若有過幾種不同記憶，目前比較公認的說法是，根據《創造十年續篇》中「把《社會組織與社會革命》翻譯了之後，在箱崎海岸上還替泰東書局盡過一次義務，是替《王陽明全集》做了一篇長序」的敘述，認爲該文當寫於 1924 年 6 月 17 日。

〔註 109〕魯迅「拿來主義」涉及主體性確立和民族主義等諸多問題，眞正的「拿來主義」是「超越乃至反民族主義的」，「是爲人的發展而文化的『人本』立場」（高遠東：《現代如何「拿來」——魯迅的思想和文學論集》，復旦大學出版社 2009 年 1 月版，第 114 頁）。筆者以爲「拿來主義」與魯迅所推崇的魏晉時期陶淵明的「好讀書不求甚解」有內在的關聯，暫時拋棄種種主義、學說、立場、時代、民族等限制，在自我確立的前提下，「總之，我們要拿來，我們要或使用，或存放，或毀滅」，如此說來，郭沫若是最擅長「拿來」的，而且凡被他「拿」過的，大多都變了樣，以至於後人看來「錯誤百出」，顯得「瞀亂與失措」。這種讀書方式的背後，實質乃是一種思維方式，魏晉時代「人的覺醒」和魯迅先生的「立人」思想及郭沫若「以徹底的同情去求身心的受用」在這一意義上，是氣脈相通的。

道的思維方式。正是在這種「精神修養」和思維方式的關照之下，郭沫若才能打通古今、博納中西之長而出一家之言，站在一種相當的高度遊走於社會、歷史、文化、文學、文字乃至考古等諸多方面，實現他「球形天才」的理想。然而，不得不說，這種方式的缺陷和弊病也是尤爲明顯的，且不說後人的種種非議，僅以其詩論來看，他這種思維方式和表達方式妨礙了他在詩歌領域的進一步突破。這一點後文再做詳細分析。

當我們借助《櫻花書簡》和其他文獻史料走進郭沫若的內心，走進郭沫若的思想世界，見到的是一個真實的郭沫若，他站在中西碰撞交流的交匯點上，博納中西之長，盡啓慧根，閃爍著青年人特有的光芒，但他也面臨著中與西、傳統與現代碰撞帶來的困惑、壓力和生活的苦果，情感充沛靈動，有著無數的可能性，他可能成爲反動政府的擁護者、傳統禮教闡釋者，或者他可能練習靜坐成爲一代大師，當然，他也可能成爲渭生，在無盡的悔恨和彷徨中走完自己的一生，然而，他最終成爲了郭沫若，他面對著當時年青人都要面對的現實，做出了只屬於他的選擇，當我們還原歷史，面對歷史，郭沫若的可能性和獨特性才對我們有真正的啓示意義。

第四節　《櫻花書簡》與郭沫若早期文學創作

郭沫若與魯迅均選擇棄醫從文，在於他們都相信文學是喚醒民眾、報效祖國的最佳方式。相比魯迅，郭沫若棄醫從文並無多少懸念，他在《櫻花書簡》中也說得很明白，「去年回國時，本想捨去醫業，因爲性既不近，耳又不聰，繼續學醫，斷無多大成就，所以決心拋棄，回了上海。繼經友人勸勉，家函督率，務必以完成醫業爲指趣，所以於去年九月又不得不折回日本。」〔註110〕儘管他在 1914 年 9 月家書中曾志氣滿滿地說，「男現立志學醫，無復他顧，以醫學一道，近日頗爲重要。在外國人之研究此科者，非聰明人不能成功，且本技藝之事，學成可不靠人，自可有用也。」〔註111〕但在其即將畢業的 1923 年 1 月，卻已不願從事醫生這一職業，「重慶事（指郭沫若長兄爲其在重慶紅十字會謀得的職位）不願就，錢太少而事太繁，並且不能獨當一面，不願。畢業後就事的心思，現刻還沒有，想獨自開業大舉。」〔註112〕一方面說自己

〔註110〕唐明中、黃高斌編注：《櫻花書簡》，四川人民出版社 1981 年版，第 170 頁。
〔註111〕同上，第 33 頁。
〔註112〕唐明中、黃高斌編注：《櫻花書簡》，四川人民出版社 1981 年版，第 174 頁。

「不能獨當一面」，另一方面又要「獨自開業大舉」，前者指行醫，後者雖未明說，但郭沫若當時在國內文壇已小有名氣，其欲在文學事業「獨自開業大舉」已非空談。這前後的轉變，核心是郭沫若文學觀的轉變，即郭沫若最後選擇文學作爲自己畢生的事業不是啓蒙民眾報效國家所能簡單概括的，其中較爲深層的個人因素很有深入的必要。《櫻花書簡》實際見證了郭沫若走上文學道路的歷程，其與郭沫若早期文學創作的關係以及背後思想、文學觀念的變化是本章考察的重點。

一、文學觀的平民化轉向

　　書信本身具有文學性，文人書信如此，家書也不例外。然而具體到《櫻花書簡》，它是否可以作爲獨立的文學文本，或者其文學價值幾何？這些問題仍然有深入的必要，畢竟長久以來，它沒有被作爲文學文本研究過，而且嚴格地說文學性也是一個模糊而富有延展性的概念。爲論述的方便，本文所謂文學性是相對狹義的文學性，不包括作爲人的存在方式的文學性和作爲意識形態實踐的文學性，而僅指具體的、歷史的文學客觀本質和特徵。這並不是說，《櫻花書簡》不具備這些內涵或外延，也不是薩特和巴赫金等人的文藝理論對分析《櫻花書簡》毫無啓示，〔註 113〕而是筆者能力所限，無法就此展開較爲深入分析。另一方面，較爲明確的文學界定對考量《櫻花書簡》實際更爲有利，因爲只有將《櫻花書簡》從廣闊的歷史文化背景中暫時分離出來，才更能突顯郭沫若作爲詩人、文學家的個性。具體說來，文學之區別於其他文本形式，在於它的審美性、形象性、想像性和情感性，這種判斷建立在閱讀體驗的基礎之上，因而是具體的歷史的。我們判斷《櫻花書簡》的文學性，亦是建立在中國文學千年至今的閱讀經驗之上，在我們眞正將我國文學的「文學性」釐清之前，本文所依靠的是閱讀者的體驗，而非公認的標準。

　　在中國傳統文論中，沒有文學性的概念，但案牘和詩文的不同稱謂實際一直起著類似「文學性」的區分作用，偶有重涉便是精品。《櫻花書簡》便是「重涉的精品」，它一方面實用目的明確，與父母溝通交換信息，故稱「書簡」；

〔註 113〕實際上，西方「文學性」理論在分析古典文學文本或者類似《櫻花書簡》這些近代轉型期的文學文本時，其西方中心論和西方話語霸權暴露無餘，而如果僅用作參考，卻十分有啓發意義。比如，福柯的「知識型構」、「知識空間」和巴赫金的話語實踐對揭示郭沫若青年時期的文學思維和文學理想提供了理論支持。

另一方面其最核心的部分是坦誠孝悌之義、父慈子愛、齊家救國、努力學業等「言志」的內容，至於忘我於山水、勤儉生活以及習染日本民俗等內容則更以詩意的方式呈現，我想，《櫻花書簡》的收集整理者沒有將這些書信命名為「郭沫若家書」，而是給予「櫻花書簡」這樣一個極富詩意的名字，恐怕與其內容的文學性有莫大的關係吧。那麼，《櫻花書簡》究竟有著怎樣的文學表現呢？

以《櫻花書簡》所收郭沫若自日本寄回的第一封家書為例，信的開頭是一段非常地道的「言志」與抒情：

> 父、母親大人膝下：春風送暖，斗柄回寅，景物翻新，而男之吸納扶桑風水、不覺歲更月易矣。吾鄉習慣，想係仍過舊年，爆竹聲入夢中來依稀如猶班隨弟妹繞拜膝下也。此邦俗尚勤儉淡泊，清潔可風，男居此月餘，學業行修，雖無增益，努力餐飯，自覺體魄頑健，精神爽活，僅此差足以慰答慈念。獨恨隔在無涯，定省不能，奮飛無翼，遙想玉體康寧，杖履洽吉為禱。前月郵片一張，家報一束，料早均達鈞鑒。不得家音，日夕盼望，不勝饑渴之至。吾父耄矣，眼力頗衰，艱於書乙，欲得時奉嚴示非所敢望，兄弟姊妹均復遠離，頃復未得片字隻字，縱即音問時通，於家事總難道其詳盡。記男前書所言，有請四姐六妹時通音問之說，不識新年姊妹輩歸寧否也。四姐家事累身，必無多暇，堯堦近來何如，頗難懸憶。「1914年2月」〔註114〕

這段話的內容說來簡單，新年之際彙報近況同時表達對父母親人的思念以及久盼家書的心情，但其文辭優美，每個意義單元都表現得生動活潑不落俗套。信的開頭表達時間過得快，用典和個人體驗完美的融合。而表達對父母親人的思念則相繼用了「爆竹聲入夢中來依稀如猶班隨弟妹繞拜膝下也」，「獨恨隔在無涯，定省不能，奮飛無翼」等似曾相識卻又形象生動的表達。彙報近況更是不落俗套，「努力餐飯，自覺體魄頑健，精神爽活」，吃得好精神好，父母最想聽到的恐怕也就是這些了。同時，由於已經月餘沒有收到家裏「片字隻字」，「不得家音，日夕盼望，不勝饑渴之至」，內心顯然十分焦急，卻說「吾父耄矣，眼力頗衰，艱於書乙」，而「兄弟姊妹均復遠離」「四姐家事累身，必無多暇」，給家裏找足了藉口，也是為自己尋找慰藉，這是一種非常典

〔註114〕唐明中、黃高斌編注：《櫻花書簡》，四川人民出版社1981年版，第11頁。

型的文學表達技巧。三百餘字，幾乎涵蓋了傳統家書的方方面面，行文自然流暢，寄情於理，非有相當的古文功底難以做到。

接著郭沫若從大哥過渡到國家大事，典型的「家國一體」的傳統文人觀念：

> 大哥曾與男兩函，亦言家中省中均無函至，頗有歸省意，近因約法會議發生，已拍電回川，頗思就此惟不識能否有效，因此羈留。尹昌衡川邊事已辭職，近因被人控告，謂與熊楊通謀，並在京吞食中央解款二十萬，大總（疑漏「統」字，筆者注）頗欲徹底究核，已交陸軍部看管矣。無根之水，立待其竭，小子輕狂，早料其必敗矣。幸大哥近來與彼頗似斷絕，不過輔非其人，前功盡棄，譬如捏一雪羅漢，慘淡經營，維持護恤，煞費苦心，不料一見陽光，頓成一鍋白水也。中國自反正來，一般得志青年，糊塗搗蛋，蠹國病民，禽荒沉湎，忘卻兄臺貴姓，袁氏此次振救，頗快人意，一棒當頭，喝醒癡頑，亦復不少也。「1914 年 2 月」〔註 115〕

儘管觀點稚嫩，但卻暢快凌厲，比喻形象生動。對於「大哥」在京所遭變故，特作「雪羅漢」的比喻，「一見陽光，頓成一鍋白水也」，實際表明他對大哥所為不肯苟同，因為大哥的行為與他心中的理想尚有距離，這是年輕人特有的清高和稚氣，顯得「淺薄」，但卻蘊含著新的希望與可能。對袁世凱為代表的中央政府立場鮮明的支持，這一點上文已有分析，不再贅述。在這些抒情言志說完之後，郭沫若才彙報他在日本生活開銷的具體情況：房舍、月租、早晚吃食等所需開銷幾何，取暖木炭、電車、洗濯浴沐及一切雜費開銷均一一詳細彙報，並對接下來的開支初做估算。接著又是立志抒情議論：

> 勤苦二字，相因而至，富思淫佚，飽思暖逸，勢所必然，故不苦不勤，不能成業。男前在國中，毫未嘗嘗辛苦，致怠情成性，幾有不可救藥之概。男自今以後，當痛自刷新，力求實際學業成就，雖苦猶甘，下自問心無愧，上足報我父母天高地厚之恩於萬一，而答諸兄長之培誨之勤，所矢志盟，心日夕自勵者也。「1914 年 2 月」〔註 116〕

類似這樣的抒情議論是這封家書的主要內容，該長信約 1850 字，詳細彙報生

〔註 115〕唐明中、黃高斌編注：《櫻花書簡》，四川人民出版社 1981 年版，第 12 頁。

〔註 116〕同上，第 13 頁。

活近況的僅近 400 字，大多是稍稍涉及具體事情，接著便是一番或描寫或抒情或議論，比如，說到給父親祝壽，他請同寓會照相的楊姓同學為他照相：

> 同寓楊君伯欽善相術，昨特請為寫真，本擬跪照以我父十九日壽辰，趕作蓬萊祝壽圖，學作斑衣之戲，因舍中光暗，相匣腳柱過高，不能照得。兩日前，殘雪猶存，乃立雪中攝之，雖初心未達，然亦足以藉慰也。楊君為人，性行端正，不愧師範，赤心愛國，殫智研精，謙以處己，寬以接人，可敬可愛，男與同居，待男如弟，一切都賴指導教誨。並在外聘師學習，都寄重於彼，相處漸久，薰陶甚至，有不自撿束，則不足以對彼然者，所謂聞風敦廉者耶，自奉甚嗇，布衣蔬食不厭古之人也。「1914 年 2 月」〔註117〕

郭沫若表達的重點，不在攝像這件事本身，而在事件的某些細節和其欲表達的心情，因有感情的灌入，故描寫具體，形象生動。接著他話鋒一轉，談楊君的為人和對他的幫助及影響，這都不是應用文的寫法，而是非常典型的文學化的表達。這些文學化的表達在整個《櫻花書簡》中佔有相當的比重，以至於在閱讀時會經常忘記家書中的具體內容，而多回味於其形象的描述，沉醉於其動情的想像：

> 近日此邦櫻花盛開，下流儕輩率塗面插花或帶面具醉倒花叢中，儌儌起舞，牟牟作牛鳴而歌，遺釵墮珥，男女不分也。倭奴開化年代僅自唐而還，故至今而夷風猶在。

> 櫻花為物，有如吾國垂絲海棠，五出而花蕾叢集，色微紫，無香也，所見特異處，僅多而已！倭域蓋至入春來，街頭巷陌，連山被野，著花幾遍，令倭奴乃至醉倒若是。

> 飛鳥山亦東京附近櫻花名所也。昨約友人同往觀焉，山云者僅一土堆，廣袤可十數丈，滿山皆花，已盛開矣。日人凡新嫁娘，初出閣日，必戴棉帽子，白色，所云帽子者，實成吾國纏頭之形，頗闊大，故日人多以取譬，謂山頭之一面盡是花者，猶著綿帽子作新嫁娘也，殊亦滑稽可意。「1915 年 4 月」〔註118〕

於此，我們不需要再贅言什麼文學性的標準，便足以文學的閱讀體驗玩味其間了。品讀之後，我們不禁要問，既然文學性沒有明晰的標準，那麼我們判

〔註117〕唐明中、黃高斌編注：《櫻花書簡》，四川人民出版社 1981 年版，第 13 頁。
〔註118〕同上，第 60 頁。

斷《櫻花書簡》的文學價值，或者說支撐我們獲得文學閱讀體驗的究竟是什麼呢？我以為，這種判斷和體驗的核心是傳統士大夫的審美情懷和理想抱負——這也是我國歷代文人墨客表達的核心內容。上述引文實際上極有代表性，在其絢麗的文字背後，隱含著郭沫若的兩種頗為矛盾的情感：日本的櫻花、飛鳥山實際上非常符合郭沫若的審美情懷，除了上文提到的操山、飛鳥山外，郭沫若在家書中多次勸父母去遊峨眉山，認為登山

> 「可令弟侄增長無限志氣也。孔子登東山而小魯，登太山（即泰山，筆者注）而小天下；李太白詩曰：『登高壯觀天地間，大江茫茫去不還』。讀古人登高之作，皆浩浩然靈氣流溢，神為之移，況身臨其境，不知更當作何豪想耶！歐洲人最喜登山，近來日本亦大獎勵此舉；吾國古時，凡登高能賦者皆可為大夫，可見亦曾獎勵過來；登山一事於精神修養及體魄健全上皆有莫大之影響也。男昔日曾夢峨眉山得詩一句云：『天空獨我高』，近來頗想親事登臨，一證實此詩之意」「1917 年 6 月」〔註 119〕

郭沫若認為「凡登高能賦者皆可為大夫」，而他夢中即登峨眉還賦詩一句，言外之意，他自己也「可為士大夫」了，其內在的理想抱負溢於言表。日本的山水文化與中國的山水詩文人畫有著內在的默契，郭沫若實際忍不住喜歡，所以信一開頭，馬上就提到櫻花，並以近半的篇幅描寫。但是作為一個有理想有抱負，願為國為民請命的「士大夫」，郭沫若同時禁不住瞧不起日本的「夷風夷俗」，字裏行間有刻意貶損的傾向。這兩種情感碰撞的結果是「殊亦滑稽可意」。

　　無論是對國家命運的強烈關注，還是對日本的俯視姿態，郭沫若的精英意識在《櫻花書簡》的前半部表現得尤為強烈，為國為家立志奮鬥，對國家大事保持高度的敏感，「達則兼濟天下」的儒家理想在青年郭沫若身上表現為自我與國家的高度融合。換言之，當時的郭沫若實際並未從傳統思想中掙脫出來，發現自我，其所受傳統教育因在異國留學而使得他對祖國文化倍感親近，對於傳統文化的核心教義又有重新領悟。隨著他在日本的學習、生活以及與安娜的情感經歷，經過痛苦地精神思索之後，郭沫若的自我才漸漸從國家的強大場域中掙脫出來，最有明顯的表現是 1918 年之後，其家書中國家大事便很少提及了，即使談到也與以往大為不同，比如 1918 年 7 月（蔡震考訂

〔註 119〕唐明中、黃高斌編注：《櫻花書簡》，四川人民出版社 1981 年版，第 126 頁。

爲 1919 年 7 月）信末便這樣描述：

> 日本近來米價亦非常昂貴，其原因以我國近日排斥日貨，不買
> 不賣，中國米不能輸入，以致如此。近來日人生活，亦日漸動搖，
> 東京各小學教員數千人，同盟協約，要求添薪十分之八，如不增俸，
> 便全體不上講堂，藉此以觀，可見其一般矣。不怕兵強馬壯，國稱
> 頭等，人民沒有飯吃，總是一樣的沒法。「1919 年 7 月」〔註 120〕

以前的「士大夫」郭沫若已經完全站在平民的立場說話了，已不再爲統治者
張目，對於民眾的呼喊和要求，他不再說「一般得志青年，糊塗搗蛋，蠹國
病民，禽荒沉湎，忘卻兄臺貴姓」這樣的話，而是感慨說「不怕兵強馬壯，
國稱頭等，人民沒飯吃，總是一樣的沒辦法」。我以爲，這既是「窮則獨善其
身」的士子傳統，更是一種個體自我的覺醒，郭沫若已經不再迷戀「重振天
朝上國」的美夢，而是回歸個體生活的本質，這從他對日本民風民俗態度的
變化中也可窺見一斑。

剛到日本郭沫若對日本人喜愛櫻花的風俗是極爲不屑的，說是「下流儕
輩」「傲傲起舞车车作牛鳴而歌」「男女不分」的「夷風」，但在 1919 年 1 月
的家書中〔註 121〕郭沫若卻興致勃勃的描寫他在日本過年的情形，整封書信就
似一篇專門描寫日本過年習俗的散文：

> 鄰家舂餅正聲喧，
>
> 到處盈門掛草纏。
>
> 童稚街頭喜相告，
>
> 明朝轉眼是新年。
>
> 日人過年，家家都舂餅。餅即年糕。不用磨，用白舂。不包不
> 裹，不放糖。食時先用火烤。烤後和以砂糖或洗沙。不然則用豆油
> 湯煮，更下些小菜。如此名爲「雜煮」。頗有肉湯元之味。男最喜吃。
> 舂餅是一門生意，有舂餅的匠人。主家於數日前定請。匠人來時，
> 三五成隊，自抬鍋竈甑（原信寫作「瓦曾」，疑爲「甑」之別字，筆
> 者注）桶臼杵。挨門挨户，下竈開火。隨煮隨舂。舂時口裏唱歌。

〔註 120〕唐明中、黃高斌編注：《櫻花書簡》，四川人民出版社 1981 年版，第 147 頁。
〔註 121〕該信實際只是半封，信的開頭部分缺失，從信的行文和長度判斷，大概是缺
失了一張原信紙，也即信的開頭一部分，相對整封信而言，並不算多，亦不
影響全文大意。

一唱數和，殊覺鬧熱。日人過年，不貼門錢，不貼對子，門前兩旁，
豎立松竹，大約是取長青之意。門上掛草縺。千金萬弔，意不可解。
「1919 年 1 月」〔註122〕

如此細緻地觀察和描述，恐怕一般日本人讀來也覺新鮮，郭沫若的喜愛和過
年的歡愉也溢於言表。這種觀察也不再是居高臨下的俯視，而是平民化的切
身生活體驗，從最為平常、普通的生活中獲取審美的愉悅，關注生活關注自
我，其敘述視角的轉變非常明顯。

實際上，類似這樣的文學表達和描述構成了《櫻花書簡》的底色，甚至
從某種意義上說，《櫻花書簡》即是一部文學作品，只不過與似乎對時代動向、
歷史潮流「先知先覺」的郭沫若自傳相比，它更自然更真實。從文學的角度
分析，一方面我們驚歎於《櫻花書簡》的文學色彩，對郭沫若早期的文學修
養和偏好乃至郭沫若的個性、氣質、心態等都有真切的感受和體察；另一方
面我們也可以明顯地感受到其思想的前後變化：前期家書是傳統士大夫文學
觀影響下的文學創作，後期則有明顯的平民文學的傾向。從早期縱論國事、
寄情於山水到後期對異國民風風俗、柴米油鹽的生活體驗，敘述焦點和方式
變化的背後是文學觀的轉變。這種轉變是在郭沫若的生活感悟和精神修養中
慢慢地完成的，為此，郭沫若亦付出了生活和精神的代價，經濟上的壓力、
戀愛的壓力、生子育子的壓力乃至「神經衰弱症」、「死亡」等等，這些都促
使郭沫若思考自身、思考整個國家和民族，甚至觀察思考他一度認為「下流
僑輩」「夷風猶存」的日本，而這一切也都反映在他寫作之中。

由士大夫文學觀到平民文學觀，文學不再是一種附屬品，而成為一項事
業。這一事業不僅有著與「實業救國」一樣的理想高度，而且與郭沫若的性
情有著高度的一致。學醫對郭沫若而言，其實一直是其實業救國理想下的備
用選項，且不說應考天津陸軍軍醫學校只為走出四川，後來未待復試成績揭
曉便趕往北京，從《櫻花書簡》1914 年的家書我們亦得知，郭沫若應考的首
選是東京高等工業學堂，而後才是謙葉醫校、第一高等學校。關於這一選擇，
郭沫若在《我的學生時代》中有過這樣的回憶，「當時的青少年，凡是稍有志
向的人，都是想怎樣來拯救中國的。因為我對於法政經濟已起了一種厭惡的
心理，不屑學；文哲覺得無補於實際，不願學；理工科是最切實的了，然而

〔註122〕唐明中、黃高斌編注：《櫻花書簡》，四川人民出版社 1981 年版，第 155 頁。

因爲數學成了畏途，又不敢學；於是乎便選擇了醫科，應考第三部。」〔註123〕
當郭沫若在文學上獲得成功，與國內文學界的同仁發生思想的交流碰撞，他
不僅從士大夫的文學觀中掙脫出來，而且更認識到，這一事業與實業救國的
理想有著同樣的價值和高度，對實現自己「拯救中國」的理想來說遠比實業
救國切實可行的多。所以關於畢業後就業的去向，他雖無具體的打算，但「獨
自開業大舉」的想法說明他心中已有宏圖，創造社的成立和在文壇異軍突起
此時恐怕已在其理想的藍圖中有所勾畫。也正是有了這種認識，郭沫若才能
頂著父母、妻子、朋友等外在壓力毅然選擇文學作爲自己畢生的事業，才可
能從內心深處呼應「五四」新文學的號召，爲「五四」同仁所重視，也才可
能團結一批留日同學組成創造社，以「異軍突起」的姿態出現在當時的新文
壇上，推進中國新文學往更深處拓展。

二、郭沫若「最早新詩」考論

　　《女神》中最早的新詩究竟寫於何時？郭沫若究竟是不是「我國最早試
作新詩的詩人之一」？目前學術界存在爭論。具體而言，郭沫若現存「最早」
的新詩即《女神》第三集「愛神之什」中的《venus》《新月與白雲》《死的誘
惑》《別離》等幾首現代白話新詩。〔註124〕對於這個問題，《櫻花書簡》並未
直接涉及，但其所提供的線索對解答這一問題有著十分重要的意義。

　　關於這幾首詩的寫作時間，郭沫若前後有不同的說法。在《我的作詩的
經過》（1936）中，郭沫若說，「因爲在民國五年的夏秋之交有和她的戀愛發
生，我的作詩的欲望才認眞地發生了出來。《女神》中所收的《新月與白雲》、

〔註123〕《郭沫若全集・文學編》第 12 卷，人民文學出版社 1992 年版，第 15 頁。
〔註124〕關於這幾首詩的具體寫作時間，學界目前的基本看法和《郭沫若全集》第一
　　　　卷中對這三首詩的注釋一致，即認爲這幾首詩的寫作時間「在作者其他著作
　　　　中有不同的記載」，但到底哪一種說法更爲可靠，學者們有不同的見解。如陳
　　　　永志（《論郭沫若的詩歌創作》，上海外語教育出版社 1994 年 6 月出版）、龔
　　　　濟民、方仁念（《郭沫若傳》，北京十月文藝出版社 1988 年出版、《郭沫若年
　　　　譜 1892～1978》，天津人民出版社 1992 年出版）等贊同郭沫若在《五十年簡
　　　　譜》中的說法，認爲這幾首詩寫於 1916 年，由此而進一步認爲「郭沫若是我
　　　　國最早試作新詩的詩人之一」；而武繼平則從詩的結構和背景的角度分析，認
　　　　爲詩中博多灣的自然背景如「海」的意象與《女神》整體創作背景一致，「顯
　　　　然不能斷定爲 1916 年之作」，而應寫於「1918 年 9 月第一次創作高峰襲來之
　　　　際」（見武繼平：《郭沫若留日十年》，重慶：重慶出版社，2001 年 03 月 1 版，
　　　　第 170～174 頁）。

《死的誘惑》、《別離》、《維奴司》，都是先先後後爲她而作的。」這種說法實際十分含糊，「先先後後爲她而作的」，並不一定特指「民五」即 1916 年。實際上，郭沫若肯定地說這幾首詩是作於 1916 年是在《五十年簡譜》（1941）中，「民五年（一九一六年），暑期中在東京與安那相識，發生戀愛。作長期之日文通信並開始寫新詩。（《殘月黃金梳》及《死的誘惑》等爲此時之作。）」但在《創造十年》（1932）中郭沫若卻說這幾首詩寫於 1918 年，「我便把我一九一八年在岡山時做的幾首詩，《死的誘惑》、《新月與白雲》、《離別》，和幾首新做的詩投寄了去。這次的投機算投成了功，寄去不久便在《學燈》上登了出來。看見自己的作品第一次成了鉛字，眞是有說不出來的陶醉。這便給與了我一個很大的刺激。在一九一九的下半年和一九二〇的上半年，便得到了一個詩的創作爆發期。」另外，在現代書局 1930 年版《沫若詩集》中，《venus》詩後注明寫作時間「1919 年」，《新月與白雲》「1919 年夏秋之間作」，《別離》「1919 年，三四月間作」，《死的誘惑》「這是我最早的詩，大概是一九一八年初夏作的」。〔註 125〕梳理上述材料，我們發現，1930 年郭沫若還在詩後注明「大概是一九一八年初夏作的」，1932 年也記憶爲 1918 年作，1936 年敘述開始變得模糊，到了 1941 年的《五十年簡譜》中明確記爲「民五」並用特別標注「一九一六年」。〔註 126〕筆者列舉郭沫若記憶的前後差別，意在說明，郭沫若關於「最早新詩」的種種「誤記」的背後其實有著更爲深廣的內容，對此，《櫻花書簡》雖然不能直接作出佐證，但憑藉其中的文學表達、語言變化和思想情感，我們對郭沫若「最早新詩」有更進一步的拓展分析。

首先，郭沫若最早的新詩的確因有和安娜戀愛的發生而「先先後後」爲安娜而作的，這一點本文第二章第三節已有詳細的分析：與安娜戀愛的發生所引發的一系列心靈和精神的震蕩是郭沫若早期心靈苦悶的根源，這一點在這幾首新詩中表現的尤爲突出。這幾首新詩描寫愛情卻又有「死亡」的意象相伴隨，如《venus》中的「墳墓」、《新月與白雲》中的「斫倒」「火一樣的焦

〔註 125〕《沫若詩集》，現代書局 1930 年版，第 162〜167 頁。
〔註 126〕《郭沫若全集・文學編》第一卷中關於上述幾首詩寫作時間的注釋嚴格說來並不準確。注釋中說「據作者一九三六年九月四日所寫《我的作詩的經過》一文說，這詩（文中詩題作《維奴司》）是民國五年（一九一六年）夏秋之交與《新月與白雲》、《死的誘惑》、《別離》等詩先後作的，而在《學生時代・創造十年》第三節中則說《死的誘惑》、《新月與白雲》、《離別》等詩是一九一八年做的。」

心」、《死的誘惑》中的「一把刀」「心焦」、《別離》中「生離令我情惆悵」……
都讓我們感受都一種悲戚崇高的愛情和一顆深陷情感糾葛而瀕於絕望的靈
魂。既然這幾首詩的確因與安娜戀愛而作，那麼是否可以肯定，郭沫若最早
的新詩就是作為 1916 年夏天呢？

根據《櫻花書簡》和《三葉集》，我們得知郭沫若「靈魂一敗塗地」是在
與安娜同居之後（見本文第二章第三節），也即 1916 年 12 月之後，所以即使
這幾首新詩真的作於 1916 年，也非 1916 年夏天相識熱戀的時期，其創作靈
感明顯來自於同居之後的靈魂掙扎。如《venus》一詩這樣寫到：「我把你這對
乳頭，／比成著兩座墳墓。／我們倆睡在墓中，／血液兒化成甘露」，再如《死
的誘惑》中「快來親我的嘴兒」「快來入我的懷兒」等等，這些身體與性的隱
喻顯然寫於同居之後更為合情合理。因此，我們可以這樣斷定，郭沫若最早
的新詩是為安娜戀愛而作，但不是為追求安娜而炫耀才情的作品，而是在同
居之後展示自己內心掙扎和靈魂痛苦的心血之作。這在郭沫若另外兩首表現
同樣感情的古體詩也可以得到驗證：

尋死

出門尋死去，孤月流中天。

寒風冷我魂，孽恨摧吾肝。

茫茫何所之，一步再三歎。

畫虎今不成，芻狗天地間。

偷生實所苦，決死復何難。

癡心念家國，忍復就人寰。

歸來入門首，吾愛淚汍瀾。

夜哭

憶昔七年前，七妹年猶小。

兄妹共思家，妹兄同哭倒。

今我天之涯，淚落無分曉。

魂散魄空存，苦身死未早。

有國等於零，日見干戈擾。

有家歸未得，親病年已老。

有愛早摧殘，已成無巢鳥。

有子才一齡，鞠育傷懷抱。

有生不足樂，常望早死好。

萬恨摧肺肝，淚流達宵曉。

悠悠我心憂，萬死終難了。〔註127〕

1920 年 1 月 18 日，郭沫若在給宗白華的信中說《尋死》寫於 1916 年，《夜哭》晚一年寫於 1917 年，但後來《夜哭》在收入作家出版社 1959 年版《潮汐集》時注寫作時間卻是 1916 年，又是「誤記」嗎？顯然不是，這與白話新詩寫作時間的變動有著內在的一致性。從詩的內容來看，「歸來入門首，吾愛淚汍瀾」，顯然安娜已經是「吾愛」了；「有子才一齡，鞠育傷懷抱」，《櫻花書簡》1918 年 5 月家書郭沫若寫得明白：「兒以去年陽曆十二月十二日午後十時生，而今將滿半歲矣」，〔註128〕也即《夜哭》一詩起碼應寫於 1917 年 12 月 12 日之後。由此不難發現，在郭沫若的記憶中，所有與這段情感經歷有關的詩，他都有將其寫作時間定格在 1916 年的傾向。

　　更重要的是，從《櫻花書簡》語言演變的軌跡來看，郭沫若 1916 年用現代白話從事新詩創作與其語言邏輯相衝突。如本文第一章所述，1918 年 8 月可以看作郭沫若語言使用變化的分水嶺，在此之前，主要是文言摻雜「演義白話」和方言，而在此之後，就是越來越標準的現代白話了。換句話說，綜合資料表明，郭沫若是在 1918 年 8 月進入福岡帝國醫大以後才逐漸擺脫文言束縛走向現代白話的。而此時，國內通過晚晴「言文一致」「文界革命」「白話文運動」等語言變革所達成的文言與白話勢均力敵的平衡狀態已在胡適、陳獨秀等人倡導的文學革命的打擊下逐漸被打破，白話日興，而文言則呈頹敗之勢，這一大環境是郭沫若在家書中使用白話的語言基礎，也是其在進入帝國醫大後嘗試白話創作的基礎，而在此之前，在日本鄉下求學的郭沫若缺少使用白話尤其是現代白話的語言環境和契機，更不用說是作詩了。所以，從語言的角度我們認定《死的誘惑》等幾首詩最終的完成時間早於 1916 年 9 月可能性極小。當然，同樣也基於語言的考慮，我們也不排除郭沫若於 1916 年用其他語言載體（如日語、英語）寫這幾首給安娜的可能性。〔註129〕因此，

〔註127〕《郭沫若全集·文學編》第 15 卷，人民文學出版社 1990 年版，第 17 頁。

〔註128〕唐明中、黃高斌編注：《櫻花書簡》，四川人民出版社 1981 年版，第 144 頁。

〔註129〕日語、德語、英語等外語的學習使郭沫若有語法、句法以及詞彙等現代語言因素的儲備，有過作新詩的醞釀和嘗試，但客觀的說，這些醞釀和嘗試的語言載體多是外語，如「《辛夷集》的序」便是 1916 年用英文寫成（初出 1923 年 4 月上海泰東書局《辛夷集》），因為 1916 年現代白話還遠在醞釀之中。

僅就郭沫若個人而言,其於 1916 年或者更早進行新詩創作都是有可能的,但說郭沫若是「我國最早試作新詩的詩人之一」則需要其他證據來證明。因為,做出這種判定意味著以文學史的眼光將郭沫若與當時其他作家相比較,考量的是一個時代的一個整體性群體,而不僅僅是郭沫若個人。筆者以為,以文學史的眼光判定「試作新詩」至少需要兩個標準:一,用現代白話進行新詩創作;二,詩作必須發表。郭沫若的文字「第一次成了鉛字」是在 1919 年 9 月 11 日,顯然從嚴格的意義上說,他不能算「我國最早試作新詩的詩人之一」。

其實,「最早」是一個時間觀念,用海德格爾的話說是「流俗時間」觀念,是線性的。換言之,只要我們在這條直線上選定一點,認定它是「最早的××」,那麼它既是××的起點,舉個不十分恰當的例子,何時是現代文學的起點?《狂人日記》是不是最早的白話小說?有些看似確定的答案,仔細深究就會發現其實大有問題在。這種線性時間的思考方式長久以來禁錮著我們對文學史的思考,以至於我們一直試圖尋找一個合適的時間點來作為我們認定的某個起始,這種簡單的方式不僅難以準確,有些時候甚至有些粗暴,同時,這種做法也容易將個人的潛在寫作或私人寫作和文學史的公開寫作混淆。甲午戰敗和庚子賠款之後,「言文一致」的呼聲已經超越了語言文學本身而成為一種社會性的思潮,然而延續千年的文言表達在士大夫知識群體中是根深蒂固的,在各種白話報刊和新興出版業的推動下,白話最終只與文言打了個平手。因此,幾乎所有有志於改革的人都在試圖尋找一種能夠取代文言實現「言文一致」的表達方式(儘管這些嘗試大多並不為世人所見所知),這即是所謂的「潛在寫作」。〔註130〕這些無數的個人化的潛在寫作是孕育現代白話新文學的土壤,沒有這些個人寫作的存在,文學革命也不可能一呼百應,迅速取得瓦解舊文學確立新文學的勝利。

在作品公開發表以前,郭沫若的寫作即是那個「前五四」時代較為典型的潛在寫作:不斷地嘗試故而也難免失敗,比如他曾翻譯《泰戈爾詩選》和

〔註130〕陳思和在《試論當代文學史(1949~1976)的「潛在寫作」》(《文學評論》1999 年第 6 期)一文中將「潛在寫作」定義為:「那些寫出來以後沒有及時發表的作品,如果從作家創作的角度來定義,也就是指作家不是為了公開發表而進行的寫作活動」,這定義是準確的,但陳思和認為「潛在寫作是當代文學史上的特殊現象」則在某種程度上矮化了這一概念。其實,潛在寫作固然可以特指某些具體的文學史現象,但它具有普遍性,潛在寫作的存在在文學史上的意義有待進一步挖掘。

《海涅詩選》但均因和出版社的交涉失敗而告終，還有他早期小說創作的嘗試如《骷髏》也是失敗的。他最終在新詩創作上大獲成功，這乃是其潛在寫作與當時詩歌創作的時代主潮獲得一致，因此，當他從報刊上看到國內的新詩時，難掩驚奇與喜悅，「這就是中國的新詩嗎？那嗎我從前做過的一些詩也未嘗不可發表了。」就這樣郭沫若投入時代的大潮之中，成為「五四」時代狂飆突進的代表，是時代選擇他，還是他融入了時代？這絕不只是一種巧合，而這正是郭沫若關於這幾首詩寫作時間的「誤記」留給我們的思考所在。郭沫若將《venus》《新月與白雲》《死的誘惑》《別離》等這幾首的寫作時間提前至 1916 年意在表明：他對新詩的最早嘗試始於 1916 年夏秋之交與安娜戀愛之時。在這裡需要說明的是，在郭沫若看來，「新詩」其實很寬泛，而郭沫若對詩歌的理解和感悟散落於其早期「詩論」中，不成體系而多有相悖之處，關於這一點我們後文再作分析。

綜上所述，筆者以為，除了史料上的種種紕漏外，從情感、語言和事理等多個角度分析，斷定郭沫若最早的新詩寫於 1916 年均難以令人信服。顯然，郭沫若「誤記」寫作時間不是個案，而實際涉及到所有與戀愛和「死亡」意象相關的詩作，無論是新詩還是舊詩，郭沫若都記錯了嗎？我們究竟該怎樣理解郭沫若的這一行為呢？

首先，這種情況的出現再次證明，與安娜的戀愛給郭沫若帶來了怎樣心靈震動，其他的記憶均可模糊和混亂，但唯有這一情感卻如酒釀，時間越久帶來的感官刺激越強烈。其次，對一個沉溺於愛和死亡的詩人來說，死亡已不再只是生命的終結，詩人通過對死亡哲學化的沉思與詩意化的想像來完成對死亡的超越，這種對死亡的深刻思考在郭沫若「女神」時期的詩歌創作中起著至關重要的作用，它不僅與愛情如影隨形，更推動了作者超越死亡，實現對生死、出世入世等終極哲學問題的思考和突破。1916 年的聖誕節，郭沫若用英文寫了一首詩獻給安娜，在這首詩裏，郭沫若自喻為「岩石窪穴中」將要涸死的魚兒，而安娜則是身著白色唐裝、「手裏拿著一枝百合」的女子。這首詩裏的死亡意象不僅與其他幾首詩一脈相承，而且更耐人尋味：唐裝女子竟是以淚水拯救了魚兒!在下一個晚潮來臨之前，「淚池中」「漸漸蘇活」的魚兒能否被真正拯救？詩中並無交待，換言之，在郭沫若內心的最深處，真正的解脫之道尚未尋得。正如《女神》中《死》這首詩所寫的那樣：「死！／我要幾時才能見你？／你譬比是我的情郎，／我譬比是個年輕的處子。／我

心兒很想見你，／我心兒又有些怕你。」〔註131〕這種作者終生都未做出取捨的個人情感，是推動「女神」時期詩歌創作的原動力，它不僅是愛情，更與親情、家國情感、文化認同、異國情思等等複雜的人生體驗糾結在一起，因而顯得異常的強烈甚至激烈，正是從這個意義蔡震說「郭沫若棄醫從文」乃是由「異國婚姻喚醒文學衝動」，〔註132〕也正因爲如此，郭沫若才能以情感爲詩律，超越了早期白話新詩無律無韻的缺陷而獲得巨大的成功。

三、由郭沫若「論詩」看其早期詩歌理念

郭沫若談論詩歌最具理論價值的當屬《論詩三箚》，至於《泰戈爾來華的我見》、《我的作詩的經過》《關於詩的問題》《序我的詩》等其他有關詩歌的論述，或立意並不專在論詩或寫作時間較晚，故其關於詩的論述多是在之前理解基礎上的補充和修正，如《我的作詩的經過》開篇便說：「好些朋友到現在都還稱我是『詩人』，我自己有點不安，覺得『詩人』那頂帽子，和我的腦袋似乎不大合式。不過我做過詩，尤其新詩，是事實。有過些新詩集出版也是事實。這些事實雖只有十幾年的歷史，而這歷史似乎已經要歸入考古學的部門了。」〔註133〕不難看出，此時郭沫若對詩歌、詩人的理解已與普遍的詩歌理論有了很大的差別，與其早期詩論也有不少變化。而就郭沫若「論詩」而言，我以爲，《櫻花書簡》1921 年 12 月 15 日家書加上《論詩三箚》，這四封書信基本概括了郭沫若「一九一九的下半年和一九二〇的上半年」「詩的創作爆發期」前後詩歌理念的主要內容，爲人所熟知的「內在律」即是在這些書信中提出的。筆者以爲，除「內在律」這一概念昇華外，郭沫若早期詩歌理念中有更具特色亦更富啓發性的存在，這些存在不僅能夠回應當時的整個時代，而且對我們理解郭沫若對待詩歌的種種態度多有裨益。

這四封信最爲人們所重視的是郭沫若寫給宗白華的兩封信，即《論詩三箚》中的第二、三封信，分別寫於 1920 年 1 月 18 日（發表於 1920 年 1 月 20 日《時事新報‧學燈》）和 1920 年 2 月 16 日（發表於 1920 年 2 月 24 日《時事新報‧學燈》）〔註134〕這兩封信不僅探討了詩歌的內容和形式而且列出了詩

〔註131〕蔡震編：《〈女神〉及佚詩（初版本）》，人民文學出版社 2008 年版，第 107 頁。
〔註132〕蔡震：《郭沫若棄醫從文，異國婚姻喚醒文學衝動》，引自新華網 2011 年 02 月 22 日 http://news.xinhuanet.com/xhfk/2011-01/22/c_121011468_2.htm。
〔註133〕《郭沫若全集‧文學編》第 16 卷，人民文學出版社 1985 年版，第 209 頁。
〔註134〕這兩封信後又收入 1920 年 5 月上海亞東圖書館出版發行的郭沫若、田漢、宗

歌的公式，並且發表時間較早，同時被多次輯入作者的不同著作中，影響較大。但從筆者的觀察來看，郭沫若實際更滿意《論詩三劄》第一封致李石岑的信，該信最初發表於 1921 年 1 月 15 日，較後兩封信晚近一年，但它不僅列《論詩三劄》三信之首，而且後來被作者題以《由詩的韻律說到其他》單獨列出。顯然，在郭沫若自己看來，這封信對詩歌的論述和理解較之與宗白華的兩封信更爲成熟，其中在新詩理論史上有劃時代意義的「內在律」即是在這封信中提出的。而《櫻花書簡》談論作新詩原則的信則更晚，爲 1921 年 12 月 15 日。其論述亦更爲明確，不刻意尋求表達的周全，多用判斷句。按照時間的先後順序仔細閱讀這四封信，郭沫若早期詩歌理念遂能漸趨明朗。

　　以 1920 年 1 月 18 日郭沫若致宗白華的信爲例，這也是郭沫若最早直接論詩的內容：「我想我們的詩只要是我們心中的詩意詩境底純眞的表現，命泉中流出來的 strain，心琴上彈出來的 melody，生底顫動，靈的喊叫，那便是眞詩，好詩，便是我們人類底歡樂底源泉，陶醉底美釀，慰安底天國。」〔註135〕不難發現，其表達十分感性，彷彿也是在寫詩，想法和理念固然很好，但卻不能使人明確，這「詩意詩境」、「命泉」、「心琴」、「生底顫動，靈的喊叫」究竟指的是什麼。至於詩歌公式：

　　　　詩＝（直覺＋情調＋想像）＋（適當的文字）〔註136〕
　　　　　　　Inhalt　　　　　　　　　Form

也流於形式，沒能眞正表達出他內心深處對詩歌的感悟。到了第二封信，郭沫若開始完善自己的表達，說他「是最厭惡形式的人」，「對於詩的直感，總覺得以『自然流露』的爲上乘」，並進而提出「詩的本職專在抒情。抒情的文字便不采詩形，也不失其詩」，「情緒的呂律，情緒的色彩便是詩。詩的文字便是情緒自身的表現」，「形式方面我主張絕端的自由，絕端的自主」。這些表述都很有價值，但缺乏理論的提升，而在致李石岑的信中，郭沫若顯然找到了理論的昇華和支撐：

　　　　詩之精神在其內在的韻律（Intrinsic Rhythm），內在的韻律（或

白華合著的《三葉集》一書，1925 年，又編入《文藝論集》，與致李石岑的信合稱《論詩》。1929 年在《文藝論集》的訂正本中，將致李石岑的信單獨題爲《由詩的韻律說到其他》，而致宗白華的這兩封信則仍保留原題《論詩》。1959 年復又三信合題爲《論詩三劄》，詳情見黃淳浩彙校本《文藝論集》。
〔註135〕《郭沫若全集・文學編》第 15 卷，人民文學出版社 1990 年版，第 13 頁。
〔註136〕同上，第 14 頁。

曰無形律）並不是甚麼平上去入，高下抑揚，強弱長短，宮商徵羽；也並不是甚麼雙聲疊韻，甚麼押在句中的韻文！這些都是外在的韻律或有形律（Extraneous Rhythm）。內在的韻律便是「情緒的自然消漲」。這是我自己在心理學上求得的一種解釋，前人已曾道過與否不得而知，將來有暇時擬詳細的論述。內在韻律訴諸心而不訴諸耳。〔註137〕

郭沫若在理論上完善自己詩歌感悟的意圖很明顯，事實上他也做到了，而且是對白話新詩理論具有開創性的建構。郭沫若從心理學上創造了「內在律」和「有形律」的概念使得他終於找到能夠表達其對詩歌理解和感悟的關鍵詞，但他的探索並沒有停止。《櫻花書簡》論詩的內容寫作時間相對《論詩三箚》三封信晚，但價值卻不容低估。《櫻花書簡》給元弟改詩並附做新詩的若干原則等的家書寫於 1921 年 12 月 15 日，致李石岑信寫於 1921 年 1 月 15 日，相距也就半年多的光景。《櫻花書簡》信中的作詩原則實際建立在《論詩三箚》三封信思考的基礎之上：

> 元弟寫來的木芙蓉一詩，很有深意。但是還嫌莫有解放得乾淨。要做舊詩，就要嚴守韻律，要做新詩，便要力求自然。詩是表情的文字，真情流露的文字自然成詩。新詩便是不假修飾，隨情緒之純真的表現而表現以文字。打個比喻如像照相。舊詩是隨情緒之流露而加以雕琢，打個譬比如像畫畫。總之要新就新，要舊就舊，不要新舊雜糅，那就不成個物什了。「1921 年 12 月」〔註138〕

只這簡練的幾句話其實涵蓋了郭沫若致宗白華兩封信的內容，因為此時郭沫若的想法更為成熟，加之是寫給自己的親弟弟，所以沒有行文上的纏繞，表達十分清晰明確。這幾句話給我們的另一個啓示是，在郭沫若眼裏，新詩和舊詩並沒有截然對立，「要做舊詩，就要嚴守韻律，要做新詩，便要力求自然」。這也讓我注意到，郭沫若致宗白華的信中，所言均是「詩」，而無分新詩、舊詩或者中國詩、外國詩，在他看來這些都是「詩」。而這一見解的意義恰恰容易被我們所忽視，為什麼呢？因為，以今天的眼光觀之，新詩舊詩均具詩的品格，但在白話新詩的草創期，以胡適為代表的白話新詩嘗試是在與舊詩的對立中獲得詩歌的內在品質和內涵的，換言之，嘗試期的白話新詩以與舊詩

〔註137〕黃淳浩：《〈文藝論集〉彙校本》，湖南人民出版社 1984 年版，第 253 頁。
〔註138〕唐明中、黃高斌編注：《櫻花書簡》，四川人民出版社 1981 年版，第 165 頁。

對立爲準繩。而郭沫若實際沒有爲此所囿，他所關注的是新詩和舊詩均具有的詩歌內在一致性，即他所言的「內在律」。爲強調新詩與舊詩的差異，他所做的比喻十分恰當，因爲無論是照相還是畫畫，描摹的都是現實，而無論是新詩還是舊詩，其根蒂均是情感。而照相和畫畫在藝術表現上也都各有自己的特色，今天不也存在照相是否都是藝術的爭論嗎？不加修飾的新詩，是詩歌還是散文，說到底也是可以商榷的。如此亦足見郭沫若比喻的精妙。我以爲，這恰恰才是郭沫若論詩最爲閃光的部分，不是因爲他論述全面精妙，也不是因其邏輯嚴密無懈可擊，而是他看到了當時詩歌發展的癥結所在，白話新詩地位的確立，不在於與舊詩對立，而在乎獲取自身獨具的品格，這種獨具的品格就是在詩歌表情的基礎上，不加修飾地表現和表達。

> 所以做詩——尤其是做新詩——總要力求「醇化」「淨化」，要力求 howogvm hirmony。所以做新詩總不宜拘拘於押韻，須知沒韻也能成詩，近代的自由詩，散文詩，都是沒韻的抒情文字。「1921 年 12 月」〔註 139〕

需要再次強調的是，「醇化」「淨化」的作詩要求適用於新詩也同樣適用於舊詩。這一觀點，郭沫若直到晚年也一直堅持，1950 年他在寫給沙鷗的信中這樣說道：「《詩刊》把舊詩別列一欄，好像新詩才是『詩』，舊詩只是舊詩，我覺得有些不熨貼。」〔註 140〕不難看出，郭沫若始終視新詩舊詩如一，技巧上的差異不掩蓋其詩歌本質。再看郭沫若所列「做新詩的原則」：

> 以下我寫幾則做新詩的原則在後。
>
> 1、要有純眞的感觸，情動於中令自己不能不「寫」。不要憑空白地去「做」。所以不是限題做詩，是詩成後才有題。
>
> 2、表顯要力求眞切，不許有一毫走跟（niǎn）。
>
> 3、要用自己所有的言辭，不得濫用陳套語和成語。
>
> 4、不要拘拘於押韻，總要自然。要全體都是韻。
>
> 5、作一詩時，須要存個前無古人後無來者的心理。要使自家的詩之生命是一個新鮮鮮的產物，具有永恒不朽性。這麼便是「創造」。
>
> 6、全體的關係須求嚴密，不得用曖昧語。（如弟「木芙蓉」中

〔註 139〕唐明中、黃高斌編注：《櫻花書簡》，四川人民出版社 1981 年版，第 165 頁。
〔註 140〕《郭沫若、陳毅同志關於詩的信》，見《詩刊》，1997 年第 1 期。

末尾兩句便是曖昧語，因爲讀的人不知道是甚麼意思。）——曖昧與深邃不同，不要誤會。抒情的文字惟最自然者爲最深邃，因爲情之爲物最是神奇不可思議的天機。

7、要有餘韻，有含蓄。

以上是隨手寫出來的，其餘由弟自行去領會了。我看教三兒們讀書作文最好是應用同種的原則，總要使學者自發其心花，不要生搶活奪地只剪些紙花在枯枝上貼。「1921 年 12 月」〔註141〕

這些原則大部分非常具體，而且與《論詩三箚》中的內容有著內在的一致性，比如，第一條「情動於中令自己不能不『寫』。不要憑空白地去『做』」與致宗白華第一信中「我想詩這樣東西似乎不是可以『做』得出來的」以及第二信中「詩的生成，如像自然物的生存一般，不當參以絲毫的矯揉造作」等語只不過換個說法，表達的內容是一致的，而「詩成後才有題」顯然是對元弟較爲直接具體的指點。但也有不明確甚至相悖的地方，比如第四條和第七條，若不仔細揣摩，即不能明白何以「不要拘拘於押韻」而又「全體都是韻」而且還「要有餘韻」？既然「要力求真切」，又如何與「有含蓄」統一呢？

《櫻花書簡》家書中關於「韻」的兩條原則同樣也是建立在《論詩三箚》致李石岑信思考的基礎之上。他所謂的「押韻」和「韻」其實差別很大，其所謂「韻」乃是裸體美之體韻，故而才能「全體都是韻」，而「押韻」則是郭沫若所批評的「衣裳哲學」，兩者截然對立。而第七條「要有餘韻，有含蓄」，顯示郭沫若已經意識到內在律和裸體美的缺陷，詩畢竟是詩，其特定時期的激進不過是爲抨擊舊制的策略，詩最終還會回到大眾期待的審美中去。1921 年 12 月郭沫若詩的爆發期已經過去，冷靜的思考中，郭沫若在尋求新的突破，這七條原則即體現了郭沫若態度微微的變化。在致李石岑信中郭沫若提出了「內在律」，而且打了一個非常形象的比喻，「大抵歌之成分外在律多而內在律少。詩應該是純粹的內在律，表示它的工具用外在律也可，便不用外在律，也正是裸體的美人。」〔註142〕而「外在律」在他看來則是「衣裳」，並進一步認爲「總之，詩無論新舊，只要是真正的美人穿件甚麼衣裳都好，不穿衣裳

〔註141〕唐明中、黃高斌編注：《櫻花書簡》，四川人民出版社 1981 年版，第 165～166 頁。

〔註142〕《郭沫若全集·文學編》第 15 卷，人民文學出版社 1990 年版，第 338 頁。

的裸體更好！」〔註143〕如此，我們發現，郭沫若眼中的「內在律」和「外在律」不是一般意義上的辨證統一關係，它們是不對等的。在郭沫若眼中，「內在律」更貼近詩的本質，是詩的靈魂，而「外在律」則如衣裳，不僅可以換，而且不穿更好。

經過詩壇的互動和郭沫若長時間的思考，或者說是歌德的影響，郭沫若對「內在律」的態度也在發生慢慢的變化。事實上，「裸體美」並不是總招人喜歡的，直視裸體美需要的是周作人所謂「受戒者」的靈魂，而大多數人的審美其實更趨向於外在「衣裳」點綴下的形體美，發展到極致就是形式大於內容，「裸體美」為「衣裳」所遮蔽。儘管郭沫若始終堅持「內在律」、「裸體美」，但他也知道，「內在律」在「通感」的建立上承受著時間的考驗，細微精妙的情感離開具體的人、事、時代、環境等外在氛圍，便不能很好的感染和打動讀者，那麼「眼淚」便不值錢了。時間久了，「裸體美」最終會被認為是輕浮淺薄，君子們更喜歡用文字隱藏情感的狂歡，而把想像留給讀者，尋找合適的「衣裳」是一個詩人得以成功駕馭語言的關鍵。正是在這種思考之下，郭沫若在給元弟作新詩的原則中才出現了近乎相悖的表達。

從上述分析我們發現，郭沫若對詩歌的思考很具理論深度，涉及新詩有韻無韻、什麼是韻以及如何押韻乃至詩歌語言等諸多現代中國新詩的核心問題。對比致李石岑信與與朱光潛先生的《詩論》，我們發現，兩者都有從詩歌起源談起，認為「詩歌與音樂、舞蹈同源」，〔註144〕同樣從《虞書》《詩經》尋找支持，同樣從心理學尋求解釋……郭沫若對新詩的理論思考只散見於早期書信和論辯中，「內在律」的提出固然對新詩發展有巨大的貢獻，但他其實並未深入和完善這一概念，坦言自己「從心理學上求得的一種解釋，前人已曾道過與否不得而知，將來有暇時擬詳細的論述」，〔註145〕這或許是一種遺憾，但似乎也是一種必然。郭沫若首先是一個詩人、文學家，他對詩歌思考的結果不是建構和完善新詩的理論體系，而凝結成一種詩化的比喻。我以為，照相和畫畫、裸體美和衣裳的形象比喻是理解郭沫若詩歌理念以及其「內在律」的關鍵，在這種形象化的表達之中，蘊含著郭沫若對新詩、舊詩以及情感、形式、押韻等諸多詩歌問題的探索、糾結和堅持。而這種「不求甚解」

〔註143〕《郭沫若全集·文學編》第 15 卷，人民文學出版社 1990 年版，第 339 頁。
〔註144〕朱光潛：《朱光潛全集》第三卷，安徽教育出版社 1987 年版，第 7～18 頁。
〔註145〕《郭沫若全集·文學編》第 15 卷，人民文學出版社 1990 年版，第 337 頁。

的「拿來主義」的態度也正是郭沫若所慣有的思維方式和表達方式。精神悟道式的思維表達方式十分形象地表達出了郭沫若對詩歌理解的核心內容，而且隨著時間的流逝，這兩個比喻彷彿有無限的生命力與闡釋價值，即使是現在對我們仍有非常大的啟示。但這種思維表達方式缺點也同樣十分明顯，由於其強調頓悟，寄妙理於形趣，所以往往為求一時一地、一景一物的表達而不惜犧牲論說的全面與嚴密，因而很多時候，前後不一致，並且常常顧此失彼，漏洞百出。奮鬥主義的靜坐、信仰王陽明和孔子以及郭沫若眼中的泰戈爾、歌德、海涅、惠特曼、雪萊等等國外的詩人都不「準確」，似乎被郭沫若著上了自己的色彩。正因如此，王富仁先生《審美追求的瞀亂與失措──二論郭沫若的詩歌創作》一文，在梳理郭沫若文藝思想與西方諸種文藝理論之間的聯繫與差異的基礎上，認為「郭沫若一開始創作，其審美追求便陷入了瞀亂和失措的狀態」，並認為「正是在這種瞀亂和失措中，郭沫若創作出了他一生最有價值、最富有獨創性的那些詩歌，在中國新詩發展史上做出了自己獨立的卓越貢獻。」〔註146〕筆者贊同王富仁先生的判斷，但不認為這是「瞀亂與失措」，而恰恰相反，這是中國固有的思維表達傳統，是傳統智慧中非常具有活力的一部分。從禪門公案到王陽明語錄乃至整個傳統文化，均沒有西方式的宏大理論建構，而往往將深刻地道理和哲學玄思寄託於生活化的情趣之中，形象可親，容易理解，當然同樣也容易理解偏差而誤入歧途。郭沫若精神悟道這一中國特色的思維方式注定了他「將來有暇時擬詳細的論述」不會是理論的建構而是一種頓悟式的表達，儘管他有學醫的背景，他完全可以根據精神分析等諸種理論完善自己的詩歌學說，但事實上，他沒有，他的思維方式、表達方式決定其行為的底色是一個文學家，一個帶有濃厚時代印記的並非先知先覺的過渡時代的文學巨人。

〔註146〕王富仁：《審美追求的瞀亂與失措──二論郭沫若的詩歌創作》，《北京社會科學》1988 年第 3 期。

第二章　別有洞天雙國色：《女神》時期郭沫若集外詩研究

　　毫無疑問 1921 年 8 月泰東圖書局出版的《女神》，不僅在中國白話新詩史上具有劃時代意義的事件，也是郭沫若本人最富於藝術審美特色的文學創作。《女神》的研究伴隨著《女神》文本的出現而出現，至今為止已經有近九十年的歷史了，縱觀這些研究成果中收穫與不足並存，誤讀與歧義共生。雖然對《女神》研究的成果眾多，但是隨著與《女神》同時期郭沫若佚詩的發現與出版，《女神》的價值便又獲得新的研究生長點，具有了更加廣闊的闡釋空間。

第一節　建國後《女神》研究的熱度、限度和難度

　　在郭沫若眾多結集出版的作品中，雖然沒有準確的統計和精確的數據，但是再版次數最多的肯定是白話新詩集《女神》莫屬了，郭沫若被讀者所熟知和閱讀最多的無疑也是《鳳凰涅槃》、《天狗》等《女神》詩集裏的名篇佳作。《女神》是郭沫若的第一部白話新詩集，1921 年由泰東圖書局出版發行，至今已經有 90 餘年的歷史了，它帶給中國現代新文學的震撼和影響絕不亞於一場山崩地裂般的地殼運動。

　　郭沫若賦予《女神》內在精神內涵，《女神》給予郭沫若在中國現代文學史上地位，二者成為了並行不悖的有機存在，由此《女神》也便順理成章的成為「郭沫若文學創作中被閱讀最多、研究最多的文本。」〔註 1〕。目前

〔註 1〕 蔡震編：《〈女神〉及佚詩》，人民文學出版社 2008 年版，第 295 頁。

為止有關對《女神》研究的論文及著作成果非常豐富，在不同歷史時期，特別是具有特殊意義的時間節點對《女神》研究都進行了綜述性的評析，研究者們不斷借助於對《女神》的研究成果豐富了郭沫若文學研究的世界，拓展了郭沫若文學創作研究的領域。建國後截止到目前為止有關《女神》的研究約有 400 餘篇論文，這些研究主要集中在：「思想內容研究；藝術和審美風格研究；《女神》外來思想和文化內涵研究；《女神》的比較研究」〔註 2〕等幾個方面，這幾個方面也基本涵蓋了《女神》研究的各個角落，所得到的結論也多是新穎獨到，有些研究成果甚至形成了互相交鋒的現象，因此《女神》的研究從總體上墊高了郭沫若研究的水準。有關《女神》的研究局面固然可喜，說明了郭沫若研究者們不斷的進行探索、爭辯和創新，但其中很多觀點和研究現象卻值得我們反思和借鑒，我們更應該清醒地看到，目前的研究絕大多數都是對《女神》作為白話新詩集的本體研究，很少有對這些成果進行整體的梳理和反思。如果將《女神》的研究作為研究對象，特別是對在《女神》研究中所呈現出的「熱度不減」，「限度不清」以及「難度不夠」的獨特現象和所折射出的問題，進行全面客觀的闡釋和總結，應該會進一步延伸《女神》研究的思路，深化《女神》的經典內涵，完善和規範郭沫若研究的學術體系。

一、作為研究熱度的《女神》

伴隨著《女神》不斷結集出版和發行，以及它在郭沫若文學創作和中國文學史上的地位，《女神》已經成為了郭沫若研究領域中無論如何也無法繞開的話題，其研究也必然成為郭沫若研究領域的「常青樹」。對《女神》的研究已然是各時期郭沫若文學研究的起點和風向標，在很大程度上可以說對《女神》研究的如何，也就代表著郭沫若文學研究的水準達到了怎樣的程度，《女神》研究的歷史也同樣揭示了這種對等關係。因此《女神》的研究在郭沫若研究體系中呈現出「熱度不減」的現象。

《女神》研究「熱度」最明顯的表現之一便是研究的「持續性」，以及由此造成的熱度的「單一性」。梳理《女神》研究的歷史，便會發現對《女神》的研究經歷了從跟蹤批評發展到史學研究的歷程。「忽地一個人用海濤底音

〔註 2〕 胡忱、王澤龍：《近三十年〈女神〉研究綜述》，《郭沫若學刊》2009 年第 3
　　　　 期。

調，雷霆底聲響替他們全盤唱出來了。這個人便是郭沫若，他所唱的就是《女神》。」〔註 3〕這是《女神》剛剛出版不久，聞一多便做出了第一次評價，隨後《女神》研究便拉開了帷幕。而「新中國建立以來郭沫若研究的第一篇學術性論文」〔註 4〕即是有關《女神》研究的，這就是 1953 年刊登於《文藝報》第 23 號臧克家《反抗的、自由的、創造的〈女神〉》一文。1978 年 1 月 28 日《光明日報》上所刊登的樓棲的《再論〈女神〉》一文拉開了新時期郭沫若文學研究的序幕。至此有關郭沫若《女神》研究的專著、論文不斷出現，隨著時間的推移和新方法的引進，這些成果不斷地刷新著郭沫若研究的高度，由此也帶動郭沫若《女神》出版的熱潮，各類單行本和選本成為了各個出版社競相出版的文學讀物。

　　進入新時期以來，隨著各種不同研究方法的引入和豐富原始材料的發現，郭沫若的研究成果不斷地擴展著內涵和外延，有關郭沫若歷史學、古文字學、考古學、翻譯等方面的研究成果相繼出現，但是即便是這樣《女神》也當仁不讓的成為每一年度郭沫若研究成果中數量最多的部分。從 1978 年進入到新時期後，每年都有有關《女神》研究的數量不等的成果出現。僅以新世紀以來的郭沫若研究成果統計為例，2011 年共有研究成果約 120 篇，直接以《女神》作為研究對象的有 13 篇，約占 11%；2012 年共有研究成果約有 130 篇，直接以《女神》作為研究對象的有 11 篇，約占 9%；2013 年共有研究成果約 130 篇，直接以《女神》作為研究對象的有 11 篇，約占 9%；2014 年共有研究成果約 100 篇，直接以《女神》作為研究對象的有 12 篇，約占 12%；2015 共有研究成果約 80 篇，直接以《女神》作為研究對象的有 7 篇，約占 9%，2016 年共有研究成果約 120 篇，直接以《女神》作為研究對象的有 12 篇，約占 10%。

　　通過以上粗略的統計，明顯地可以看出僅僅就一部《女神》詩集便形成了如此持久不衰的研究熱點。雖然有關郭沫若研究有時候有不同的研究熱點，比如在 2003 年和 2013 年，是《甲申三百祭》出版 60 和 70 週年之際，形成了對這篇文章研究的熱潮，於是《甲申三百年祭風雨六十年》〔註 5〕和《甲

〔註 3〕　聞一多:《〈女神〉之時代精神》，《創造週報》第 4 期。
〔註 4〕　朱壽桐:《郭沫若文學研究五十年》，《徐州師範大學學報》（哲學社會科學報）2001 年第 3 期。
〔註 5〕　《甲申三百年祭風雨六十年》，人民出版社 2005 年版。

申三百年祭 70 週年展覽紀實》〔註6〕兩部研究論集便應運而生，但這僅僅只是某一個特定時間段的現象，而《女神》研究自郭沫若研究開始就形成了持續性的研究熱點。從現代文學作家研究的橫向比較來講，魯迅研究、老舍研究等現代作家作品也有類似於對郭沫若《女神》集中的研究熱點，但是他們的研究熱點是分散的，魯迅除了有對《狂人日記》集中研究外，還有對《阿Q正傳》、《野草》等的熱點研究，老舍除了有對《駱駝祥子》集中研究外，還有對《四世同堂》《茶館》等的熱點研究，另外如沈從文、張愛玲等中國現代文學史上重要作家的作品研究中也都有多部作品成為研究的熱點和重點闡釋的對象，而唯獨郭沫若研究卻形成了對《女神》單一性研究的熱點。

　　《女神》研究大多集中於思想主題闡釋和藝術特色分析的兩個方面，這是《女神》研究「熱度」的表現之二。在目前《女神》研究約 400 餘篇的成果之中，涉及到這兩個方面內容的約占近 300 餘篇，大約佔了近 70%左右。之所以形成這兩個方面研究熱度的原因主要還是源於《女神》的文學史敘述模式。《女神》是建國後國內各種版本《中國現代文學史》重要闡述的對象之一，並且也都給予了較高的評價。《女神》作為文學史上劃時代的文學作品，歷來被當做文學史不可逾越的書寫和敘述對象，雖然由於不同歷史階段文學史書寫的觀念和視野有所差異，造成了對《女神》研究的切入視角和書寫理念的不同，但是依然也形成了持久的「史學」敘述。從建國初王瑤的《中國新文學史稿》到新世紀嚴家炎的《二十世紀中國文學史》的出版，《女神》都是作為郭沫若的代言者而存在。中國現代文學史發展書寫過程中，雖然各個歷史階段的表述不同，有些「過於關注《女神》的社會功用」〔註7〕，有些「過於關注《女神》的藝術審美價值」〔註8〕，但是絕大多數還都是基本認為《女神》：「體現出對於封建藩籬的勇猛衝擊，改造社會的強烈願望，追求美好理想的無比熱力，以及個性解放的熾烈要求。」〔註9〕而且闡述的模式基本是主題解析加藝術分析的方式。中國現代文學史教材多數應用於各類專業院校的教學活動中，並被納入了專業考察課程之一，正是在這種「歷史敘事」模板的影響下，基本上定格了現代研

〔註6〕　《甲申三百年祭70週年展覽紀實》，當代中國出版社2014年版。
〔註7〕　逯豔：《論中國現代文學史（著作）的〈女神〉書寫》，《山東青年政治學院學報》2014年第4期。
〔註8〕　逯豔：《論中國現代文學史（著作）的〈女神〉書寫》，《山東青年政治學院學報》2014年第4期。
〔註9〕　嚴家炎：《二十世紀中國文學史》，高等教育出版社2010年版，第210頁。

究者對《女神》研究的基調和範疇。隨之相關的學術研究的焦點自然而然的便會集中於闡釋《女神》的思想主題和藝術特色的熱點之中。

　　研究學者的年齡、學識和關注點，也造成了《女神》研究「熱度」表現的第三個方面。從《女神》研究者的角度來講「熱度」現象主要是指《女神》研究者兩極分化的特性。所謂《女神》研究者兩極分化現象主要是指，郭沫若研究的剛入門者，往往把《女神》的研究作為自己打開郭沫若研究之門的敲門磚；而取得很高成就的郭沫若研究學者也把《女神》的研究作為提升自我郭沫若研究的重要途徑。目前對《女神》的研究者既有 40 年代出生的還活躍在郭沫若研究領域中的老一輩學者，也有 50、60 年代郭沫若研究的中堅力量，還有 70 和 80 年代逐步進入研究中心的青年學者，另外 90 年代出生的在校的研究生和博士生也加入到了《女神》研究的序列之中，形成了不同年齡層次對《女神》研究的齊鳴之勢，《女神》的研究無疑成為了「熱點」，成為了「兵家必爭之地」。如果考察近年來的《女神》研究成果，會發現總有郭沫若文學研究的學術新人出現，而眾多學術新人進入郭沫若研究的通道基本上是對《女神》的研究，如 2012 年《重審建國後〈女神〉的文學史書寫方式》的作者貴州師範大學碩士彭冠龍，2016 年《覺悟‧解脫‧超越——試析〈鳳凰涅槃〉中「涅槃」與全詩的佛教意蘊》的作者暨南大學在讀碩士蕭浩樂，這些學術新人都是以《女神》的研究邁出了郭沫若研究的第一步，甚至也是現代文學研究的第一步。因此《女神》研究成就了學術新人的成長。現在郭沫若文學研究比較重要的學者，也絲毫沒有減少對《女神》的研究熱情，隨著他們學術積澱的增加，學術領域的拓展，他們對《女神》的研究也打破了以往學術研究的堅冰，進入到了「深水區」，從更加全面客觀的高度提升《女神》研究的水準，如蔡震的《論〈女神〉的兩重歷史價值》、李怡的《〈女神〉與中國「浪漫主義」問題——紀念〈女神〉出版 90 週年》、魏建的《泰戈爾究竟怎樣影響了郭沫若》、方長安的《〈鳳凰涅槃〉在民國選本和共和國選本中的沉浮》等成果都是對《女神》進行的更加細微化和歷史化的評判，以上成果也是他們取得很高的學術成就後對《女神》的進一步思考，這些文章無論是從選題的範圍，還是闡釋的問題都是《女神》研究史上舉足輕重的成果，《女神》提升了學術大家的學理內蘊。正是這種多元共生的研究團體，促成了《女神》熱鬧繁榮的研究景象。

　　以上幾種現象無不說明了《女神》作為研究對象的熱點現象，以及它在

郭沫若研究體系中所起到的重要作用，任何事物都是具有兩面性的，《女神》研究熱度的背後也隱含著「限度不清」、「難度不夠」的諸多問題。

二、作為研究限度的《女神》

　　《女神》的研究在短暫的時間之內形成了那麼多不同的觀點，甚至有些是完全相異的認識，有些觀點認為《女神》是歌頌自由主義的，有些觀點認為《女神》是倡導泛神論的；有些觀點也認為《女神》中也全面展示了郭沫若的無產階級鬥爭精神。這除了說明研究者對《女神》多元化解讀的努力外，但是從另一個方面卻顯現出《女神》研究中所存在的問題，那就是「多年以來的《女神》研究已經鮮有亮點，許多文章只是在重複前人說過的話，後者只是換了一種說話的方式，換了一些遣詞造句的用語」。〔註10〕比如有關《女神》與《草葉集》的比較研究，從 20 世紀 80 年代對於兩者的研究就涉及到了文體結構、藝術特色以及創作方法等方面的問題，並得出了「郭沫若紮根在中華的土壤上，學習外國詩歌的長處，吸收了《草葉集》自由、奔放的精神，但又克服了其中某些不足，如散漫、單一等，從而在古典詩歌和民歌豐厚的基礎上，創造了中國式的自由體。」〔註11〕但是到了 21 世紀初期對兩者研究後還依然停留在「《草葉集》與《女神》在思想內涵的時代性，藝術形式的獨創性，文學功能的本土性方面樹立了豐碑，對詩歌的發展產生了深遠影響。它們的貢獻遠不止於文學領域，在樹立本民族新形象、形成新的民族精神文化方面，同樣作出了不可估量的貢獻」〔註12〕的觀點描述上，兩廂對比基本還是以前結論的簡單重複，類似於此的現象《女神》研究中還有很多。

　　《女神》研究成果的豐富固然可喜，但是它卻成為一個無所不包的大籮筐，所有與「五四」時代有關係的社會命題，甚至包括中後期與郭沫若有關係的問題都要歸結到《女神》研究之中，這已經超出了《女神》研究學術本體研究的範疇。如《女神》「表現出樂觀、向上的進取精神，顯示了新世紀到來、新的階級崛起時人們歡欣鼓舞的情緒和樂觀主義精神。」〔註13〕這種論

〔註10〕蔡震：《關於郭沫若文獻史料工作的回顧與思考》，《郭沫若研究三十年》，四川出版集團巴蜀書社 2010 年版，第 18 頁。
〔註11〕黎宏：《〈女神〉與〈草葉集〉之比較》，《人文雜誌》1983 年第 3 期。
〔註12〕葉碧霞：《〈草葉集〉與〈女神〉的對比研究》，《韶關學院學報》2008 年第 10 期。
〔註13〕李豔：《郭沫若〈女神〉等詩歌的思想內容和藝術特色》，《黑龍江史志》2013 年第 9 期。

述明顯地就超越了《女神》文本本體所具有的意蘊。對於文本的分析「我們必須完全按照話語發生時的特定環境去把握話語。」〔註 14〕回到《女神》創作的時代環境之中，首先不難看出，《女神》中的詩歌並非如字面上的意義所表達的如此樂觀，更多地是顯示了郭沫若在「五四」新文化革新大潮的衝擊下，致力於不斷在更新自我的思考，尋找新的文化方向的思想動盪時期，很多篇目雖是一種向新的目標前進的嘗試，但還談不到樂觀和向上的進取。其次，「新的階級」的崛起一說更是有悖於《女神》文本的內涵和創作的實際。《女神》中大多數的篇目創作於日本生活期間，更多展現的是一名有志向青年的希冀和追求，此時郭沫若還沒有系統的接受馬克思主義，更是與國內的政黨關聯甚少，所謂「新階級」之說，更是差之毫釐謬以千里了。

目前《女神》的研究中出現了溢出它作為文學文本本有的價值，造成了非常明顯的「強制闡釋」〔註 15〕的現象，而且還有著愈演愈烈的趨向，特別是一些評論者「主觀意向在前，預定明確立場，強制裁定文本的意義和價值。……批評的目的不是闡釋文學和文本，而是要表達和證明立場」〔註 16〕。有很多研究者談《女神》的思想成就必言及其表現出了「徹底反帝反封建的革命民主主義思想」〔註 17〕，談《女神》的藝術特色必界定為「開創了浪漫主義的先河」〔註 18〕。其實上述結論的得出並不是真正建立在文本解讀的基礎上，而是先有了相關的預設和明確的立場，然後再從文本中找到相關的字句去證明自己的結論。這種現象在《女神》研究中較為普遍，這也是《女神》為什麼重複闡釋現象盛行的原因了。

《女神》的闡釋應該是有限度的，「應該依靠文本，以文本自身的力量去生成闡釋。這個力量是文本自身能指的力量，是這種能指自身所具有的思想、美學、歷史、政治的力量，所謂形式也應該蘊含其中，而不應該由外部強加於文本，由釋者強制於文本。」〔註 19〕文本本體和闡釋者主體是對作品闡釋研究的兩個最關鍵的因素。因此，對於《女神》的研究限度也應該從這兩個方面著手。闡釋者應在遵循文學生產和批評規律的基礎下，把《女神》研究

〔註 14〕福柯：《知識考古學》，英譯本，Tavistock 出版社，1972 年版。

〔註 15〕張江：《強制闡釋論》，《文學評論》2014 年第 6 期。

〔註 16〕張江：《強制闡釋論》，《文學評論》2014 年第 6 期。

〔註 17〕孫秀蓮：《〈女神〉的思想與藝術成就》，《人力資源管理》2010 年第 6 期。

〔註 18〕孫秀蓮：《〈女神〉的思想與藝術成就》，《人力資源管理》2010 年第 6 期。

〔註 19〕張江：《闡釋的邊界》，《學術界》2015 年第 9 期。

的闡釋納入到「五四」新文學創作的場域之中來考察，應該從文學審美、語言表達以及譯介與創作等學理性的角度闡釋其中的學理內涵。具體來講，《女神》文本的闡釋應該在研究者研究本體以及《女神》文本生成時間和文本詞語時代性等兩個方面加以限定。

「經典的價值不僅不能自動呈現，而且需要不斷被發現，被賦予、創造、命名。」〔註 20〕因此研究者應該以何種身份進入《女神》研究的場域，對於《女神》研究至關重要，也是《女神》研究首先應該加以限制的方面。「職業批評家之所以能以專業面孔生存和活動，也是因為你的職業準則是給予人們以更多的知識和思想，以及理解和體認文學的精神和方法。在這個意義上，也就是在專業和職業的意義上說，應該而且必須比普通讀者高明一點，否則社會生活和文化構成不需要批評家存在。」〔註 21〕從某種意義上來看，研究者認識和闡釋的高度在很大程度上決定了經典作品合理的歷史定位和自身審美價值的歷史真實性。

上述有關《女神》研究「熱度」闡述時提到了有關研究者兩級分化的現象，這也是一把雙刃劍，各個不同層次，不同類別的研究者對《女神》的研究在擴展文本意義和價值內涵的同時，也帶來了批評業餘化、投機化的傾向。不可否認，在目前《女神》研究的成果中，有很大一部分是毫無價值的觀點重複和主觀臆斷，都已經超出了學術研究的範疇，也誤導了讀者對《女神》片面的認知和接受。這些成果的研究者們出發點並不是為了墊高《女神》研究的水平，而更多的是為了達到某種現實的目的或利益的需求才撰寫了有關《女神》研究的論文。僅僅舉 2000～2010 年郭沫若研究為例，在這十年間大約有近 100 篇左右有關《女神》研究的文章，約涉及到 80 餘位研究者，其中大約有 31 位只有一篇有關《女神》或相關方面的論文存在，約占 39%，也就是說 39%的研究者有關《女神》的研究是沒有學術體系和闡釋系統的，他們更多的還是處於一種「讀者閱讀闡釋」的範疇。

對於類似於《女神》有特殊文學史價值的經典作品的闡釋和閱讀「應該是有某種儀式感的。」〔註 22〕闡釋者應該有面對歷史的厚重感和責任感，要把《女神》的閱讀和解析作為自我跨越時空與歷史的對話和交流，與自我的

〔註 20〕吳義勤：《當代文學評價的危機》，《美文》2016 年第 5 期。
〔註 21〕張江：《闡釋的邊界》，《學術界》2015 年第 9 期。
〔註 22〕吳義勤：《當代文學評價的危機》，《美文》2016 年第 5 期。

完善和提升相統一。特別是《女神》作爲時代經典的文本，如何最大限度的闡發其內在的價值，就要求闡釋者應區別於一般的讀者閱讀或介紹性的概括總結，而需要從歷史境遇、社會演變以及創作本體等多個方面入手，發現《女神》的歷史內涵，賦予《女神》的文本內蘊，創造《女神》的閱讀空間，命名《女神》的史學價值。

　　再者文本生成場域的限度是《女神》研究的基礎，《女神》的生成是雖然是在與國內「五四」新文化運動同一個時間段內的創作，但卻在「國內」和「日本」的兩個截然不同的文化場域影響下交叉生成的文本。《女神》中絕大多數文本的創作都是郭沫若在日本留學時期所創作的，它既有對民族復興的激情，又有個人生活的情感，既有國內「五四新文化」運動思潮的衝擊，也有日本留學異域環境的薰染。郭沫若自己就曾說《女神》「產生時是在日本九州的博多灣，那個地方的色彩倒是很濃厚。」〔註 23〕因此，對《女神》的研究必須限定於這兩個同時發生又情形異質的場域範疇之內，任何脫離這種特質場域文本生成時間而對《女神》單一的、絕對的、政治的解讀都是應該予以避免的。另外，《女神》文本詞語研究也應是有限度的，不應該根據現代漢語發展的變化，用今天詞語的含義去闡釋「五四」白話的內涵，應該具有「合法性」的闡釋。《女神》因爲特殊的生成場域和時間限度，造成了它特殊的詞語雜糅的性質。《女神》既有白話初創期的晦澀，也有日本和歌語言的順暢，有很多詞語在今天很可能已經改變了過去的特性。因此，「我們必須意識到詞義的轉變，而不要被出現的形同詞語或措詞所蒙蔽。」〔註 24〕

　　只有在研究者闡釋的方法和態度、經典文本生成的歷史場域、詞語的歷史語境意義等方面進行限制，才能保證《女神》的研究在文學文本闡釋的範疇之內，也才能確保《女神》的研究眞正回到研究本身。

三、作爲研究難度的《女神》

　　我們往往把對《女神》的解讀等同於對於「五四」時期郭沫若的解讀，同時我們研究者們對《女神》解讀的落腳點最終還是歸結到了對郭沫若文化思想闡釋的角度上，也就是說《女神》就代表著「五四」時期的郭沫若，郭沫若在「五四」時期的全部就是《女神》。在一些研究成果中我們看到了如下

〔註 23〕郭沫若：《自然底追懷》，《時事新報・星期學燈》，1934 年 3 月 4 日。
〔註 24〕轉引張江：《闡釋的邊界》，《學術界》2015 年第 9 期。

簡單對等關係的存在：因爲在《女神》中有泛神論的思想，我們就此認定此時的郭沫若是信奉泛神論的；因爲《女神》中有勞工大眾的表述，我們就因此認爲郭沫若並不是信奉泛神論，而是信奉馬克思主義的；因爲《女神》中有對自由精神的渴望，我們就認爲郭沫若早期是自由知識分子；因爲《女神》中有對未來的幻想和渴望，我們就認爲郭沫若是浪漫主義的。郭沫若文學研究的簡單對接和對等現象在《女神》的研究中尤爲突出，由此也造成了郭沫若研究中特有的絕對化和單一化的弊病，這樣的研究症候在對郭沫若後期研究中更爲明顯和突出。

就目前就《女神》研究所出現的問題來看，並非文本闡釋或思想分析如此簡單了事。《女神》是複雜的，對它的研究更是具有很大的難度。

《女神》研究難度的之一是，如何將《女神》作爲一個「合集」整體來研究。目前研究絕大多數都割裂了《女神》真實的存在，基本上用純粹詩白話新詩分析的手法來闡釋《女神》多樣性的文本，從而造成了只見「詩歌」不見「詩劇」，只見《鳳凰涅槃》不見《棠棣之花》的研究現狀。《女神》的研究絕不能僅僅只是簡單的等同於對於「五四」時期白話新詩集的解讀，並簡單得出它是一部「中國現代文學史上第一部具有傑出成就和巨大影響的新詩集」〔註25〕的結論，從嚴格意義上來講《女神》既是詩集又不是詩集，既有現代白話的構建又有域外話語體系的雜糅，因此創作情感的不確定性、文體的模糊性和語言的多樣性造成了《女神》研究特有的難度。

對於《女神》我們一般都習以爲常的認爲它是「中國現代詩歌史上最重要的詩集之一。……標誌著白話新詩已完全掙脫了舊體詩的藩籬，開始進入了創造自己的經典化成熟作品的歷史階段。」〔註26〕其實文學史大而化之的闡釋和看似準確的結論，帶有明顯地局限性，文學史的敘述僅僅只是說明了《女神》存在的一個最表面的現象，不可避免地造成了對《女神》偏狹的認知。如果考慮到文學史讀者接受的範圍和作爲教學材料的實際用途，這種闡釋我們也是可以理解的。但是作爲研究者來講，如何全面、客觀、真實的闡釋《女神》本質存在是最基本也是最首要的任務。《女神》初版本中扉頁印有

〔註25〕 丁帆、朱曉進主編：《中國現當代文學》，南京大學出版社 2000 年版，第 55 頁。

〔註26〕 程光煒、劉勇、吳曉東等著：《中國現代文學史》，北京大學出版社 2011 年版，第 111 頁。

「劇曲詩歌集」的字樣，也就是說《女神》作爲白話新詩的結集只是這部合集的某一個方面的內容，除了詩歌之外，它還有類似於《女神之再生》《湘累》和《棠棣之花》的「劇曲」類型，還有類似於《勝利的死》中英文雜糅的「自由體」詩歌類型等多種的詩體形式。但是我們的研究者基本上都是在忽略了此種界定的基礎上在進行研究，於是便造成了用詩歌的闡釋來涵蓋《女神》的整體內涵，用解析《鳳凰涅槃》來替代《棠棣之花》闡釋的研究現實。在此種研究前認知的基礎下，得出的結論必然也是不全面的。文體類型多元並存的創作風格就是郭沫若「五四」新文學運動時期創作的眞實展現，同樣也是他那時對文學創作的理解和認識，如何還原歷史眞實，全面認識「五四」時期郭沫若文學創作的複雜性必將給我們的研究帶來了難度，因此如何超越單一文體評論，從綜合性的角度來闡釋此種文學現象是《女神》研究者首先要解決的難題。

其次，《女神》研究的難度還在於究竟選取那個版本的《女神》作爲闡釋的對象。《女神》是迄今爲止郭沫若作品集中再版次數最多的文本，因此就在無形中出現了眾多版本，有些版本因爲出版時間不同、出版社不同基本上都有這樣或那樣的改動。「泰東版《女神》一直印行到 1935 年 4 月第 12 版。之後再出版《女神》單行本，就是新中國成立後的 1953 年人民文學出版社版。該版本《女神》所用文本，是經過作者修訂的，主要依據上海創造社出版部 1928 年 6 月出版的《沫若詩集》。」〔註 27〕而收入《郭沫若全集・文學編》第一卷的《女神》則是「根據一九五七年人民文學出版社《沫若文集》第一卷版本編入。」〔註 28〕參閱目前研究成果的參考文獻和注釋說明，就會發現現在的研究者所使用的《女神》版本大多是《郭沫若全集・文學編》第一卷的《女神》，這就造成了闡釋對象的時間差，也即是用修改後的版本去闡釋郭沫若「五四」文學創作的思想和特色，不可避免的造成結論的偏差。比如 1921 年泰東圖書局《女神》初版本的《鳳凰涅槃》和 1928 年上海創造社出版部《沫若詩集》中《女神》的《鳳凰涅槃》就有很大的改動和不同，特別是「以 5 節詩文替代 15 節詩文……在內容上，詩人儘量濃縮了自我思想情感的表達，但有些很重要的東西完全被刪削了。」〔註 29〕因此如果你用 1928 年上海創造

〔註 27〕蔡震：《郭沫若著譯作品版本研究》，東方出版社 2015 年版，第 55 頁。
〔註 28〕郭沫若：《郭沫若全集・文學編》《第一卷說明》，人民文學出版社 1982 年版，第 V 頁。
〔註 29〕蔡震：《郭沫若著譯作品版本研究》，東方出版社 2015 年版，第 64 頁。

社出版部的《女神》版本或 1981 年人民文學出版社《郭沫若全集・文學編》第一卷的《女神》去闡釋郭沫若「五四」時期創作的主題思想和藝術特色，無異於一個人用已經修訂的思想去闡釋未成熟的認知一樣，肯定是不合適的。然而，如果對 1921 年泰東圖書局《女神》初版本之外的版本內容上的差異，行文上的不同進行核對、校勘，依然可以作為考察郭沫若思想認知和藝術創作變化的軌跡，當然也會具有重要的學術價值。因此，研究者進行《女神》研究時應該根據所闡釋時間和論述問題的不同，而選取不同的版本作為闡釋的對象。

另外，即使是選擇了 1921 年泰東圖書局版的《女神》初版本，就能以此來概括和說明「五四」時期的郭沫若了嗎？答案恐怕是否定的。《女神》畢竟只是一個選集本，它只是代表著郭沫若「五四」時期的某一方面的創作思想和文藝取向，在《女神》的同時期還有大量的詩作並未收入其中，造成了郭沫若作品特有的散佚現象。截止到《女神》初版的 1921 年 8 月，至少有 52首作品沒有被郭沫若收入其中。在《女神》初版本詩集以外還有比和《女神》數量更多的郭沫若同時期所創作的詩歌存在，這些詩歌中不僅有自由體詩，還有古體詩；不僅有歌頌自然的詩歌，還有自我日常生活的詩作；不僅有高亢激昂的詩句創作，還有纏綿清麗的語句抒發。而現在研究者把《女神》初版本絕對化、定格化和單一化了，也即是我們過於相信《女神》1921 年的初版本，用《女神》的初版本作為解釋郭沫若「五四」時期文學創作成就的唯一途徑，特別是僅僅只是用《女神》中具有代表性的《鳳凰涅槃》、《天狗》等詩篇去涵蓋郭沫若「五四」時期多元的文學創作觀念，如何將《女神》詩歌研究轉變為「女神時期」詩歌研究，也是目前《女神》研究中版本選擇的另外一個難題所在。

再次，如何恢復《女神》音樂性的特性也是其研究的難題之一。1921 年泰東初版本的《女神》扉頁上印著「劇曲詩歌集」的字樣，從此也可以看出郭沫若編輯《女神》合集的初衷，而且作為「合集」的《女神》包含了「《女神之再生》」等詩劇樣式，也包含了如《天狗》《立在地球邊上放號》等白話新詩，還有如《鳳凰涅槃》介於劇曲和詩歌之間的文學體式。他們如何統一在一本合集之中的呢？我認為能夠編輯在一起最主要的原因是因為他們都有鮮明的音樂節奏的特性。既然是「劇曲」加「詩歌」的創作形式，那麼音樂性便必不可少，因此充滿樂感的劇曲和詩歌也應是我們研究所闡釋的方面。

「情調偏重的，便成為詩，聲調偏重的，便成為歌。歌的主要生命，不消說也是要有情調，不過它的音樂成分比較重些罷了」〔註 30〕這是郭沫若詩歌創作的內在要求。如果忽略了《女神》音樂性的特徵，便會割斷了《女神》連接古今，融匯中西的重要價值和意義。其中的「太陽禮讚之什」等都是為舞臺演出所寫的劇本，音樂性自然不必多說，單就《鳳凰涅槃》來講其實已經超越了純粹詩歌的寫作，更像是一個小型詩劇的形式，「序曲、鳳歌、凰歌、群鳥歌、鳳凰更生歌」的結構構成，也是詩劇的典型特徵，詩篇中詩句的節奏和旋律，更是目前研究中空白點和難度點，比如反覆的歌詠「一的一常在歡唱！一的一切，常在歡唱！……只有歡唱！只有歡唱！只有歡唱！歡唱！歡唱！歡唱！」〔註 31〕這些句式絕對不是簡單的字面的重複和語調的反覆，主要還是利用了音樂和聲的原理來恢復白話新詩創作音樂性的本質屬性。如果從「音樂性」的角度來考察《女神》，它的內蘊將會獲得更學理的闡釋，特別是能夠進一步解釋《女神》如何搭建了白話新詩創作的「古與今」，「中與外」的橋梁，也是《女神》「突出貢獻是以對五四精神的詩化開了一代詩風」〔註 32〕的內在根源。關於《女神》音樂性的認知和闡釋由於專業知識差異、跨學科考察以及時代變遷等方面的原因，造成了目前研究的難題，因此如何從詩歌歌詩方面的特性來闡釋《女神》中音樂特性也是研究的難度所在。

　　作為研究熱度的《女神》自然而然的便會成為研究的重點，但是作為研究限度的《女神》又規約了研究的方向和本源，而作為研究難度的《女神》會開拓新的研究視角，進一步墊高《女神》研究的學術內涵。

第二節　《女神》等同於「五四」時期郭沫若嗎？——《女神》及「女神時期」郭沫若的集外詩

　　1921 年 8 月 5 日《女神》由上海泰東圖書局初版發行，以此宣告了郭沫若正式登上了「五四」文學的舞臺，同時也預示著中國新文學史和新詩史進入到成熟階段，由此也造成了《女神》成為「郭沫若文學創作中被閱讀最多、

〔註 30〕郭沫若：《論節奏》，《沫若文集》第 10 卷，人民文學出版社 1959 年版，第 232 頁。
〔註 31〕蔡震編：《〈女神〉及佚詩》，人民文學出版社 2008 年版，第 46 頁。
〔註 32〕孔範今：《二十世紀中國文學史》，山東文藝出版社 1997 年版，第 446 頁。

研究最多的文本。」〔註33〕《女神》已經儼然成爲了郭沫若的代表詞，只要是提到郭沫若首先我們想到的肯定會是《女神》中那些慷慨激昂的詩篇，同樣只要談到《女神》中《鳳凰涅槃》中的詩句便不能不聯想到郭沫若的青春詩人的形象。

一、《女神》時期及「女神時期」

　　這些年來我們研究郭沫若時只要一提到「五四」新文化運動，我們自然而然的就會給郭沫若貼上《女神》的標籤，就會用《女神》的成就和得失去評價郭沫若。誠然，《女神》是郭沫若在「五四」時期詩歌創作成就最集中的代表，也表明了郭沫若創作比較確切的思想和傾向。雖然如此我認爲這些結論還是我們後來研究者賦予《女神》的，如果對《女神》進行還原釋讀的話，那麼《女神》僅僅是郭沫若所編錄的一部詩集，僅僅是郭沫若創作的 56 首詩歌的集結，但這並不是郭沫若在「五四時期」全部的詩歌創作，甚至說連大多數都算不上的。在《女神》初版本詩集以外還有比和《女神》數量更多的郭沫若同時期所創作的詩歌存在，這些詩歌中不僅僅有自由體詩，還有古體詩，不僅僅有歌頌自然的詩歌，還有自我日常生活的詩作，不僅僅有高亢激昂的詩句創作，還有纏綿清麗的語句抒發。

　　由此看來我們目前階段所研究的《女神》並不是一個完整的文本，還有很多豐富的信息遺失在有關郭沫若「五四」文學創作的歷史記憶之中，由此也帶來了我們對於郭沫若認識的片面性和殘缺性，在我們現今的記憶和論述中「五四時期」的郭沫若永遠是那種天馬行空之外的行吟詩人，是那種超脫物外的天狗形象，是那種經過歷史生活洗禮的涅槃後的永生……，總之這一時期的郭沫若代表著積極上進、青春永在的形象。但是事實果眞如此嗎？

　　隨著「女神時期」郭沫若集外詩的收集、整理和出版，一個《女神》之外的郭沫若便躍然而生，這就是與《女神》出版同時期的「女神時期」的郭沫若。蔡震先生曾經早在 2008 年時在其編選的《〈女神〉及佚詩》中就明確地提出了「女神時期」這一時間概念〔註34〕，但是這一學術觀點一直沒有得到學術界的普遍重視。

　　「女神時期」是指郭沫若沒有收入《女神》初版本中的詩歌創作的時間，

〔註33〕蔡震編：《〈女神〉及佚詩》，人民文學出版社 2008 年版，第 295 頁。
〔註34〕蔡震編：《〈女神〉及佚詩》，人民文學出版社 2008 年版，第 296 頁。

這一時間段是指郭沫若最早的一篇詩歌是創作於 1914 年夏季的《鏡浦》之一、之二兩首作爲起點，最晚的一篇是創作於 1924 年 10 月 3 日的《採栗謠三首》和《日之夕矣》兩篇作品作爲終點，在這近十年的時間段內郭沫若所創作完成的詩歌作品作爲一個整體來進行考察和研究郭沫若。這樣相對於 1921 年 8 月 5 日由泰東圖書局出版的《女神》初版本來講，「女神時期」的時間範疇的劃分從外延上來講更加寬泛，時間跨度更長，這樣郭沫若「五四」時期創作的發生、發展和變化的軌跡將會更加清晰。

　　「女神時期」時間概念的提出有利於我們進一步全面系統的研究郭沫若，這樣一個既有引吭高歌極力推崇「天狗」力量的激情四溢的郭沫若，也有撫慰愛子充滿父愛眞情的郭沫若；一個既有現代自由詩歌創作熱情的郭沫若，也有飽含古代文化薰陶的郭沫若，這才是一個立體的多元化郭沫若，也才是一個生存於「五四」新文化運動變革之時的眞實郭沫若。在郭沫若研究中「女神時期」概念的提出，特別對於「五四」時期郭沫若的思想以及今後發展等方面問題的研究將會具有重要的意義。

二、「女神時期」郭沫若集外詩綜述

　　2008 年 6 月由郭沫若紀念館輯錄的《〈女神〉及佚詩》由人民文學出版社出版發行，這部著作是由 1921 年 8 月 5 日由泰東圖書局出版發行的《女神》初版本，以及從 1914 年到 1924 年這十年間郭沫若所創作但沒有收錄到《女神》初版本中的詩歌所組成，這些集外詩統稱爲郭沫若「女神時期」的創作。

　　這部《女神》的初版本以及同時期的集外詩出版以後，儘管《郭沫若學刊》等刊物對此進行了報導，相關的學者也在論文著作中提及此書，但是目前爲止此書還僅僅作爲了學者研究郭沫若的原始資料，還沒有能夠以文學文本的面目進入到讀者和研究者的視野之中。至少目前爲止還沒有一篇單獨介紹郭沫若「女神時期」的文學價值、審美意蘊的文章出現。那麼這些集外詩作爲文學文本的價值和意義何在呢？

　　1、「女神時期」郭沫若集外詩的基本情形。

　　《〈女神〉及佚詩》一書中收入了郭沫若 1914 年至 1924 年集外詩 77 篇，共計 97 首。具體詩歌作品及體例如下：

　　（1）《鏡浦》：前兩首作於 1914 年夏季，第三首作於 1914 年 9 月，古體詩。

（2）《落葉語》：作於 1914 年秋，古詩體。

（3）《衝冠有怒》：作於 1915 年 5 月，古體詩。

（4）《月下》：作於 1915 年，古體詩。

（5）《蔗紅詞》：作於 1915 年，古體詩。

（6）《一位木謠》：作於 1916 年 2 月，古體詩。

（7）《登操山》：作於 1916 年 10 月，古體詩。

（8）《弔朱舜水墓》：作於 1916 年夏，古體詩。

（9）《晚眺》：作於 1916 年，古體詩。

（10）《博多灣》：作於 1918 年，古體詩。

（11）《新年雜詠・五首》：作於 1919 年 1 月，古體詩。

（12）《怨日行》：作於 1919 年 2、3 月間，古體詩。

（13）《抱和兒浴博多灣中》：發表於 1919 年 9 月 11 日上海《時事新報・學燈》，白話詩。

（14）《兩對兒女》：發表於 1919 年 10 月 18 日上海《時事新報・學燈》，白話詩。

（15）《某禮拜日》：發表於 1919 年 10 月 20 日上海《時事新報・學燈》，白話詩。

（16）《夢》：發表於 1919 年 10 月 21 日上海《時事新報・學燈》，白話詩。

（17）《風》：發表於 1919 年 10 月上海《黑潮》第 1 卷第 2 號，白話詩。

（18）《黎明》：發表於 1919 年 11 月 14 日上海《時事新報・學燈》，詩劇。

（19）《牧羊曲》：作於 1919 年 2、3 月間，發表於 1919 年 11 月 15 日北京《新中國》，白話詩。

（20）《晚飯過後》：作於 1919 年 11 月 22 日，發表於 1920 年 1 月 9 日上海《時事新報・學燈》，白話詩。

（21）《爲和兒兩周歲作》：作於 1919 年 12 月 12 日，白話詩。

（22）《遊太宰府》：作於 1919 年，古詩體。

（23）《重遊太宰府》：作於 1919 年，古詩體。

（24）《少年憂患》：作於 1919 年，發表於 1919 年 10 月上海《黑潮》月刊第 1 卷第 2 期，古體詩。

（25）《嗚咽》：發表於 1920 年 1 月 8 日上海《時事新報・學燈》，白話詩。

（26）《解剖室中》：發表於 1920 年 1 月 22 日上海《時事新報・學燈》，白話詩。

（27）《箱崎弔古》：作於 1919 年 8 月 25 日，發表於 1920 年 1 月上海《黑潮》第 1 卷第 3 期，白話詩。

（28）《讀〈少年中國〉感懷》：作於 1920 年 1 月，發表於 1920 年 2 月 1 日上海《時事新報・學燈》，白話詩。

（29）《一個破了的玻璃茶杯》：發表於 1920 年 2 月 4 日上海《時事新報・學燈》，白話詩。

（30）《芬陀利華（白蓮花）》：發表於 1920 年 2 月 5 日上海《時事新報・學燈》，白話詩。

（31）《淚之祈禱》：作於 1920 年 3 月，白話詩。

（32）《宇宙革命的狂歌》：作於 1920 年 8 月 23 日，白話詩。

（33）《雷雨》：發表於 1920 年 9 月 7 日上海《時事新報・學燈》，白話詩。

（34）《香午》：發表於 1920 年 9 月 7 日上海《時事新報・學燈》，白話詩。

（35）《壁上的時鐘》：發表於 1920 年 10 月 1 日《新小說》第 2 卷第 2 期，白話詩。

（36）《葬雞》：發表於 1920 年 10 月 16 日上海《時事新報・學燈》，白話詩。

（37）《狼群中一隻白羊》：發表於 1920 年 10 月 20 日上海《時事新報・學燈》，白話詩。

（38）《冬》（我的散文詩之一）：發表於 1920 年 12 月 20 日上海《時事新報・學燈》，散文詩。

（39）《她與他》（我的散文詩之二）：發表於 1920 年 12 月 20 日上海《時事新報・學燈》，散文詩。

（40）《女屍》（我的散文詩之三）：發表於 1920 年 12 月 20 日上海《時事新報・學燈》，散文詩。

（41）《大地的號》（我的散文詩之四）：發表於 1920 年 12 月 20 日上海

《時事新報·學燈》，散文詩。

（42）《淚湖》：作於 1921 年 2 月 25 日，發表於 1921 年 5 月上海《學藝》第 3 卷第 1 號，白話詩。

（43）《孤寂的兒》：作於 1921 年 8 月 24 日，發表於 1921 年 8 月 28 日上海《時事新報·學燈》，白話詩。

（44）《題〈一個流浪人的新年〉》：作於 1922 年，發表於 1922 年 5 月《創造》季刊第 1 卷第 1 期，白話詩。

（45）《我的狂歌》：作於 1921 年 10 月初，發表於 1922 年 5 月《創造》季刊第 1 卷第 1 期，白話詩。

（46）《謝了的薔薇花兒》：發表於 1922 年 8 月《創造》季刊第 1 卷第 2 期，白話詩。

（47）《昨夜夢見泰戈爾》：發表於 1922 年 8 月《創造》季刊第 1 卷第 2 期，白話詩。

（48）《馴鴿與金魚》：作於 1922 年 9 月，發表於 1922 年 11 月 25 日《創造》季刊第 1 卷第 3 期，白話詩。

（49）《大木語》：作於 1922 年秋，發表於 1922 年 12 月《創造》季刊第 1 卷第 3 期，白話詩。

（50）《兩片子葉》：作於 1922 年底，發表於 1923 年 1 月 1 日、2 日日本大阪《朝日新聞》，白話詩。

（51）《我們的花園》：發表於 1923 年 5 月 1 日《創造》季刊第 2 卷第 1 期，白話詩。

（52）《月光曲》：作於 1923 年 2 月，發表於 1923 年 5 月 1 日《創造》季刊第 2 卷第 1 期，白話詩。

（53）《創世工程之第七日》：發表於 1923 年 5 月 13《創造週報》第 1 號，白話詩。

（54）《垂釣者》：發表於 1923 年 5 月《創造》季刊第 2 卷第 1 期，白話詩。

（55）《木杵》：發表於 1923 年 5 月《創造》季刊第 2 卷第 1 期，白話詩。

（56）《弄潮兒》：發表於 1923 年 5 月《創造》季刊第 2 卷第 1 期，白話詩。

（57）《爲〈創造日〉停刊作》：作於 1923 年 10 月 31 日，發表於 1923

年 11 月 2 日《中華新報‧創造日》，白話詩。

（58）《紀事雜詩‧六首》：作於 1921 年，發表於 1924 年 3 月 2 日《創造週報》第 42 號，古體詩。

（59）《川上江紀行二十韻》：作於 1924 年 10 月 1 日，發表於 1925 年 4 月 25 日《東方雜誌》第 22 卷第 8 號，古體詩。

（60）《日之夕矣》：作於 1924 年 10 月 3 日，發表於 1925 年 4 月 25 日《東方雜誌》第 22 卷第 8 號，古體詩。

（61）《寂寥》：作於 1924 年 9 月 12 日，發表於 1925 年 4 月 28 日《晨報副鐫》，白話詩。

由以上所列舉的郭沫若「女神時期」集外詩的創作數量、創作體裁以及創作和發表的情形來看，這與我們所習見的《女神》大相徑庭，這同時更加說明了郭沫若在中國新詩和中國現代文學發展史上的重要地位和價值。

2、「女神時期」郭沫若集外詩的藝術特色

目前對《女神》的文本細讀和藝術特色研究成果非常多，而且取得的成果也相當高，但是「女神時期」的集外詩已經出版了有近五年的時間了，但是對它的研究卻寥寥無幾，那麼「女神時期」郭沫若的這些集外詩究竟有哪些藝術特色呢，這些集外詩與《女神》有哪些差異呢？

（1）「女神時期」郭沫若集外詩的外在結構特徵

郭沫若在《女神》初版本中所選取的詩歌從外在形式上基本上都是整齊和對稱的，要麼採取首詞的循環，要麼採用詩句的反覆，這充分顯示出了郭沫若在詩歌外在結構整齊劃一方面的著力追求，而且這種句式的運用還在一定程度上增加了詩歌的節奏感，讀者朗讀起來更加朗朗上口，如《晨安》一詩中：

> 「晨安！常動不息的大海呀！
> 晨安！明迷恍惚的旭光呀！
> 晨安！詩一樣湧著的白雲呀！
> 晨安！平勻明直的絲雨呀！詩語呀！
> 晨安！情熱一樣燃著的海山呀！
> 晨安！梳人靈魂的晨風呀！
> 晨風呀！你請把我的聲音傳到四方去罷。

要麼採用句式的反覆，如《天狗》

「我是月底光，

我是日底光，

我是一切星球底光，

我是 X 光線底光，

我是全宇宙 Energy 底總量！

通過這種句式或詞句甚至是段落的反覆吟唱，在一定程度上顯現出詩歌外在結構整齊劃一，改變了白話新詩創作之初詩歌句式過於散文化的形式，給讀者造成了視覺上的衝擊，從而規約了現代白話新詩創作的外在結構的詩美規範。

與初版本《女神》中所選擇的詩歌不同，「女神時期」的集外詩從外在結構上基本上都是散落的，基本沒有形成較為統一的格式，顯得較為駁雜，雖然這些集外詩之中也出現了少量的如《女神》中相似的句式反覆，規整結構的詩作。如《宇宙革命的狂歌》：

宇宙中何等的一大革命喲！

新陳代謝都是革命底過程，

暑往寒來都是革命底表現，

風霆雷雨都是革命底先鋒，

朝霞晚紅都是革命底旗蠹，

海水永遠奏著革命底歡歌，

火山永遠舉著革命底烽火，

革命喲！革命喲！革命喲！

從無極到如今，

革命喲！革命喲！革命喲！

日夕不息的永恒底潮流喲！

類似於這樣整齊劃一結構，充滿節奏感的詩作，在「女神時期」的集外詩之中僅僅只有少量作品存在，絕大多數還是表現出明顯的「散文化的構思」〔註35〕的創作傾向，如《一個破了的玻璃茶杯》：

「我在青春的時候，

〔註35〕朱壽桐：《郭沫若早期詩風、詩藝的選擇與白話新詩的可能性——論〈女神〉集外散佚詩歌》，《郭沫若學刊》2008 年第 1 期。

摘過一枝紫色的草花，

配了一皮濃厚的青草。

供在這個破了的玻璃杯中，

花草底精神真是好！

這首寫於 1919 年 11 月 6 日的詩歌與同時期如胡適、康白情等詩人所創作的散文化的詩歌創作樣式極為相近，甚至可以說如果這首詩不是按照詩歌分行的格式來寫，完全就是一篇白話散文。類似於這樣的詩歌結構在「女神時期」的集外詩中數量較多。

　　不僅如此，《女神》集外的集外詩之中還有相當數量的用古體詩樣式寫出的詩歌，如《十里松原四首之一》：

「十里松原負稚行，耳畔松聲並海聲。

昂頭我見天星笑，天星笑我步難成。」

類似於這樣的古體詩在《女神》集外的集外詩中就有 18 題 23 首，在同時期集外詩中佔據了相當大的比重，這些古體詩的創作既反映了郭沫若深厚的古典文學的寫作功底，又表明了郭沫若「五四」新文化運動時期在詩歌創作上面多元化的嘗試，同時也彰顯出此時郭沫若對白話詩歌到底應該如何創作還未能夠形成一個清晰確切的觀念。

　　另外，像《雷雨》一詩僅僅從外在形式上就更加奇特：

雨，

黃昏，

室如漆，

宇宙晦冥。

一個電光來，

猛把黑暗劈開，

地獄已倒壞！

你請聽呀

好聲威！

倒聲？

雷？

可能以上這些集外詩從詩歌形式來講還是明顯的詩歌創作，但是還有一些集外詩完全與我們想像的詩歌形式大相徑庭了，如《昨夜夢見泰戈爾》：

> 昨夜夢見泰戈爾。
>
> 他向我說道：「你們中國詩人，都是些唱戲的猴子。」
>
> 我說：「怎麼說呢？」
>
> 他說：「他們慣會摹仿，束一摹仿，西一摹仿，身上穿的一件花花衣裳，終竟捉襟見肘。」
>
> 「哼，笑話！」我憤恨著回答他，「其實你老先生也不過是一條老猴子。你比我們好點的，是西洋人多賞了你幾個錢罷了！」
>
> 他用手杖來打我一下，我醒了轉來，失悔我毀壞了一個大偶像。

詩歌中參雜了對話、敘事等小說創作的方法，這在同時期的詩歌中還是很少見的。

因此僅僅從詩歌的外在形式上來講，郭沫若在「五四」時期的詩作呈現出多元化的傾向，而並非我們僅從《女神》中看到的那樣整齊劃一的結構形式，由郭沫若「女神時期」集外詩創作的外在結構不難看出，郭沫若的白話新詩創作也經歷了一個非常清晰的嘗試、實驗、乃至最後定型的過程。這同時也為郭沫若在 20 世紀 20 年代初期文藝創作觀念不斷更迭和變化的原因找到了很好的注腳。

（2）「女神時期」郭沫若集外詩的思想內容

除了形式的革新以外，我們以往對《女神》的評價還主要集中在思想內容上。《女神》展現出郭沫若特有的性情，使郭沫若成為「五四時期」覺醒者的代言人等表述，便是我們對於《女神》在思想內容方面研究成果所達成的共識。在現今的《女神》研究以及文學史的敘述中，《女神》這部詩作的主要內容基本上被界定為：《女神》集中地表現了五四時代的人的覺醒和自覺，表現了個性解放和自由發展的思想欲望，並詳細分析了其火一樣的反抗叛逆精神，熾熱的愛國主義激情和社會主義思想的閃光。〔註36〕

> 哦哦，光底雄勁！
>
> 瑪瑙一樣的晨鳥在我眼前飛紛。
>
> 明與暗刀切斷了一樣地分明！
>
> 明的是浮雲，暗的也是浮雲，
>
> 同時一樣的浮雲，為甚麼有暗有明？

〔註36〕胡忱、王澤龍：《近三十年郭沫若〈女神〉研究述評》，《郭沫若學刊》2009年第 3 期。

> 我守看著那一切的暗雲……
>
> 被亞坡羅底雄光驅除盡！
>
> 我才知道四野底雞聲別有一段的意味深湛。

像這首《日出》中所表現出的那種激昂的情感，那種永不言棄的精神在《女神》中隨處可見。

另外《女神》中還不斷出現了對於勞工的讚頌、對於新生的謳歌以及對於祖國的眷戀的情感，如《心燈》：

> 更有只雄壯的飛鷹在我頭上飛航，
>
> 他閃閃翅兒，又停停槳，
>
> 他從光明中飛來，又向光明中飛往，
>
> 我想到我心地裏翱翔著的鳳凰。

在這種情形下我們也基本上就把郭沫若在《女神》裏面所表現出的思想，當做了郭沫若在「五四」時期的思想特徵，但是通過對「女神時期」郭沫若集外詩的解讀，另外一種不同於《女神》的景象便呈現出來了。

首先，「女神時期」集外詩中表現最多的就是郭沫若對自己日常生活的描述和表現了，這與我們看到的那個構建洪荒中的大我的郭沫若形成了鮮明的對比。如《抱和兒浴博多灣中》：

> 兒呀！你快看那一海的銀波。
>
> 夕陽光裏的大海如被新磨。
>
> 兒呀！你看那西方的山影罩著紗羅。
>
> 兒呀！我願你的身心象海一樣的光潔山一樣的清疏。

在這首詩中郭沫若一改《女神》中狂放不羈的性情，把他作為一個慈父的形象展示在我們面前，這種形象更加與讀者情感貼近，更為關鍵的是從此我們看到了一位詩人那種細膩多情的情感交織。

其次，意象的建構一直是界定《女神》思想內容的重要方面，《女神》正是借助著一個又一個的意象撥動著時人的心弦，叩響著時代的脈搏，我們看到了那涅槃的鳳凰，我們也讀到了那太平洋波濤的洶湧，我們也體驗到太陽意象的灼熱，正是借助於這些巨大意象郭沫若賦予了《女神》鮮明「五四」時代的印記，同時也被贏得了時代的讚譽。

> 青沉沉的大海，波濤洶湧著，潮向東方。
>
> 光芒萬丈地，將要出現了喲——新生的太陽！

> 天海中的雲島都已笑得來火一樣地鮮明！
> 我恨不得，把我眼前的障礙一概紵平！
>
> 出現了喲！出現了喲！耿晶晶地白灼的圓光！
> 從我兩眸中有無限道的金絲向著太陽飛放。

太陽、波濤、天海、雲島、圓光等都是我們日常生活中幾乎不可能觸及到的巨大的意象，借助這些意象郭沫若完成了對於新世界的建構和舊社會的背離。

但在「女神時期」的集外詩之中，這些類似於太陽、波濤、太平洋等巨大的意象基本上都不復存在了，取而代之的是一些具體的、細小的生活中隨處可見的普通意象。如《重過舊居》：

> 別離了三閱月的舊居，
> 依然寂立在博多灣上，
> 中心怦怦地走向門前，
> 門外休息著兩三梓匠。
>
> 這是我許多思索的搖籃，
> 這是我許多詩歌的產床。
> 我忘不了那淨朗的樓頭，
> 我忘不了那樓頭的眺望。

《女神》中那些具有幻想的意象，如今變爲了非常具體日常事務的描摹和展示，一個對生活充滿真摯情感的郭沫若躍然紙上。

再次，《女神》中所表現出的泛神論思想一直也是研究者們關注的焦點話題，有些研究者就認爲郭沫若的《女神》中「讚美了大自然不息的內在動力。詩歌中物我融合，體現了混然一體的超塵情景，體現了詩人民胞物與、泛愛萬物的博大胸懷。」〔註 37〕也有學者認爲郭沫若的《女神》中「宇宙萬物都是自我的表現；追求人與自然的融合，物我交融的境界；對於力的讚頌。」〔註 38〕如：《筆立山頭展望》

> 大都會底脈搏呀！
> 生底鼓動呀！

〔註37〕 胡忱、王澤龍：《近三十年郭沫若〈女神〉研究述評》，《郭沫若學刊》2009
　　　　年第 3 期。
〔註38〕 胡忱、王澤龍：《近三十年郭沫若〈女神〉研究述評》，《郭沫若學刊》2009
　　　　年第 3 期。

打著在，吹著在，叫著在，……

噴著在，飛著在，跳著在，……

四面的天郊煙幕蒙籠了！

我的心臟呀，快要跳出口來了！

哦哦，山嶽底波濤，瓦屋底波濤，

湧著在，湧著在，湧著在，湧著在呀！

萬籟共鳴的 symphony，

自然與人生底婚禮呀！

彎彎的海岸好像 Cupid 底弓弩呀！

人底生命便是箭，正在海上放射呀！

黑沉沉的海灣，停泊著的輪船，進行著的輪船，數不盡的輪船，

一枝枝的煙筒都開著了朵黑色的牡丹呀！

哦哦，二十世紀底名花！

近代文明底嚴母呀！

總之，目前研究領域中基本上都認爲《女神》體現出了郭沫若借助泛神論的思想進行了偶像的破壞，打破了傳統中國思想體系，體現了一種積極向上的樂觀心態。

但是如果關照一下郭沫若「女神時期」的集外詩，一個令我們感覺到詫異的現象便是，「女神時期」郭沫若的集外詩中存在著一些與泛神論相反的一些宗教詩。在這些宗教詩中，那個敢於打破偶像的充滿「大我」意識的郭沫若轉變爲了一個充滿懺悔意識的「無助」的郭沫若。如：《晚飯過後·造化與人生》：

一件漆黑的蟒袍（mantle）

裹著兩個靈魂——兒的靈魂，我的靈魂——

好像這慈悲的黑夜裹著這結了松子的松樹的靈魂。

呼——呼——呼。呼——呼——呼。

兒的鼾聲在背上吹，天的鼾聲在空中吹。

啊！冷呀，冷呀。

我走一步，我停一步。

我又走一步，我又停一步。

沫若！你瞭解了這人生的眞諦？

> 這不是現實的悲哀，
>
> 這卻是造化的深意。
>
> 從往刮以到眼前，
>
> 從眼前以到無際，
>
> 這背負著我們人類的地球，
>
> 他何曾道過苦趣？
>
> 咳！我年輕的時候，
>
> 不知道我父親也背了我好多回。
>
> 我的父親呀！你如今想著你海外的兒，
>
> 恐怕正在流眼淚。

在這裡那個我們所熟知的具有決絕意志的郭沫若不見了，那個誓將以涅槃更生的精神換取光明未來的郭沫若不見了，轉而展現在我們面前的反而是一個充滿惆悵的郭沫若，一個信奉神靈的郭沫若了。

從此來看散佚在《女神》初版本外的郭沫若「女神時期」的詩歌創作，無論是外在結構還是在內在思想情感、意象運用以及自我意識表達等各個方面都呈現出與《女神》初版本中我們所形成的定格化認知的不一樣的情形和樣態。由此可見，只有通過郭沫若「女神時期」集外詩與《女神》的綜合考察我們才能夠看到一個情感細膩真摯、內心多元追求的全面客觀的「五四」時期的郭沫若。

三、「女神時期」的郭沫若價值重估

通過以上對於郭沫若「女神時期」集外詩的綜述，現在有關對「《女神》研究已經鮮有亮點，許多文章只是在重複前人說過的話，或者只是換了一種說話的方式，換了一些遣詞造句的用語」〔註39〕的論斷便會有了更加深刻地體認。《女神》之所以出現了上述的問題主要是因為許多研究者把《女神》作為一個研究對象的時候，他也許並沒有意識到，他面對的並不是一個完整的文本對象，這只是郭沫若將自己在一段時間內的詩歌作品編選而成的一個思想傾向和藝術審美追求較為接近的詩歌選本，這僅僅是郭沫若某一方面創作的集合，並不能代表這此時郭沫若創作和思想的全部。

〔註39〕蔡震：《關於郭沫若文獻史料工作的回顧與思考》，《郭沫若研究三十年》，四川出版集團 2010 年版，第 18 頁。

　　詩人如何編選自己的作品，有他自己的考慮和理由，但從研究的角度上說，如果沒有將與《女神》同一時間段產生的、至少同等數量的詩歌作品納入考察的視野之內，那麼對於《女神》的研究必然導致先天不足，一些殘缺的、片面的論斷當然會由此而生。也即是說，把郭沫若在那一段時間內創作的七十首、八十首或更多數量的詩作，而不僅僅是《女神》初版本的 56 首詩作放在一起進行考察，那麼我們看到的郭沫若這一時期的詩歌創作恐怕就不完全是《女神》這本集子現在所展現出來的樣子了。《女神》的解說發生的變化，那麼由《女神》所推導出的這一時期郭沫若的文藝思想、創作方法、文化品格等各個方面當然也會發生巨大的變化，因此從「女神時期」郭沫若的詩作集外作品中我們會看到一個與以往研究者所定格化的郭沫若完全不一樣的另外一個郭沫若。

　　首先，郭沫若「五四」時期詩藝觀念的重新界定。

　　郭沫若在創作「女神時期」的詩歌時認為「詩是一切藝術的精華」〔註40〕，因而對於詩歌表現的藝術和技術問題往往非常留意。在這種認識的指引下，他不斷在探討著詩歌創作的路徑，他時而認為：「詩不是『做』出來的，只是『寫』出來的。」〔註41〕時而認為詩：「是我們心中的詩意詩境底純真的表現，命泉中流出來的 strain，心琴上彈出來的 melody，生底顫動，靈底喊叫。」〔註42〕他還認為：「我說詩是寫的不是做的，有些人誤解了，以為是言不由衷地亂寫；或則把客觀的世界反射地謄寫。」〔註43〕他有時候也認為：「我想詩人底心境譬如──一灣清澄的海水，沒有風的時候，便靜止著如像一張明鏡，宇宙萬彙底印象都涵映著在裏面；一有風的時候，便要翻波湧浪起來，宇宙萬彙底印象都活動著在裏面。這風便是所謂直覺，靈感（inspiration），這起了的波浪便是高張著的情調。這活動著的印象便是徂徠著的想像。」〔註44〕他有時候還會認為「詩底主要成分總要算是『自我表現』」。〔註45〕

　　對於郭沫若的這些有關詩歌藝術創作觀念的表述，我們以前要麼簡單地認為這是郭沫若在詩歌創作多元化探索的表現，要麼認為這是郭沫若不斷在

〔註40〕　郭沫若：《曼衍言》，《創造季刊》，第 1 卷第 2 期。

〔註41〕　郭沫若：《曼衍言》，《創造季刊》，第 1 卷第 1 期。

〔註42〕　郭沫若：《郭沫若致宗白華》，《三葉集》，上海亞東圖書館，1920 年 5 月。

〔註43〕　郭沫若：《曼衍言》，《創造季刊》，第 1 卷第 2 期。

〔註44〕　郭沫若：《郭沫若致宗白華》，《三葉集》，上海亞東圖書館，1920 年 5 月。

〔註45〕　郭沫若：《郭沫若致宗白華》，《三葉集》，上海亞東圖書館，1920 年 5 月。

修訂自己的文藝創作觀念，有些學者更加簡單的認為這是郭沫若善變性情最集中的表現，甚至以此來解釋郭沫若在晚年中所作出的一些表態和行為。究竟郭沫若為什麼這樣做，這樣做的目的是什麼等方面的問題都沒有明確的創作例證，但如果仔細考量的話，郭沫若以上多元化的文藝觀念又與《女神》中非常明晰的創作觀念發生了牴牾，那麼這又如何解釋呢？

對此朱壽桐先生在其《郭沫若早期詩風、詩藝的選擇與白話新詩的可能性——論〈女神〉集外散佚詩歌》一文中認為：「由《女神》初版本與同時期集外作品的創作來看，郭沫若看來『寫』詩講求詩藝和詩法乃是不言而喻的前提。他一方面確實放任情緒在新詩中的自然流露，另一方面在建構新詩的構思法則，設計新詩的表現策略方面，則也作了幾多試驗，並進行了艱苦而有效的選擇，然後通過《女神》作了文本定型。」這種觀點在很大程度上改變了過去我們對於《女神》的認知，但是還有些問題依然沒能夠揭示出謎底，如：為什麼《女神》初版本中並沒有把此集子定義為詩集而是界定為「劇曲詩歌集」，《女神》初版本的第一輯明顯的就不是現代白話新詩。因此《女神》和同時期的集外詩還有很多亟待解決的問題。

郭沫若「五四」時期詩歌創作的藝術觀念與《女神》初版本聯繫在一起還僅僅不夠的，還需要將同時期的集外詩納入研究視野之中很多疑問便可迎刃而解了。從「女神時期」集外詩中我們如果僅僅看到這些詩歌的數量以及內容還遠遠不夠，而《女神》便是郭沫若在同時期所創作詩歌進行選擇的結果，通過這種選擇我們明顯地可以看出郭沫若此時的創作已經有了傾向性，但還並沒有達到定型的程度。其實郭沫若寫作新詩的無目的性要遠遠的大於他的文學目的性，這種隨意性的寫作才應該是「女神」時期詩歌創作的最初動力。

郭沫若在創作「女神」時期的詩歌時候，並不是如胡適等一樣在刻意作詩，也不會去區別什麼舊體詩、白話新詩、戲曲詩、散文詩等概念的區別，只要是能夠表達自己內心的情感就足夠了。因此郭沫若在輯錄成《女神》後，不知道是不是該把它當作一部新詩集，於是他便將《女神》初版本標示著「劇曲詩歌集」而非「白話新詩集」。

這有就是我們都習慣了用某種「主義」來標示《女神》的文學創作手法和審美特徵，縱觀《女神》現有的研究成果至少我們現在用過浪漫主義、象徵主義、表現主義、泛神論等理論來界定郭沫若《女神》的詩藝傾向，甚至

還將《女神》的三輯分別對應著泰戈爾的體式、惠特曼的體式和歌德的體式三個部分。但是聯繫到《女神》同時期的集外詩中大量的散文詩、宗教詩、口語詩、寫實詩、兒歌詩、金字塔狀詩，甚至還有一些不太好歸納的詩，這樣看來哪一種主義都沒法涵蓋郭沫若「女神時期」詩歌創作的全部。

對於郭沫若來講其實什麼主義並不重要，重要的是自己能夠自由的創作就足夠了，此刻的郭沫若還只是博多灣畔的一位醫學部的學生，只是幾個孩子的父親而已，對於郭沫若來講：「舊詩是鐐銬，新詩也是鐐銬，假使沒有真誠的力感來突破一切的藩籬。」〔註46〕在這樣看來無論是詩歌形式、表現手法、藝術風格以及審美情感上郭沫若都不強制自己去模倣別人，刻意追求什麼「主義」，「女神時期」的詩歌創作便是在這樣心境中創作出來的。

因此對於「女神時期」郭沫若詩歌創作一定要走出鄭伯奇在《新文學大系‧小說三集‧導言》中所提出的浪漫主義模式，走向更廣闊、多元化的闡釋途徑。

其次，「郭沫若與日本」課題的重新審視。

對於郭沫若「五四」時期的文化選擇我們一般都是由《女神》的審美傾向進行推導和界定的，但自《女神》研究的開始階段，我們的研究者們就將它放置在了西方文化影響下所產生的，因此這部詩集從一開始就定位於表現出十足歐化的傾向，那麼郭沫若「五四」時期的文化選擇必然也是歐化的。但是郭沫若自己曾不止一次的表示：「我的文學活動期是九州大學當學生時，那時候我大都以日本的自然與人事為題材的。」〔註47〕他稱博多灣「是我許多詩歌的產床」。在一次關於他的詩歌創作的訪談中，郭沫若否定了採訪人認為《女神》帶有其家鄉四川樂山的地方色彩的看法，而認為自己年輕時曾經生活的博多灣「那個地方的色彩倒很濃厚。」〔註48〕因此，「女神」時期郭沫若的創作與日本社會和文學關係這是目前我們研究中所忽視的方面。〔註49〕

縱觀《女神》及「女神時期」集外詩我們非常明顯地發現郭沫若運用自由體形式寫作詩歌並非來自國內文壇的啟示。郭沫若「女神時期」詩歌的語

〔註46〕郭沫若：《序我的詩》，《鳳凰》，重慶明天出版社 1944 年 6 月版。

〔註47〕郭沫若：《自然底追懷》，日本《文藝》1934 年 2 月號。

〔註48〕郭沫若：《郭沫若詩作談》，《現世界》1936 年 8 月創刊號。

〔註49〕對於「郭沫若與日本」這一個角度，蔡震先生在 2007 年四川樂山「當代視野下的郭沫若研究」會議中做了系統的論述，筆者這一部分僅僅只是從「女神時期」佚詩的角度來談郭沫若與日本的關係。

句非常明顯與胡適、劉大白等早期白話新詩人詩歌創作的語言表達完全不同。如《立在地球邊上放號》：

　　無數的白雲正在空中怒湧，

　　啊啊！好幅壯麗的北冰洋的情景喲！

　　無限的太平洋提起他全身的力量來把地球推到。

　　啊啊！我眼前來了滾滾的洪濤喲！

　　啊啊！不斷的毀壞，不斷的創造，不斷的努力喲！

　　啊啊！力喲！力喲！

　　力的繪畫，力的舞蹈，力的音樂，力的詩歌，力的 Rhythm 喲！

這樣的詩句讀起來朗朗上口，明顯的帶有口語的特色，但是這種口語與胡適的「兩個黃蝴蝶，雙雙飛上天／不知為什麼，一個突飛還」的口語創作完全是不一樣的感受。

　　泰戈爾的詩歌雖然給予他很大影響，但仔細閱讀不難發現這些影響還僅僅只是創作的觀念上，到了具體的語言創作環節上，郭沫若「女神時期」的詩歌語言與泰戈爾的詩歌語言還是大相徑庭的。最明顯的標誌就是郭沫若「女神時期」的詩歌創作明顯的帶有「口語詩」的印記，即使是《女神》初版本中最富盛名的《鳳凰涅槃》中的詩句「我們飛向西方，西方同是一座屠場！／我們飛向東方，東方同是一座囚牢！／我們飛向南方，南方同是一座墳墓！／我們飛向北方，北方同是一座地獄。這樣的句式明顯的帶有口語化的色，這與泰戈爾最著名的《新月集》中的詩句「夏天的飛鳥，飛到我的窗前唱歌，又飛去了。／秋天的黃葉，它們沒有什麼可唱，只歎息一聲，飛落在那裡」的詩句風格差異還是相當明顯的。

　　而此時的日本文壇也是新詩革命的時期，這時日本的新詩創作，譬如北村透骨、島崎藤村等詩作者大力提倡浪漫主義風格詩歌，並且他們的創作明顯具有「口語詩」的特徵，如島崎藤村的《初戀》一詩：

　　假如我是一隻鳥，

　　就在你居室的窗前飛來飛去。

　　從早到晚不停翅，

　　把心底的情歌唱給你。

　　假如我是一隻梭，

　　就聽任你白嫩的手指，

　　　　　把我春日的長相思，

　　　　　隨著柔絲織進布裏。

這種句式的反覆、詞語的運用都與郭沫若「女神時期」詩歌創作的傾向非常相似。

　　另外在詞彙的運用上，郭沫若「女神時期」的詩歌創作中許多詞彙是直接來自日語，有些句子的結構也是有日語句式結構轉化而來的，如「我們華美呀！／我們華美呀！／一切的一，華美呀！一的一切，華美呀。」這幾句中的歎詞的運用，以及字句的排列組合都與中國古代漢語大爲不同，此時「五四」新文學運動中所提倡的白話文運動才剛剛開始，還不可能形成一種定型化的語言規範。而日本在明治維新之後語言的變化便與郭沫若的創作非常接近。

　　《女神》和同時期的「集外詩」中大多數篇章中採取了極其濃鬱的色彩運用和表現，既有明亮、華麗的渲染，也有單調、暗淡的情調。這種對外界事物色彩的極盡渲染顯然不是中國傳統審美意識的表現，也與歐洲的審美情趣有著極大的差異，相比較而言這應該更加接近於日本近代文學藝術對於色彩的審美偏愛，特別是在「物語文學」中所體現出的對色彩的審美傾向，因此從文學內在審美情趣的角度來言，郭沫若在「女神時期」受到日本近代文學的影響是十分明顯。

　　如果再考慮到郭沫若「女神時期」詩歌創作的時間最主要的是 1916 年到 1921 年間，而這個時期恰恰是郭沫若在日本留學的深化階段，經過了很長時間的日本留學階段，郭沫若已經對日本的社會意識、語言習慣和審美傾向了然於胸，「較長時間的國外生活、學習經歷，對一個以文學創作或文學研究爲職業的人來說也許具有某種特殊的意義，那種潛移默化的薰陶影響和日積月累的吸收消化是許多短期留學的人員所難以得到的。」〔註50〕

　　日本社會、文化和文學對郭沫若早期的文學創作的影響是巨大，但也是我們現在郭沫若研究中的一個薄弱點，因此郭沫若在「五四」時期與日本文學和日本文化的關係需要我們進行進一步的關照和思考，這不僅僅可以豐富郭沫若文學研究的成果，而且還是研究中國現代文學與東方近現代文學的一個很好的個案和切入點。

　　《女神》的出版給當時中國文壇帶來的震驚，使中國現代新詩創作達到

〔註50〕鄭春：《留學背景與中國現代文學》，山東教育出版社 2002 年版，第 34 頁。

全新的高度，而「女神時期」集外詩的收集和整理也同樣給我們帶來了驚喜，通過這些集外詩的研究使我們更加深化了對郭沫若的認識，同時也解答了很多文學史中有關郭沫若研究的疑惑。

第三節　爲什麼郭沫若許多詩作沒有收入《女神》 ——《女神》的集外詩作與泰東圖書局

　　目前對《女神》時期集外詩的研究雖然已經出現，但是還未將《女神》集外詩豐富的價值完全展現出來。〔註 51〕隨著對《女神》及其集外詩的反覆研讀，一個又一個的疑問便接踵而來：爲什麼郭沫若當時要選這些詩歌編成《女神》，爲什麼有那麼多現在讀起來朗朗上口的詩歌創作反而散佚在《女神》詩集之外呢，爲什麼《女神》在標題之下郭沫若專門加上「劇曲詩歌集」的注解呢？總之，目前在《女神》研究的成果中還沒有對上述問題給予合理的解答。

一、疑問叢生的《女神》——《女神》編選情況的歷史回顧

　　《女神》自 1921 年 8 月 5 日泰東圖書局出版以來，到目前爲止大約有十個重要的版本。〔註 52〕縱觀這十個版本除了 2008 年 6 月由人民文學出版社出版的《〈女神〉及佚詩》較之最初 1921 年版本的《女神》有較大變動外，其餘 8 個版本的變動基本不大。

　　1928 年 6 月 10 日上海創造社出版部的《沫若詩集》本中刪去了《女神》初版本中的《序詩》、《無煙煤》、《三個泛神論者》、《太陽禮讚》、《沙上的腳印》和《輟了課的第一點鐘裏》6 篇詩歌。1944 年 6 月重慶明天出版社的《鳳凰》本，刪去了《女神之再生》、《湘累》、《棠棣之花》、《序詩》、《無煙煤》、《三個泛神論者》、《太陽禮讚》、《沙上的腳印》、《巨炮之教訓》、《匪徒頌》、《輟了課的第一點鐘裏》、《上海印象》12 篇詩歌。1953 年 1 月人民文學出版社的《女神》單行本中將初版本中的《夜》、《死》、《死的誘惑》三首詩刪除。

〔註 51〕顏同林：《〈女神〉時期集外詩作的發掘與郭沫若早期新詩的文學史形象；李怡：《郭沫若〈女神〉時期佚詩的文獻價值》，朱壽桐：《郭沫若早期詩風、詩藝的選擇與白話新詩的可能性——論〈女神〉集外散佚詩歌》。

〔註 52〕金宏宇，彭林祥：《郭沫若文學作品版本譜系考略》，《郭沫若學刊》2009 年第 1 期。

1959 年 4 月人民文學出版社的《沫若選集》第一卷中將初版本的《棠棣之花》、《輟了課的第一點鐘裏》、《夜》、《死》四首詩刪除。綜上可見，《女神》的這幾個重要的版本基本上都是郭沫若親自對初版本的刪減，以及刪減之後的復原。

而從 2008 年 6 月人民文學出版社出版的《〈女神〉及佚詩》一書中，我們驚奇地發現此書較之我們以往所看到的《女神》版本最大的價值便是收錄《女神》時期散佚新詩 68 首，特別是截止到《女神》初版的 1921 年 8 月，至少有 52 首作品沒有被郭沫若選中，而這 52 首幾乎與最初版本中所收錄的 57 首作品數量相當。如果從詩歌創作的體式和讀者的閱讀感受上來講，沒有入選的 52 首詩歌相對於入選的很多詩歌來講更是嚴格意義上的詩歌創作。爲什麼會出現這種情狀呢？過往對於《女神》研究的成果並沒有給出合理的解答。

二、泰東圖書局與《女神》初版本出版的緣起

我們讀者都知道這樣一個歷史事實，1921 年 8 月 5 日《女神》由泰東圖書局出版發行，而且我們的研究者也大都是對此版本中所刊登的詩作展開論述的，但是在關注這些詩歌劇曲文本本身的同時卻忽視了作爲出版機構和詩集出版之間的微妙關係。我們以往對《女神》的研究在關注詩歌創作的藝術傾向、思想內容等方面之外，對詩歌編選的時間、編選的目的以及出版的情形等方面的論述甚少，即使有也只是歷史事實的簡單復述。

那麼《女神》的選定及定稿到底用了多長時間，並在怎樣的情境下進行的呢？查閱《郭沫若年譜》以及相關的資料，有關《女神》出版信息的記載其實就有兩條：一是 1921 年 5 月 26 日作《女神》序詩，二是 1921 年 8 月 5 日詩集《女神》由泰東圖書局出版，爲「創造社叢書」第一種〔註 53〕。另外還有一條比較隱晦的信息記載就是：1921 年 4 月 11 日上午，天氣不好，呆在旅館裏整理詩稿〔註 54〕，按照這一時期有關郭沫若事物的記載我們不難推斷，所謂整理詩稿就是編選《女神》的初版本。而 5 月 27 日郭沫若即由上海返回了日本，因此郭沫若回日本的前一天，他才作了《〈女神〉序詩》。對於這樣我們賦予了「中國現代文學史上第一部具有傑出成就和巨大影響的新詩集」〔註 55〕來講，在出版之前就有這麼一點史料的記述，未免有些過於寒酸。

〔註 53〕龔濟民，方仁念編：《郭沫若年譜》，天津人民出版社 1982 年版，第 99、103 頁。
〔註 54〕龔濟民，方仁念編：《郭沫若年譜》，天津人民出版社 1982 年版，第 97 頁。
〔註 55〕朱棟霖、丁帆、朱曉進主編：《中國現代文學史 1917～1997》，高等教育出版

　　另外查閱相關的文獻我們也會非常清晰地發現，從 1921 年 4 月 3 日至 5 月 27 日，郭沫若在這一個半月的回國時間中，主要做了三件事：編定詩集《女神》、改譯《茵夢湖》和標點《西廂記》，而後兩者才是郭沫若這一期間工作的重點。

　　從以上史料中對於《女神》初版本在出版之前的記述，再結合上文中我們所提到的《女神》歷次版本修訂中篇目的變化，我們不難推斷出以下結論：首先《女神》是在一個並不充裕的時間內編選而成的，其次郭沫若對於 1921 年泰東圖書局的版本中所收錄詩歌的篇目基本上都是認同的，再次郭沫若本人可能對《女神》有著不同於文學史的解釋和看法，也就是說郭沫若對於《女神》能夠成為中國現代文學史上第一部成熟的白話新詩集是沒有預料的，郭沫若對《女神》究竟能夠在當時文壇產生什麼樣的衝擊作用其實是沒有太大把握的，至少在郭沫若的心中《女神》的分量並不是如我們後來所閱讀到的文學史敘述中佔據如此重要的地位。

　　由以上的史料看來由於時間緊迫才使得郭沫若在《女神》的初版本中，並沒有將自己在 1921 年 8 月份之前所有的詩作全部收入，而是有所擇取。但是為什麼要選擇我們看到的劇曲詩歌集，而不是純粹的詩集呢？現在看來並不是郭沫若創作的詩歌數目不夠編選的，而是寧願將這 52 首詩歌捨棄。郭沫若取捨的標準究竟是什麼，他這樣做的目的究竟是為什麼呢？其實時間緊迫僅僅只是《女神》編選出現大量集外詩的表面原因，要想對這個問題作深入的解答，必須要深入到《女神》出版的場域之中來考察，也就是從《女神》的出版機構泰東圖書局來進一步探究這個問題的本源。

　　以上我們看到的都是外界對於《女神》初版本的記憶，郭沫若自己對於《女神》的出版有怎樣的歷史認知呢？對於《女神》初版本的出版，郭沫若曾在多次談到了這麼兩句話，一是「作為獻給泰東的見面禮」，二是泰東老闆覺得自己的「商品價值還不太壞」〔註 56〕。對於這兩句話，我們在以往在對於郭沫若及其作品的研究中很少提及或關注，即使提起也是作為郭沫若與泰東圖書局關係罅隙的佐證。但我認為這裡面卻恰恰隱含了郭沫若登上文壇，出版劇曲詩歌集《女神》的深層因緣。

　　　社 1998 年版，第 97 頁。

〔註 56〕郭沫若：《創造十年》，《郭沫若全集・文學編》第 12 卷，人民文學出版社 1992 年版，第 94 頁。

　　郭沫若自己本人對《女神》的最初回憶，大體上有這麼兩個史料：一是：僅一年時間，《女神》便印了三版，《茵夢湖》印了六版，《西廂》也印了三版。〔註57〕二是：至 1923 年 9 月，皆將三版。

　　而在郭沫若擔任主編的《創造》季刊中也刊登了《女神》的廣告中：「本叢書自發行以來，一時如狂飆突起，頗為南北人所推重，新文學史上因此而不得不劃一時代」。由此可見郭沫若最初對於《女神》的關注並不是這本詩集究竟是在「五四」新文學領域產生了多麼大的影響力，而主要是關注於《女神》的商品價值和出版數量。郭沫若為什麼會這個樣呢？對此我們還應該從郭沫若和泰東圖書局的關係來做進一步的考析。這兩份可以相互印證的材料可以使我們看到郭沫若和泰東圖書局之間必然存在著非常微妙的關係。

　　其實郭沫若對於二者關係曾作了公平而公正的評論：「更公平地說，我們之為泰東服務，其實又何嘗不是想利用泰東。」〔註58〕有很多學者認為這是郭沫若在受到泰東圖書局的壓榨後所說的氣話，但是從《女神》初版本的情形來看這絕非虛言。

三、為什麼要合作？《女神》的出版──郭沫若進駐泰東圖書局的敲門磚

　　泰東圖書局和郭沫若的合作究竟是在怎樣的情形下進行的呢？泰東圖書局為郭沫若提供食宿及往返路費，走時也會送一些錢，卻既無合同，又無聘書，工作報酬又無確定的數目。很明顯，郭沫若對趙南公這樣一種用人方式是極不滿意的，但他沒有把問題攤開來談，只是一再表示要回福岡繼續學業，並答應回去後「仍可為泰東做事」。這在出版業已經相當發達的 1920 年前後還有這種合作的方式顯得太不可思議了。對此郭沫若也有過一次發作。據趙南公 9 月 15 日日記，「（夜）到編輯所，沫若已吃太醉，其言語間似甚不滿於予者，予亦自覺對伊不起也。」〔註59〕「不滿」卻並未做認真的交涉，只是借酒醉而流露，我們也能體察出郭沫若當時的心境。

　　在趙南公的心理對於郭沫若的選擇也是心知肚明的，據郭沫若《創造十

〔註57〕劉納：《郭沫若與泰東圖書局》，《郭沫若學刊》1998 年第 3 期。
〔註58〕郭沫若：《創造十年》，《郭沫若全集‧文學編》第 12 卷，人民文學出版社 1992 年版，第 185 頁。
〔註59〕陳福康：《創造社元老與泰東圖書局──關於趙南公 1921 年日記的研究報告》，《中華文學史料》第 1 輯 1990 年版。

年》記述，趙南公曾問郭沫若：「你是打算進商務嗎？」商務印書館是上海書業的「老大」，趙南公已經看出，以郭沫若的才智、能力和名聲雀起的詩人形象，他該是「高枝兒」上的人，他來泰東做「唱獨腳戲」的編輯，是太屈就了。其實，就在郭沫若不得不爲了即將出世的刊物而採取維持態度的時候，趙南公也正迫切地需要拉住郭沫若。

在最初合作的一個多月和此次再度合作的兩個多月裏，郭沫若沒有與泰東經理趙南公明確「關係」顯然是不願意把事情弄成僵局。好不容易才找到這麼個願爲他們印刊物的小書局，即使吃虧上當，郭沫若也仍然得爲了即將出世的刊物而採取維持態度。所謂「關係」，從來都是相互的事，郭沫若與趙南公是在相互需要的基礎上建立起了合作關係。《女神》恰恰就是這關係鏈條中的最重要的一環，甚至來講是郭沫若和泰東圖書局合作的基點。那麼這個基點就責無旁貸的由《女神》來充當了，而《女神》在出版領域中的表現也就成爲了雙方可以溝通的唯一共識了。

而此時爲即將成立的創造社尋找出版機構便是自1918年以來郭沫若心中最大的理想。在郭沫若心中所構建的理想創造社的雛形即是「找幾個人來出一種純粹的文學雜誌。」〔註60〕這項策劃包括兩個方面的內容：找人和出雜誌。看來找人不難，東京帝大的鄭伯奇、成仿吾、郁達夫等幾位同學和京都的幾位朋友很快聯絡起來了，而找出版社則是大難事——上海灘上的大書局都不願接受由幾個留日學生自行操辦的前途莫測的刊物。正是在這時候郭沫若恰好碰到了急於振興的泰東圖書局，雙方合作的前提就是用郭沫若的詩集來換取創造社刊物的出版。

郭沫若與泰東圖書局最初合作的幾年，恰是「政學系」不大注意泰東圖書局政治傾向的幾年。經理趙南公經營書局的目的只是著眼於獲取經濟利益，重新建構理想的泰東。這給郭沫若提供了一塊自由耕耘的樂土，兩者目的迥異但矛盾暫時的隱而不彰，於是便有了初期合作的成功，也即是1921年8月《女神》的初版。因此《女神》在市場上反映如何，便成爲他們之間能否繼續合作的前提和基礎。郭沫若對此當然也心知肚明的，爲了心目中的理想，爲了能夠進一步在「五四」新文學的舞臺上大顯身手，對以往詩歌創作的取捨便成爲了關鍵，那些具有鼓動性的，時代性的以及符合年輕人閱讀心理的

〔註60〕郭沫若：《創造十年》，《郭沫若全集·文學編》第12卷，人民文學出版社1992年版，第47頁。

詩作便成爲了首選。

在這種取捨標準的釐定下郭沫若創作於 1921 年 8 月前以《抱和兒浴博多灣中》、《晚飯過後》、《爲和兒兩周歲作》、《葬雞》、《孤寂的兒》等爲代表，主要表現自我日常生活爲主，並且帶有實錄特點的詩作，詩味比較淡的當然是首選捨棄的對象；像《兩對兒女》、《壁上的時鐘》、《雷雨》、《香午》、《月光曲》等主要以寫景或說理爲主的詩，雖然在形式上有所探索，但是感情過於舒緩，而且形式短小，不足以引起讀者的興致，當然也是要捨棄的；更不用說那些以個人情感宣泄爲主，帶有郭沫若典型的奔放、熱情、忘我的特質的詩歌更是要摒棄在《女神》之外的；因爲要面對的是「五四」新文壇時期的白話文讀者，那些舊體詩，或半格律體式的，以及帶有從舊詩到新詩的過渡特性的詩歌更是不可能收入到《女神》之中的。此外，一些明顯地帶有郭沫若詩歌創作實驗性的詩歌，像散文詩、圖象詩、格律化詩歌都當然都不在《女神》的初版本之列的。

在這種極具用心的前提下，《女神》的出版獲得了空前的成功，其實這種成功最初還是來自於市場的反映，對於《女神》的文學價值至少胡適、魯迅等新文學的主將們最初是不認可的。《女神》出版後，對新詩集十分關注的胡適也讀到了，在日記中寫道：「他的新詩頗有才氣，但思想不大清楚，功力也不好。」寥寥數語，其時也表明了當時文壇對於《女神》的最初印記。但不可否認的是《女神》的出版得到了市場的充分認可，自從《女神》後便風行一時，激起社會、尤其是青年讀者的極大反響，郭沫若的詩壇地位由此迅速提高。《女神》的結集出版，在青年讀者的公共閱讀視野與社會傳播中得到了認可，郭沫若作爲「五四」新詩人的公衆形象與地位得到了全面的歷史性呈現與提升，這同時也完成了郭沫若進入泰東圖書局出版創辦文學社團的初衷。

四、怎樣合作？《女神》的成功——泰東圖書局 1920 年代地位的奠基

對於《女神》和泰東圖書局的關係目前現有的研究成果能夠得出的結論是：《女神》的成功的意義不僅僅在郭沫若，更爲重要的是它挽救了處於風雨飄搖的泰東圖書局，實現了泰東圖書局經理趙南公重建理想泰東的心願，因此《女神》的出版開啓了泰東圖書局的生路。但在眾多的新文學創作者中爲什麼單獨選擇了與郭沫若合作，進而答應出版《女神》呢？要解答這一問題

我們必須要看到泰東圖書局在出版《女神》之初，一直在試圖迎合新文化的潮流並聚攏文人，藉此來在剛剛興起的「新文化」運動中爭風，並且與出版《嘗試集》的亞東隱隱形成對峙，《女神》的出版便發生在這一格局中，從此也印證了郭沫若反覆強調的自己「商品價值還不壞」的論斷。

《女神》出版之前的泰東圖書局究竟處在一種怎樣的狀態之中呢？在泰東圖書局工作多年且居於重要地位的張靜廬，對泰東圖書局的性質作過這樣的界定：「泰東圖書局的股東多是與政學系有關係的，在民國三年創辦這書店時，出版計劃注重在政治方面，後來討袁之役勝利，股東都到北平做官去了，無形中將這家書店鋪交給經理趙南公。」〔註 61〕就在這時，泰東經理趙南公已擬定了進一步改革編務的計劃，他決心放棄一些「可有可無」的雜誌與叢書，而準備把經營的重點放在教科書上。書局出教科書能賺錢，從來如此，始終如此──當然這裡有個先決條件，就是所出的教科書得被相當數量的學校採用。大概此時趙南公也想到了上海兩大書局中華書局與商務印書館的創業史，它們都曾因出教科書而得到大筆利潤，從而使經營事業走向了興旺發達。但是泰東圖書局教科書出版的計劃並沒有帶來預想的經濟利益，因此尋找新的利益增長點便是趙南公和郭沫若相識並合作的前提。

而此時的泰東也面臨著進退維谷的艱難時刻。《新曉》雜誌的創辦，由於編輯王靖的能力所限並沒有取得預想的成績。加之泰東內部人員關係這時候也變得十分緊張。經理趙南公在 1921 年 7 月 19 日的日記中毫無遮掩的表達出對王靖、沈松泉及張靜廬頗為不滿的言辭。他認為王靖在職期間的所作所為有失學者風范且污及泰東名譽，沈松泉則身在曹營心在漢，一心專營於書局之外的事物，而張靜廬也是一個貪利之人。〔註 62〕試想作為書局老闆的趙南公與泰東的三位最重要人物的關係已經緊張到這種地步了，那麼泰東圖書局此時在出版界的形象和地位便可想而知了。另起爐竈便是這是趙南公最好的選擇，就在這時郭沫若和《女神》恰如其時的出現了。《女神》果然如趙南公的所望，至少在經濟上取得了成功。泰東圖書局在書局林立的上海終於暫露頭角。

從這個角度看，郭沫若所肩負的任務便是為處於某種「邊緣」的泰東圖書局出版新文學作品，並引起巨大反響，進而打破以胡適及「亞東」為中心

〔註 61〕張靜廬著：《在出版界的二十年》，上海書局 1938 年版，第 91 頁。
〔註 62〕參見《中華文學史料》第 1 卷，百家出版社 1990 年版，第 40～42 頁。

的新詩出版格局，在亞東詩集序列之外別立一家，並且重設了「正統詩壇」的座標系。

　　亞東圖書局因出版胡適的詩集《嘗試集》而聲名鵲起，這儼然已經成爲上海中小書局振興的模板。泰東圖書局想要振興如果以商務印書館作爲目標顯然是不合適的，那麼複製亞東圖書局的模式並以此來趕超亞東圖書局不失爲一個比較適中的選擇。《女神》便是在這種出版情形和書局的微妙關係中誕生的。

　　既然亞東圖書局與泰東圖書局是對峙和超越的目標，那麼由它們所出版的詩集當然也時刻帶上了對峙和超越的印記。《女神》在形式上繼承的同時，也完成了在內涵上對《嘗試集》的超越。雖然從形式上來看胡適的《嘗試集》共分爲三編，郭沫若的《女神》也分爲了三輯，這些有非常相像的地方。但是從內容上來講《女神》對《嘗試集》進行了徹底的顛覆。《嘗試集》中的詩作第一編大多是脫胎於舊詩詞的作品，第二、三編在運用自由詩體和音韻節奏的改革等方面作了嘗試，而這恰恰是郭沫若《女神》所摒棄的內容。我們參閱 2008 年 6 月人民文學出版社出版的《〈女神〉及佚詩》一書，截止到《女神》初版的 1921 年 8 月，至少有 52 首作品沒有被郭沫若選入《女神》之中，而沒有選入的這些詩篇中絕大多數都是與《嘗試集》的內容相似。

　　如對日常生活簡單的摹寫，《嘗試集》中有《四月二十五夜》：吹了燈兒，卷開窗幕，放進月光滿地。／對著這般月色，教我要睡也如何睡！／我待要起來遮著窗兒，推出月光，又覺得有點對他月亮兒不起。／我終日裏講王充，仲長統，阿里士多德，愛比苦拉斯，……幾乎全忘了我自己！／多謝你殷勤好月，提起我過來哀怨，過來情思。／我就千思萬想，直到月落天明，也甘心願意！怕明朝，雲密遮天，風狂打屋，何處能尋你！《女神》佚詩中有《某禮拜日》：我同仿吾，我的好朋友，／一路兒往郊外去遨遊。／我們登上一個小山——／陽光兒分外的和暖；／草地兒分外的溫柔。我們坐在草地兒上，／戴著頭上的陽光，／望著瀨戶內海的海岸。／海上的山，天上的雲，／同在那光明中燦爛。／望不斷的一片稻禾，／戴著嫩黃的金珠，／學著那海潮兒在動顫。

　　如寫景或說理爲主，感情舒緩，形式較爲短小的詩作也是《嘗試集》的主要特點，《蝴蝶》一詩便是代表「兩個黃蝴蝶，雙雙飛上天。不知爲什麼，一個忽飛還。剩下那一個，孤單怪可憐；也無心上天，天上太孤單。」《女神》

集外詩中的《抱和兒浴博多灣》「兒呀！你快看那一海的銀波。夕陽光裏的大海如被新磨。兒呀！你看那西方的山影罩著紗羅。兒呀！我願你的身心象海一樣的光潔山一樣的清疏！」

由此可見，《嘗試集》已然成爲了郭沫若編輯《女神》時的標杆，《嘗試集》的價值取向恰恰是《女神》所反對和擯棄的目標。正是藉此郭沫若實現了《女神》在商業市場中的盈利，使得泰東圖書局打破了亞東一統詩歌出版的局面，同時《女神》也完成了中國新詩的歷史性變革。

言說殆盡的《女神》是目前研究成果的現狀，一部充滿生命流動與激情的《女神》彷彿一下子便凝固起來，但返回起點的探尋將會重新恢復《女神》的生機和張力。《女神》集外詩的價值便是這種張力的外在顯現，正是由於《女神》集外詩的存在，《女神》獨有的魅力更加完美。

第四節　《女神》與郭沫若文學史地位的再思考

提及郭沫若我們總是不由自主地想到了中國現代文學史中有關的敘述：「《女神》不僅確立了郭沫若在我國現代文學史上卓越的地位，同時也爲中國新詩開闢了一個嶄新的時代和廣闊的天地。」〔註63〕情況果眞如此嗎？難道僅僅一本《女神》的出現就足以確立郭沫若在 1920 年代現代文學史上的卓越地位嗎？

一、1920 年代初期有關郭沫若的歷史記憶

1920 年代初期郭沫若在當時社會中究竟處於一個怎樣的地位呢？他的影響力究竟有多麼大呢？我們通過郭沫若本人、「五四」文藝界以及評論界的評價就可略知一二。

郭沫若每當回憶到在泰東圖書局那段生活經歷時，便抱怨此時的生活是「魯濱遜」、「食客」式乞討生活，究其原因，郭沫若認爲是因爲他不夠「名人」資格，泰東老闆只是覺得他的商品價值不壞，可以幫助他賺錢而已，從郭沫若在泰東圖書局裏的遭遇便能夠表明他還不是「五四」文壇中炙手可熱的人物。

當時文藝界的胡適、魯迅和周作人等文化名人是如何評價和看待郭沫若

〔註63〕唐弢：《中國現代文學史》第一冊，人民文學出版社 1979 年版，第 151 頁。

的呢？郭沫若一次與胡適一起吃飯時曾詢問過胡適是否看過他發表在《學藝》上未完成的《蘇武與李陵》時，胡適說：「你在做舊東西，我是不好怎麼批評的。」〔註64〕1921年8月9日，胡適更是在一則日記中對郭沫若評價道：「他的新詩頗有才氣，但思想不大清楚，功力也不好。」〔註65〕1921年11月3日鄭振鐸在給周作人的信中也曾流露過對於郭沫若等人的不滿「先生對於他們的舉動，真是慷乎言之！他們似乎過於神秘了，……他們於寫實的精神，太為缺乏。」〔註66〕從當時幾位「權威」人士的隻言片語中，我們也能夠清晰地判斷出評論界此時還沒有接納郭沫若的準備，《女神》並沒有生發出我們所想像的巨大威力。

另外，1921年康白情在回顧上年的詩歌創作以編輯《新詩年選》時，對郭沫若還是比較青睞的，共選取了他的五首作品：《三個泛神論者》、《新月與白雲》、《雪潮》、《死的誘惑》、《天狗》。然而，康白情卻把同年問世的《鳳凰涅槃》、《立在地球邊上放號》、《晨安》等情緒勃發的名篇拒絕在編選範圍之外，這也從另一側面反映出他對郭沫若詩歌美學風格的不同見解。

雖然沈雁冰正面評價過郭沫若的詩作，認為「郭君的詩」是「空谷足音」、「委實不是膚淺之作」〔註67〕，但是這些讚美之辭也只是出現在《文學旬刊》不太顯眼的「文學界消息」欄目內。隨著文學研究會與創造社論爭的展開，沈雁冰在《〈創造〉給我的印象》、《「半斤」VS「八兩」》等文章中，對整個創造社作品的評價越來越低，上述的稱讚之辭就顯得微不足道了。

因此，這樣看來在「五四」新文學之初僅僅只有《女神》的出現，郭沫若還沒有能夠獲得大多數文學權威的認同，還沒有取得像胡適、魯迅一樣的名人資格，還不足已奠定他在現代文學史上卓越的地位，《女神》的出現只能是吹響了郭沫若進軍現代文壇的號叫，究竟靠什麼使「他和魯迅一樣，是我國現代文化史上一位學識淵博，才華卓具的著名學者，」並成為「繼魯迅之後我國文化戰線上又一面光輝的旗幟」〔註68〕的呢？

〔註64〕郭沫若：《創造十年》，《郭沫若全集·文學編》第12卷，人民文學出版社1992年版，第133頁。
〔註65〕杜春和、丘權政、黃沫選編：《胡適的日記》，《新文學史料》第5輯，人民文學出版社1979年版，第275頁。
〔註66〕鄭振鐸：《鄭振鐸致周作人》，《中國現代文藝資料叢刊》第5輯，上海文藝出版社1980年版，第353頁。
〔註67〕茅盾：《一九二二年的文學論戰》，《新文學史料》1980年第1期。
〔註68〕龔濟民、方仁念：《郭沫若傳》，北京十月文藝出版社1996年版，第490頁。

二、前期創造社期刊——郭沫若多種藝術才情展現的舞臺

以往我們對於郭沫若的研究僅僅只局限於對他的文學作品、文學思想以及歷史考古等方面的闡釋，而忽視了郭沫若與前期創造社期刊之間千絲萬縷的關聯，這也恰恰是新文學發生的重要標誌和新文學傳播的重要途徑之一。

「雜誌一直是一種在人民中間傳播信息的工具，也是傳達事實、思想和幻想的媒介。」〔註69〕中國的新文學從它誕生之初，就是以成立文學社團和創辦文學期刊爲依託而發展起來的。因此期刊和社團是聯繫新文化人的紐帶，是新思潮的策源地，是匯合知識分子集團優勢的聚光點，是寄託覺醒者精神的家園，還是溝通文化傳播與文化接受的中介。

1921 年以後現代中國才出現了整整一代以做新文學爲首要目的文化人，而中國新文學的「社團文學時代」也由此開啓。縱觀新文學社團發展的過程，我們可以清晰地發現，利用期刊的創辦出版適時地推出領袖性人物是一個文學社團必不可少的運作策略，郭沫若就是前期創造社利用《創造》季刊、《創造週報》所塑造的創造社的核心人物，前期創造社因爲有了郭沫若的存在，才將現代文學史上這曲「創造」的和絃演繹得蕩氣迴腸、激情四溢。

當《創造》季刊還處於孕育期時，郭沫若就已經爲它定好了名稱；當《創造》季刊創辦伊始出版情形不佳時，郭沫若爲此而痛苦萬分；當《創造》季刊因稿源匱乏而無力維持時，郭沫若不遺餘力的向朋友們約稿；當討論是否創辦《創造日》時，郭沫若爲了《創造》季刊和《創造週報》而不惜與同人發生了牴牾；當《創造週報》在第二十號到第四十號處於最困難期間時，郭沫若就在這 20 期內發表了 30 篇文章，這大約是郭沫若在《創造週報》上所發表文章的半數；當《創造》季刊和《創造週報》因種種原因停刊後，郭沫若也就此在文壇沈寂了一段時間。

以上這些無不說明了對前期創造社期刊的創辦和運作，郭沫若在開始時的不遺餘力，困難時的鼎力維持，使得他與《創造》季刊和《創造週報》同舟共濟、榮辱與共。可以毫不誇張地說，沒有郭沫若全身心地投入，前期創造社期刊是不會有如此的成就，前期創造社的「異軍突起」更是無從談起，而郭沫若也借助於《創造》季刊和《創造週報》展示了自己文學創作、文藝批評、翻譯理念等多方面的才情，積極參與到了中國現代新文學的進程之中。

〔註69〕 【美】梅爾文‧L‧德弗勒等著，顏建軍等譯：《大眾傳播通論》，華夏出版社1989 年版，第 151 頁。

對於「五四」新文學運動的發展，郭沫若首先在《創造》季刊的創刊號中鮮明地指出：「國內近來論詩的人頗多，可憐都是一些化緣和尚。不怕木魚連天，究竟不曾知道佛子在那裡。」〔註70〕接著他又把批判的矛頭指向新文學內容的蒼白與表現力的薄弱。那麼應該怎麼辦呢？「我們反抗資本主義的毒龍」，「我們的運動要在文學之中爆發出無產階級的精神，精赤裸裸的人性。」「我們的目的要以生命的炸彈來打破這毒龍的魔宮。」最終「要打破從來的因襲的樣式而求新的生命之新的表現。」〔註71〕這樣郭沫若憑藉敏銳的藝術感覺和大膽的創作魄力，一方面繼承了「五四」文學的傳統，一方面又有所超越，實現了新文學一次意義重大的美學轉型。

正是基於對新文學弊病的明察洞見，郭沫若深切地體會到文學批評對於新文學發展的重要意義。在《藝術的評價》一文中他指出：「批評與創作本同是個性覺醒的兩種表現，本同是人生創造的兩個法門。」〔註72〕此外他又在《創造》季刊和《創造週報》中發表了一系列評論性的文章，充分揭示了文藝批評的本質，使批評具有了與創作同等重要的地位，由此批評獲得了文體學上的獨立性。

對於西方文藝思潮的介紹是郭沫若在前期創造社期刊中另一個著力點，他在《未來派的詩約及其批評》一文中介紹了英國詩人兼詩論家亨利‧紐波得關於未來主義詩歌的宣言並加以評論，認為「未來派的基礎只建築在人類的感覺（Sensibility）上。它是對於現在的肯定，對於過去的否定」，但它「畢竟只是一種徹底的自然主義」。「未來派的音樂，未來派的詩，我敢斷言它莫有長久的生命」。又指出，「現實的一切我們不惟不能全盤肯定，我們要準依我們最高的理想去否定它，再造它，以增進我們全人類的幸福。」〔註73〕通過這些介紹使讀者對於西方文藝思潮發展的現狀有了清晰的認識，對於新文學發展起到了極大的促進作用。

郭沫若對於藝術與民眾關係的理解，我們可以從《創造週報》第二十二號所轉載郭沫若草擬的《中華全國藝術協會宣言》有所瞭解，他指出：「藝術的起源與民眾有密切的攸關；然自私產制度發生，藝術竟為特權階級所獨

〔註70〕郭沫若：《海外歸鴻》，《創造》季刊第一卷第一期。
〔註71〕郭沫若：《我們的文學新運動》，《創造週報》第三號。
〔註72〕《創造週報》第二十九號。
〔註73〕《創造週報》第十七號。

佔」,「藝術卻了民眾的根株,藝術亦因之而凋滅」,「今日的藝術已經是不許特權階級獨佔的時候」,應該把它「救回,交還民眾。」這也恰恰吻合了中國現代文學藝術發展的方向,由此可見郭沫若敏銳的藝術洞察力和感知力。

翻譯尼采的《查拉圖司屈拉》是郭沫若利用《創造週報》奉獻給新文學初期讀者的最好禮物。一方面「尼采的思想前幾年早已影響模糊地宣傳於國內,但是他的著作尚不曾有過一部整個的翻譯。便是這部有名的『查拉圖司屈拉』,雖然早有人登了幾年的廣告要迻譯他,但至今還不見有譯書出來。我現在不揣愚昧,要把他從德文原文來迻譯一遍,在本週報上逐次發表;俟將來全部譯竣之後再來彙集成書。」〔註74〕

另一方面,郭沫若也借助於此書的翻譯試圖培養真正的現代中國文學的讀者和欣賞者。郭沫若將此書第一部翻譯完成之後針對一些讀者提出在繼續翻譯第二部之前,不妨先把尼采的思想,或者《查拉圖拉屈拉》全書的真諦,先述一個梗概,和對於《查拉圖拉屈拉》的見解略述出來以當注譯的要求,為此他專門撰寫了一篇題目為《雅言與自力──告我愛讀〈查拉圖拉屈拉〉的友人》的文章,他認為「我是一面鏡子,我的譯文只是尼采的虛像;但我的反射率恐不免有亂反射的時候,讀者在我鏡中得一個歪斜的尼采像以為便是尼采,從而崇拜之或反抗之,我是對不住作者和讀者多多了。一切的未知世界,總要望自己的精神自己的勞力去開闢,我譯一書的目的是要望讀者得我的刺激能直接去翻讀原書,猶如見了一幅西湖的照片生出直接去遊覽西湖的欲望。我希望讀者不必過信我的譯書,尤不必伸長頸項等待我的解釋呢。」〔註75〕從中我們可以清晰地看出郭沫若試圖在自己的翻譯實踐中對於讀者閱讀的關注,這同樣也是新文學發展的必不可少而卻被大多數新文學建設者所忽略的重要組成部分。

除了批評性、翻譯性的文字外,郭沫若還在前期創造社期刊上發表了小說創作如:《殘春》〔註76〕、《未央》〔註77〕、《函谷關》〔註78〕、《鵷鶵》〔註79〕、

〔註74〕《創造週報》第一號,原文的此處為「彙集成書。的內容這部分」我認為這是一處排版的錯誤,所以改為此。
〔註75〕《創造週報》第三十號。
〔註76〕《創造》季刊第一卷第二期。
〔註77〕《創造》季刊第一卷第三期。
〔註78〕《創造週報》第十五號。
〔註79〕《創造週報》第九號。

《歧路》〔註80〕、《聖者》〔註81〕和《十字架》〔註82〕。

　　另外還有詩歌如：《創造者》〔註83〕、《星空》〔註84〕、《我們的花園》〔註85〕、《上海的清晨》〔註86〕、《勵失業友人》〔註87〕、《力的追求者》〔註88〕、《黑魆魆的文字窟中》〔註89〕、《朋友們愴聚在囚牢裏》〔註90〕、《太陽沒了——聞列寧死耗作此》〔註91〕，戲劇如：《棠棣之花（第二幕）》〔註92〕、《廣寒宮（童話劇）》〔註93〕、《孤竹君之二子》〔註94〕、《卓文君》〔註95〕、《王昭君》〔註96〕等。

　　依憑於前期創造社期刊，新文學運動以來各式文體郭沫若都進行了試驗和嘗試，他的理想與壯志、天賦與才華得以充分的展現，他憑藉著自己的勇氣與膽魄活躍於中國現代文壇上，他對新文學現狀的憂思之深刻和批判之激烈，對現代文學批評重建的勇氣和實績，都奠定了他在現代文學史上卓越的地位。

三、前期創造社期刊對《女神》的宣傳與「包裝」

　　《女神》爲中國新詩開闢了一個嶄新的時代和廣闊的天地這是一個無可爭議的事實，可是《女神》究竟是如何被讀者所認可的呢，是什麼促使了《女神》得到了如此的關注呢？

　　「沫若詩，我看至少要受得中等教育的人才能懂得，他受歌德的感化很

〔註80〕　《創造週報》第四十一號。
〔註81〕　《創造週報》第四十二號。
〔註82〕　《創造週報》第四十七號。
〔註83〕　《創造》季刊第一卷第一期。
〔註84〕　《創造》季刊第一卷第二期。
〔註85〕　《創造》季刊第二卷第一期。
〔註86〕　《創造週報》第二號。
〔註87〕　《創造週報》第三號。
〔註88〕　《創造週報》第四號。
〔註89〕　《創造週報》第六號。
〔註90〕　《創造週報》第八號。
〔註91〕　《創造週報》第三十八號。
〔註92〕　《創造》季刊第一卷第一期。
〔註93〕　《創造》季刊第一卷第二期。
〔註94〕　《創造》季刊第一卷第四期。
〔註95〕　《創造》季刊第二卷第一期。
〔註96〕　《創造》季刊第二卷第二期。

深，而東方思想亦很深的……新詩勃興以來三四年了，我們僅有這點收穫」，這便是謝康在《讀了女神以後》〔註97〕中所作的評價，這也是較早的對《女神》進行思想藝術方面進行評價的文章。

此後聞一多在《創造週報》第四號的《〈女神〉之時代精神》一文中，開張明義的指出「若講新詩，郭沫若君的詩才配稱新呢，不獨藝術上他的作品與舊詩詞相去最遠，最要緊的是他的精神完全是時代的精神——二十世紀底時代的精神。」這也是至今爲止對於《女神》價值最爲恰當最爲權威的評價。聞一多還認爲郭沫若創作《女神》的價值具體表現在「革新者又覺得意志總敵不住衝動，則抖擻起來，又跌倒下去了。但是他們太溺愛生活了，愛他的甜處，也愛他的辣處。他們決不肯脫逃，也不肯降服。他們的心裏只塞滿了叫不出的苦，喊不盡的哀。他們的心快塞破了，忽地一個人用海濤底音調，雷霆底聲響替他們全盤唱出來了。這個人便是郭沫若，他所唱的就是女神。」

在《創造週報》第五號中聞一多又發表了《〈女神〉之地方色彩》一文，此文主要從傳統文化的角度對郭沫若的《女神》提出了善意和中肯的批評。「一味地時髦是鶩」，是《女神》最大的弊病所在。聞一多具體的指出「女神中所用的典故，西方的比中國的多多了；女神中底西洋的事物名詞處處都是，數都不知從那裡數起；女神還有一個最明顯的缺憾那便是詩中夾用可以不用的西洋文字了，……我以爲很多的英文字實沒有用原文底必要。」「我疑心或就是女神之作者對於中國文化之隔膜。……女神底作者，這樣看來，定不是對於我國文化直接瞭解，深表同情者。」

通過這樣正面價值肯定和負面不足的指出，讀者在閱讀《女神》時會更加理性，藉此《女神》在現代文學中的價值和地位就越發凸顯出來。

另外，還有洪爲法的《評沫若〈女神〉以後的詩——〈星空〉和週報彙刊第一集中的詩》，它通過對於郭沫若《女神》與《女神》以後所創作的詩歌進行比較指出了「女神時代的作者，唱『鳳凰涅槃』，唱『天狗』，唱『女神之再生』，乃至『光海』『梅花樹下醉歌』等等，多半是本著自己的悲哀，鬱悶，激怒，……唱著自我毀滅，自我之再生。」〔註98〕這同樣是對於《女神》時代和文學價值的肯定。

前期創造社期刊對自己成員的一篇作品如此重視是絕無僅有的，因爲在

〔註97〕《創造》季刊第一卷第二期。
〔註98〕《創造週報》第四十二號。

《創造》季刊和《創造週報》中批評性的文章大多數都是針對創造社以外的作品進行的。而《女神》卻是特例，通過《創造》季刊和《創造週報》中連續的評論性文章，《女神》很快擴大了它在讀者中的影響，逐漸確立了在新詩發展史上不可替代的價值和作用，得到了文壇的認可和肯定，它的作者郭沫若更加鞏固了在新文學史上的地位。

郭沫若在現代文學史上卓越地位的取得，在很大程度上是他的「球形」的藝術才情得到廣大讀者認同的結果，借助於前期創造社期刊《創造》季刊和《創造週報》大量的出版發行和屢次的再版，郭沫若的藝術才情最大程度的得到了展現，以此也贏得最廣大讀者的認同。從1920年代初期現代文學社團共時性角度來講，較之其他社團的刊物，前期創造社期刊更好地培育了一批具有現代意識的青年「讀者」。這樣郭沫若多方面的藝術才情有了被時人認可的可能，他在現代文學史上卓越地位的根基也得以夯實。

因此《創造》季刊和《創造週報》是郭沫若藝術才情展示的最好舞臺，借助於前期創造社期刊傳媒的「包裝」郭沫若更是走出了以往「食客」般乞討的生活，而獲得「名人」的資格，造成了一次次「名人」效應，並成為在現代中國文學史中可以與魯迅比肩的文學巨匠。

第三章　異域情感的交織融合：民國時期郭沫若翻譯作品研究

　　民國時期郭沫若是著名的詩人，這便有了《女神》的遺世；郭沫若是著名的歷史學家，這便有了《中國古代社會研究》的存在；郭沫若是著名的古文字學家，這便有了《石鼓文研究》的生成；郭沫若還是著名的馬克思主義理論家，這便有了《文藝論集》的產生；以上這些學科綜合構成了他獨有的創作和學術體系，那麼這個體系是如何生成的呢？這便與郭沫若在民國時期對西方各個領域的成果和著作進行翻譯的活動密不可分。民國時期郭沫若的翻譯活動有效的譯介了西方著名的文學、考古學、自然科學等方面的知識，還成功的將他分散的創作與研究領域串聯起來，構成了獨有的「球形天才」。

第一節　「堂堂正正做個投炸彈的健兒」：郭沫若翻譯世界縱覽

　　郭沫若是現代文化史上著名的文學家、歷史學家、古文字學家和翻譯家。我們通過品味《女神》等詩作感受到他作為文學家的浪漫氣質，通過觀看《屈原》等劇目知道他作為史劇家的藝術韻味，通過研讀《中國古代社會研究》等文章得知了他作為歷史學家的深厚底蘊，但是作為翻譯家的郭沫若卻並不被世人所熟知，他內蘊豐富的翻譯世界更是很少有人知曉。郭沫若借助於對國外名篇的譯介，為「五四」中國傳播了新的文化理念，有力地推動了傳統中國的現代性轉型。

一、豐富多彩的翻譯內容

　　郭沫若不是一名專職的翻譯家，翻譯活動甚至都不是他的「主項」，這些翻譯作品更多是他在學習、生活之餘的創作成果。雖然不是專職所為，但他卻做出了驚人的成績，30 部譯作，500 多萬字的譯作是他留給後人豐碩的文化財產，呈現給世人一幅五彩斑斕翻譯畫卷。

（1）文學類體裁作品的翻譯

　　文學體裁類作品的翻譯是郭沫若翻譯的重點，主要有小說類《爭鬥》、《法網》、《石炭王》、《屠場》、《煤油》、《戰爭與和平》（第一分冊）、《日本短篇小說集》等；詩歌類《新俄詩選》、《德國詩選》、《魯拜集》等；詩劇類《華倫斯坦》和《赫曼與竇綠苔》等，文學類體裁作品佔了他譯作的二分之一還要多的數量，從這個角度也印證了郭沫若以文學家的身份登上「五四」歷史舞臺的必然性。

（2）自然科學類體裁作品的翻譯

　　自然科學類體裁翻譯作品主要是《生命之科學》，《生命之科學》是郭沫若翻譯的所有著作中工程量最為浩大的。1931 年 3 月開始著手翻譯，後手稿在商務印書局編譯館中被「一二‧八」事變的戰火焚毀，1934 年又重新翻譯並於同年 10 月陸續出版，至 1949 年 11 月才最終完成，前後經歷了近 19 年的時間。這部作品的翻譯完成，充分顯示出了郭沫若廣博的學識和嚴謹的科學素養，也奠定了他「百科全書式」的文化成就。

（3）社會理論體裁作品的翻譯

　　「五四」新文化運動後，國內社會局勢不斷變化，如何清晰地辨別中國未來社會發展的方向成為了學者們最為急迫的任務。因此翻譯馬克思主義經典著作也成了郭沫若翻譯體裁選擇的重點。他先後完成了對馬克思主義經典作品《經濟學方法論》、《政治經濟學批判》、《德意志意識形態》、《藝術作品之真實性》、《美術考古一世紀》、《隋唐燕樂調研究》等 6 部社會理論著作的翻譯工作。

　　通過上述的列舉，我們可以清晰地可以看出郭沫若在翻譯方面所取得的豐碩成果。簡單成果的羅列只能反映出郭沫若翻譯了哪些作品，有多少翻譯作品的存世，更關鍵的問題是通過這些翻譯作品，郭沫若以及同時代知識分子的文化選擇的方向性和思想意識的豐富性便呈現出來。郭沫若從事翻譯活

動絕不僅僅只是個案，和他同時代的魯迅、周作人、胡適等「五四」新文化先驅無不是有著眾多的翻譯作品留世，翻譯是他們進行新文化活動的「共性」，這種翻譯的「共性」就是以郭沫若爲代表的「五四」一代知識分子以「雜」和「博」爲長，將「中」和「西」相合，追求個人多方面實現的價值。另外經過這些不同類別體裁作品的翻譯，也造就了郭沫若作爲「五四」一代知識分子所獨有的學術眼光和文化素養，從而折射出他們那一代文化人強烈的社會責任感和歷史使命感，同時也是郭沫若這一代知識分子不斷走向新的未知領域開拓創新精神的集中展現。翻譯成就了郭沫若「百科全書」式的人物，其他領域的成就也同樣促使了郭沫若多元探究翻譯的內容和路徑，這種良性的循環和促進，最終造就了郭沫若豐富多彩的文化世界。

二、意味深遠的翻譯思想

郭沫若最初引起「五四」文壇關注的並不僅僅只是他白話自由體詩作，他有關文學翻譯方面的種種表述更是將「五四」新文化舞臺攪動的天翻地覆。郭沫若的翻譯成果也決不僅僅只是 500 多萬字的翻譯作品，他在翻譯實踐的基礎上發表了眾多有關翻譯方面的文章，他每一篇有關翻譯的論述一經發表，便引發了「五四」新文壇的騷動和爭論。在彼此的論爭中，郭沫若也逐漸形成一整套完整的翻譯思想和翻譯理論。總體來講他的翻譯思想主要表現在兩個方面，首先就是有關「風韻譯」的翻譯思想，他認爲翻譯應該注重翻譯作品內在的韻味，不能僅僅只是字面的轉譯。再者就是他認爲「好的翻譯等於創作，甚至還可能超過創作。」「風韻譯」對於糾正「五四」新文化運動之初，在翻譯中只單純注重字面意義，而不注意文學內蘊的審美缺陷進行了糾正，對於改變「五四」初始的白話文學創作語言直白化和非文學化的弊病起到了重要的作用。

這些作用可能是大家所熟知，也是顯現的。但我覺得除此之外，郭沫若利用翻譯活動和翻譯思想，全面推動中國現代化進程的隱性作用卻未被提及。翻譯活動並不單純的只是字詞的轉譯，而更主要的是所翻譯對象的傳播、接受和影響的過程。郭沫若利用翻譯活動及翻譯標準的討論，掀起了中國現代文學發展史上第一次大規模的有關新文學創作的論爭，從而促使了多方面人員參與其中。不論這場論爭的結果如何，都不可能改變新文化運動者們以更加現代性的姿態參與其中的事實，這場論戰也讓中國現代文學創作者以新的角度去審視中國文學發展的現狀，從而產生新質的思考和創作的思路。更

為可貴的是郭沫若早期所形成的翻譯思想，並沒有因為翻譯活動的減少而終止，直到 1969 年翻譯《英詩譯稿》的譯作時，還在修訂「風韻譯」的不足和缺憾，改變了「重形式，輕內容」的事實。

還有值得關注的一點就是，郭沫若翻譯思想的現實指導性。郭沫若絕不僅僅只是提出了某種翻譯思想就萬事大吉了，最難能可貴的是在思想背後所進行了翻譯實踐活動。如果說郭沫若最初從事翻譯活動還是因為學業的要求、生活的艱辛等方面原因被動而為的話，那麼到了「五四」運動開始翻譯《少年維特之煩惱》等作品後，他便開始了有意識的翻譯活動，無論是翻譯對象的甄別、翻譯語種的選擇，還是翻譯內容的選取等方面，都有了系統性和計劃性，而這些翻譯作品也逐漸形成了他翻譯思想中所提倡的「重審美、強意蘊、促創作」美學原則，從而形成了一個完整的思想翻譯體系，它成為郭沫若文化王國的重要組成部分，更為他拓展多方面的創作領域做了理論、學識和知識上的儲備，從而也將郭沫若從「五四」新文化運動的邊緣拉入到了中心，成為了享譽世界的翻譯大師。

三、浸染創作的翻譯價值

郭沫若是 20 世紀一個多方面實現的文化名人，某一方面的缺失都不可能成就他顯赫的文化成就，而其中翻譯活動對他文學創作、歷史研究、戲劇構思等方面的影響和價值雖被認知，但並不全面。我們曾談到了郭沫若白話新詩的創作與他翻譯泰戈爾等詩歌的影響，但如何影響的，影響到何種程度，都沒有進行詳盡的闡釋，另外，郭沫若翻譯活動與他的歷史劇創作有何關聯更沒有被涉及。那麼郭沫若歷史劇的創作和翻譯是否具有內在的關聯呢？

首先，在創作時間上，郭沫若歷史劇的創作和同類體裁作品的翻譯具有同步性。

郭沫若翻譯了如《浮士德》、《約翰‧沁孤戲曲集》、《華倫斯坦》、《赫曼與竇綠苔》等詩劇類型的作品。特別是對《浮士德》的翻譯，這不僅僅只是對這麼一部作品的簡單的譯介，更為重要的是郭沫若將詩劇這種創作的形式引入國內讀者閱讀的視野之中。歌德創作《浮士德》用了 64 年的時間，是其一生思想意識和藝術探索的結晶，而郭沫若翻譯《浮士德》也用了近 30 年的時間，從 1919 年始至 1947 年止，可以說是《浮士德》的翻譯也是他翻譯美學思想和藝術創作的凝結。這一時間跨度恰好是郭沫若歷史劇創作由初始走

向高峰的階段。郭沫若早期詩劇《棠棣之花》就是在翻譯《浮士德》第一部之後很快就完成了，1927 年 11 月郭沫若完成了《浮士德》第一部的翻譯工作，而這也恰好是郭沫若第一次歷史劇創作的高峰時期，《聶嫈》、《三個叛逆的女性》等經典劇目陸續創作完成，而隨著 30 年代流亡日本時期《華倫斯坦》和《赫曼與竇綠若》等詩劇的陸續翻譯完成，郭沫若迎來了他歷史劇創作的高潮，以《屈原》等為代表的經典作品相繼問世。從這個方面來看，郭沫若歷史劇的創作和對西方詩劇的翻譯是同步性的。

再次，在藝術手法上，郭沫若歷史劇的創作與其所翻譯的詩劇作品具有內在的一致性。

郭沫若的歷史劇創作，在中國現代戲劇史上是非常獨特的，以《屈原》為代表的歷史劇，不同於《雷雨》等現代話劇注重西方戲劇起承轉合戲劇結構的建構，並靠戲劇衝突來推進戲劇情節的發展；也不同於老舍《茶館》等戲劇的創作，利用人物的言論和時間的推移來渲染戲劇的文化內涵。長此以往對於郭沫若的歷史劇創作，無論是課堂教學的講述還是學人的研究中基本都是沿用「古為今用、借古鑒今、借古諷今」進行簡單概括，但這僅僅只是郭沫若歷史劇創作最表層的表徵。其實郭沫若歷史劇的創作具有鮮明的美學特徵，它是以某個重要歷史人物作為創作的主線，輔以真實的歷史事件，重點凸顯歷史人物的存在價值和社會意義，在表現手法上也都是以詩性的語言展示人物的性格特徵，這些特徵都與其所翻譯的《浮士德》等詩劇作品具有內在的一致性。

而強烈的情感獨白是眾多一致性中的典範。詩劇的創作要求既要有詩歌的凝練性和內蘊性，又有歌劇的音樂性和節奏性，《浮士德》中如「在這時山壑不能阻我的壯遊，大海在驚惑的眼前澄著溫波。可那太陽終像要沉沒而去；而我新的衝動又繼續以起，我要趕去吞飲那永恒的光輝，白晝在我前面，黑夜在我後背，青天在我上面，大海在我下邊。多麼優美的夢喲，可是太陽已經隱退」的情感獨白隨處可見，因此對於《浮士德》僅僅用通常的閱讀方式是無法感受到它的審美內涵，這種詩劇特點是要在舞臺上用語言的抒情，來展示它們重要意義。而具有詩人氣質的郭沫若恰恰以其詩性的翻譯語句還原了《浮士德》特殊的藝術魅力。

郭沫若正如一個投擲「炸彈」的健兒一樣，他用自己豐富的翻譯成果，睿智的翻譯理念，建構了完整了翻譯體系，具備了世界的眼光和發展的思路，從而引領了中國新文化的發展航向。

第二節　久未出版的郭沫若譯作

郭沫若被譽爲中國現代著名翻譯家，可是近年來只有《少年維特之煩惱》、《浮士德》、《新時代》、《生命之科學》和《魯拜集》出版發行，僅僅只有這麼幾部作品可能很難將郭沫若與翻譯家的稱號聯繫起來。特別是隨著 8卷本《魯迅譯文全集》（福建教育出版社 2008 年版）和 11 卷本《周作人譯文全集》（上海人民出版社 2012 年版）等現代文學作家翻譯作品集的陸續出版發行，讀者們對於現代文學作家的翻譯情形有了整體的認知，對這些作家的創作和中國現代文學史的研究也有了新的突破。相對於魯迅和周作人等來講讀者們近年來讀到郭沫若譯作卻寥寥無幾，這更令他們對郭沫若著名翻譯家的稱謂有所質疑。

不得不承認這麼一個客觀事實，就是讀者們目前能夠購買到或者在圖書館能夠正常借閱到的郭沫若的譯作是比較少。現在讀者們對於郭沫若翻譯作品可能比較熟知的就是《少年維特之煩惱》和《浮士德》。《少年維特之煩惱》近年來出版的版本比較多，既有普通的版本，也有美繪本，雖然《浮士德》的版本相對來講要少一些，但是畢竟它是名著，讀者們印象也會較爲深刻。《生命之科學》（上、下）、《魯拜集》等部分郭沫若譯作也在近期出版過，但由於都是單本發行，造成的影響肯定遠遠小於《魯迅譯文全集》等系統性結集出版的其他現代中國作家的全套譯文。

郭沫若究竟有多少翻譯作品呢？據目前所能查閱到的資料來看郭沫若生前共翻譯出版了 29 部單行本的譯作，其中小說 9 部、詩歌 5 部、戲劇 6 部、自然科學 1 部、哲學社會科學 5 部，藝術理論 2 部，再加上 1980 年有郭沫若的子女整理出版的《英詩譯稿》，總計郭沫若共有 30 部譯作存世。這些譯作主要有英、德、日、俄等多個語種，字數約 500 多萬字。隨著這些數據的統計和比較，那麼另外一個問題肯定就縈繞在讀者心目中，爲什麼郭沫若有那麼多的譯作，但他的影響力卻遠不如魯迅、周作人等人呢？

別的原因暫且不論，僅僅就讀者能夠閱讀到郭沫若譯作的文本就很少，因爲郭沫若絕大多數譯作在 1950 年後就沒有再出版，還有一些譯作在 20 世紀 50 年代雖然有過再版，但在此之後也沒有再版過，還有一些譯作乾脆就只出版過一次，一直到目前爲止就再也沒有再版過。近期再版過的僅僅只是上面我們提到的《少年維特之煩惱》等那麼有限幾部，這幾部近期出版的郭沫若譯作數量還不到他全部翻譯作品的六分之一。這也就直接造成了讀者們對

郭沫若的譯作只能停留在對能夠閱讀到僅有的幾部譯作的直觀印記中，造成他們對郭沫若著名翻譯家身份的質疑當然也就順理成章了。

一、郭沫若譯作出版情況一覽

　　郭沫若譯作其實絕大多數都是在 1950 年前以單行本的形式出版發行的，此後還有一些譯作由人民文學出版社出版發行，但是到了 1960 年以後，他的譯作幾乎都銷聲匿跡了，很少能夠得以再次出版。下面我們就分 1950 年前和 1950～1960 年這兩個時間段看一看郭沫若譯作出版的情況究竟是怎樣的。

　　首先來看看郭沫若譯作在 1950 年前出版的情況，查閱相關版本和史料，大體上有以下幾部：

　　1、《查拉圖司屈拉鈔》初版本爲創造社出版部 1928 年版；

　　2、《德意志意識形態》初版本爲言行出版社 1938 年版，最後一版爲群益出版社 1949 年版；

　　3、《法網》初版本爲創造社出版部 1927 年版，最後一版爲現代書局 1933 年版；

　　4、《煤油》初版本爲光華書局 1930 年版，最後一版爲國民書店 1939 年版；

　　5、《日本短篇小說集》（上、中、下）初版本爲商務印書館 1935 年版；

　　6、《石炭王》初版本爲上海樂群書店 1929 年版，最後一版爲群益書社 1947 年版；

　　7、《屠場》初版本爲南強書局 1929 年版，最後一版爲譯文社 1946 年版；

　　8、《異端》初版本爲商務印書館 1926 年版，最後一版爲商務印書館 1947 年版；

　　9、《銀匣》初版本爲創造社出版部 1927 年版，最後一版爲現代書局 1933 年版；

　　10、《約翰沁孤戲曲集》初版本爲商務印書館 1926 年版；

　　11、《爭鬥》初版本爲商務印書館 1926 年版；

　　12、《茵夢湖》初版本爲創造社初版部 1927 年版，最後一版爲上海群海社 1946 年版；

　　13、《浮士德百三十圖》初版本爲群益出版社 1947 年版；

　　14、《戰爭與和平》（第一分冊）初版本爲上海文藝書局出版社 1931 年版，

最後一版為駱駝書店 1948 年版；

15、另外，如《德國詩選》初版本創造社出版部 1927 年版，最後一版為創造社出版部 1928 年版；《新俄詩選》初版本為光華書局 1929 年版；《雪萊詩選》初版本為泰東圖書局 1926 年版，這三部譯詩集都有所改動後被收入了《沫若譯詩集》中，這三部單行本譯詩集在 1950 年後都沒有再單獨出版過。

這些 1950 年後未出版譯作的數量基本上是郭沫若全部翻譯作品的三分之二左右，其中有小說、詩歌、戲劇、哲學社會科學、藝術理論等多個種類。這麼多未再版的郭沫若譯作我們今天只能從圖書館的民國書庫或古舊書店中才能見到，可以說如果不是專門去從事翻譯研究或者郭沫若研究的學者，一般很少有人會去借閱它們，而作為普通的讀者根本就更沒有機會知曉這些作品的內容和樣子。

1950～1960 年的郭沫若譯作出版的情形又如何呢？

1、《赫曼與竇綠苔》初版本為文林出版社 1942 年版，最後一版為人民文學出版社 1959 年版；

2、《華倫斯坦》初版本為生活書店 1936 年版，最後一版為人民文學出版社 1959 年版；

3、《美術考古一世紀》初版本為上海樂群書店 1929 年版（當時書名為《美術考古發現史》），最後一版為新文藝出版社 1954 年版；

4、《沫若譯詩集》初版本為創造社出版部 1928 年版，最後一版為人民文學出版社 1957 年版；

5、《社會組織與社會革命》初版本為商務印書館 1925 年版，最後一版為商務印書館 1952 年版；

6、《隋唐燕樂調研究》初版本為商務印書館 1936 年版，最後一版為商務印書館 1957 年版；

7、《藝術作品之真實性》初版本為質文社 1936 年版，最後一版為群益出版社 1950 年版（該譯作後更名為《藝術的真實》）；

8、《政治經濟學批判》初版本為神州國光社 1931 年版，最後一版為群益出版社 1951 年版；

通過以上的列舉我們會發現，解放後郭沫若的譯作主要以 1960 年為界，1960 年以後這些譯作也沒有再次出版。

綜合以上的數據統計，我們可以明顯看出郭沫若至少有 25 本譯作在 1960

年以後就再沒有以單行本或者以結集的方式出版過，所以絕大多數讀者沒有辦法去瞭解郭沫若譯作的豐富世界。這 25 部譯作除了《查拉圖司屈拉鈔》、《日本短篇小說集》、《約翰沁孤戲曲集》、《爭鬥》、《浮士德百三十圖》等 5 部譯作只出版過一次外，剩餘的 20 部作品都出版過多種版次的單行本，有些甚至成為當時社會的暢銷書。從這個角度來看，郭沫若無論是從譯作的數量還是譯作所的涉及語言和體裁來看，都無愧於著名翻譯家的稱號。

二、郭沫若譯作出版情況的背後

　　仔細翻閱這些久未出版的郭沫若譯作，相信你也會有觸摸歷史真實之感，它們無論從文本本身的裝幀設計還是對當時社會影響都值得我們今天去品味和思考，以期能夠獲得這些譯作所隱含的豐富歷史訊息。

　　郭沫若譯作一個非常重要而顯在的現象就是，1950 年前出版郭沫若譯作單行本的出版機構數量非常多，從目前來看，至少有泰東圖書局、創造社出版部、群益出版社、言行出版社、上海聯合書店、上海現代書局、東南出版社、復興書店、中亞書店、上海己午社、重慶文林出版社、上海生活書店、光華書局、上海國民書店、上海樂群書店、上海樂華圖書公司、建文書店、上海文藝印書局、商務印書館、天下書店、嘉陵書店、上海海燕出版社、譯文社、南強書局、質文社、群海社、五十年代出版社、駱駝書店、中華書局、神州國光社等 30 家出版機構，都曾經出版發行過郭沫若的譯作。這些出版機構既有像商務印書館、群益書社等歷史上赫赫有名的大型出版機構，也還有一些我們可能從未聽聞過的小書局，如群海社、建文書店等。如果商務印書館等著名的出版機構出版郭沫若的譯作，更多是為了借助郭沫若的社會名望增加自己出版社的社會影響力的話，那麼小型出版社出版郭沫若的譯作更多是從商業利益考慮，借助郭沫若譯作的暢銷來獲取商業利潤維持自身的生存。從這個角度來看，郭沫若譯作在當時購買的讀者還是較多的。因此從這麼多的出版機構和書店願意不斷再版郭沫若譯作的情況，可以看出來郭沫若譯作在當時受歡迎的程度。另外，從各個出版社翻印再版郭沫若譯作時特別重視外在裝幀設計方面也能看出這種情形。

　　比較郭沫若久未出版的譯作，還可以明顯地看出，雖然有些譯作曾由多家出版機構出版發行，但是在內容上基本上保持一致，最明顯的變化就是作品外在裝幀的改變。如讀者們可能沒有機會見到的小說《法網》，這是郭沫若

翻譯英國高爾斯華綏的作品。這部小說主要由創造社出版部、上海聯合書店和上海現代書局三家出版機構出版過，出版間隔時間也不是很長。創造社出版部共出版 2 版，上海聯合書店共出版 1 版，上海現代書局共出版 2 版。這三家出版機構在《法網》這部譯作的封皮設計上各有特點，上海聯合書店版甚至加上了小說原作者高爾斯華綏的頭像，上海現代書局設計比較簡潔，在封皮上重點突出了現代書局的字樣，但是這三家不同出版社的幾個版次中，小說的內容幾乎沒有任何變化。從這個角度來看，這些譯作絕大多數都非常講究，並沒有因為當時社會環境的原因而做簡單化的處理。各個出版機構和書店都紛紛用改變外在封面，增加內在插圖等裝幀手法來吸引讀者購買的欲望。

翻譯與創作其實本是中國現代文學和現代文化發展的兩個重要方面，兩者缺一不可。如果只單純強調創作，那麼現代白話的發展則必定是無源之水；如果只單純強調翻譯，則也會造成文學創作民族性的缺失。因此翻譯和創作兩者是相輔相成，互為表裏的事物，但是在我們現在的文學史表述中卻存在非常明顯的重創作，輕翻譯的現象。郭沫若其實就是一個非常明顯的翻譯與創作並重的文學創作者。他從事翻譯活動和譯作出版的時間和他文學創作高峰的時間幾乎是一致的。

郭沫若從事翻譯的時間基本上是 1915 到 1949 年，《英詩譯稿》是郭沫若在 1969 年完成的譯作，是他最後的譯作，也是他唯一一部在 1950 年前沒有出版過的譯作。從這個時間段來看，郭沫若文學創作最具歷史價值和美學風味的作品其實也發生在這段時間，特別是以《女神》、《星空》為代表的詩歌創作、以《屈原》、《虎符》為代表的歷史劇創作。但是在現在的文學史敘述或是在大眾普及知識上都是對郭沫若文學創作提及較多，而對於他翻譯作品說到的較少。

郭沫若翻譯和創作的同步性便很好詮釋了這兩者之間的關係，如果沒有早期《茵夢湖》、《魯拜集》、《雪萊詩選》等諸多西方重要文學作品的翻譯，並從這些翻譯作品中汲取現代白話語言使用的方式，那麼郭沫若早期的白話新詩《女神》和《星空》恐怕很難出現，即使出現了可能也不會取得如此高的成就；同理如果沒有像《女神》和《星空》等經典作品的創作，那麼郭沫若的翻譯可能僅僅淪為了語言的轉換，而缺乏必要的文采和內在意蘊。因此翻譯促成了創作，創作影響了翻譯，這是郭沫若著譯生涯中一個十分重要的現象，但是卻長期被讀者們所忽略了。

看到如此眾多的郭沫若翻譯作品的存在，我們彷彿又置身於那場激情澎湃的文化創造時代，同時也服膺於他的博學廣聞，以及能夠在翻譯與創作之間自由遊走的超強能力。期望著《郭沫若譯文全集》也能夠盡快問世，以饗讀者。

第三節　郭沫若譯作版本的梳理與整合

為了系統整理和出版郭沫若生前的著作，在 1978 年郭沫若去世不久中共中央決定成立郭沫若著作編輯委員會，由周揚任主任。自 1982 年 10 月人民文學出版社出版《郭沫若全集・文學編》第一卷起，到 2002 年 10 月科學出版社出版的《郭沫若全集・考古編》第十卷止。歷時近 20 年的時間，終於完成了 38 卷本《郭沫若全集・文學編》、《歷史編》和《考古編》的編撰出版工作。雖然耗時較長，但是「這套《郭沫若全集》非但不是完整的第一手資料；反而極有可能是世界上最不全的作家全集。」〔註 1〕先不說這套全集究竟遺漏了多少具體篇目，僅從類別劃分的角度來看這一套全集中遺漏的就較多，比如書信、日記和翻譯等。

為此 2013 年中國社會科學院郭沫若紀念館借助於中國社會科學院創新工程的契機，申請了《郭沫若全集補編》的創新項目。按照目前項目規劃《郭沫若全集補編》主要包括《翻譯編》、《書信編》和《集外編》共計 26 卷，其中《翻譯編》14 卷，《書信編》4 卷，《集外編》8 卷，自 2014 年開始該項目正式開始運作啟動。筆者有幸參與到了《翻譯卷》的編撰工作之中，現將幾年來編撰該編的心得體會，特別是對版本的甄選過程中所遇到的問題以札記形式記錄整理下來。

一、編撰《郭沫若全集補編・翻譯編》的學理價值和現實意義

郭沫若被譽為中國現代著名翻譯家，可是自 1960 年來只有《少年維特之煩惱》、《浮士德》、《新時代》、《生命之科學》和《魯拜集》〔註 2〕再版發行過，僅僅只有這麼幾部作品可能很難將郭沫若與翻譯家的稱號聯繫起來。其實從 1920 年代到 1970 年代的 50 多年間，郭沫若一共翻譯出版了以《少年維特之

〔註 1〕　魏建：《郭沫若佚作與〈郭沫若全集〉》，《文學評論》2010 年第 2 期。

〔註 2〕　1981 年上海譯文出版出版的《英詩譯稿》是郭沫若 1969 年翻譯的作品，由郭庶英、郭平英整理後首次出版。這一部譯作就沒有算作再版的譯作之中。

煩惱》、《浮士德》等爲代表的五百多萬字的譯著,多達 289 種譯作問世。翻譯活動貫穿了郭沫若文化活動的全過程,就郭沫若所翻譯作品原創作者的國籍來講,涉及歐洲、北美洲、亞洲等 9 個國家,作品以德國、英國、美國、俄國等歐美國家爲主,同時還包括波斯、印度、日本等東方國家,共 98 位作者的作品;另外就郭沫若翻譯作品所涉及種類來講,既有文學類作品(含詩歌、戲劇、小說)如歌德的《少年維特之煩惱》、《浮士德》;又有藝術史類的著作:如《美術考古一世紀》;還有科學史著作:如《生命之科學》;另外還有馬克思和恩格斯的經典著作《政治經濟學批判》。不僅如此郭沫若通過自己的翻譯實踐活動,還提出了諸如「譯文應同樣是一件藝術品」等翻譯思想和觀點,因此無論從那個角度來講郭沫若都無愧於中國現代文化史上一個偉大的翻譯家。

對中外優秀作品的海量閱讀,使郭沫若的文化視野縱深而且寬廣,再加之他本身所具備的思想藝術的敏感性及其對中國文化進程的深度把握,又使他在選擇所翻譯內容時顯示了前瞻性和獨特性,郭沫若眾多的翻譯作品爲中國知識界打開一扇窗口,成爲 20 世紀中西方文化的交流與對話的催化劑。另外,郭沫若在從事文學創作和學術研究的過程中,極爲注重攝取世界各國的文化養分,善於與中國傳統文化借鑒交融,形成具有自身特點的藝術風格,闡發前人未能破解的古代史與古文字研究中的奧秘,形成影響後世的學術體系。

郭沫若的翻譯研究與他的翻譯活動和譯著出版並不同步,直到 1978 年後才有相關研究成果出現,截止到目前爲止有關郭沫若翻譯研究的論文有大約 200 多篇。這些成果多集中在對郭沫若翻譯情況的介紹、翻譯方法和技巧闡釋、翻譯思想和觀念論析等方面,研究的方法基本上採取比較文學研究的方式,按照語種和國別的分類方式,主要分爲郭沫若與德國文學翻譯、郭沫若與英國文學翻譯、郭沫若與蘇俄文學翻譯、郭沫若與東方文學翻譯等的幾個研究方向。雖然從研究成果的數量上來講比較豐富,但是統觀現有的研究成果不難發現許多研究成果僅僅只是停留在對郭沫若譯作進行簡單對比研究的層面上。另外,現有郭沫若翻譯研究成果還多是停留在對郭沫若某部譯作或譯作某一方面的研究,還缺乏整體性、系統性的梳理。

造成目前郭沫若翻譯研究停滯不前的主要原因還是由於郭沫若譯作資料的匱乏。目前既沒有一套完整的類似如《郭沫若譯文全集》作品的問世,也

沒有系統的如《郭沫若譯作版本資料彙編》等資料類的收集整理成果作爲研究者研究的基礎。其實郭沫若每部譯作出版和再版的次數差異較大，如《屠場》、《查拉圖司屈拉鈔》等僅僅只出版了兩次，但是如《少年維特之煩惱》、《魯拜集》、《沫若譯詩集》等很多作品都是多家出版社多次出版發行。即使是同一部譯作，再一次出版時，無論是排版、序跋等方面都有明顯變化，這樣就造成了各個版本的不同。而每一次譯作再版時郭沫若也大多進行了不同程度的修訂，通過這些版本的變化可以把捉到郭沫若翻譯思想演變的規律。顯然對於郭沫若譯文版本演變的梳理和研究將是對其翻譯方法、翻譯思想和比較研究等方面探究的基礎。因此，從專業研究的角度來講如果能夠在郭沫若所出版過的譯作版本梳理的基礎上，出版一套《郭沫若譯作全集》，無論是對翻譯文學的研究，還是對郭沫若研究都具有巨大的學理價值。從讀者閱讀的角度來講，作爲普通讀者能夠全面系統的瞭解郭沫若譯作的全貌和風采，進一步瞭解 20 世紀 20、30 年代中國語言文學發展的程度和狀況，也將會具有開創性的應用價值。

二、「全與眞」：《郭沫若全集補編・翻譯編》版本的選擇

既然是要編輯成系統的全集形式出版，就要盡可能把郭沫若生前所譯的作品都收集在一起。這就隨之出現一個問題：是不是只要署名爲「郭沫若譯」的作品都必須收入其中呢？這當然不是，因爲「全」必須要以「眞」作爲前提和基礎。譯作版本的眞實性是編撰此套全集的最基本原則，也就是說我們所收入《全集》的必須眞得是郭沫若翻譯的作品。因此，我們編撰《郭沫若全集補編・翻譯編》首先要完成的工作便是對入選的篇目和版本眞實性進行甄別。這也就需要對郭沫若譯作現有版本進行重新考訂。在對郭沫若譯作版本進行考釋的過程中，首先要解決的便是郭沫若譯作中存在著僞書的問題。

所謂的僞書就是指公開出版的書的公認著者及時代並非這書的眞正著者及時代，這也就是假書，要麼作者有假，要麼內容有假。郭沫若譯文在當時是頗受讀者歡迎的，正是因爲郭沫若譯文作品的暢銷，所以就有很多不太出名的出版社便將別人翻譯的作品假託郭沫若之名來出售，以此來達到吸引讀者購買，增加自己銷量的商業目的。這就造成了郭沫若譯作「僞書」現象的出現。如上海新文藝書店在 1932 年出版過一本署名爲郭沫若譯的小說《黃金似的童年》。那麼這本譯作究竟是不是郭沫若翻譯的呢？

對此，肖斌如先生曾認為：「《黃金似的童年》，一九三二年四月上海新文藝書店出版，蘇聯愛倫堡等著，題郭沫若譯，但經與曹靖華同志譯的《煙袋》一核對，全書章節內容完全相同，顯係改換書名偽託郭沫若譯。」〔註3〕肖斌如先生發現並指出了《黃金似的童年》是假託郭沫若譯的偽書，但這僅僅只是指出了一個結論，並且只靠與曹靖華的《煙袋》一書相同，就判定該書為假託郭沫若所譯的偽書還略顯簡單。

之所以斷定這本譯作不是郭沫若翻譯的，是本偽書的原因主要有如下幾點：

1、從現存的郭沫若自己的回憶文章如《沫若自傳》等傳記類作品中，沒有提到過任何有關《黃金似的童年》譯作的信息。郭沫若自己的回憶文章雖然有些地方與其他人的回憶有出入，但是這大體是我們瞭解郭沫若生平最好的第一手資料，特別是有關創作方面，我們現在對他的著譯資料的收集和整理，基本上都是以《沫若自傳》作為底本，然後再去查閱相關的史料進行論證。從這個角度來看，首先譯者自身並沒有提到過《黃金似的童年》為他所做。

2、從《黃金似的童年》出版的時間來看，這本書的《譯者》中注明該書翻譯的時間是 1932 年 4 月 2 日，而郭沫若在《五十年簡譜》中是這麼記載他1932 年 4 月份所做的事情：「一月初旬第四子志鴻生。『一二八』上海事變爆發，《生命之科學》及歌德自傳稿存上海商務印書館被焚。三月十五日母在故鄉病歿，未能奔喪。」雖然記述非常簡短，但是郭沫若依然提到了他最重要的一部譯作《生命之科學》。考慮到《五十年簡譜》寫於 1941 年 9 月，郭沫若對不到十年前自己創作情況的回憶應該是清晰的。參閱龔繼民、方仁念所編寫的《郭沫若年譜》，我們同樣會發現郭沫若在 1932 年 4 月份大部分時間基本上都用在了《金文從考》這本書的修訂、出版上，而在 1932 年 4 月前後的時間，郭沫若所做的大多數事情也多是是與文求堂老闆田中慶太郎寫信索要資料、談論歷史等，對於譯文的事情根本都無暇顧及，更沒有提及過《黃金似的童年》這本譯作。從譯作產生的時間角度來看，郭沫若的確在 1932 年4 月沒有翻譯《黃金似的童年》的精力和空閒。

3、從《黃金似的童年》的內容上來看，這本上海新文藝書店在 1932 年出版署名為郭沫若譯的小說《黃金似的童年》，的確與曹靖華譯的《煙袋》一

〔註3〕 四川大學學報編輯部，四川大學郭沫若研究室編：《郭沫若研究專刊》，四川人民出版社 1979 年版，第 231 頁。

文內容完全相同。曹靖華的《煙袋》譯作最早於 1928 年由未名社出版發行，而曹靖華在 20 世紀 30 年代前後這個時間段，無論是從創作的名氣還是社會影響力都無法與郭沫若相提並論，如果再考慮到上海新文藝書店在 1932 年也曾經將朝花社編印的《近代世界短篇小說集》中的內容，假託爲魯迅譯，並改名爲《一個秋夜》出版的情況。〔註4〕他把曹靖華的《煙袋》改名爲《黃金似的童年》，並假託爲郭沫若譯也就不足爲奇了。他們這樣做的原因無非就是魯迅和郭沫若當時都是赫赫有名的文壇名人，假借他們之名來發行譯作應該會有好的銷路，以此來賺取更多的利潤。從出版該書的出版社的角度來看，這本《黃金似的童年》也很有可能是假託郭沫若譯的僞書。

綜合以上的因素，我們基本可以判斷該書應爲假託郭沫若譯的僞書。

類似於《黃金似的童年》這樣僞書，在郭沫若譯作中並不是單一的，還有如上海麗華書店將，上海眞善美書店出版的崔萬秋譯的《草枕》改爲郭沫若譯進行出版，也造成了《草枕》僞書的事實。

因此在編撰《郭沫若全集補編・翻譯編》時，對署名爲郭沫若的譯作都應該進行詳細的考訂、辨析，剔除僞作，保留眞品，不能盲目爲了追求「全」而忽略了「眞」。

三、郭沫若譯文版本流變現象的闡釋

郭沫若譯文作品絕大多數都是以單行本形式問世的，特別是在 1950 年以前出版郭沫若譯作單行本的出版機構數量非常多，從目前來所掌握的資料來看，至少有泰東圖書局、創造社出版部、群益出版社、言行出版社、上海聯合書店、上海現代書局、東南出版社、復興書店、中亞書店、上海己午社、重慶文林出版社、上海生活書店、光華書局、上海國民書店、上海樂群書店、上海樂華圖書公司、建文書店、上海文藝印書局、商務印書館、天下書店、嘉陵書店、上海海燕出版社、譯文社、南強書局、質文社、群海社、五十年代出版社、駱駝書店、中華書局、神州國光社等 30 家出版機構，都曾經出版發行過郭沫若的譯作。這些出版機構既有像商務印書館、群益書社等歷史上赫赫有名的大型出版機構，也還有一些我們可能從未聽聞過的小書局，如群海社、建文書店等。這就造成了郭沫若譯作因各個出版社的不同而造成不同

〔註4〕 魯迅：《311013・致崔眞吾》，《魯迅全集》第 12 卷，人民文學出版社 2005 年版，第 276 頁。

版本存在的現象，特別是一些重要的譯作被一版再版，這些出版機構爭相恐後的出版郭沫若譯作，從這個角度來看，郭沫若譯文價值也不言自明了。但在熱鬧出版和再版的同時，也造成了很多問題，其中最突出的就是郭沫若與民國出版市場之間關係問題的研討。

1、郭沫若與現代出版：一個急需解決的課題

每當郭沫若回憶文學創作之初和創造社成立時情形的時候，念念不忘的就是出版機構如何退稿、刁難的窘境，他的譯作出版也有著同樣的遭遇，特別是剛剛開始進行翻譯的時候，譯稿多次被出版社退回更是常有之事。郭沫若在《太戈爾來華的我見》就描述了他最初翻譯太戈爾詩歌時的情形：「在孩子將生之前，我為麵包問題所迫，也曾想我精神上的先生太戈爾求過點物質的幫助，我把他的《新月集》、《園丁集》、《葛檀伽里》三部詩集來選了一部《太戈爾詩選》，想寄回上海來賣點錢。但是那時的太戈爾在我們中國還不曾行世，我寫信問商務印書館，商務不要，我又寫信去問中華書局，中華也不要。」〔註5〕

隨後1918年郭沫若翻譯了海涅詩選，並向上海書店求售，但是因郭沫若當時尚未出名，結果也是與《太戈爾詩選》一樣被拒的命運。

即便是有書局願意出版郭沫若的譯作，但是書商們唯利是圖的經營方式和一心賺錢的目的，也對他的譯作出版造成了不好的影響，郭沫若對此也是忿忿不平。《少年維特之煩惱》在1922年4月由上海泰東圖書局作為「世界名家小說第二種」出版發行後，引起了讀者的瘋狂搶購，泰東圖書局不得不在一年多的時間裏連續出版了四版〔註6〕，但是就是這麼一本暢銷書，郭沫若也依然不買賬，他在之後再版時序言中稱泰東圖書局所出版的《少年維特之煩惱》「印刷錯得一塌糊塗，裝潢格式等等均俗得不堪忍耐」，以至於「自己的心血譯出了一部名著出來，卻供了無賴的書賈抽大煙，養小老婆的資助，這卻是件最痛心的事體。」〔註7〕

即使是同仁所創辦的出版社也一樣遭到了郭沫若的詬病。郭沫若在1929年完成了《美術考古一世紀》的翻譯工作，並把他交由張資平所創辦的上海

〔註5〕 郭沫若：《太戈爾來華的我見》，《郭沫若研究資料（上）》，王訓昭等編，中國社會科學院1986年版，第188頁。

〔註6〕 傅勇林主編：《郭沫若翻譯研究》，四川出版集團2009年版，第123頁。

〔註7〕 郭沫若：《少年維特之煩惱·後序》，創造社出版部1926年版，第2頁。

樂群書店出版，但是張資平卻沒有進行校對就出版了，這也引起了郭沫若「感覺著惶恐」，並表示「對於初版本的購買者實在是應該謝罪的。」〔註8〕1931年上海湖風書局再版時，郭沫若用德文原文進行了校對後才出版，並「把這書的第一版停止了印行」〔註9〕

　　對於郭沫若與出版商交惡的事情不勝枚舉，以上所舉得的例子僅僅只是其中一小部分，其實在當時社會中絕不僅是郭沫若一人與出版商交惡，魯迅也曾為了稿酬的事情與北新書局老闆李小峰有過爭執，沈從文也經常為自己的作品得不到出版而忿忿不平。出版商與作者本應是相互支持，共同促進文化市場繁榮和發展的兩個重要因素，但是中國現代文學的發展過程中這兩者之間關係的卻並不盡人意，特別是新文學肇始之時。

　　現代出版市場對中國現代文學的發展有著至關重要的作用，它影響甚至引領了文學的創作體裁、創作方向、譯作選擇等多個方面。而這其中郭沫若與現代文化市場更是一個亟需關注的重要課題。如果仔細梳理一下郭沫若創作的軌跡，我們會驚奇地發現在他創作的背後總是或隱或現的出現著出版市場的身影。有時郭沫若不惜犧牲自己作品的發表而奮起抗爭著出版商的層層盤剝，但有時他也為了自身需求不斷容忍著出版商的無理要求。僅以郭沫若的《少年維特之煩惱》版本為例，無論郭沫若對泰東圖書局初版《少年維特之煩惱》怎樣的不滿，但是直到1930年泰東圖書局還在出版這本譯作，並且在版權頁中明確表明這是「一九二七年十一月重排訂正一九三○年四月十四版」，而且印數已經達到了驚人的「一九○○一——二二○○○」〔註10〕了。而就在泰東圖書局在1930年出版此譯作的同時，上海聯合書店也同樣在出版該譯作，並且也是「1926.7.1增訂初版，1930.5.1七版」〔註11〕。因此在1926年至1931年間，泰東圖書局和聯合書局都在不止一次的同時出版《少年維特之煩惱》，這是一種非常不正常的現象。這兩家書局是否已經獲得了郭沫若的授權同意出版，或許有一家獲得了，或許兩家都沒有獲得，也或許兩家都獲得了。但無論是哪種答案，可以肯定的是當時的出版市場還是非常無序的存在。從這個角度來看，到底中國現代出版市場對中國現代文學的發展起到了

〔註8〕　郭沫若：《美術考古一世紀‧譯者前言》，群益出版社1948年版，第1～2頁。
〔註9〕　郭沫若：《美術考古學發現史‧譯者序》，上海湖風書局1931年版，第2頁。
〔註10〕　〔德〕歌德著，郭沫若譯：《少年維特之煩惱》，上海泰東圖書局1930年版。
〔註11〕　〔德〕歌德著，郭沫若譯：《少年維特之煩惱》，上海聯合書店1930年版。

怎樣的作用還需要我們認眞地考察和思考。

因此，通過郭沫若譯作的出版和版本的演變過程也同樣是研究現代出版市場的一個非常重要的視角，有待研究者們去細究和梳理。

2、郭沫若譯作出版版次的不均衡性

通過現在所收集到的郭沫若譯作單行本的版本，一個非常明顯直觀的現象就是，各個譯作版本出版的不均衡性。有些譯作僅僅只出版了一次，就再也沒有出版過，有些版本竟然出版了 50 多次。其中最有代表性的就要算像《查拉圖拉斯屈拉》、《日本短篇小說集》等一些譯作僅僅只出版了一次，至今為止還沒有再版過。而《少年維特之煩惱》，「據不完全統計，在整個民國期間，該小說共印行不下五十版。」〔註 12〕從這些譯作出版次數的情況，我們多少可以窺探出郭沫若譯作的價值取向，甚至對於民國出版市場的狀況都能有個合理預判。我們可能要生疑的一個最直接的問題就是，為什麼同為郭沫若所翻譯的譯作，出版的次數差別為何如此之大？

過去我們在回答這樣問題的時候基本上都歸結為出版機構的原因，其實這也不難理解，讀者喜歡讀的書肯定是書商們願意出版的，因為他們畢竟以經濟利益作為他們出書的主要目的。對於此點，在此就不再冗敘。除了這一點外，我們是否也可以通過這些譯作出版次數的情況，來探究郭沫若對自己譯作的基本價值判斷和文藝審美取向呢？

我們先來看看，郭沫若翻譯《少年維特之煩惱》這本書時候的情形。對於郭沫若《少年維特之煩惱》的譯介活動，鄭伯奇曾經回憶到：「他編好了他的詩集《女神》，校定了他翻譯的小說《茵夢湖》，便開始翻譯歌德《少年維特之煩惱》。我住定以後，也就著手翻譯古爾孟的《魯森堡之一夜》。夏天，上海的弄房堂子本來很熱，泰東的編輯所實際上又兼著宿舍和堆棧，我們初到那裡更談不上什麼工作的設備。每天，我們兩個人在會客，吃飯兼打包的廳房裏面，對坐在一張飯桌，冒著炎暑，做著絞腦漿的工作。我遇到心思煩亂的時候，就跑出去遊玩或看朋友，沫若卻除了看報和吃飯以外從來不大休息。他翻譯得很迅速卻又非常仔細，往往為一個單字或一個熟語，會花費很多的時間。每日譯好一段以後，他還是反覆地誦讀幾遍，三番五次地加以推敲，然後才肯罷手。他的細心和耐性使我佩服，他的精力更使我驚歎，看見

〔註12〕 傅勇林主編：《郭沫若翻譯研究》，四川出版集團 2009 年版，第 123 頁。

他的工作態度，自己常常慚愧，覺得像自己這樣羸弱而又缺乏耐心的人眞不配作一個文藝工作者。」〔註 13〕在郭沫若所有翻譯作品中如《少年維特之煩惱》這樣花費如此大的氣力是絕無僅有。

不僅僅初譯《少年維特之煩惱》的時候如此用功，就是在出版後郭沫若也不斷進行修訂完善。他在此後出版的版本序言中寫道：「愈受讀者歡迎，同時我愈覺得自己的責任重大。印刷和裝潢無論如何不能不把他改良，初譯本由於自己的草率而發生的錯誤，尤不能不即早負責改正。所以《維特》自出版以後，我始終都存著一個改印和改譯的心事。」〔註 14〕即使是在出版 20 年後郭沫若還「依然感覺著它的新鮮。」並且還「爲使人們大家更年青些，我決心重印這部青春頌。」〔註 15〕

正是由於郭沫若對這本譯作如此的看重，才有了《少年維特之煩惱》在中國的盛行，也難怪蔡元培在《三十五年中國之新文化》中曾說到：「最近幾年，譯本的數量激增，其中如《少年維特之煩惱》《工人綏惠略夫》《沙寧》等，影響於青年的心理頗大。」〔註 16〕

我們再來看看僅僅只出版過一次的《查拉圖斯屈拉鈔》的情況。這本譯作是一部典型的叫好不叫座的作品，可能很多人都知道這本譯作，但是眞正能夠讀下來的確很少。《創造週報》自 1923 年 5 月 13 日至 1924 年 2 月 13 日登載了郭沫若所譯該書的第一部全部二十二節和第二部第四節。1928 年 6 月 15 日上海創造社出版部出版了第一部的二十二節，書名爲《查拉圖司屈拉鈔》，並且列入《世界文庫》。但是郭沫若在翻譯的中途便放棄了，不僅郭沫若這樣，魯迅翻譯該書也是譯到中途便放棄了。〔註 17〕

雖然郭沫若自己對放棄《查拉圖斯屈拉鈔》有過這樣客套的解釋：「我在《週報》上譯《如是說》，起初每禮拜一篇，譯的相當有趣，而反響卻是寂寥。偶而在朋友間扣問，都說難懂。因此便把譯的勇氣漸漸失掉了。早曉得還有

〔註 13〕　鄭伯奇：《二十年代的一面——郭沫若先生與前期創造社》，饒鴻競主編《創造社資料》，福建人民出版社 1985 年版，第 755 頁。

〔註 14〕　郭沫若：《少年維特之煩惱·後序》，創造社出版部 1926 年版，第 2 頁。

〔註 15〕　郭沫若：《少年維特之煩惱·重印感言》，群益出版社 1947 年版，第 1 頁。

〔註 16〕　桂勒：《蔡元培——學術文化隨筆》，中國青年出版社 1996 年版，第 156 頁。

〔註 17〕　1918 年魯迅用文言文翻譯了《查拉圖斯忒拉的序言》一至三節，但譯稿沒有發表。1920 年 8 月魯迅署名唐俟用白話文翻譯完成了《查拉圖斯忒拉的序言》，發表於 1919 年 9 月《新潮月刊》第二卷第五期。

良才夫人那樣表著同情的人，我真是不應該把那項工作中止了。」〔註18〕但是最終的原因卻是他自己「讀《查拉圖司屈拉》舊譯，有好些地方連自己也不甚明瞭。著想和措辭的確有很巧妙的地方，但是尼采的思想根本是資本主義的產兒，他的所謂超人哲學結局是誇大了的個人主義，啤酒肚子。」〔註19〕

另外，「《查拉圖司屈拉》結果沒有譯下去，我事實上是『拒絕』了它。中國革命運動逐步高漲，把我向上的眼睛拉到向下看，使我和尼采發生了很大的距離。魯迅曾譯此書的序言而沒有譯出全書，恐怕也是出於同一理由。」〔註20〕

從這個角度來看，郭沫若自己對翻譯《查拉圖斯屈拉鈔》的興致不大，自己主觀上並沒有想繼續這本譯作的翻譯，因此也看不到翻譯《少年維特之煩惱》時的熱情和投入。

郭沫若對《日本短篇小說集》的翻譯也是這種情況，他自己對這個譯本也是並不滿意的，「這個集子所選的不能夠說都是日本現代文壇的代表作，因為在這個集子上有字數的限制，譯者在這個嚴格的限制的範圍內，想要多介紹幾個作家，多介紹幾篇作品，因此便不免要趕各個作家的短篇的作品選擇，無形之中便又來了一個愈短愈好的限制，因而所選的不一定是各個作家的代表作。」〔註21〕

這麼多的版本我們不可能一一舉例，從這些例證中我們也非常明顯地看出，郭沫若譯作版本之所以出現了如此明顯的不均衡性，一方面是出版社的商業選擇，另一方面我覺得更為重要的是郭沫若翻譯的興趣所在，從這個角度我們便可以初步判斷出郭沫若譯作興趣點和傾向性，這也可以從更深的層次上表明，在郭沫若的內心深處還是本著文藝至上和審美優先的價值準則，一個政治的郭沫若和一個文學的郭沫若始終不斷的交替出現，由此也更加凸顯了郭沫若人格複雜性的命題。

郭沫若的譯作版本眾多，這眾多的版本為我們解讀翻譯文學、中國現代文學、中國現代出版市場提供一個個活生生的標本，對於促進這些學科的發展將會起到非常重要的作用。我們也將盡可能在對這些譯著版本進行考訂甄別的前提下盡早將《郭沫若譯著全集》呈現給廣大讀者。

〔註18〕郭沫若：《沫若文集》第七卷，人民文學出版社1958年版，第262頁。
〔註19〕郭沫若：《沫若文集》第八卷，人民文學出版社1958年版，第274～275頁。
〔註20〕郭沫若：《沫若文集》第十卷，人民文學出版社1959年版，第75頁。
〔註21〕高汝鴻：《〈日本短篇小說集〉序》，商務印書館1935年版，第3頁。

第四節　郭沫若早期學醫、翻譯和創作關係的考釋

如果說郭沫若是現代白話新詩的開創者應該沒有人會提出反對意見，但如果說郭沫若是現代著名的翻譯家，很可能就會引來很多質疑之聲。對於郭沫若的創作，周恩來曾經說過「他的著譯之富，人所難及」〔註22〕，這一「富」字不僅僅是指郭沫若著譯作品的數量，還應該包括他創作研究所涵蓋的領域。眾所周知，郭沫若被稱爲「球形天才」，其意思就是說明他涉足的領域眾多，而且更關鍵的是他在每一個領域中都達到了常人無法企及的高度。

郭沫若爲什麼能夠取得這麼高的成就呢？郭沫若在從事文學創作和學術研究的過程中，極爲注重攝取世界各國的文化養分，善於將其與中國傳統文化借鑒交融，形成具有自身特點的藝術風格，闡發前人未能破解的古代史與古文字研究中的奧秘，形成影響後世的學術體系。對中外優秀作品的海量閱讀，使郭沫若的文化視野縱深而且寬廣，思想藝術的敏感性及其對中國文化進程的深度把握又使其在選擇翻譯內容時顯示了前瞻性和獨特性，其高產的翻譯作品爲中國知識界打開一扇窗口，成爲 20 世紀中西方文化的交流與對話的催化劑。也就是說譯作在郭沫若知識體系中佔有著無可估量的作用。

一、譯作：郭沫若研究中未被重視的視角

作爲文學家、歷史學家、考古學家、古文字學家、書法家和政治活動家的郭沫若已經被我們所熟知，但是作爲翻譯家的郭沫若還沒有得到應有的重視。雖然從 20 世紀 80 年代開始，已經有了許多有關郭沫若翻譯的研究成果，但是相對於從 20 世紀 20 年代起就出現了研究郭沫若文學創作的成果來講已經晚了太長的時間。不僅時間晚，現在所出現的有關郭沫若譯作研究成果的數量和質量都無法與文學研究和歷史研究成果的水平相媲美，這也造成了郭沫若翻譯成果一直未被研究界所重視的原因。

對於郭沫若在文學創作、歷史研究等方面所取得的成就，目前的研究基本上還是達到了較高的水準，但是對於他的翻譯研究則相距甚遠。不用說一般讀者不一定瞭解郭沫若的翻譯情況，就是大多數專家學者可能對於郭沫若究竟翻譯了哪些作品、涉及到幾種語言、大約有多少翻譯文字等方面的問題可能都會語焉不詳，更不用說進行全面綜合的研究。從 1982 年 10 月《郭沫若全集·文學編》第一卷由人民文學出版社出版，到 2002 年 11 月《郭沫若全

〔註22〕周恩來：《我要說的話》，《新華日報》1941 年 11 月 16 日。

集・考古編》出版發行，歷時近 20 年的時間，出版完成的涵蓋了《文學編》、《歷史編》和《考古編》共計 38 卷本的《郭沫若全集》宣告完成。但是這個所謂「全」的「全集」先不說他遺漏了多少作品不講，但是僅僅只是就大類劃分而言，譯作這一大類就被遺漏了。這也難免造成了對郭沫若評價的片面和武斷。

事實上從 1920 年代到 1970 年代的 50 多年間，郭沫若一共翻譯出版了以《少年維特之煩惱》、《浮士德》等爲代表的五百多萬字的譯作。翻譯活動貫穿了郭沫若一生文化活動的全過程，就郭沫若所翻譯作品創作者的國籍來講，涉及歐洲、北美洲、亞洲的眾多國家，作品以德國、英國、美國、俄國等歐美國家爲主，同時包括有波斯、印度、日本等東方國家；另外就郭沫若翻譯作品所涉及種類來講，既有文學類作品（含詩歌、戲劇、小說）如歌德的《少年維特之煩惱》、《浮士德》；又有藝術史類的著作：如《美術考古一世紀》、《隋唐燕樂調研究》；還有科學史著作：如《生命之科學》；另外還有馬克思和恩格斯的經典著作《政治經濟學批判》。因此無論從那個角度來講郭沫若都無愧於中國現代文化史上一個偉大的翻譯家。

從 1915 年郭沫若翻譯海涅《〈歸鄉集〉第十六首》開始，至 1969 年翻譯完成《英詩譯稿》爲止，郭沫若從事翻譯的時間跨度長達半個多世紀。據統計，「郭沫若正式發表譯著達二百八十九種、其中詩歌二百三十八首、小說二十七部（篇），戲劇十一部、理論著作十二部、科學著作一部，涉及九個國家，九十八位作者的作品。」〔註23〕無論是從事翻譯活動時間的跨度，還是翻譯成果的數量質量來講，都可以與他的文學創作相媲美。但是這些翻譯作品背後所隱藏的問題卻未被我們所關注和研究，在眾多問題中有關郭沫若翻譯活動究竟是如何緣起的，是最應該得到廣泛重視和深入思考的問題。

二、「譯與作」：郭沫若留日十年的創作母體

1914 年郭沫若東渡日本學醫，到 1923 年正式歸國來算，郭沫若第一次在日本停留的時間有十年之久。這十年裏郭沫若留給歷史最深刻的印記就是他完成了驚駭世俗的白話詩作《女神》，而關於其他的事項能夠提及的就寥寥無幾。其實郭沫若在日本的十年期間，主要完成了對他一生有重要影響的三件事情：學醫、翻譯和創作，這三者是相輔相成，缺一不可的，而且順序是先

〔註23〕傅勇林主編：《郭沫若翻譯研究》，四川出版集團 2009 年版，第 385 頁。

學醫、再翻譯、最後才是創作。但是由於我們過於放大了《女神》的歷史影響，從而遮蔽了他學醫和翻譯的事實，也進而造成了《女神》產生的突兀性之感。

1、一段特殊的「勤勉」時期

1914 年 1 月 13 日，郭沫若從北平出發，經朝鮮到達日本東京，「開始了一生之中最勤勉的一段時期。」的確如郭沫若自己所說，在這一時期相對於自己叛逆少年時期來講的確是他一生中最努力的時光，同時也是他「球形天才」成型的奠基時期。郭沫若所指的勤勉主要指的是哪方面的內容呢？

查閱史料最顯在的便是郭沫若在學業上的努力，1914 年 7 月中旬，郭沫若便考入了東京第一高等學校預備班，獲得官費留學生的資格，在錄取的十一人中名利第七，是當年最快入官費的中國留學生。1915 年 6 月，郭沫若在一高預科畢業考試中獲得第三名並由學校分配，升入岡山第六高等學校第三醫學部。

另外就是文學史上他創作的《女神》橫空出世也是這一段時間勤勉的結晶。郭沫若從 1916 年秋的《死的誘惑》開始創作出了一系列白話新詩，並且於 1921 年結集為《女神》出版發行，由此誕生了中國第一部成熟的白話新詩集，也宣告了中國現代新文學進入到一個嶄新的時期。

除了學業和創作上的之外，郭沫若在此時期還有一個非常重要的「勤勉」方面可能都被我們忽略了，那就是他在翻譯上所做的努力。他在 1914～1923 年留日十年期間，從一個普通的醫學專業的學生轉而翻譯出了大量的外國作品，這些作品涉及到了世界文壇最著名的作家泰戈爾、海涅、歌德、雪萊、莪默・伽亞謨、施篤謨和惠特曼等人的作品，而且還涉及到德語和英語兩個不同國別區域的外語語種。這對於一個既不是外語專業也不是創作豐富的郭沫若來講，無疑是經過了自己特別「勤勉」努力後得到的成果吧。

為什麼研究者們對郭沫若這段「勤勉」的成果，提及的總是《女神》而恰恰忽略了翻譯呢？如果細究起來其中的原因，除了我們所熟知的《女神》對白話新詩所造成的影響之大、意義之深遠之外，我認為創作的主動性和翻譯的被動性也是非常重要的方面。

2、為什麼能翻譯：郭沫若翻譯的初因探究

對於郭沫若為什麼要從事翻譯活動，目前所存在的觀點基本都簡單歸結

為生計和興趣兩種。具體來講就是郭沫若為了獲取對家庭的經濟補貼所以翻譯文學作品換錢養家，另外郭沫若通過閱讀大量的外國文學作品後產生了極大的興趣，因此便開始了對這些作品的翻譯。但是通過閱讀郭沫若早期的詩歌翻譯作品，以及他的很多有關回憶性的文章，有關生計和興趣的解釋便顯得蒼白無力。比如如果是為了生計，為什麼他最早的翻譯作品直到 1928 年 5 月才由創造社出版部結集為《沫若譯詩集》出版發行，這顯然與他急於以此換錢的說法是不相符，如果是興趣使然的話，為什麼他從翻譯第一首海涅的詩歌到第二次的翻譯中間相隔了有兩年多的時間呢？這顯然也不符合「興趣」一說的心理機制。

說起為什麼要翻譯，首先要解決的問題便是為什麼能翻譯。因為翻譯不同於創作，想要翻譯首先要通曉的便是語言問題。對於一個並不是從事翻譯專業，而且外語也並不好〔註24〕的留日學生來講更是難上加難，通過對現有史料的梳理，我們會發現郭沫若之所以能夠翻譯這麼的多外國作品，特別是在留日十年的時間內翻譯了大量的德語和英語兩個語種的作品，主要還是得益於他所選擇的醫學專業，正是醫學專業的學習使郭沫若開始接觸和嘗試進行外國作品的翻譯工作。但是從總體上來講，這種翻譯並不是興趣使然，主要還是由於配合學校外語學習的需要。談到早期的翻譯郭沫若自己也曾說過：「這些詩都不是經過嚴格的選擇，有的只是在偶然的機會被翻譯了，也就被保存了下來。」〔註25〕可見翻譯對於郭沫若來講僅僅只是偶然而為的，而不是像詩歌創作是出於自發的創作衝動。查閱郭沫若留日十年的相關史料，特別是其開始進行翻譯活動的 1915 年左右的資料，不難發現郭沫若之所以能夠進行翻譯主要還是由於醫學專業學習的需要。

翻閱郭沫若無論是在日本第一高等學校特設預科班學習期間的課程表，還是第六高等學校第三部學習時期的成績表都不難發現，雖說是學習的醫科專業，但是德語、英語和拉丁語的課程總量還是學習時間都遠遠的超出了醫學專業科目的學習。根據郭沫若在第一高等學校特設預科班所必修科目及每週課程表，當時的日語課程每週平均約為 6 學時，英語每週平均 5 學時，德

〔註24〕 據龔濟民的《郭沫若傳》記載郭沫若從 13 歲才開始接觸外語，上中學時期開始學習日語和英語課程，而且成績也一般，另外在日本第一高等學校特設預科第三部學習期間，與郭沫若一同租住的遠房親戚吳鹿蘋經常為郭沫若補習日語和英文。

〔註25〕 郭沫若，《沫若譯詩集‧序》，創造社出版部 1928 年版。

語每週平均約 3 學時。郭沫若在第六高等學校就讀的是醫學專業。醫學專業學習的第一外語就是德語，第二外語是英語，除此之外還必須修習拉丁語作為第三外語。〔註 26〕他在第六高等學校第三部學習的三年成績表來看，成績最好的並不是醫學專業課，而竟然是德語，另外英語和拉丁語的成績也明顯的好於醫學專業課的成績。〔註 27〕這顯然為郭沫若的翻譯活動準備了語言基礎。

在眾多課程裏郭沫若為什麼外語成績這麼好呢？其實對郭沫若來講這何嘗不是一件苦差事呢！「考入高等之後，有一年的預科是和中國學生同受補習的。預科修滿之後再入正科，便和日本學生受同等教育。三部的課程以德文的時間最多，因為日本醫學是以德語為祖，一個禮拜有十幾、二十幾個鐘頭的德文。此外拉丁文、英文頁須得學習。……日本人的教育不重啟發而重灌注，又加以我們是外國人，要學兩種語言，去接受西方的學問，實在是一件苦事。」〔註 28〕

為了能夠應付這件「苦事」，郭沫若不得不另闢蹊徑了。與其苦悶的學習不如在其間找些樂趣吧，翻譯相關語言的文學作品便是最佳的途徑了。據記載郭沫若「在高等學校的第三年級上所讀的德文便是歌德的自敘傳《創作與真實》，梅里克的《普拉格旅行途上的穆查特》」，另外「上課時的情形也不同，不是先生講書，是學生講書……因此學生的自修時間差不多就是翻字典。日本人還好，他們是用本國話來譯外國文，又加以朋友多可以並夥，可以省些力氣。中國學生便是用外國話來翻譯另一種外國文了，一班之中大抵只有一個中國人，或者至多有兩個人光景，因此是吃力到萬分。」〔註 29〕

如果參看郭沫若最早翻譯的有關海涅、泰戈爾和歌德的作品，無論是從語句的長短還是翻譯的順暢和優美的程度來講，較之 20 年代後期所翻譯的作品明顯遜色了很多。如此時期所翻譯歌德的《五月歌》「大地何嫣妍！太陽何燦爛！自然何偉麗。照我心目間。群木花繁枝，枝枝花怒迸，林莽陰森處，鳥囀千種聲。」同樣是詩歌的翻譯，郭沫若在《英詩譯稿》中的《春》卻翻譯成「春，甘美之春，一年中的堯舜，處處都有花樹，都有女兒環舞，微寒

〔註 26〕武繼平：《郭沫若留日十年（1914～1924）》，重慶出版社 2001 年版，第 26 頁。
〔註 27〕武繼平：《郭沫若留日十年（1914～1924）》，重慶出版社 2001 年版，第 40 頁。
〔註 28〕郭沫若：《我的學生時代》，《郭沫若全集・文學編》第 12 卷，人民文學出版社 1992 年版，第 15 頁。
〔註 29〕武繼平：《郭沫若留日十年（1914～1924）》，重慶出版社 2001 年版，第 41 頁。

但覺清和，佳禽爭著唱歌。」無論是句式的編排還是語句的運用，《春》較之《五月歌》明顯更勝一籌。這種現象的出現除了與郭沫若剛剛開始翻譯有關，更為重要的一個原因便是在剛剛開始時，郭沫若僅僅只是把翻譯作為了學習外語的一種輔助手段和方法，因此選擇短小精悍，通俗易懂的作品來進行試譯，以此來實現學習德語和英語的目的。從這一角度來講，郭沫若翻譯活動的發生更主要的還是被動的需要，而非主動興趣的使然。那麼為什麼郭沫若最後又翻譯了那麼多作品呢？這還應從他的創作動因來尋找。

3、為什麼要翻譯：郭沫若翻譯活動的動因溯源

如果僅僅用翻譯之初的被動需要來解釋郭沫若翻譯活動因由的話，恐怕就會與他以後又翻譯了那麼多類型、那麼多語種的作品相牴牾？剛開始，不得不翻譯，到了後來又對翻譯有了這麼大的興趣，那麼究竟是什麼原因促成了這種改變呢？

郭沫若在 1915 年 9 月上旬開始試譯海涅的《歸鄉集》第 16 首〔註30〕，而郭沫若的第一首白話新詩《死的誘惑》也於 1916 年秋問世，從譯作和創作發生的時間來看基本相差無幾。在此之後郭沫若曾在 1917 年 8 月將選譯的《太戈爾詩選》寄給國內的商務印書館和中華書局請求出版，但是遭到了拒絕〔註31〕，1918 年又一次將新近譯出的《海涅詩選》交給國內出版社出版，但也遭到了拒絕〔註32〕。直到 1919 年的 10 月他翻譯歌德的《Faust 鈔譯》才得以第一次出版。在此後直至 1921 年 8 月《女神》出版的這段時間裏，他又連續翻譯了惠特曼的《從那滾滾大洋的群眾裏》、譯歌德的《獻詩》和《風光明媚的地方——〈浮士德〉悲壯劇中第二部分之第一幕》，譯雪萊的《雲鳥集》、泰戈爾的《嬰兒的世界》、譯並發表屠格涅夫的《自然》、譯葛雷的《墓畔哀歌》、譯歌德的《少年維特之煩惱》。由此可以看出從 1915 年郭沫若開始翻譯第一部譯作到 1921 年 8 月《女神》出版，這一段時間裏郭沫若迎來了自己第一次翻譯活動的高潮期。這一段郭沫若譯作的高潮期無論是從發生的時間還是翻譯作品體裁來講幾乎都是與他的創作同步吻合的。

這段譯作的高潮期或許是因為郭沫若自己在自傳或回憶中過多強調了《女神》創作的艱辛以及所取得的成就而被忽略了，也或許是後來研究者們

〔註30〕龔濟民：《郭沫若年譜》，天津人民出版社 1992 年版，第 44 頁。
〔註31〕龔濟民：《郭沫若年譜》，天津人民出版社 1992 年版，第 56 頁。
〔註32〕龔濟民：《郭沫若年譜》，天津人民出版社 1992 年版，第 59 頁。

重視創作而輕視翻譯等多方面的原因，而很少提及。這也就同時造成了郭沫若白話新詩創作受到了泰戈爾、雪萊或惠特曼詩歌影響的單向度的論斷，而他的創作對於譯作的影響卻很少被論及。

三、「棄與選」：郭沫若文學創作活動的症候闡釋

中國現代文學領域中一個非常有意思的現象就是「棄與選」，我們總是在表述一個作家的時候，用他放棄了某一方面的專業而選擇了文學創作。這其中最具有代表性的便是魯迅與郭沫若的「棄醫從文」的論斷。從今天的角度我們怎麼來看待這一歷史命題呢？

1、郭沫若真的「棄醫從文」了嗎？

「棄醫從文」是郭沫若留給文學史的一個定論。無論「棄醫」與否，但最終的結果是走上了與文學創作相關的道路，而且「棄醫從文」之說本身也說明了醫學與郭沫若文學道路選擇有著千絲萬縷的聯繫。郭沫若日後在談到自己創作時候曾說：「我並不失悔我學錯了醫。我學過醫，使我知道了人體和生物的秘密。我學過醫，使我知道了近代科學方法的門徑。這些，對於我從事文藝寫作，學術研究，乃至政治活動，也不能說是毫無裨補。」〔註33〕

今天我們並不必過分追究到底是不是「棄醫」，但是「從文」卻是最終的事實結果。那麼這個「文」究竟指的是什麼呢？過去我們對「文」的解釋是「他拋棄了『實業救國』的思想，以文藝為武器，鼓動起熱情來改造社會，實現了現代文化意識的轉換。」〔註34〕非常明顯這是以「必然律」的論斷來解釋郭沫若棄醫從文的原因，「魯迅和郭沫若又都以時代的先驅者和啟蒙者的那種天才和直覺，不同的文化取向和文化視角，期而然地作出了棄醫從文的文化選擇，實現了思想觀念的現代轉換。……郭沫若以文藝為武器，鼓動起熱情來改造社會。」〔註35〕然而事實果真如此嗎？郭沫若完全就是在出於自覺的情形下進行的文學翻譯和詩歌創作嗎？「棄醫從文」中的「文」難道僅僅指的是文學作品的創作嗎？

「棄醫從文」一直是我們對魯迅和郭沫若等「五四」一代新文化先驅們

〔註33〕郭沫若：《郭沫若談創作》，上海文藝出版社 1983 年版，第 229 頁。
〔註34〕張萬儀：《變革時代的文化選擇──魯迅、郭沫若棄醫從文比較論》，《重慶師院學報》（哲社版）1997 年第 3 期。
〔註35〕張萬儀：《變革時代的文化選擇──魯迅、郭沫若棄醫從文比較論》，《重慶師院學報》（哲社版）1997 年第 3 期。

對人生道路選擇的界定。對於郭沫若的「棄醫從文」一般的說法基本都是「因為 17 歲時他所患的傷寒給他留下了一些後遺症，讓他無法從醫，於是他效法魯迅棄醫從文」〔註 36〕，但是事實上果真如此嗎？郭沫若也真正如魯迅一樣的「棄醫」而「從文」了？

魯迅對自己「棄醫從文」有過明確的解釋：「我便覺醫學並非一件緊要事，凡是愚弱的國民，即使體格如何健全，如何茁壯，也只能做毫無意義的示眾的材料和看客，病死多少是不必以為不幸的。所以我們的第一要著，是在改變他們的精神，而善於改變精神的是，我那時以為當然要推文藝，於是想提倡文藝運動了。」〔註 37〕據此我們便將魯迅的道路選擇定義為「棄醫從文」。

反觀郭沫若雖然在 1921 年有過短暫的半年休學的經歷，也有過「對於文學的狂熱，對於醫學的憎惡，對於生活的不安」〔註 38〕的感慨，但是這些言行畢竟都是受到現實環境的影響，對於醫學知識郭沫若後來曾不止一次的談起「雖然我並沒有行醫，也沒有繼續研究醫學，我卻懂得了近代的科學研究方法。在科學方法之外，我也接近了近代的文學、哲學和社會科學。尤其辨證唯物論給了我精神上的啟蒙，我從學習著使用這個鑰匙，才認真把人生和學問上的無門關參破了。」〔註 39〕從此可以明顯看出郭沫若自己對於「棄醫從文」說法並不認同。具體到郭沫若來講「從文」是事實，但是前提是並沒有「棄醫」，醫學在他的創作和翻譯方面都起到重要的引導作用，特別是他的翻譯方面更是與醫學的學習有著千絲萬縷的關聯。

首先，郭沫若是完整的學完了醫學課程，並且取得了醫學學士。1923 年4 月郭沫若拿到醫學學士之前便已經開始從事翻譯和創作活動，但是在這期間他還是以學業為主的，並沒有因為翻譯和創作而放棄了醫學的學習，從這個意義上來講他和魯迅的情形還是不一樣。郭沫若是一邊進行醫學專業課程學習，一邊進行翻譯和創作。如果從郭沫若譯事年表〔註 40〕中也不難看出，1923

〔註 36〕 楊玉明：《棄醫從文的郭沫若在翻譯領域的成就》，《蘭臺世界》2014 年 7 月中旬刊。

〔註 37〕 魯迅：《吶喊·自序》，《魯迅全集》第 1 卷，人民文學出版社 2005 年版，第 439 頁。

〔註 38〕 郭沫若：《郭沫若全集·文學編》第 16 卷，人民文學出版社 1989 年版，第 6～21 頁。

〔註 39〕 郭沫若：《我怎樣寫〈青銅時代〉和〈十批判書〉》，《郭沫若全集·歷史編》第 3 卷，人民出版社 1984 年版，第 488 頁。

〔註 40〕 傅勇林主編：《郭沫若翻譯研究》，四川出版集團 2009 年版，第 372 頁。

年之前的翻譯活動和成果數量還是非常少的，特別是 1915 年只有 1 篇，1917
年只有 1 篇，1918 年只有 1 篇，1919 年到 1922 年間雖然數量上略有增加，
但是也絕大多數都是些簡短序言或單篇的作品，基本沒有形成系統性的翻譯
作品。這種現象直到 1923 年才有了改變，從這年 5 月郭沫若開始第一次系統
的翻譯，這就是對《查拉圖司屈拉》的翻譯。因此從這個意義上來講「棄醫」
一說實難成立。

　　再次，郭沫若所學習的醫學專業也在郭沫若今後的翻譯活動中或隱或顯
的起到了非常重要的作用。郭沫若在高等學校三年畢業之後，升入九州帝國
大學的醫科，在這些年的醫學學習中系統學習了解剖學、組織學、生理學、
醫化學、病理學、藥物學、細菌學、精神病理學等基礎學科，還學習了內外
兒婦、皮膚花柳、耳鼻咽喉、眼科齒科，乃至衛生學、法醫學等臨床學問。
各科的醫學知識為郭沫若的翻譯活動提供了多元的視角和思路。

　　郭沫若共翻譯了 238 首詩歌、27 部小說、11 部戲劇、12 部理論著作和 1
部科學著作，在這些作品或隱或顯的都呈現出郭沫若早期醫學知識的烙印。

　　最明顯的便是 1934 年、1935 年和 1949 年分為三冊翻譯完成的《生命之
科學》，便是郭沫若所具有的深厚醫學專業知識的具體體現，郭沫若曾在該書
的譯者弁言中所講到的「原作者之志趣是想把生物學和與生物學有關聯的各
種近代的智識作一綜合化。但這個綜合化是以大眾化為其目標，以文學化為
其手段的。……這部書在科學智識上的淵博與正確，在文字構成上的流麗與
巧妙，是從來以大眾為對象的科學書籍所罕見。譯者自己是專門研究過近代
醫學的人，同時對於文學也有莫大的嗜好，所以便起了這個野心，以一人的
力量來這譯這部巨製。」〔註41〕如果沒有遺傳學、生理學、細菌學等方面的
知識，這部書的翻譯何嘗能夠完成呢？

　　郭沫若另外的譯著作品中特別是小說和詩歌翻譯的選擇時，都不是追求
情節的曲折和故事的離奇，更多是選擇精神和心理描寫成份較重的作品，這
些無不都是其醫學知識的典型體現。

2、郭沫若研究的標本價值

　　雖然對郭沫若「棄醫從文」的論斷是一種不自覺的誤讀，但其實也真實
地反映出我們對歷史的態度，「棄與選」的表述也是「五四」以來所形成的「推

〔註41〕郭沫若：《〈生命之科學〉譯者弁言》，《郭沫若集外序跋集》，四川人民出版社
　　　　1983 年版，第 315～316 頁。

倒建設」的二元對立思維的延續和體現。在郭沫若研究中這種「棄與選」的思維模式尤其明顯，絕大多數研究成果停留在了對郭沫若作品「好與壞」的判斷模式之中。說他的詩作好的，可以找出作品中優秀的詩句來證明，如果要說他作品創作差，也可以以很多應景的創作來佐證。科學的研究絕不僅僅只是簡單的做出價值判斷，更主要的應該是在對研究對象進行評判的基礎上，來尋找歷史發展可供借鑒的經驗和教訓，以此來推動對人和對事物更全面的認知，也就是我們的研究對象應該起到標本示範作用，而不僅僅只是一個單純的個體評判。

郭沫若從狂飆突進的「五四」新文化運動走到了「科學的春天」，見證了中國現代文化發展蛻變的艱辛，前進的曲折。他每一次人生的抉擇也絕不僅僅只是自我個體的事情，更多的代表了現代中國文化人的道路抉擇和價值判斷，顯露了現代中國知識分子的文化心態的變遷和更迭。而作為參與到「五四」新文化運動之初的留日十年經歷便是這標本的源頭和起點，重要價值更不言而喻。

郭沫若和魯迅等現代作家一樣選擇了基本相同的人生之路。醫學、翻譯和創作是他們初登文壇的三極構成，這三極有效的架構起了他們對世界和文化的最初認知，同時也影響了他們一生。忽略了任何一極的存在都很難對他們做出客觀公正的歷史評價。醫學的選擇說明了他們依然還停留在舊式傳統的思維之中，依靠實業救國，應該「師夷長技以制夷」，但是經過了翻譯實踐後眼界大開，開始重新認識世界，逐漸修正自己之前的思維，而創作便是他們向就傳統思維告別，迎接新思想的最好武器和表徵。但這三個方面又不是單純的替代和延續關係，而是循環往復，在學醫和棄醫之間的痛苦抉擇表現了他們在新舊傳統之間的徘徊和猶豫，在翻譯和創作之間的交疊同樣也表現出了他們在中西文化之間的吸收和轉變。隨著時間的發展，這三極逐漸隱形統一為他們新式的思維方式。在這種思維方式的支配下，他們的創作中總是不自覺的重視人物心理闡釋而忽視情節建構的樣式；他們都不是單一的作家，都是有眾多研究著作存世；他們譯作中也有多部自然科學、社會科學等有關科學譯作的存在。這些現象的存在如果僅僅用創作理論或用翻譯知識很難給出一個圓滿的解答，但是如果把他們的自然科學學習的背景、翻譯實踐的經歷以及多元創作三方面結合思考，很多疑問便會迎刃而解了。

早期醫學專業的學習經歷，對郭沫若的翻譯和文學創作產生了重要影

響，甚至已經內化成他翻譯思想和作品選擇的一種不自覺的意識。

第五節　郭沫若流亡日本十年翻譯作品研究

目前對於郭沫若的翻譯研究，多翻譯作品本體的研究，少翻譯活動的關注；多「五四」新文學運動時期翻譯的研究，少流亡日本十年翻譯的論述；多文學翻譯手法的研究，少翻譯與其他方面關聯的闡釋。郭沫若從事翻譯活動時間之早，翻譯作品涉及面之廣，翻譯成果之豐富，在現代文化領域中都是屈指可數的，特別是他在流亡日本十年的翻譯活動，更是一個豐富多彩的闡釋空間。

郭沫若於 1928 年 2 月 24 日從上海出發，化名爲南昌大學教授吳誠前往日本避難，開始了他長達 10 年之久的流亡生涯。如果說從身份上來看是流亡，那麼從郭沫若的創作和學術研究上來講，卻是黃金的十年。郭沫若在這十年之間，撰寫下了著名的《中國古代社會研究》、《甲骨文字研究》、《殷商青銅器銘文研究》等十四部學術著作，而我們以往關注最多的也是有關他的歷史研究、甲骨文字研究和考古研究。

但郭沫若在這流亡日本的十年期間，除了進行中國古代社會方面的研究之外，最大的成就就應該是他的翻譯活動了。這個期間無論是翻譯作品的數量，還是翻譯作品的質量；無論是翻譯作品體裁的範圍，還是題材的選擇，都較之於前一階段都有了明顯的改變。如果說在日本留學的第一個十年是郭沫若翻譯活動肇始階段的話，那麼第二個流亡日本的十年是郭沫若翻譯活動的成熟時期，由此也奠定了他翻譯家、歷史學家和古文字家的地位。

一、郭沫若流亡日本十年翻譯活動概觀

1、數量眾多的郭沫若流亡日本十年翻譯作品

郭沫若在流亡日本的十年內除了繼續翻譯以前文學類作品外，還翻譯了大量科學著作和馬克思主義理論著作。具體來講郭沫若在此期間所翻譯的作品有：

（1）1928 年翻譯美國作家辛克萊的小說《石炭王》。

（2）1929 年翻譯美國作家辛克萊的小說《屠場》。

（3）1929 年與李一氓合譯《新俄詩選》。

（4）1929 年翻譯出版德國考古學家亞多爾夫・米海里司的《美術考古學發現史》。

（5）1930 年翻譯美國作家辛克萊的小說《煤油》。

（6）1930 年翻譯完成馬克思的《經濟學方法論》。

（7）1931 年翻譯出版馬克思的《政治經濟學批判》

（8）1931 年翻譯俄國作家托爾斯泰的《戰爭與和平》（第一冊）。

（9）1931～1936 年翻譯英國著名學者威爾斯的《生命之科學》。（上中下三部）

（10）1935 年翻譯出版《日本短篇小說集》。

（11）1935 年翻譯日本林謙三的《隋唐燕樂調研究》。

（12）1936 年翻譯出版德國席勒的《華倫斯坦》。

（13）1936 年翻譯德國歌德的《赫曼與竇綠苔》。

（14）1936 年翻譯出版馬克思的《藝術作品之真實性》。

綜上可見，郭沫若在流亡日本的十年間共完成了十四種十五部關於文學、自然科學和社會科學類作品的翻譯工作。

2、體裁多樣的郭沫若流亡日本十年翻譯作品

流亡日本十年郭沫若所翻譯的作品不僅僅數量眾多，而且體裁多樣，構成了豐富多彩的譯作世界。大致來講主要有以下幾種體裁：

（1）文學類體裁作品翻譯

文學體裁類作品的翻譯是這一時期郭沫若翻譯的重點，主要有小說：《石炭王》、《屠場》、《煤油》、《戰爭與和平》（第一分冊）、《日本短篇小說集》；詩歌：《新俄詩選》；詩劇：《華倫斯坦》和《赫曼與竇綠苔》等 8 部作品，佔了這一時期翻譯作品的二分之一還要多的數量。這也延續了郭沫若以文學家的身份登上「五四」歷史舞臺的獨特性。

（2）自然科學類體裁作品翻譯

自然科學類體裁翻譯作品主要是《生命之科學》，《生命之科學》是郭沫若翻譯的所有著作中工程量最為浩大的。1931 年 3 月開始著手翻譯，到 1932 年譯至一半近 60 萬字時，手稿在商務印書局編譯館中被「一二・八」事變的戰火焚毀。1934 年又重新翻譯並於同年 10 月陸續出版，至 1949 年 11 月才最

終完成，前後經歷了近 19 年的時間。〔註42〕這部作品的翻譯完成，充分顯示出了郭沫若廣博的學識和嚴謹的科學素養。

（3）社會理論體裁作品翻譯

由於國內社會局勢的不斷變化，如何清晰的辨別中國未來社會發展的方向成爲了學者們最爲急迫的任務。因此翻譯馬克思主義經典著作便成了郭沫若流亡日本十年翻譯活動的重點。

他利用這十年的時間完成了對馬克思主義經典作品《經濟學方法論》、《政治經濟學批判》、《德意志意識形態》、《藝術作品之眞實性》、《美術考古一世紀》、《隋唐燕樂調研究》等 6 部理論著作的翻譯。

對這些不同類別體裁作品的翻譯，不僅反映出了郭沫若作爲「五四」一代知識分子所獨有的學術眼光和文化素養，而且還折射出他們那一代文化人強烈的社會責任感和歷史使命感，同時也是郭沫若不斷走向新的未知領域開拓創新精神的集中展現。

3、具有鮮明社會現實意義題材的郭沫若流亡日本十年翻譯作品

郭沫若在流亡日本十年所翻譯的作品不僅數量眾多，體裁多樣，而且還具有十分鮮明的特徵，那便是具有明確的社會現實意義和實際社會功效作用。

就文學類作品而言，郭沫若在流亡日本十年所選擇的翻譯內容基本都是具有尖銳社會衝突和下層民眾反抗意識覺醒內容的作品。《石炭王》主要描寫的就是在資本主義制度下美國礦工被剝削壓迫的艱難生活，著力刻畫了資本家通過各種手段壓迫工人，工人在這種悲慘生活下所萌發出的具有反抗意識的社會主義思想。《屠場》也是借助於大型肉製品廠內惡劣的工作環境，描述了童工們幼小心靈的創傷和資本家對工人駭人聽聞的剝削行爲，從而反映了資本主義社會慘無人寰的社會現實和尖銳的社會矛盾。

即使是如《生命之科學》這樣自然科學類的作品，郭沫若在流亡日本期間之所以翻譯它，主要也是看重了這部作品大眾化的特色。因爲「原書在主題《生命之科學》下有一個副目，即 A Summary of congtemporary knowledge about life and it』s possibilities（《關於生命及其諸多可能性上的現代學識之集萃》），由這個副目我們便可以知道原作者之志趣是想把生物學和與生物學有

〔註42〕郭沫若：《生命之科學·譯後》，廣西師範大學出版社 2003 年版，第 1685 頁。

關聯的各種近代的智識作一綜合化。但這個綜合化是以大眾化爲其目標，以文學化爲其手段的。因此這部書在科學智識上的淵博與正確，在文字構成上的流麗與巧妙，是從來以大眾爲對象的科學書籍所罕見。」〔註43〕《生命之科學》這部作品共 150 多萬字，雖然容量較大，但是郭沫若看中了原作者所使用的深入淺出的文藝筆法來探討了有關自然界中生命起源、生物進化分類、人類生理和心理現象，而且整個作品不僅僅是文字的敘述，也配有了 1000 多幅圖片，這也使讀者能夠在圖文並茂的情況下完成對這部作品的學習和閱讀。這對正處於社會轉型期的中國民眾科學知識的增長和對世界全面的認識無疑將起到重要的作用。

就理論類作品而言，郭沫若在流亡日本十年所翻譯此類作品，也同樣是著眼於此類作品鮮明突出的社會政治性傾向。《政治經濟學批判》實現了價值理論和貨幣理論上的變革革命，同樣也標誌著馬克思主義政治經濟學創立的一個重要階段，對如《政治經濟學批判》類的相關書籍的翻譯，郭沫若認爲這「在目前我們中國正當貨幣價值大動蕩的時候，這部書的關於貨幣理論的一部分，當然更可以供給我們以瞭解現實的鑰匙。」〔註44〕

由此可見，郭沫若在流亡日本十年的時間內所翻譯作品的題材，已經由前期注重文學性、藝術性和審美性轉變爲了更加注重所翻譯作品的社會性、現實性和實用性。

羅列如此眾多的郭沫若流亡日本十年期間所翻譯的作品，並不僅僅只是簡單的說明郭沫若在此期間完成了這麼一件事情，更主要的是要通過對這些翻譯作品的解讀去找尋它們背後所隱含的郭沫若研究中的密碼。

二、郭沫若流亡日本期間的翻譯與學術研究考釋

毫無疑問，「流亡日本的十年，是成就了郭沫若作爲一個歷史學家和古文字學家輝煌的十年。」〔註45〕郭沫若在流亡日本的十年間共完成了十四種關於中國古代社會史和金文甲骨文研究的論著。這些成就的取得與他客觀的生活狀態、學術積澱等方面的原因有直接關係，對於這些方面的原因已經有過很多論述，也得到了多數人的認可，但是在這些闡釋的背後卻忽略了翻譯活

〔註43〕郭沫若：《生命之科學·譯者弁言》，商務印書館 1934 年版，第 1 頁。

〔註44〕郭沫若：《政治經濟學批判·序》，群益出版社 1947 年版，第 3～4 頁。

〔註45〕蔡震：《「去國十年餘淚血」——郭沫若流亡日本的心理歷程》（上），《郭沫若學刊》2006 年第 3 期。

動對於郭沫若流亡日本十年學術建構的關聯。

1、郭沫若流亡日本十年翻譯活動和學術研究成果的同步性

查閱郭沫若流亡日本十年的資料，再聯繫上文中有關的闡述，我們便能夠清晰地看出郭沫若在此期間主要的文化活動基本上就是學術研究和翻譯。上文僅僅只是闡明了郭沫若在流亡日本期間曾經翻譯過大量海外的資料這一個歷史的史實。郭沫若在流亡期間所從事的學術研究和翻譯這兩件最主要的文化活動之間是否有密切的關聯呢？如果有關聯，那麼二者之間的關係僅僅只是共存這麼簡單嗎？

經過了相關資料詳細的比較之後，我們便可以進一步發現一個不同尋常的但卻是非常明顯的現象就是，此期間郭沫若所完成的翻譯和學術研究成果在完成時間上基本都是間隔出現的，也就是先有一些翻譯成果出現，然後完成一些學術研究成果，接著再出現一些翻譯作品出現，然後又完成一部學術研究成果。如，1929 年郭沫若譯《美術考古一世紀》後，1930 年完成並出版《中國古代社會研究》並於同年譯《煤油》；1931 年譯完《政治經濟學批判》，接著便完成並出版《甲骨文字研究》、《殷周青銅器銘文研究》、《兩周金文辭大系》；1931 年～1936 年開始譯《生命之科學》，1932 年作《金文叢考》、1933 年作《卜辭通纂》、《金文餘釋之餘》、《古代銘刻彙考》、1934 年作《兩周金文辭大系考釋》、《先秦天道觀之演進》、《屈原研究》；1935 年翻譯《日本短篇小說集》、1936 年翻譯《隋唐燕樂調研究》、《華倫斯坦》後，於 1937 年歸國前作《殷契粹編》。

郭沫若的這種翻譯和學術研究的間隔性出現和同步性完成的現象，是他有意而為之的，還是受到客觀環境和條件影響的？這種現象究竟是否是他翻譯活動和學術研究之間有著某種內在的關聯呢？諸如此類的疑問隨著相關史料的豐富和完善也可以給出合理的解答，這對於研究郭沫若這一段歷史將具有十分重要的意義和價值。

2、郭沫若流亡日本十年翻譯活動對學術研究的經濟支撐

很多學者都提到了郭沫若在流亡日本的十年間「沉浸在書海與資料中默默耕耘的生活狀況」〔註46〕的史事，但是郭沫若在此期間如要潛心於學術研究，擺在他面前最大的困難並不是資料的匱乏和被動監視的束縛，而是一家

〔註46〕蔡震：《郭沫若畫傳》，江西人民出版社 2011 年版，第 99 頁。

人的生計問題。剛流亡到日本時，雖然由於身份的原因不能出外謀職，但是「創造社每個月寄給他 100 元錢，在當時的條件下基本上可以保證一家人的衣食無虞」〔註47〕，但是，1929 年創造社被國民黨查封，就此解散，成員也各奔東西自謀生路去了，每個月給郭沫若的 100 元錢肯定也就此中斷了。「在最艱難的時候，郭沫若連每天工作離不開的筆硯都差點成了問題，毛筆寫禿了，將就著用，硯臺壞了，找塊青石磚代替湊合著使。」〔註48〕如果僅僅是自己沒有筆硯這樣的困難還是可以克服的，最多也就是暫時不寫作了，但是一家人的吃飯問題、最大的兩個孩子上學費用的問題卻是一刻也不能拖延。面對這種窘境郭沫若也清醒的認識到「對於古代的研究不能再專搞下去了。在研究之外，我總得顧及到生活。」〔註49〕在當時連自己真實姓名也不敢讓外人得知的情況下〔註50〕，郭沫若和安娜肯定不可能以外出工作換取一家人生活費用的途徑解決生計問題，對於郭沫若這樣的知識分子來講，只有賣文這種最好的方式了。學術研究不可能立刻完成，即便是完成了銷量能有多少也是不可預估的，文學創作應該是個不錯的方式，在「五四」時期郭沫若便是依靠文學創作換取生活費用的，但是考慮到當時郭沫若的處境，恐怕他也很難能夠有足夠充裕的心境來寫詩賣文了，即使是創作出來，恐怕他也不敢公開署名發表的。他自己也曾無奈的認為：「我目前很抱歉，沒有適當的環境來寫我所想寫的東西，而我所已經寫出的東西也沒有地方可以發表。」〔註51〕這樣的情形下，當然翻譯便是換取生活所需費用最便捷的途徑了。

　　郭沫若在此期間所翻譯作品的序、跋或譯後等處，不斷提出以翻譯來賺錢養家的事情，這種表述也僅僅只是在此時期的翻譯作品中出現過。如「於是我便把我的力量又移到了別種文字的寫作和翻譯。我寫了《我的幼年》和《反正前後》，我翻譯了辛克萊的《石炭王》、《屠場》，稍後的《煤油》，以及彌海里斯的《美術考古學發現史》。而這些書都靠著國內的朋友，主要也就是

〔註47〕蔡震：《「去國十年餘淚血」──郭沫若流亡日本的心理歷程（上），《郭沫若學刊》2006 年第 3 期。

〔註48〕蔡震：《郭沫若畫傳》，江西人民出版社 2011 年版，第 100 頁。

〔註49〕郭沫若：《沫若文集》第八卷，人民文學出版社 1958 年版，第 348 頁。

〔註50〕據蔡震先生在《郭沫若畫傳》中記載，「郭沫若和安娜的孩子在日本一直都用安娜娘家的姓氏佐藤。郭沫若在市川安頓下來後，從國內寄來的信，都寫其長子的名字『佐藤和夫收』，他後來也使用過一個日本名字：佐藤貞次」。參閱蔡震著《郭沫若畫傳》，江西人民出版社 2011 年版，第 98 頁。

〔註51〕郭沫若：《沫若自選集‧序》，上海樂華圖書出版公司 1934 年版，第 2 頁。

一氓，替我奔走，介紹，把它們推銷掉了。那收入倒是相當可觀的，平均起來，我比創造社存在時所得，每月差不多要增加一倍。這樣也就把餓死的威脅免掉了。」〔註 52〕初次的嘗試便得到了豐厚的回報，郭沫若當然不會放過這樣一種機會。

　　爲了要解決生計問題，即使是連自己所不熟悉語種的國外作品也不得不接下來進行翻譯，如在翻譯「托爾斯泰的《戰爭與和平》，我著手翻譯已經是八九年前的事了。那時我寄居在日本，上海的一家書店託人向我交涉，要我翻譯這部書，我主要的爲要解決生活，也就答應了。但認眞說來，我實在不是本書的適當的譯者，因爲我不懂俄文，並不能從原文中把這部偉大的著作介紹過來。」〔註 53〕

　　也因爲要生活，所以翻譯的很多方面都不是自己能夠做主的，「這個集子所選的不能夠說都是日本現代文壇的代表作。因爲在選這個集子上有字數的限制，選譯者在這個嚴格的限制的範圍內，想要多介紹幾個作家，多介紹幾篇作品，因此便不免要趕各個作家的短的作品選擇，無形之中便又來了一個愈短愈好的限制。」〔註 54〕

　　「寄身在外邦時時有朝不保夕之慨。生活的壓迫幾乎屢屢使人窒氣。記得一家七口有專靠本書的預支辦稅月六七十元而過活者，因譯述之進行時有阻礙，即此月六七十元之數亦不能按月必保。」〔註 55〕因此對於《生命之科學》的「譯述，因爲圖求食糧之接濟……，譯得一部分便寄出一部分以預支一部分的印稅來維持生活。」〔註 56〕

　　這種以翻譯來勉強糊口的流亡日子，對郭沫若影響是非常明顯的，以至於十幾年以後「抗戰完結以後又回到上海，承神州國光社以本書的紙版交付，作爲版稅的兩抵，我樂於接受了。」〔註 57〕

　　這樣郭沫若通過翻譯作品獲取了養活一家人的經濟收入，但更爲重要的是也爲郭沫若專心於學術研究解除了後顧之憂，使郭沫若能夠在翻譯活動之

〔註 52〕郭沫若：《沫若文集》第八卷，人民文學出版社 1958 年版，第 348 頁。
〔註 53〕郭沫若：《序〈戰爭與和平〉》，《郭沫若集外序跋集》，四川人民出版社 1983 年版，第 343～344 頁。
〔註 54〕郭沫若：《日本短篇小説集・序》，上海商務印書館 1935 年版，第 3 頁。
〔註 55〕郭沫若：《生命之科學・譯後》，廣西師範大學出版社 2003 年版，第 1685 頁。
〔註 56〕郭沫若：《生命之科學・譯後》，廣西師範大學出版社 2003 年版，第 1686 頁。
〔註 57〕郭沫若：《政治經濟學批判・序》，上海群益出版社 1947 年版，第 2 頁。

餘能夠安心於有關中國古代社會、歷史等方面的學術思考。試想如果沒有這些翻譯版稅的話，郭沫若還能夠如此平靜的閱讀相關研究書籍資料，進而取得如此豐碩的學術研究成果嗎？

3、郭沫若流亡日本十年翻譯活動對學術研究的學理支撐

如果我們認為郭沫若流亡日本十年的翻譯活動僅僅只是解決了他從事學術研究經濟顧慮的話，還是有些過於簡單化和表面化，從而也遮蔽了郭沫若翻譯和學術研究內在的互通性和關聯性。因為「選擇哪些對象來翻譯，在什麼時候翻譯，動因十分複雜。其中誠然有市場原因，也有譯者個人的審美趣味與隨機性，但市場的需求與個人的選擇每每同時代思潮密切相關，所以，就其大端而言，可以說是時代思潮的影響。」〔註58〕

經過1928年挫折之後短暫的蟄伏期，1929年郭沫若迎來了自己學術研究的高峰期，相繼完成並出版了《中國古代研究》、《甲骨文字研究》〔註59〕等一批歷史、古文字的學術研究著作。以此為開端，在隨後的十五年裏郭沫若的學術研究進入到了「黃金時期」，也奠定了他作為現代中國不可或缺的歷史學家的學術地位。我們對於郭沫若在歷史學、古文字學等方面研究的爆發，大多歸結為他利用了十年的流亡時期，遠離了國內的紛爭獲得了充裕的時間，也有的把這歸結為郭沫若特有的學術素養，還有的把這歸結為郭沫若在日本獲得了國內少有的第一手資料，但僅僅只有這些原因，我覺得還是不完全的。我們忽略了郭沫若同時期翻譯活動對於他學術研究的重要影響。周恩來就認識到郭沫若「精研古代社會，甲骨文字，殷商青銅器銘文，兩周金文以及古代銘刻等等，用科學的方法，發現了許多真實。」〔註60〕周恩來所說的「科學的方法」究竟指得是那種具體的方法呢？如果我們仔細考究史料便會發現，他的所有有關歷史、古文字方面專著的出現和相關論斷的提出，都是在他翻譯《美術考古學發現史》〔註61〕這本考古學學術著作之後的。究竟

〔註58〕秦弓：《二十世紀中國翻譯文學史・五四時期卷》，百花文藝出版社2009年版，第23頁。
〔註59〕這一批學術研究著作主要有：《中國古代社會研究》1930年3月20日由上海聯合書店初版發行；《甲骨文字研究》1931年5月由上海大東書局影印本初版發行；《殷周青銅器銘文研究》1931年6月由上海大東書局初版發行；《金文叢考》1932年8月由日本文求堂書店影印等。
〔註60〕周恩來：《我要說的話》，《新華日報》1941年11月16日。
〔註61〕此書最初在1929年7月由上海樂群書店初版發行，在1948年8月改由上海

這本書對郭沫若學術研究有何影響呢？

　　郭沫若翻譯《美術考古學發現史》是具有很強的現實目的性的，他開宗明義的便指出：「去年年初我在研究中國的古代社會的時候，我感覺到要處理這個問題，關於考古學上的準備智識是不可缺少，我便選讀了這部書。」〔註62〕這也就非常鮮明地指出，翻譯這本書就是要爲研究中國古代社會歷史服務的，而且「爲了要想弄清中國社會的史的發展，我開始了古代社會的研究，除了要把先秦的典籍作爲資料之外，不能不涉歷到殷墟卜辭和殷周兩代的青銅器銘刻。就這樣我就感覺了有關考古學上的智識的必要。……這就是使我選擇了這本書的動機。」〔註63〕這一選擇的產生自然於他當時正著手進行的考古學研究有極大的關係，更直接的原因在他後來的考古學著作中有所顯示。

　　事實證明了郭沫若的判斷是正確的，《美術考古學發現史》一書記錄了19世紀歐洲美術考古的進展，尤其是希臘羅馬時代遺存的發現狀況，其中對於希臘美術考古介紹最多，同時該論著中也兼而論及了非歐洲地區的美術考古。「這書實在是一本好書，它把十九世紀歐洲方面的考古學上的發掘成績敘述的頭頭是道。因爲站在美術考古的立場，令人讀起來只是感覺興趣，而一點也不感覺枯燥。」〔註64〕最重要的是，本書作者在書中的「發現與學術」一章中論及了 19 世紀美術考古的發見與學術之間的密切關係。在西方，19世紀考古學恰巧處於由 17 世紀下半葉至 18 世紀蒐集古代藝術品向系統化的科學研究轉變時刻。近代考古學所運用的地層學和器物類型學兩種科學方法正形成於此時。《美術考古學發現史》就是對這種考古學方法的集中介紹和論述。

　　郭沫若即使在十八年之後，該書再版是還不斷表達著「受這書的教益太大」，並且「我的關於殷墟卜辭和青銅器銘文的研究，主要是這部書把方法告訴了我，因而我的關於古代社會的研究，如果多少有些成績的話，也多是本書賜給我的。……最要緊的是它對於歷史研究的方法，眞是勤勤懇懇地說的非常動人。作者不惜辭句地教人要注意歷史的發展，要實事求是地作科學的

群益出版社出版時，書名改爲《美術考古一世紀》。

〔註62〕郭沫若：《美術考古學發現史・譯者序》，上海湖風書店 1931 年版，第 1 頁。
〔註63〕郭沫若：《美術考古一世紀・譯者前言》，新文藝出版社 1952 年版，第 1 頁。
〔註64〕郭沫若：《美術考古一世紀・譯者前言》，新文藝出版社 1952 年版，第 3 頁。

觀察，要精細地分析考證而且留心著全體……假如我沒有譯過這本書，我一定沒有本領把殷墟卜辭和殷周青銅器整理得出一個頭緒來，因而我的古代社會研究也就會成為砂上的樓臺的」。〔註65〕

可以說郭沫若恰恰借助於這本書的翻譯，清醒地認識了當時中國考古的弊病所在。20 世紀中國考古學出現了非常重大的三大發現：甲骨文字、敦煌文書、周口店北京猿人遺址。這也直接導致中國考古科學開始出現並發展起來，但在郭沫若《美術考古一世紀》譯介之前，中國國內考古學的知識還處於傳統金石學附庸的地位。如羅振玉、王國維等大師關於古文字文書隨著作不絕，對國外學術也有所借鑒，但是還未能徹底形成一套完整而又系統的考古學學科知識。而真正的田野考古學發掘在 1928 年中央研究院歷史語言研究所對安陽殷墟發掘之前始終也還是由外國人領導著的。

對於郭沫若迫切要求系統的釐清古代社會，理清古代文字，為自己的相關研究開闢一片新的天地的話，《美術考古學發現史》的翻譯完成是最為重要和及時的了。

因此，郭沫若在流亡十年期間所完成的相關翻譯作品，對於他的古代社會研究、甲骨文字研究等學術研究提供了方法論上的啟示，也為郭沫若獨特學術研究理論體系的形成奠定了基礎。

三、郭沫若流亡日本十年翻譯活動的背後

對於郭沫若流亡日本的十年，周恩來是這麼評價的「他不但在革命高潮時挺身而出，站在革命行列的前頭，他還懂得在革命退潮時怎樣保存活力，埋頭研究，補充自己，也就是為革命作了新貢獻，準備了新的力量。他的海外十年，充分證明了這一真理。」〔註66〕透過這簡短的評價，我們不難看出，郭沫若流亡日本的十年是他人生歷程中不可或缺的部分，但恰恰我們今天對這一時間段的研究是非常薄弱的，至少對這一階段的認識是不全面的。

1、郭沫若流亡日本十年心態的重新釋讀

翻譯「從對象的選擇到翻譯的完成及成果的發表，從巨大的文學市場佔有量到對創作、批評與接受的廣泛而深刻的影響，都作為走上前臺的重要角色，直接參與了現代文學歷史的建構和民族審美心理風尚的發展，對此應該

〔註65〕郭沫若：《美術考古一世紀・譯者前言》，新文藝出版社 1952 年版，第 3 頁。
〔註66〕周恩來：《我要說的話》，《新華日報》1941 年 11 月 16 日。

給予足夠的重視。」〔註67〕具體到翻譯活動對譯者心理的影響同樣也是非常重要的。有關郭沫若流亡日本時期的心理，蔡震先生在其論文《「去國十年餘淚血」——郭沫若流亡日本的心理歷程》中已經有了非常詳盡的表述，並提出了「往觀郭沫若的一生，大都與激情澎湃、吶喊高歌、轟轟烈烈聯繫在一起，只有流亡日本的 30 年代初期這段時間算個例外。如果說在他的一生經歷中確曾有過入世、出世的不同，這段時期應該稱作他出世的時期，至少在生活方式上是如此」〔註68〕的觀點。如果僅僅從郭沫若的學術研究及表面生活的方式來講，這可以說是對郭沫若在流亡日本期間心理的一種歸納。但是如果聯繫到郭沫若流亡日本之前、之後的文化心理以及社會行為活動來看，「出世」的提法還顯得略有簡單。如果把郭沫若流亡十年的心理簡單歸結為「出世」的話，就會與郭沫若流亡日本之前那種奮不顧身投入到實際的社會革命運動之中的積極心態，以及流亡日本之後毅然決然別婦拋雛回國救亡參戰的迫切需求不太相符，中間明顯缺乏了一種合理過渡的緩衝心理。

如果要聯繫到郭沫若流亡日本十年期間的翻譯活動來看，郭沫若此時的文化心理應該是呈現「出世」與「入世」並存的狀態。有關「出世」蔡震先生已經論述非常詳細，就不再冗敘。郭沫若在流亡日本期間所翻譯的作品基本上都是與現實社會鬥爭有直接的關係，他不僅僅直接翻譯有關社會發展的理論作品，而且就連自然科學類的作品也極具社會現實價值，通過其翻譯活動，延續了他對於社會現實問題的持續關注，保持了他一貫「入世」的心態。如他之所以能夠從 1931 年 3 月開始持續到 1949 年 11 月堅持了 19 年將《生命之科學》翻譯完成的最重要原因就是他以「大眾化為其目標，以文學化為其手段」實現了「科學的中國化」〔註69〕的目的。

雖然這種「入世」心態相對於郭沫若在 1928 年之前和 1938 年之後那種直接參與到實際社會鬥爭的心態在外在表現形式上有所不同，但是他通過翻譯活動所展現出的對於國內局勢和社會現實的或隱或顯的持續關注，便是他「入世」心態的延續，同時也是他 1938 年後繼續投身到中國革命現實社會的動力。透過郭沫若流亡日本十年的翻譯活動和學術研究活動，他在這期間既

〔註67〕 秦弓：《二十世紀中國翻譯文學史·五四時期卷》，百花文藝出版社 2009 年版，第 2～3 頁。

〔註68〕 蔡震：《「去國十年餘淚血」——郭沫若流亡日本的心理歷程（上），《郭沫若學刊》2006 年第 3 期。

〔註69〕 郭沫若：《郭沫若集外序跋集》，四川人民出版社 1982 年版，第 315～316 頁。

「入世」又「出世」的心態便展現無遺，這也是傳統知識分子「儒道互補」文化觀念的典型體現。

2、流亡日本十年翻譯活動在郭沫若研究中的地位和價值

譯者的翻譯活動對於近現代社會「作家的養成、讀者審美趣味的薰陶、文學表現領域的開拓、文體範型與創作方法創作技巧的示範和引導、現代文學語言的成熟，乃至整個現代文學的迅速萌生與茁壯成長，翻譯文學都起到了難以估量的巨大作用。」〔註70〕那麼具體到個體來講，譯者的翻譯活動對他自己一定也會起到非常重要的作用。作為翻譯了 500 多萬字，共有近 30 餘部譯作的譯者，郭沫若的翻譯活動在他的文化體系中佔有特別重要的地位，特別是他流亡的「十年內，他的譯著之富，人所難及。」〔註71〕

郭沫若從狂飆突進的「五四」新文化運動走到了「科學的春天」，見證了中國現代文化發展蛻變的艱辛，前進的曲折。他每一次人生的抉擇也絕不僅僅只是自我個體的事情，更多是代表了現代中國文化人的道路抉擇和價值判斷，顯露了現代中國知識分子文化心態的變遷和更迭。而作為從革命高潮期退守日本繼而又從新回歸國內社會鬥爭舞臺的郭沫若來講，流亡日本十年研究的重要價值更不言而喻，而這期間的翻譯活動更是我們應該研究的對象。

郭沫若流亡日本所走過的道路，已經不同於「五四」時期他和同時代的文化人所經歷的軌跡。「五四」時期他們絕大多數都是以實業救國的心態奔赴國外，經歷過心靈的陣痛之後，毅然而然的走上了文學創作的道路。至少這條道路在魯迅和郭沫若身上最為明顯，而他們二人對中國現代文學的影響力是毋容置疑。但是到了郭沫若流亡日本的十年則是一個非常典型的個案了：先翻譯、再研究、後創作。「翻譯、研究和創作」成為了他在日本流亡十年生活的三極構成，這三極有效的建構了他對世界和文化的最初認知，同時也影響了他今後人生的抉擇。忽略了任何一極的存在都很難對他們做出客觀公正的歷史評價。在這種思維方式的支配下，已經使他從單一創作型的作家，轉向了多元豐富的知識構成，成為了一個名副其實的球形天才；他譯作中除了文藝類型作品之外也有多部自然科學、社會科學等有關譯作的完成。這些現象的出現如果僅僅用創作理論或用翻譯知識很難給出一個圓滿的解答，但是

〔註70〕 秦弓：《二十世紀中國翻譯文學史·五四時期卷》，百花文藝出版社 2009 年版，第 2 頁。
〔註71〕 周恩來：《我要說的話》，《新華日報》1941 年 11 月 16 日。

如果把他翻譯實踐的經歷、研究知識體系的建構以及多元創作三方面結合思考，很多疑問便會迎刃而解了。而這其中翻譯也架起了研究和創作的橋梁，由翻譯而形成了郭沫若獨具特色的有關中國古代歷史和甲骨文研究的方法，翻譯也開啓了郭沫若 1937 年歸國前後又一次創作的高潮。

1927 年 4 月大革命失敗後流亡日本的中國知識分子不在少數，在這些知識分子的人生道路選擇和生活方式上郭沫若無疑最具標本的價值，他在從事歷史文化研究之初便開始進行了外國文學作品的譯介，以自己獨有的翻譯理念向國人展示了西方文化和社會現狀的獨有魅力；他 1936 年翻譯完成《華倫斯坦》和《赫曼和竇綠苔》後又一次噴湧出新的文學創作的欲望，並由此也完成了如《甘願做炮灰》、《棠棣之花》等新編歷史劇。更爲重要的是翻譯、創作和研究這三者已經融匯爲一種潛在的思維理念影響了郭沫若的一生，在以後甲骨文的研究、歷史研究等方面無不與這一時期的思維訓練有著密切的關聯。郭沫若的標本價值可以進一步印證一個道理，那就是中國現代文學的發生是多元的，我們不能僅僅只是追溯白話文學自身歷史的演變，還應該去考慮創作者的學科背景、留學經歷、翻譯實踐等多方面的因素，這樣的文學史才是眞實、生動、可感的。

翻譯、研究和創作是郭沫若流亡日本十年所走過的人生軌跡，相信對於這三者關係的梳理不僅對於郭沫若研究具有重要意義，同樣也會對同時期其他作者的研究具有啓發性的價值。

第六節　郭沫若歷史劇創作與早期詩劇翻譯

郭沫若是 20 世紀一個多方面實現的文化名人，特別是在文學創作方面取得了突出成就，具體來講主要集中在了詩歌、戲劇和翻譯方面，就某一方面的研究來看已經取得了各自的成果，但是在比較研究方面還是比較欠缺的。郭沫若在創作方面某一方面的缺失都不可能成就他顯赫的文化成就，而其中翻譯活動對他文學創作、歷史研究、戲劇構思等方面的影響和價值雖被認知，但並不全面。僅就郭沫若歷史劇創作與翻譯活動關係的研究，從郭沫若翻譯活動之初就有涉及，如素癡在 1928 年 4 月 2 日《大公報・副刊》中的《評郭沫若譯〈浮士德〉》，在 20 世紀 80 年代以後更是出現了許多研究成果，主要有：曹丹丹：《從〈棠棣之花〉看郭沫若創作主旨的轉變兼及日本影響》，(《重

慶社會科學》2005 年第 8 期）；曹樹鈞：《莎士比亞與郭沫若的歷史劇創作》，
（《郭沫若學刊》1993 年第 1 期）；封英峰：《浪漫詩人與情感化悲劇——郭沫
若歷史劇與莎士比亞悲劇之比較》，（《延安大學學報》（哲學社會科學版）1999
年第 2 期）；李萍：《不同人性向度與迴異的藝術世界——比較莎士比亞與郭
沫若的戲劇》，（《海南大學學報》（社會科學版）2008 年第 2 期）；劉珏：《論
郭沫若與西方現代派戲劇》，（《中國現代文學研究叢刊》，1986 年第 4 期）；鄒
丹：《試論歌德對郭沫若詩劇的影響》，（《重慶廣播電視大學學報》1994 年第
4 期）；蘇寧：《試論〈浮士德〉對郭沫若詩劇的影響》，（《中國現代文學研究
叢刊》1983 年第 4 期）；陳鑑昌：《郭沫若易卜生的娜拉形象意義比較》，（《郭
沫若學刊》2000 年第 4 期）等。這些成果從不同的方面揭示了郭沫若歷史劇
創作的時代價值和理論意義。但是也必需指出這些研究成果雖然很多涉及到
郭沫若對西方戲劇作品的翻譯對他歷史劇創作的關聯和影響，但還僅僅只是
指出了郭沫若的歷史劇創作受到了他所翻譯的西方戲劇的影響，但是如何影
響的，影響到何種程度，特別是對他歷史劇創作模式的影響等方面還沒有進
行詳盡的闡釋，另外，郭沫若的譯介活動、白話新詩創作與早期歷史劇創作
有何關聯也很少被研究者涉及，從這些角度上來看郭沫若歷史劇創作與翻譯
活動的命題還有很有多未解之謎。

一、郭沫若歷史劇研究之困

郭沫若歷史劇研究自二十世紀二三十年代就已經開始，幾乎與詩歌的研
究同步，雖然至今為止持續時間較長，但是郭沫若研究體系之中一直不溫不
火，四平八穩，多年以來基本上都是按照相同的研究路徑，也即是「史劇研
究的文藝社會學批評模式；史劇的審美批評和研究；歷史題材處理問題的批
評與研究」〔註 72〕，在這幾種研究模式下便得出了大致相似的結論，我們最
耳熟能詳的論述便是：郭沫若歷史劇「提出了『古為今用』和『失事求似』
的歷史劇創作原則……創作方法上具有濃鬱的抒情色彩，使得歷史劇創作富
有激情和想像力」〔註 73〕。這種研究現狀便與詩歌研究成果相比相距甚遠。
其實在郭沫若歷史劇研究中一直存在著很多的困惑亟待突破。

〔註72〕 王小強：《面向歷史的心靈救贖——郭沫若歷史劇研究》，中國社會科學出版
社 2014 年版，第 3～10 頁。
〔註73〕 朱德發，魏建主編：《現代中國文學通鑒 1900～2010》（中卷），人民出版社
2011 年版，第 886 頁。

　　郭沫若歷史劇研究困惑之一：用歷史學研究「眞」的研究方式遮掩了歷史劇創作的「美」藝術元素，特別是割斷了郭沫若歷史劇所容納的西方詩劇形式的考察和闡釋。從郭沫若歷史劇一經創作之初，有關「歷史眞實」與「藝術眞實」的爭論就此起彼伏，沒有中斷過，特別是在 1959 年後隨著《蔡文姬》和《武則天》的相繼出版，便將這場爭論推向了高潮，無論是從參與人數之多，包括沈從文、吳晗、焦菊隱等著名史學家、戲劇家在內的學者都紛紛就此發表相關文章，還是討論範疇之廣，包括歷史唯物主義、歷史學、戲劇學等方面都有所涉及。但是這些討論的文章在有效指導郭沫若歷史劇創作的同時，卻不自覺的將歷史劇研究本有的因素忽略了。郭沫若歷史劇的落腳點應該是「劇」，而不是「史」，應該符合戲劇創作的規律。

　　郭沫若歷史劇研究困惑之二：用分析小說的方式來闡釋歷史劇的審美內蘊，對於郭沫若歷史劇的研究我們的分析往往都是對其人物形象、社會內涵、語言風格等方式來進行解讀，其實這些解讀的方式都是用來分析小說文本的方法，而作爲舞臺藝術的戲劇的戲劇衝突、戲劇語言等戲劇內在的元素卻被忽略了。在這種分析方式下，得出來的恐怕基本都是「替曹操翻案」等社會學的結論。從本質上來講，郭沫若的歷史劇是舞臺藝術的一種，特別是這些歷史劇產生於中國話劇藝術創作的大背景之下，作爲舞臺藝術的《虎符》、《屈原》、《蔡文姬》等歷史劇的本有價值，應是對中國現代劇藝術發展所做出的藝術探索和改造。

　　郭沫若歷史劇研究困惑之三：用「借古諷今」和「失事求似」的研究結論涵蓋了歷史劇本有的多元內涵，從而造成了郭沫若歷史劇單一社會價值論的存在現狀。一提到郭沫若歷史劇創作，多數讀者不自覺的便會重複著文學史敘事中的經典斷語「古文今用」、「借古喻今」等十六字方針，從歷史劇劇本的外在形式上來講，這種涵概姑且可以理解，但是如果深入到郭沫若歷史劇創作的學源背景，特別是他同時期所翻譯的西方詩劇的本身，我想這種結論無疑便顯得單一淺顯了。

　　如要解決以上的困頓，其中之一便是要耙梳郭沫若歷史劇創作的起因，以及其內在的戲劇藝術元素，特別是尋找郭沫若歷史劇與詩劇翻譯之間內在的關聯，這將會合理回答郭沫若歷史劇創作題材選擇、舞臺構思、人物關係設定以及戲劇矛盾衝突等多個戲劇研究關鍵問題，並進而揭示出郭沫若歷史劇創作內在生命的本質內涵和永恒的歷史價值。

二、郭沫若歷史劇創作與詩劇翻譯的關聯

在以往有關郭沫若歷史劇的研究中，大多數學者把研究的視域定格在了歷史劇的題材構思、人物形象塑造、歷史故事講述以及社會功用等方面，但在戲劇創作的誘因以及創作的戲劇藝術方式等方面的問題卻無人談及。特別是歷史劇與翻譯方面的話題更是被忽略殆盡，其實郭沫若歷史劇的創作與他的翻譯文學有著密切的關聯，甚至可以說郭沫若的翻譯活動不僅僅影響著他的詩歌創作也極大的催生了他的歷史劇創作，並且把這一戲劇創作方式推向了高潮，帶給了現代中國全新的戲劇創作形式，這種形式既不是曹禺式的西方話劇的展演，也不是老舍式的中國傳統戲劇創作形式的延續。他既是西方的，也是中國的，既是現代的，也是傳統的。

首先，在歷史劇創作緣起來看，郭沫若歷史劇的創作是在對國外作品的閱讀和譯介下產生的。

郭沫若歷史劇創作時間之早，作品之眾多，風格之鮮明，在現代文學領域之中無出其右者。但是由於他早期戲劇與新詩創作的同步性，《女神》的光環遮蔽了對於同時期的其他創作，特別是這一時期的翻譯和戲劇創作活動。其實在《女神》結集出版之際，郭沫若於 1922 年 10 月 1 日的上海《學藝》雜誌第四卷第四號上便發表了第一部戲劇《月光》。隨後，《卓文君》、《棠棣之花》等戲劇相繼問世發表，我們在關注《女神》產生的同時，也應該思考郭沫若為什麼這一時期創作了這麼多的戲劇呢？這些戲劇是在什麼背景下產生的呢？

有關郭沫若歷史劇創作的緣起，他自己曾經說過這麼兩段話：

「我開始做詩劇便是受了歌德的影響。在翻譯了《浮士德》第一部之後，不久我便做了一部《棠棣之花》。在那年的《學燈》的雙十節增刊上僅僅發表了一幕，就是後來收在《女神》裏面的那一幕，其餘的通成了廢稿。《女神之再生》和《湘累》以及後來的《孤竹君之二子》，都是在那個影響之下寫成的。」〔註74〕

「《轟妻》的寫出自己很得意，而有其得意的是那第一幕裏面的盲叟。那盲目的流浪藝人所吐露出的情緒是我心理之最深奧處的表白。但那種心理之得以具象化，卻是受了愛爾蘭作家約翰沁孤的影

〔註74〕 郭沫若：《創造十年》，《郭沫若全集·文學編》第 12 卷，人民文學出版社 1992 年版，第 77 頁。

響。」〔註75〕

由此可見郭沫若歷史劇創作的心理緣起是在其翻譯國外著名戲劇作品的基礎上形成的創作衝動。「創作衝動將作家的注意力引向自己內在的心理現實，從而使他按照一種內在的邏輯去思考、去體驗，完全放棄了對外在事物自身邏輯的關注」。〔註76〕因爲「作家進行文學創作一如日常行爲一樣，總會出於某種目的」〔註77〕

其次，在歷史劇創作時間上，郭沫若歷史劇的創作和同類體裁作品的翻譯具有同步性。

郭沫若翻譯了如《浮士德》、《約翰·沁孤戲曲集》、《華倫斯坦》、《赫曼與竇綠苔》等詩劇類型的作品。特別是對《浮士德》的翻譯，這不僅僅只是對這麼一部作品簡單的譯介，更爲重要的是郭沫若將詩劇這種創作的形式引入國內讀者閱讀的視野之中。歌德創作《浮士德》用了 64 年的時間，是其一生思想意識和藝術探索的結晶，而郭沫若翻譯《浮士德》也用了近 30 年的時間，從 1919 年始至 1947 年止，可以說是《浮士德》的翻譯是他美學思想和藝術創作的凝結。這一時間跨度恰好是郭沫若歷史劇創作的由初始走向高峰的階段。郭沫若早期詩劇《棠棣之花》就是在翻譯《浮士德》第一部之後很快就完成了，1927 年 11 月郭沫若完成了《浮士德》第一部的翻譯工作，而這也恰好是郭沫若第一個歷史劇創作的高峰時期《聶嫈》、《三個叛逆的女性》等經典劇目陸續創作完成，而隨著 30 年代流亡日本時期《華倫斯坦》和《赫曼與竇綠苔》等詩劇的陸續翻譯完成，郭沫若迎來了他歷史劇創作的高潮，以《屈原》等爲代表的經典作品相繼問世。從這個方面來看，郭沫若歷史劇的創作和對西方詩劇的翻譯是同步性的。

再次，從戲劇創作的藝術手法上，郭沫若歷史劇的創作與其所翻譯的詩劇作品具有內在的一致性。

郭沫若的歷史劇創作，在中國現代戲劇史上是非常獨特的，以《屈原》爲代表的歷史劇，不同於《雷雨》等現代話劇注重西方戲劇起承轉合戲劇結構的建構，並靠戲劇衝突來推進戲劇情節的發展；也不同於老舍《茶館》等

〔註75〕郭沫若：《創造十年》，《郭沫若全集·文學編》第 12 卷，人民文學出版社 1992 年版，第 234～235 頁。

〔註76〕童慶炳：《文學概論》，北京大學出版社 2007 年版，第 386 頁。

〔註77〕童慶炳：《文學概論》，北京大學出版社 2007 年版，第 377 頁。

戲劇的創作，利用人物的言論和時間的推移來渲染戲劇的文化內涵。

郭沫若在《虎符・後話》中就指出了他歷史劇創作的獨特性：

> 「《列國志》作者的苦心，我能夠體會，但我深自慶幸在寫劇本
> 之前沒有拿來參考過。如果我參考過，他所虛構的那一套便成為先
> 入見，會束縛我的獨立思考。我是另外一套，不敢說比《列國志》
> 那一套就怎麼好，然而總是我自己費了心思所想出的一套。要說壞，
> 是目無前人，要說好，或許是不落前人的窠臼吧。」〔註78〕

長此以往對於郭沫若的歷史劇創作，無論是課堂教學的講述還是學人的研究
中基本都是用「古為今用、借古鑒今、借古諷今」進行簡單概括，但這僅僅
只是郭沫若歷史劇創作最表層的表徵。其實郭沫若歷史劇的創作具有鮮明的
美學特徵，它是以某個重要的歷史人物作為創作的主線，輔以真實的歷史事
件，重點凸顯歷史人物的存在價值和社會意義，在表現手法上也都是以詩性
的語言展示人物的性格特徵，這些特徵都與其所翻譯的《浮士德》等詩劇作
品具有內在的一致性。

而強烈的情感獨白是眾多一致性中的典範。詩劇的創作要求既要有詩歌
的凝練性和內蘊性，又有歌劇的音樂性和節奏性，《浮士德》中如「在這時山
壑不能阻我的壯遊，大海在驚惑的眼前澄著溫波。可那太陽終像要沉沒而去；
而我新的衝動又繼續以起，我要趕去吞飲那永恒的光輝，白晝在我前面，黑
夜在我後背，青天在我上面，大海在我下邊。多麼優美的夢啊，可是太陽已
經隱退」的情感獨白隨處可見，因此對於《浮士德》僅僅用通常的閱讀方式
是無法感受到它的審美內涵，這種詩劇特點是要在舞臺上用語言的抒情，來
展示它們的重要意義。而具有詩人氣質的郭沫若恰恰以其詩性的翻譯語句還
原了《浮士德》特殊的藝術魅力。

三、郭沫若歷史劇創作探源：以翻譯為例

郭沫若是個翻譯家，他一生「譯著之富，人所難及」〔註79〕，縱觀他的
翻譯作品，詩歌和戲劇佔據了多數。有關詩歌翻譯對於郭沫若創作的影響已
經有了很多的研究成果〔註80〕，但是翻譯對於戲劇創作的影響至今為止還沒

〔註78〕郭沫若：《郭沫若全集・文學編》第6卷，人民文學出版社1986年版，第560
頁。
〔註79〕周恩來：《我要說的話》，原載1941年11月16日《新華日報》。
〔註80〕這些成果如，魏建：《泰戈爾究竟怎樣影響了郭沫若》，《中國現代文學研究叢

有被重視起來。在郭沫若翻譯文學體系中，共翻譯了《浮士德》（第一、第二部）、《約翰沁孤的戲曲集》（六部）、《爭鬥》、《法網》、《銀匣》、《華倫斯坦》、《赫曼與竇綠苔》等 7 篇 13 部戲劇作品，占全部翻譯作品篇目的四分之一左右，所以僅從數量上來看郭沫若戲劇體裁的翻譯具有重要的地位。更為關鍵的是，他將西方先進的戲劇創作的藝術手法和美學理論傳播到國內，並對自己的戲劇創作產生了直接的催化作用，而且形成了自己獨特的翻譯理論體系，從這個角度來講，這些戲劇的翻譯價值更加突出。

　　1、從內容上來看，郭沫若歷史劇借助於對生命意識的謳歌，實現了的「歷史眞實與現實眞實」吻合。

　　如果僅僅只是從內容上講郭沫若戲劇創作給人最直觀的印象便是創作題材的一致性，他一生中的戲劇創作除了第一部《月光》之外，其餘的都是以中國古代歷史人物或事件作為創作的出發點，然後展開藝術構思，賦予這些歷史典故以新時代的意義，如屈原投江、文姬歸漢、信陵君竊符救趙等。另外，我們今天有關郭沫若歷史劇的命名基本上是延續了郭沫若自己的說法。郭沫若在 1948 年的《關於歷史劇》中提出了歷史劇相關的概念：

　　　　「凡是把過去的事蹟作為題材的戲劇，我們稱之為歷史劇……

　　　不過還有一點問題，即是不屬於眞正的史實，如古代的神話，或民

　　　間傳說之類，把它們拿來做題材，似乎都可以稱為歷史劇。」〔註81〕

有很多研究者也據此認為，郭沫若歷史劇的創作是受到其歷史研究的影響而創作的。〔註82〕但是有一個事實就是，郭沫若創作歷史劇的時間是在 1920 年左右，而他系統進行中國古代歷史研究是在 1929 年以後，另外他有關歷史劇的命名更是在 1945 年以後的事情了。因此，先有研究後又創作的說法明顯的不成立。那麼郭沫若為什麼要進行這種題材的劇作創作呢？究其原因還是由

刊》2009 年第 3 期；曾詳敏：《郭沫若翻譯活動對其早期新詩創作之影響——以郭氏自述為考察對象》，《西南交通大學學報》（社會科學版）2010 年第 5 期等。

〔註81〕郭沫若：《關於歷史劇》，最初發表於《風下》1948 年 5 月 22 日第 227 期，亦見《海燕叢書》第 1 輯。

〔註82〕其中代表性的成果有：黃侯興：《郭沫若歷史劇新探》，《陝西師大學報》（哲學社會科學版）1986 年第 1 期；秦川的《郭沫若歷史劇創作論》，《西南民族學院學報》（哲學社會科學版）1995 年第 5 期；魏建：《得失之間的「戲」——郭沫若歷史劇本體的再探討》，《山東師大學報》（社會科學版）1993 年第 6 期。

於受到了翻譯文學的影響而來的。

過去我們對於郭沫若歷史劇的創作題材僅僅只是局限於如何呈現歷史事實的方式的角度，探究他在歷史劇中所闡釋的歷史事件與真實歷史事件的差異。但是在為什麼要這樣處理歷史劇的題材，以及這種處理的原則是什麼等問題上則未能深入探究。我想如果僅僅用郭沫若歷史劇的創作「失事求似」的文學史表述，郭沫若歷史劇的價值是不會長久的，隨著時代的變遷，時代精神的更迭，他歷史劇中所謂的「時代精神」便會消失，那麼所謂價值也會不復存在了。郭沫若歷史劇真正的價值在何處呢？

郭沫若在《我怎樣寫〈棠棣之花〉》一文中強調：「寫歷史劇並不是寫歷史，……劇作家的任務是在把握歷史的精神而不必為歷史的事實所束縛。劇作家有他創作上的自由，他可以推翻歷史的成案，對於既成事實加以新的解釋，新的闡發，而具體地把真實的古代精神翻譯到現代。」〔註83〕從此，可見「歷史的精神」才是郭沫若歷史劇創作的落腳點，郭沫若歷史劇創作的藝術技巧是為藝術精神表現服務的。那麼郭沫若究竟要表現一種怎麼的「歷史精神」呢？以往，我們大多借助於《屈原》創作的思想「借了屈原的時代來象徵我們當前的時代」的話語來簡單概括和回答。

結合郭沫若以詩人的手法創作戲劇的獨特心理，「生命」之喻也應是這些戲劇創作內在統一的主題。抗戰時期的六部戲劇都是以中國傳統的歷史人物作為表現的主體，並且將這些人物放置在生死存亡的激烈矛盾衝突之中，特別是戲劇表現的重點在於展現他們在衝突中心理撞擊所迸發出旺盛的生命張力。《屈原》中屈原在遭到政治迫害，小人污垢後，發出了「雷電頌」般的轟鳴，「這是我的意志，宇宙的意志，鼓動吧，風！咆哮吧，雷！閃耀吧，電！把一切沉睡在黑暗懷裏的東西，毀滅，毀滅，毀滅呀！」這引吭的高歌，這動情的吶喊，不正是對原始生命活力的呼喚嗎？而《虎符》裏如姬在生命的緊要關頭更是直陳到：「此刻你所創造出來的死，便是有意義的生。……我是要活下去的，永遠自由自在地活下去。我不能夠死在那暴戾者的手裏，我不能夠奴顏卑膝地永遠死陷在那暴戾者的手裏。」這不也是生與死的博弈中煥發出的旺盛不屈的意力嗎？另外的幾部歷史劇中，有關這樣對生與死思考的大段言談也比比皆是，因此從根本上來講，郭沫若抗戰時期的歷史劇創作

〔註83〕郭沫若：《我怎樣寫〈棠棣之花〉》，《郭沫若全集·文學編》第 6 卷，人民文學出版社 1986 年版，第 277 頁。

同樣也是鮮活生命活力的展演，旺盛生命激情的渲染，只有內在生命的表現才能如此感染讀者和觀眾。

這種生命意識的母體顯然並不是傳統中國文化歷史中的特質，而是外來輸入的觀念。郭沫若的歷史劇創作中的「生命」意識定於他同時期所進行的翻譯活動有很大的關係。郭沫若在最初創作歷史劇時就明顯受到了翻譯的影響，他談到：

> 「我起心把這故事戲劇化是在一九二〇年的春天。我約略記得是把《湘累》和《女神之再生》寫完之後，開始執筆的。那時候我還在日本留學，是九州醫科大學的二年生。我讀過了寫希臘悲劇家和莎士比亞、歌德等的劇作，不消說是在他們的影響之下想來從事史劇或詩劇嘗試的。」〔註84〕

更爲直接的就是相關戲劇的翻譯活動，郭沫若所譯介的西方話劇如《浮士德》、《約翰沁孤戲劇集》等無不是突顯內在生命力的傑作。特別是《浮士德》的翻譯，歌德創作《浮士德》用了畢生的精力，而郭沫若爲了翻譯這部作品也前後用了近 30 年的時間，是他翻譯世界中用力最多，成就最大的一部詩劇，郭沫若在翻譯這部詩劇時並不沒有著重於展示浮士德的各個不同時期的行爲表現上，而是重點突出浮士德在不同時期情緒的變化。特別是凸顯浮士德這樣典型的文學形象所展示出的人類叩問命運終極價值，嚮往追尋著生命原初的意義，如浮士德與靡菲斯特在書齋中的對話講到：「我絲毫也不顧慮到什麼來生；你總得先把這個世界打破，那才可以產生出另外一個，從這個大地迸射出我的歡欣，這個世界的太陽照著我的煩悶；我假如一旦竟同它們分離，要出什麼事情，什麼都可以。什麼來世的愛憎，來世也有君臣，這些話我一點也不願意再聽。」〔註85〕這樣對生與死價值的追問，對於現世的疑慮，不都對於正處於變革時期的中國無疑具有著篳路藍縷、以啓山林的意義和價值，也回應了五四新文化運動有關「人」的命題嗎？無怪乎時任《時事新報》「學燈」欄目主編宗白華感慨道：「《浮士德》詩譯我攜到松社花圃綠茵上仰臥細讀，消我數日來海市中萬斛俗塵，頓覺寄身另一莊嚴世界。今日公諸學燈，使許多青年同領此境，也不枉你這番心血了。」〔註86〕這不正是在《屈

〔註84〕郭沫若：《我怎樣寫〈棠棣之花〉》，《郭沫若全集·文學編》第 6 卷，人民文學出版社 1986 年版，第 273 頁。

〔註85〕郭沫若譯：《浮士德》，安徽人民出版社 2013 年版，第 55 頁。

〔註86〕田漢、宗白華、郭沫若《三葉集》，上海亞東圖書館 1920 年版，第 119 頁。

原》中「雷電頌」中竭力頌揚的內涵嗎？

事實的確如此，如何處理「文化傳統」與「現代文化」之間的關係是「五四」新文化運動所提出的歷史命題，特別是像中國這樣一個有著深厚文化積澱和延續的國家來講，這顯得更加重要。以陳獨秀爲代表的文化革命派主張進行「文化革命論」，用「推倒」和「建設」的方式開啓現代中國文化發展旅，旨在建設全新的現代中國文化，而以吳宓等爲代表的文化保守派則主張「昌明國粹，融化新知」，重在延續中國傳統文化的精髓，這顯然是兩種不同的方式而郭沫若卻借助於西方詩劇的翻譯和自我歷史劇的創作，展示中國文化轉型時期生命價值的重要內涵，恢復中國文化人內在生命意識，從而闡釋了現代「人」的本質屬性，完成「歷史眞實」與「現實眞實」的統一。

2、在藝術表現形式和創作方法上，郭沫若的歷史劇開創了國內現代詩劇體裁創作的先河。

對於郭沫若戲劇的創作，我們以往的研究基本上是用歷史題材的創作進行的命名，掩蓋了對他現代戲劇創作藝術手法的探究。郭沫若的歷史劇創作如果從藝術構思的角度來看，應該是屬於詩劇的範疇。借助於對於國外戲劇創作的翻譯，郭沫若形成了自己特有的戲劇創作的方式和理論體系，並爲中國現代戲劇的發展探索了一條新的道路，這主要表現在以下幾個方面：

首先，完成了歷史劇群眾角色的引入和創新。

人物形象是戲劇創作的重要因素，「戲劇藝術的對象是人，塑造鮮明、生動的人物形象是戲劇的中心任務。」〔註 87〕因此我們對於郭沫若歷史劇人物形象的關注也自然落腳到了屈原、信陵君、蔡文姬、武則天等劇作的中心人物上，誠然這些中心人物是劇作所主要表現的對象，但是僅僅只有他們還不能構成一個完整的戲劇結構，特別是像郭沫若歷史劇這樣獨特的創作形式，並非以戲劇衝突來推動整個戲劇情節的發展。在郭沫若的歷史劇之中，有一類人物是我們以往研究中所忽略的，但又是特別重要的現代戲劇創作方式，也就是群體角色概念的引入和創作。

郭沫若歷史劇中有一個因素是以往研究中所沒有提及到的，那就是劇本中的人物表，人物表是「劇中出現所有角色的總和」，〔註 88〕是戲劇創作中非

〔註87〕賀大綏，丁世潔主編：《文學鑒賞論綱》，警官教育出版社 1996 年版，第 209 頁。

〔註88〕曼弗雷德·普菲斯特著，周靖波、李安定譯：《戲劇理論與戲劇分析》，北京

常重要的因素。因爲「戲劇人物表的結構並不僅僅與矛盾和同一相關，而且這種相互關聯也不純粹是靜態的，它還包含大量的相互作用的動態結構，我們可以稱之爲角色群（figure constellations）。」〔註89〕從這個意義上來看，人物表對戲劇情節的發展起到了重要的推動作用。

　　而在郭沫若歷史劇的人物表中，也構建了豐富的譜系。特別是他在主要人物之外，設計了眾多配角式的甚至是沒有任何臺詞和動作的人物，這便與老舍、曹禺等人的戲劇創作有了明顯的不同。如《屈原》劇中的人物表有屈原、嬋娟等 18 個有具體姓名的角色外，還有「女官、女史、群眾、衛士、歌舞及奏樂者各若干人」〔註90〕；《虎符》劇中的人物表有信陵君、如姬等 27 個有具體姓名的角色，還有「衛士及群眾各若干人」〔註91〕；《高漸離》劇中的人物表有高漸離、李斯等 17 個有具體姓名的角色，還有「衛士、宦者、童男女等若干人」〔註92〕；《孔雀膽》劇中的人物表有 17 個有具體姓名的角色，「番將、衛士、宮女各若干人」〔註93〕；《南冠草》劇中的人物表有「皁隸及兵勇若干人」〔註94〕21 個有具體姓名的角色，《蔡文姬》的人物表中「胡兵、胡婢、胡樂隊、胡舞隊等若干人。曹丞相府侍者、銅雀臺歌姬等若干人」〔註95〕，《武則天》劇中則有「宮娥、黃門、侍衛等各若干人」〔註96〕。非常明顯在郭沫若主要歷史劇中，「士兵」、「宮女」、「侍者」等人物都是人物表中非常重要的組成部分，絕不是可有可無的元素。這種創作手法從何而來呢？席勒的

廣播學院出版社 2004 年版，第 210 頁。

〔註89〕曼弗雷德‧普菲斯特著，周靖波、李安定譯：《戲劇理論與戲劇分析》，北京廣播學院出版社 2004 年版，第 217 頁。

〔註90〕郭沫若：《郭沫若全集‧文學編》第 6 卷，人民文學出版社 1986 年版，第 287 頁。

〔註91〕郭沫若：《郭沫若全集‧文學編》第 6 卷，人民文學出版社 1986 年版，第 427 頁。

〔註92〕郭沫若：《郭沫若全集‧文學編》第 7 卷，人民文學出版社 1986 年版，第 3 頁。

〔註93〕郭沫若：《郭沫若全集‧文學編》第 7 卷，人民文學出版社 1986 年版，第 133 頁。

〔註94〕郭沫若：《郭沫若全集‧文學編》第 7 卷，人民文學出版社 1986 年版，第 207 頁。

〔註95〕郭沫若：《郭沫若全集‧文學編》第 8 卷，人民文學出版社 1987 年版，第 15 頁。

〔註96〕郭沫若：《郭沫若全集‧文學編》第 8 卷，人民文學出版社 1987 年版，第 127 頁。

戲劇創作對郭沫若的歷史劇創作的影響是非常深刻的，特別是郭沫若於 1936年所翻譯完成的歌德歷史劇《華倫斯坦》後就認爲這部劇作「這部作品的確是值得我們玩味和學習的」〔註97〕。這部作品的翻譯對郭沫若戲劇創作的方法和創作理論都產生了重要的影響。特別是在具體的創作方法上，進一步完善了現代戲劇創作中國化的革新。群眾人物譜系的引進、吸收和創作試驗就是最重要的一個方面。郭沫若在《華倫斯坦》翻譯後就認爲：

> 「在文學的意義上講，是最初的群眾劇，那兒沒有主人翁，只有一些傭兵的群像；詩人借那些傭兵來把華倫斯坦的時代背景形象化了。這種手法是爲後來的作劇家，尤其德國的表現派所慣愛採用的，然而是爲席勒所創始。那兒所刻畫著的驕奢淫縱的傭兵們，他們的生活樣式和思想感情，在我們中國不是依然還活著的嗎？陰謀，暗殺，賣國，賣友，……這些高尚的品德，在我們似乎也並未失掉他的光輝。這兒正刻畫著它的生成，發展和失敗，這對於我們也好像是大有效用的。」〔註98〕

這些群眾角色是戲劇創作中必不可少的元素，它有效地推動了戲劇情節的發展，甚至對於戲劇藝術衝突也起到了至關重要的作用，郭沫若歷史劇的戲劇藝術創新的價值不僅僅是戲劇主要人物形象的創作，更主要的是借助於這些群眾角色塑造，進一步完善了歷史劇創作的藝術手法和實際技巧，更爲歷史劇理論創新提供了可供研究的範本。

其次，注重「情調」的渲染和創作的實驗，完成了詩與劇的完美融合。

如果僅僅從外在語言形式上來看，郭沫若的歷史劇創作與老舍和曹禺等戲劇創作最明顯地區別便是，郭沫若的每一部歷史劇中都存在著大段的人物直白，如《屈原》中的「雷電頌」、《棠棣之花》中的俠累和聶嫈的獨白等，這與老舍和曹禺戲劇劇本中簡潔和含蓄的語言表現大不相同。那麼郭沫若爲什麼採用這種戲劇語言的表現方式呢？

戲劇的創作與其他藝術樣式區別還在於「戲劇文學反映再現生活的濃縮性。要求情節結構的單純、集中。劇中一般只包括一樁事件，事件發生的時間要儘量縮短，並將事件的發生、發展和結局組織成一個緊湊的整體。」〔註99〕

〔註97〕郭沫若：《華倫斯坦·改版書後》，人民文學出版社 1959 年版，第 477 頁。
〔註98〕郭沫若：《譯完了「華倫斯坦」後》，人民文學出版社 1959 年版，第 475 頁。
〔註99〕童慶炳主編：《文學理論教程》，高等教育出版社 1993 年版，第 254～255 頁。

因此「戲劇家經常利用一些可導致情緒上與心理上發生震驚的意外成分，而
這些成分確是戲劇家構思的基礎。」〔註100〕這也是郭沫若的歷史劇創作的一
個非常重要，而又被我們所忽略的元素，這就是劇作內部「情調」的構思和
渲染，簡單來說就是郭沫若在劇作中所表現出的情感基調。與老舍、曹禺等
現代劇作家現代話劇創作不同，郭沫若在戲劇創作中並不是著力於強調戲劇
人物的矛盾衝突和舞臺效果，而更主要是凸顯一種情感的基調，利用情調來
調動觀眾和讀者的觀感，做到了「以情感人」。如果仔細梳理一下，你便會非
常清晰地看到，《屈原》劇作流露出的是哀怨的情調，《虎符》中顯示出的是
悲壯的情調，《蔡文姬》中展示的是激昂的情調等等，所以，郭沫若歷史劇的
創作展示出了另外一種現代戲劇創作的元素——情調。

那麼郭沫若歷史劇創作注重情調的創作方式出自哪裏呢？當然還是由於
郭沫若翻譯西方戲劇時所得到的啟示，郭沫若在創作《聶嫈》劇中「盲叟」
形象時便談到：

> 「《聶嫈》的寫出自己很得意，而尤其得意的是那第一幕裏面的
> 盲叟。那盲目的流浪藝人所吐露出的情緒是我的心理之最深奧處的
> 表白。但那種心理之得以具象化，卻是受了愛爾蘭作家的約翰沁孤
> 的影響。」〔註101〕

《約翰‧沁孤戲曲集》是郭沫若所翻譯的一部非常重要的詩劇，這部譯作裏
最著名的一篇便是《騎馬下海的人》，該劇主要寫以為老婦人在自己親人都葬
身大海死亡後，仍然以還爲生命的人的宿命性。特別是劇末「他們全走了，
大海再也不能加害於我了……誰也不會永遠活著的，我們也不埋怨什麼了」，
一股濃鬱的憂傷、悲憫和陰鬱的情調達到了極致，給讀者的並非撕心裂肺的
感傷，而是一種共通的悲哀，這種悲哀超越了性別、國度和人種，達到了人
性的共鳴。郭沫若就深受這種情感的薰染，不無感情的寫下了：

> 「愛爾蘭文學裏面，尤其約翰沁孤的戲曲裏面，有一種普遍的
> 情調，很平淡而又很深湛，頗像秋天的黃昏時在潔淨的山崖下靜靜
> 地流瀉著的清泉。日本的舊文藝裏面所有的一種『物之哀』（Mono no

〔註100〕〔英〕阿‧尼柯爾著，徐士湖譯：《西方戲劇理論》，中國戲劇出版社 1985
　　　　年版，第 39 頁。
〔註101〕郭沫若：《創造十年續編》，《郭沫若全集‧文學編》第 12 卷，人民文學出版
　　　　社 1992 年版，第 234 頁。

aware）頗為相近。這是有點近於虛無的哀愁，然而在那哀愁的底層
卻又含蓄有那麼深湛的慈愛。釋迦牟尼捨身飼虎的精神，大約便是
由那兒發揮出來的。……但我讀過伽里達惹的《霞空特羅》，那種翡
翠般的有深度的澄明，讀起來令人心身上所有的一切窒鬱，都要消
融了的一樣。」〔註102〕

因此郭沫若在歷史劇創作中便借助於這種情感處理的方式，更加注重借助於
戲劇人物在舞臺上的情感變化，來推動戲劇情節的發展，他把舞臺作為了戲
劇人物抒發情感的場域，利用人物情感的變遷來創造特有的戲劇情調。《屈原》
的重點並非是描述屈原如何遭受不公平的待遇，如何受到小人排擠的過程，
而是落腳於了屈原被放逐後情感的表達，展示出人性特有的情調。正是借助
於內在情緒的張揚，完善了現代新詩創作多元性的實驗。

「劇作家是用語言寫戲的，他得把語言安排在劇中人物的口中，由演員
在觀眾面前加以解釋。」〔註103〕郭沫若歷史劇的語言建構，與同時期中國話
劇創作的「戲劇人物的言語、對話（臺詞）要足以推進戲劇動作」〔註104〕存
在明顯的差異性。「以詩入戲」應是郭沫若歷史劇創作的獨特藝術特色。郭沫
若歷史劇創作的貢獻其實也超出了劇作本身，如果從整體的角度來看，郭沫
若歷史劇對他現代白話新詩的創作探索了新的途徑，也即是恢復了詩歌情緒
感染的特性，使白話新詩創作轉向了詩的本體。這種特殊的創作方式從何而
來呢？郭沫若在翻譯《華倫斯坦》的時候就明確表示：

「本劇原是詩劇，但幾乎全部都是無腳韻的『白行詩』，這種形
式在中國是沒有的。我的譯文是全部把它譯成了韻文，然而我除《序
曲》及劇中少數歌詞之外，都沒有分行寫。這意思自然是想節省紙
面，並免掉許多排字上的麻煩，然而我也想諷喻一下近代的一些敘
事詩人，詩不必一定要分行，分行的不必一定是詩也。」〔註105〕

這其中西方詩劇的翻譯便是重要的途徑之一，郭沫若所翻譯的西方劇作一個
共同的特徵便是，都是飽含著強烈情感情緒的作品。既然是將歷史劇創作側

〔註102〕郭沫若：《創造十年續編》，《郭沫若全集·文學編》第 12 卷，人民文學出版
社 1992 年版，第 234～235 頁。

〔註103〕〔英〕阿·尼柯爾著，徐士湖譯：《西方戲劇理論》，中國戲劇出版社 1985
年版，第 34 頁。

〔註104〕童慶炳主編：《文學理論教程》，高等教育出版社 1993 年版，第 256 頁。

〔註105〕郭沫若：《譯完〈華倫斯太〉之後》，上海書店 1936 年版，第 219 頁。

重於展示其中的情感情緒，那麼在外在的結構上就要與之相對應，這種翻譯的傾向性也影響了郭沫若劇作創作的語言方式，形成了不同於其他戲劇創作者的鮮明特徵。

四、郭沫若早期文學創作研究之視角：詩劇的翻譯與創作

　　對於郭沫若早期文學創作的研究，我們現在基本上分爲了詩歌研究、歷史劇研究和文藝思想研究等幾個方面，這些研究基本上都是各自獨立成篇無交集可言，這其實造成了一個非常突出的問題即是我們的研究偏離了郭沫若當時創作的實際情況，最明顯的就是現在對《女神》的研究，基本都是在研究之初便將它貼上了「白話新詩」的標籤，毫無疑問，我們今天都把 1921 年 8 月出版的《女神》奉爲了「中國現代第一部從內容到形式開拓了詩歌新天地的詩集」〔註 106〕，但是對於其中的很多問題卻解釋不清，進而就避而不談。先不說《女神》文本內在的創作手法，僅僅就封面上的「劇曲詩歌集」的字樣，現代很多研究者並沒有給出清晰而合理的闡釋，另外，這部所謂的白話新詩集內卻涵蓋了如《湘累》、《女神之再生》的內容，這些創作顯然不是白話新詩，更應該是一種劇作，但是我們之後的研究卻只見「詩歌」不見「劇曲」，還有最明顯的一處便是詩作《新生》了，現收入《郭沫若全集·文學編》第一卷《女神》中的《新生》是被「簡化」的《新生》，在《女神》初版本中的《新生》下面還有「自詩自譯」的字樣，而且原文是德文與中文的對譯，但是多年以來，我們對《女神》中這一奇特的現象也從未進行過解釋和研究，以上的諸種問題形成了《女神》研究特有的「部分闡釋」的現狀，這樣一葉障目不見森林的研究定然造成了對《女神》和郭沫若新詩創作缺失性的認知，要不就是過高的評價，要不就是一般的闡釋。僅僅只是一部《女神》便可以看出這種分裂式研究所造成諸多困惑的問題。

　　如果能從歷史劇的創作與詩劇的翻譯的視角來探討郭沫若早期白話新詩創作，應該會有不同的闡釋。郭沫若早期文學創作顯然走的是一條綜合前進的道路，詩歌、戲劇和文藝思想等幾個方面是同位一體的，在郭沫若早期創作體系中「詩」與「劇」的創作是不可分割的，甚至可以說在他的創作理念中「詩」中應有「劇」的故事性和戲劇性，而「劇」中應有「詩」的音樂

〔註 106〕黃曼君，朱壽桐編：《中國現代文學史》，武漢大學出版社 2012 年版，第 112 頁。

性,「詩」中應該有「劇」的衝突性。雖然從內在上有所區分,但是在外在呈現和內在表達上郭沫若還是進行了融合和更新,使得《女神》這樣的「劇曲詩歌集」才得以出現並流世。這三者能夠融合在一起的關鍵就是翻譯活動的支撐。郭沫若新文學創作的背景之一就是對西方文學的譯介,郭沫若先從課本上的翻譯開始,逐步對西方的文學作品產生了興趣,隨後開始自覺翻譯各類西方文學作品。形成了創作、翻譯共存的局面。特別是在 20 世紀 20 年代前後郭沫若所翻譯的作品突破了初期單一詩歌體裁的範疇變得更加多元化,如 1919 年 7 月譯《浮士德》第一部書齋中的獨白,12 月發表譯惠特曼的《從那滾滾大洋的群眾裏》,同年合譯小說《茵夢湖》;1920 年 2 月譯《浮士德・獻詩》;3 月譯《歌德詩中所表現的思想》,3 月譯雪萊《雲鳥集》;1921 年 4 月作《歸國吟》,7 月譯《少年維特之煩惱》;1922 年 4 月發表譯詩《春祭頌歌》等,從這些大致的翻譯年表中可以看出郭沫若此時的翻譯並非如我們今天所研究的這樣條分縷析,而是各種體裁雜糅,各種題材並存的。究竟什麼是詩歌,什麼是詩劇,什麼是白話詩等的界限並非如此明確,藩籬也並沒有清晰。《女神》便是在這樣的環境中誕生的,郭沫若在《創造十年》中談及此時的文學活動就說到:我開始編撰了我的詩集《女神》,其次是改譯了那本《茵夢湖》。」〔註107〕這便造成了《女神》中「詩」與「劇」並存,「中」與「外」互譯的現象,這充分證實了「中外文學交往的基本的確定性的事實」〔註108〕。

郭沫若的歷史劇與詩劇翻譯之間蘊含著很多有待進一步思考和解析的編碼,通過對此問題的闡釋不僅僅深化和拓展了郭沫若研究的範疇,同樣也折射出中國現代文學和文化發展的一條重要途徑。

第七節　他山之石　何以攻玉?──郭沫若譯「維特」形象在中國的傳播與接受

「維特」是西方文學史上最典型的文學形象之一,他在現代中國廣泛的傳播與接受源於 1922 年由泰東圖書局所出版的郭沫若翻譯的《少年維特之煩

〔註107〕郭沫若:《創造十年》,《郭沫若全集》第 12 卷,人民文學出版社 1992 年版,第 97 頁。

〔註108〕宋炳輝:《文學史視野中的中國現代翻譯文學──譯作家翻譯為中心》,復旦大學出版社 2013 年版,第 18 頁。

惱》。在郭沫若翻譯的諸多作品中，翻譯時間之早、造成影響之大、傳播範疇
之廣的無疑也是這部譯作了，它開啓了郭沫若嶄新的創作理念，催生了中國
讀者現代化的轉變，加速了「五四新文化」運動世界化的步伐。高利克更是
在其《初步研究指南：德國對現代中國知識分子歷史的影響》一書談及郭沫
若的此部譯作，並認爲：「此書是中國 20～30 年代最爲暢銷的外國作品。」〔註
109〕但就是這樣一部暢銷的譯作至今爲止還未有專門的研究文章，現在所涉及
到的多爲介紹的文字，告訴了讀者郭沫若曾經譯介過這部歌德著名作品的史
實，但是有關這部作品的歷史價值如何；它是怎樣在國內傳播並被接受的等
學理性的問題就含糊不清了。而 1922 年由泰東圖書局出版郭沫若譯的《少年
維特之煩惱》後，在中國社會中形成了獨特的「維特熱」〔註 110〕現象，目前
對於「維特熱」的問題雖有所涉獵，但是僅有的研究成果〔註 111〕還只是從傳
播學、社會學的角度進行分析和闡釋，告訴了讀者「維特」形象在現代中國
傳播並被接受的可能性，但是對於作爲「源」和「流」的「維特」形象的差
異性，作爲翻譯文學特殊性，以及作爲現代文學起始階段的症候影響等方面
的問題還未能給予學理關注和辨證闡釋，從而造成了對這部譯作的缺失性認
識，既未能從史學的角度來闡釋此譯作對於郭沫若文學創作的影響，更未能
從「維特熱」的角度對於「五四」運動後期社會文化心態等多方面問題進行
學理反思。因此如何從譯介學、翻譯學等方面去闡釋《少年維特之煩惱》譯
本的本質屬性，對於研究郭沫若複雜的創作心理動機、「五四」文學發展的合
理性等方面難點問題的闡釋尤爲重要。

一、單向度的傳播：「維特」形象在現代中國的傳播與接受

郭沫若譯《少年維特之煩惱》被眾多出版社競相出版，一時間形成了「洛
陽紙貴」的現象。與此同時「維特」也成爲家喻戶曉的文學典型。究竟「維
特」形象在國內的傳播效果如何呢？讀者們對這一形象的反應是怎樣的呢？
在國內對於郭沫若所譯《少年維特之煩惱》幾乎全是一邊倒的溢美之詞。

〔註 109〕《二十世紀中國實錄》第 1 卷，光明日報出版社 1997 年版，第 1062 頁。

〔註 110〕楊武能：《篳路藍縷，功不可沒──郭沫若與德國文學在中國的譯介和接受》，
《郭沫若學刊》2000 年第 1 期。

〔註 111〕目前對「維特熱」進行專題研究的文章有：劉香的《中國「維特熱」與 20
年代文化市場》，《郭沫若學刊》2001 年第 3 期；林一民的《「維特熱」的興
起與消退──兼談文學接受審美趣味的轉移》，《江西大學學報》（哲學社會科
學版）1988 年第 3 期。

著名德語翻譯家，也曾翻譯過《少年維特之煩惱》的楊武能認為：

> 「郭沫若尚在學生時代完成的《少年維特之煩惱》（1922），已充分顯示出年輕的天才詩人的翻譯天才。它無疑是歌德乃至整個德語文學第一部在我國受到廣泛歡迎的作品，而且至今影響猶存。」

> 「郭沫若的所有譯著，以《少年維特之煩惱》這部『小書』傳播最廣，名聲最大，不，豈只是他個人的譯著，就在建國前譯成的中文的德國文學乃至所有的外國文學作品裏，郭譯《維特》的影響也無與倫比。」〔註112〕

同是創造社成員的葉靈鳳在《霜紅室隨筆》中這樣寫道：

> 「此書雖然故事情節很簡單，但由於是書信體，許多情節要靠讀者自己用想像力去加以貫穿，然而它的敘述卻充滿了情感，文字具有一種魅力，使人讀了對書中人物發生同情，甚至幻想自己就是維特，並且希望能有一個綠蒂。而且在私衷暗暗的決定，若是自己也遇到了這樣的事情，毫無疑問也要採取維特所採取的方法。這大約就是當時所說的那種『維特熱』。也正是這部小說能迷人的原因。」

他第一次讀了郭譯本後，非常憧憬維特所遇到的那種愛情，並且自己也以「青衣黃褲少年」自命，甚至想：

> 「如果這時我恰巧有一位綠蒂姑娘，我又有方法弄到一柄手槍，我想我很有可能嘗試一下中國維特的滋味的。」〔註113〕

現代教育家的蔡元培說到：

> 「外國小說的翻譯，……最近幾年，譯本的數量激增，其中如《少年維特之煩惱》《工人綏慧略夫》《沙寧》等，影響於青年的心理頗大。」〔註114〕

「左聯」著名作家彭柏山稱自己也是讀了郭譯本後，對文學發生強烈的興趣，從而引起了他對進步文學的熱切追求。1927 年還有一位自命為「維特狂」的青年曹雪松，在克服了失戀後幾次想抱著該書跳入吳淞江的念頭，把該書改編為四幕悲劇，次年由泰東圖書局出版。他在此劇序中稱該書「非尋常作品

〔註112〕楊武能：《篳路藍縷　功不可沒——郭沫若與德國文學在中國的譯介和接受》，《郭沫若學刊》2001 年第 2 期。

〔註113〕葉靈鳳：《歌德和少年維特之煩惱》，《讀書隨筆二集》，三聯書店 1988 年版，第 422～423 頁。

〔註114〕蔡元培：《蔡元培談教育》，遼寧人民出版社 2015 年版，第 135 頁。

可比，經營之慘淡，描寫之細膩，結局之悲慘，簡直無詞可以形容」。30 年代柳無忌在《少年歌德與新中國》一文中講此書當時幾成了一般青年男女「愛情的信物或生命的護符」，斷言維特曾經在感情上影響過很多中國知識分子。

茅盾更是在他的《子夜》中將此書作爲了小說的情節之一，賦予了重要的精神內涵，吳少奶奶將一朵枯萎的白玫瑰花夾在了一本讀得破舊了的郭沫若譯的《少年維特之煩惱》書中，悄悄送與了自己青年時代的戀人雷鳴作爲定情之物，他們也不時地回憶起年輕時讀此書的情節，他們眞誠的爲維特和綠蒂的淒美愛情故事所感動，反覆吟唱著《綠蒂與維特》之歌，他們暢論婚姻自主、戀愛自由，陶醉於男女神聖愛情的理想之中。

以上的種種事例無不眞實地顯現著郭沫若所譯的《少年維特之煩惱》成爲當時青年男女奉爲精神的「聖經」，已經成爲了一種流行文化。雖然郭沫若譯介《少年維特之煩惱》出版後，這部小說以其瘋狂的戀愛熱情、對社會的判逆思想、夢幻般的行動及個人主義的思考方法，受到了經過「五四」運動洗禮的中國年輕讀者的青睞，對現代中國青年的婚戀心理形成了重要的影響，但是仔細推敲起來這種影響無外乎只是對青年人的心理範式和他們的婚姻戀愛生活模式的單一方面，至於對於社會文化內涵的變革卻幾乎沒有任何蹤跡，這形成了以「維特」爲代表的西方重要文學形象在現代中國特有的「單向度傳播」的現象。

西方著名漢學家高利克在其《中西關係的里程碑》中就指出了這一問題，指出了國內「維特」形象傳播和接受中所存在的問題：

> 「民國時期，『維特熱』中的那些狂熱信奉者，並未眞正瞭解這部傑作的偉大之處，抓住此書思想精髓和革命性的精華，他們更多的是出於個人經驗相連接的關係而對此書中的愛情狂熱表現出認同，甚至可以認爲不少人只是一種沒有精神深度、沒有追求目標、沒有理解的淺薄的裝腔作勢而已。」〔註115〕

實際情況也的確如此。歌德創作《少年維特之煩惱》到底意欲何爲呢？歌德在《詩與眞》中就直言不諱的表示：「這本小冊子影響很大，甚至可說轟動一時，主要就因爲它出版得正是時候。就如只需要一點引線就能使一個大地雷爆炸似的，當時這本小冊子在讀者中間引起的爆炸也十分猛熱，因爲青年一

〔註115〕〔捷克〕高利克著，伍曉明、張文定譯：《中西文學關係的里程碑》，北京大學出版社 1990 年版。

代身上本已埋藏著不滿的炸藥……」〔註116〕

　　盧那察爾斯基更是直截了當的指出，維特「因爲除了死亡，再也沒有別的門路通往自然。」〔註117〕

　　勃蘭兌斯在《十九世紀文學主流》中就對歌德的《少年維特之煩惱》的眞正內涵有過非常確切的表述，具體到維特這一形象上更是指出他：「激動了千千萬萬人的心，在整個一代人中引起了強烈的熱情和對死亡的那種病態的嚮往，在不少情況下引起了歇斯底里的傷感、懶惰、絕望和自殺，……重要意義在於，它表現的不僅是一個孤立的感情和痛苦，而是整個時代的感情、憧憬和痛苦。」〔註118〕

　　而郭沫若翻譯此作品卻是在展示維特的反抗精神和青春熱情。「沒有愛情的世界，便是沒有光亮的神燈。他的心情便是這種燈中的光亮，在白壁上立地可以生出種種畫圖，在死滅中立地可以生出有情的宇宙。」〔註119〕

　　兩相對比可以明顯地看出郭沫若所譯介的「維特」形象在現代中國社會場域中所傳播並被接受的多是個體解放精神，而非時代哲思情感；多身體反抗自由意識，而非精神思想痛苦提升。

　　由此可見，只凸顯個性反抗而忽略社會認知，只注重情緒渲染而疏忽哲理認知，形成了郭沫若譯介的維特形象在中國單向度傳播與接受的主要模式，形成了此「維特」非彼「維特」的現象。這種單向度傳播的模式是如何產生的呢？它帶來的後果又是什麼呢？這種外國文學典型單向度的傳播給翻譯文學在中國的發展帶來的啓示又是怎樣的呢？

二、郭沫若譯《少年維特之煩惱》究竟意欲何爲？

　　可以說《少年維特之煩惱》形成了持續性的影響，無論是從哪個角度來講郭沫若譯的《少年維特之煩惱》都全面的參與到中國現代文化發展的進程之中，自然也就成了中國現代文化發展的重要組成部分。但是對於這樣一篇重要譯作，我們現在的關注點僅僅只是停留在「維特」這一形象影響到了什

〔註116〕〔德〕歌德著，劉思慕譯：《詩與眞》，《歌德文集》第 5 卷，人民文學出版社 1999 年版，第 580 頁。

〔註117〕〔俄〕盧那察爾斯基著，蔣路譯：《論文學》，人民文學出版社 1978 年版，第 574 頁。

〔註118〕勃蘭兌斯：《十九世紀文學主流》第 1 分冊，人民文學出版社 1988 年版，第 22 頁。

〔註119〕郭沫若：《少年維特之煩惱·序引》，創造社出版部 1926 年版，第 4 頁。

麼人的表層現象上，至於維特形象所蘊含的深層「反抗意識」這一個重要精神主題所輻射到的歷史視域中的文化選擇，特別是「維特熱」所折射的「五四」文化心態的背後探究甚少。要想梳理維特形象在中國單向度傳播症候產生的原因，必須要探究郭沫若譯介《少年維特之煩惱》的初衷是什麼？

　　《少年維特之煩惱》譯介的成功和郭沫若的付出是成正比的。郭沫若對於譯介《少年維特之煩惱》工作的重視程度絲毫不亞於創作詩歌作品。這種重視表現之一，便是翻譯時的不遺餘力的全身心投入。作為創造社的主要成員鄭伯奇在多年後依然非常清晰地回憶出郭沫若翻譯《少年維特之煩惱》的情形：

　　　　「他編好了他的詩集《女神》，校定了他翻譯的小說《茵夢湖》，便開始翻譯歌德《少年維特之煩惱》。我住定以後，也就著手翻譯古爾孟的《魯森堡之一夜》。夏天，上海的弄房堂子本來很熱，泰東的編輯所實際上又兼著宿舍和堆棧，我們初到那裡更談不到什麼工作的設備。每天，我們兩個人在會客，吃飯兼打包的廳房裏面，對坐在一張飯桌，冒著炎暑，做著絞腦漿的工作。我遇到心思煩亂的時候，就跑出去遊玩或看朋友，沫若卻除了看報和吃飯以外從來不大休息。他翻譯得很迅速卻又非常仔細，往往為一個單字或一個熟語，會花費很多的時間。每日以好了一段以後，他還是反覆地誦讀幾遍，三番五次地加以推敲，然後才肯罷手。他的細心和耐性使我佩服，他的精力更使我驚歎，看見他的工作態度，自己常常慚愧，覺得像自己這樣羸弱而又缺乏耐心的人真不配作一個文藝工作者。」〔註120〕

表現之二便是，《少年維特之煩惱》初版時，郭沫若與泰東圖書局的公案想必讀者們都非常瞭解了。

　　　　「還有使人痛心的是一部名著，印刷錯得一塌糊塗，裝潢格式等等均俗得不堪忍耐。我初譯的誤植已經訂正過兩回，無如專以營利為目的的無賴的書賈卻兩次都不履行，竟兩次都把我的訂正本遺失了。

　　　　然我草率譯成的這部書，錯印得一塌糊塗的這部書，裝潢得俗不堪耐的這部書，出版以後竟能博得多數讀者的同情。這不消說是

〔註120〕鄭伯奇：《二十年代的一面——郭沫若先生與前期創造社》，饒鴻競等編《創造社資料》，福建人民出版社1985年版，第755頁。

原作的傑出處使然，然而我自己也不免時常引以為慰藉。」〔註121〕
對於這樣的抱怨我們之前都把它作為了郭沫若與泰東圖書局矛盾的重要例證
之一，但是如果我們仔細梳理一下郭沫若與泰東圖書局之間的矛盾衝突，便
會發現這並不是簡單的經濟利益方面的不滿和抱怨，而是超越了單純的經濟
收入的範疇指向了圖書出版的本體，這其實是與郭沫若和泰東圖書局之間矛
盾是有區別的。而現實出版的情形與郭沫若當時的抱怨恰恰相反，他的《少
年維特之煩惱》的譯本，並沒有因為他所指出的「錯印得一塌糊塗」、「裝潢
得俗不堪耐」的瑕疵受到讀者的不滿和指責，相反，這部譯作卻贏得了「五
四」讀者的青睞和熱捧。如果仔細核對以後各個出版社所出版的郭沫若譯《少
年維特之煩惱》的譯本，其實與泰東圖書局比較起來並沒有什麼太大的變化，
在郭沫若所說的錯誤上也未能更改多少。

　　郭沫若為什麼要投入如此多的精力來譯介這部作品呢？又為什麼對於進
入出版流通領域的這部譯作出版的狀況耿耿於懷呢？這其實便是要回答郭沫
若譯介《少年維特之煩惱》的初衷究竟是什麼的問題。

　　今天我們對《少年維特之煩惱》的關注，更多集中在譯本複雜多變的故
事情節演變上，特別是將關注點落腳於維特的叛逆形象和情緒批判的精神歷
程上，但是忽略了郭沫若譯介這部作品本真目的所指。就在 1920 年，為了做
好對歌德作品的譯介工作，其實也就是做好對《少年維特之煩惱》的翻譯，
郭沫若就在同成仿吾和田漢的通信中就談到過相關的問題，郭沫若堅持認為
對於歌德的代表作品在翻譯之前應該：「多糾集些同志來，組織個歌德研究
會，先把他所有的名著傑作和關於他的名家研究，合盤翻譯過來，做一個有
系統的研究。」〔註122〕

　　在 1922 年泰東本的《少年維特之煩惱》的正文前郭沫若更是做了長達 13
頁的「序引」，在序引中郭沫若更是開宗明義的明確指出：「我對於歌德此書，
也有這個同樣的觀念。此書幾乎全是一些抒情的舊簡所集成，敘事的分子極
少，所以我們與其說是小說，寧說是一部散文詩集。」〔註123〕在接下來的內
容裏，郭沫若對於歌德創作的思想內涵，《少年維特之煩惱》的藝術特色，維
特形象的歷史價值和意義等方面進行了詳盡的闡述，並且不斷渲染個性解放

〔註121〕郭沫若：《少年維特之煩惱·後序》，上海創造社出版部 1926 年版，第 2 頁。
〔註122〕田漢、宗白華、郭沫若：《三葉集》，上海書店 1982 年版，第 18 頁。
〔註123〕郭沫若：《少年維特之煩惱·序引》，泰東圖書局 1921 年版，第 1 頁。

的情緒，特別是「維特出版了。『維特熱』之流行日見猖獗了。『生的悶脫』的怨男怨女，以手槍自殺相隨後」〔註124〕，有關論斷將這種情緒推向了極致。郭沫若還在正文後也還附有十幾頁對譯文內容的詳細闡釋，這是在以往和此後的譯作中都是絕無僅有的。這明顯地可以看出郭沫若譯介此作品的良苦用心。

《少年維特之煩惱》的譯介除了帶給我們耳熟能詳的時代精神、個性解放等顯在意蘊外，更主要的是展示了郭沫若文體自覺意識。

郭沫若在譯介《少年維特之煩惱》之前，無論是創作還是翻譯，大多數是以詩性語言為主，因其創作的場域大多在日本，因此他的很多白話新詩中蘊含有很多日本語言的特質。而「五四新文學」運動最主要的變革便是現代白話文的運動和推廣，因此僅僅只是依靠短行詩作的創作還不能完全成為新文學創作的領軍人物。《少年維特之煩惱》的譯介工作恰好的擔負起了這一歷史使命，這部作品雖然僅僅只有近 8 萬字，但是因大多數都是人物心理描寫，如何用現代白話文恰如其分的譯介出來的確是一件不容易的事情。郭沫若便借助其風韻譯的翻譯思想，多用比擬手法和強調句式，如維特邀請綠蒂跳舞而不得的描述：

> 「頂可愛的人兒在我手裏，和著她同電光一樣四處飛舞，旁若
> 無人，而且——威廉喲，我卻發了一誓，我所愛的少女，我所要求
> 的少女，除和我外決不許和別人跳舞！不然我決不干休。」〔註125〕

這便使得人物形象栩栩如生的展現在讀者面前。這便顯示了郭沫若為了準確達到對人物的描述而主動自覺的改變過去語言的習慣，使用更加純白的現代白話句式來進行翻譯，正是借助於《少年維特之煩惱》的翻譯郭沫若文體革新意識更加自覺，也更加全面的參與到「五四新文化」運動之中。

譯介之前的籌劃準備、譯介活動時全心投入、譯本出版後敝帚自珍、文體意識的自覺等方面無一不顯示著郭沫若對於歌德和《少年維特之煩惱》翻譯工作的重視程度，這些表現都與 1920 年代之前郭沫若譯介詩歌大相徑庭。郭沫若自己就有感觸的認為：「我是在五四運動的高潮中著手翻譯的。我們的五四運動很有點像青年歌德時代的『狂飆突進運動』，同是由封建社會蛻變到現代的一個劃時代的歷史時期。因為有這樣相同，所以和青年歌德的心弦起

〔註124〕郭沫若：《少年維特之煩惱・序引》，泰東圖書局 1921 年版，第 12 頁。
〔註125〕郭沫若譯：《少年維特之煩惱》，泰東圖書局 1922 年版，第 23 頁。

了共鳴，……那時的翻譯彷彿自己在創作一樣，我頗感覺著在自己的一生中做了一件相當有意義的事」。〔註126〕

從這個意義上來講，「維特」已經不僅僅只是單純外國文學形象的輸入和介紹，更是郭沫若開始有意識參與到「五四」新文化運動的重要標誌。他改變了過去借助翻譯來學習語言、借助翻譯來養家糊口、借助翻譯來打發無聊時光的非文學理念，這個更是一次主動的思考，更是一次文化的溯源。因此「維特」已經是寄予著郭沫若文化思考的文學載體，這種個體精神解放的主觀投入，更是郭沫若「五四」文化觀念的具象，也是「五四」「人的解放」時代命題的深化。

因此，郭沫若譯介《少年維特之煩惱》已經超越了僅僅翻譯一部外國文學作品的單一價值，更主要的是通過此譯本的翻譯，特別是對於「維特」形象的譯介、推廣和傳播，帶給中國全新的文化理念和浪漫情懷，從而豐富「五四」新文化運動的範疇，完善精神更新的體系。「維特」業已內化爲郭沫若對「五四」時代命題的全新闡釋。

三、「維特熱」的另一面：郭沫若的「五四」《女神》影響互證

有關「維特熱」的社會效應，我們自然而然的想到了「郭譯本所掀起的『維特熱』既激活了 20 年代中國文化市場，又推動了啓蒙運動和五四青春文化運動」〔註127〕的事實，但是如果僅僅只是從讀者的閱讀興趣等外部因素談到如何激活的文化市場，如何推動的文化運動，未能從譯本的本身和內部出發進行解讀，這便會造成諸多問題難以合理闡釋。文化市場的興起靠什麼，很明顯就是作爲商品出售的文本，這才是文化市場的主體，一個好的文本才能形成讀者持續的關注度。從這個角度來講「維特熱」之所以能夠形成的根本原因之一，便是相關譯本的流行和持續的印製。

《少年維特之煩惱》爲什麼能形成如此大的影響呢？靠什麼吸引眾多出版商趨之若鶩的反覆再版重印呢？又是什麼促使讀者競相購買，形成洛陽紙貴的文化現象呢？僅僅只是因爲郭沫若翻譯技巧巧妙嗎？如果我們做這麼兩個假設，假設《少年維特之煩惱》不是由郭沫若首先在國內翻譯出版，還會造成如此大的影響嗎？假設《少年維特之煩惱》的出版時間不是在《女神》

〔註126〕郭沫若：《浮士德第二部・譯後》，人民文學出版社 1955 年版，第 384 頁。

〔註127〕劉香：《中國「維特熱」與 20 年代文化市場》，《郭沫若學刊》2001 年第 3 期。

剛剛出版之後的 1922 年，還會形成持續的「維特熱」的現象嗎？我想這個答案應肯定是不會的。

　　要研究《少年維特之煩惱》，同一時期也是由泰東圖書局所出版的郭沫若白話新詩集《女神》是必要的參照物，如果離開了《女神》出版所帶來一片讚譽之聲的社會語境，以及《少年維特之煩惱》的出版對《女神》的巨大反哺力量，而單純地探究譯介《少年維特之煩惱》的社會價值，必然是片面的。研究「維特熱」的現象必須要將譯者郭沫若在當時文壇的地位和影響納入到範疇之中。

　　首先從時間的範疇上來看。郭沫若創作《女神》與翻譯《少年維特之煩惱》是有時間交叉的。郭沫若的《女神》中的詩篇創作於 1914 年至 1920 年期間，《少年維特之煩惱》雖然完成於 1921 年 9、10 月間，但是它的譯介過程大約爲 1917 至 1921 年間，因爲郭沫若在集中時間翻譯之前已經「存心多譯已經四五年了」〔註 128〕。因此從創作時間上來看，《女神》與《少年維特之煩惱》應該是屬於同一時期，同一認知範疇內的產物。

　　在出版時間上，《女神》與《少年維特之煩惱》也接續完成，更是形成了風起雲湧之勢，從而也將人的覺醒、社會解放的時代命題推向深入。郭沫若譯介《少年維特之煩惱》的初版本 1922 年 4 月由泰東圖書局出版，此時距 1921 年 8 月 5 日所出版的《女神》僅僅只有 8 個月的時間。而《女神》出版後，郭沫若在國內「五四」文壇儼然已經成爲了最受關注的新文學創作者，並且在「不到半年時間，隨著《地球，我的母親》、《土匪頌》、《鳳凰涅槃》等詩篇的相繼問世，郭沫若這位新詩的巨人已經名滿文壇、蜚聲華夏了。」〔註 129〕繼此之後，《少年維特之煩惱》便隆重登場，前一時期的光環還未退卻，後一輪的榮光又一次再現出來。

　　其次從內在的意蘊上來看，《女神》與《少年維特之煩惱》都是通過個性解放、呼喚自由的鮮明時代主題，「體現出對於封建藩籬的勇猛衝擊，改造社會的強烈願望，追求美好理想的無比熱力，以及個性解放的熾烈要求。」〔註130〕《少年維特之煩惱》正是借助於《女神》所構建的文化語境，掃除了讀者

〔註 128〕郭沫若：《少年維特之煩惱·序》，泰東圖書局 1922 年版，第 2 頁。
〔註 129〕郭傑、魏強主編：《文學大教室》（中國現當代卷），南方出版社 2002 年版，第 43 頁。
〔註 130〕嚴家炎：《二十世紀中國文學史》，高等教育出版社 2010 年版，第 210 頁。

接受的壁障，也依靠更加直白強烈的個性覺醒意識，將《女神》時代覺醒的呼喊推向了極致。

以上種種都彰顯了《女神》與《少年維特之煩惱》是一個絕妙的組合，它們共同存在於「五四」新文化運動的歷史命題之中，更確切地說郭沫若在同一時期所創作的《女神》與所譯的《少年維特之煩惱》形成了一個相互印證的作品體系，《女神》因《少年維特之煩惱》的翻譯及發行，更加深化了文本特有的浪漫情懷和反抗精神，《少年維特之煩惱》也因《女神》的創作得以形成持續性的影響，這兩部作品同時促成郭沫若在「五四」國內文壇的地位和影響。

但長期以來「中國作家的大量翻譯實踐，既是翻譯與創作關係的體現，同時這些翻譯文本借助於譯者特殊的身份而大大強化了其影響力，因而更是一個值得關注的特殊現象。」〔註131〕這的確是目前有關翻譯文學研究中所共存的問題，只見譯本，不見譯者的現象造成了解讀的偏差，有時候甚至是將譯者翻譯的「誤讀」奉為為了傳世的經典。

《女神》與《少年維特之煩惱》是出版於同一時期、同一命題、同一出版社的創作和翻譯作品。過去我們的認知都是將兩者割裂開來，特別是在對《女神》的認知上從未提及過《少年維特之煩惱》的譯介。如果從譯介學的角度來看，這其實便削弱了《女神》的文學史價值，另外，《女神》的真正價值和意義也未能得到合理闡釋。另外離開了《女神》的話語空間《少年維特之煩惱》也變為了一本孤零零的單純翻譯作品。這樣也便造成了對郭沫若「五四」文化觀念的單極認知。

《女神》和《少年維特之煩惱》是郭沫若「五四」新文化運動時期的「雙響炮」，它們從創作和譯介的兩極促使郭沫若合理全面的參與到「五四」精神革新之中，並進而促成了「五四」青春的流行文化。

四、副文本視域下的郭沫若譯《少年維特之煩惱》譯本的傳播

郭沫若譯《少年維特之煩惱》的影響不僅僅是在「五四新文化運動」時期，隨著該譯作在國內持續出版的過程，特別是隨著這些版本連續出版過程中該譯本副文本的變更，這同樣也是郭沫若全面參與中國現代文化的轉型，

〔註131〕宋炳輝：《文學史視野中的中國現代翻譯文學──以作家翻譯為中心》，復旦大學出版社 2013 年版，第 9 頁。

以及各個不同歷史時期文化特徵轉變的重要標示。「維特」這一西方文學典型的譯介對於郭沫若來講已經超出了某種單一文學形象的價值，而是具有一種文化精神的引領作用，擴而廣之「維特」譯介也超越了對於郭沫若單一文學形象個體的輸入，更是對現代中國文化形成了持續性的影響。

目前對於歌德《少年維特之煩惱》的譯本大致上有郭沫若譯本、錢天祐譯本、黃魯不譯本、楊武能譯本、侯濬吉譯本、勞人譯本、鍾會盛譯本、仲健和鄭信譯本、韓耀成譯本、梁定詳譯本、劉維成譯本、胡其鼎譯本、冀湘譯本等十幾種譯本，在這些譯本之中出版數量最多、翻譯時間最早的當屬郭沫若於 1922 年由泰東圖書局出版的《少年維特之煩惱》了。

郭沫若開始構思翻譯《少年維特之煩惱》是在 1920 年前後，真正著手翻譯是始於 1921 年 7〜9 月，1922 年 4 月便由泰東圖書局作為「世界名家小說第二種」出版發行了，該譯作出版後在中國引起的社會轟動絕對並不亞於歐洲，「郭譯本一年餘連出 4 版，1924 年 8 月出第 8 版，到 1930 年 8 月，泰東等書局先後印行達 23 版。」〔註 132〕這同時也是郭沫若真正意義上自己獨立翻譯並出版的第一部完整的翻譯文學作品。在泰東圖書局譯本之後郭沫若譯的《少年維特之煩惱》先後又由創造社出版部、群益書社、復興書局、激流書店、上海聯合書店、現代書局、天下書店、新文藝出版社、人民文學出版社等相繼出版發行，「據不完全統計，至少印過不下於 50 版。」〔註 133〕至於究竟印製發行了多少冊，可能就很難用一個準確的數字來說明了。

從 1922 年至 1959 年，在郭沫若在世時他所翻譯的《少年維特之煩惱》由這麼多不同時期，不同出版社的持續出版，這在中國翻譯領域中是無人能夠出其右者。這便盡可能多的擴大了讀者對「維特」的接受和認知的範疇，從而它也有效地串聯起了現代中國文化發展的各個歷史時期，因此無論是從哪個角度來講郭沫若譯的《少年維特之煩惱》都全面的參與到中國現代文化發展的進程之中，自然也就成了中國現代文化發展的重要組成部分。

這些版本究竟有無變化呢？除了每一個不同書局版本的裝幀、插圖、以及文字橫豎排列不同以外，最大的變化便是郭沫若譯者序言的變更。在這些主要版本的譯者序言中，最有代表性的便是 1922 年泰東圖書局版、1926 年上海創造社出版部版《〈少年維特之煩惱〉增訂本後序》、1942 年群益出版社《〈少

〔註 132〕《二十世紀中國實錄》第 1 卷，光明日報出版社 1997 年版，第 1062 頁。

〔註 133〕《二十世紀中國實錄》第 1 卷，光明日報出版社 1997 年版，第 1062 頁。

年維特之煩惱〉重印感言》和 1955 年人民文學出版社《〈少年維特之煩惱〉小引》等。

序言是文本的重要組成部分，它「爲文本提供了一種（變化的）氛圍，有時甚至提供了一種官方或半官方的評論，最單純的、對外圍知識最不感興趣的讀者難以像他想像的或宣稱的那樣總是輕而易舉地佔有上述材料，……它大概是作品實用方面，即作品影響讀者方面的優越區域之一」。〔註134〕

目前有關郭沫若譯《少年維特之煩惱》的序、引、跋等方面的內容，主要有 1922 年泰東圖書局版《少年維特之煩惱·序》；1926 年上海創造社出版部版《〈少年維特之煩惱〉增訂本後序》；1936 年 6 月上海復興書局版《〈少年維特之煩惱〉後序》1942 年群益出版社的《〈少年維特之煩惱〉重印感言》和《〈少年維特之煩惱〉譯者扉語》；1955 年 5 月人民文學出版社版《〈少年維特之煩惱〉小引》。這些序引都是郭沫若譯《少年維特之煩惱》的重要組成部分，也是《少年維特之煩惱》在中國國內不同文化傳播的表徵，更是郭沫若不同時期文藝觀念的重要展現，但目前我們的研究還未能將這些副文本納入進考察視野之中。

「通過一個時期的翻譯者在序言、書信、文章中談及他們的譯作時所用的比喻，探討當時的翻譯觀」〔註135〕。《少年維特之煩惱》譯者序言的變化中就可以進一步探究，郭沫若譯介此部作品的緣由，社會變革對原作品認識的心理迭變以及翻譯的策略和實踐等方面的變革。

「我譯此書與歌德思想有種種共鳴之點。此書主人公維特之性格，便是『狂飆突進時代』（Storm und Drang）少年歌德自身之性格，維特之思想，便是少年各個自身之思想。歌德是個偉大的主觀詩人，他所有的著作，多是他自身的經驗和實感的集成。我在此書中，所有共鳴的種種思想：第一，是他的主情主義；……第二，便是他的泛神思想；……第三，是他對於自然的讚美。」〔註136〕從這個序言中可以明顯地看出剛剛登上「五四新文化運動」舞臺的郭沫若借助於《少年維特之煩惱》的譯介工作，最大可能的宣揚自己的文藝主張。

〔註134〕〔法〕熱拉爾·熱奈特著，史忠義譯：《熱奈特文集》，百花文藝出版社 2001 年版，第 71～72 頁。

〔註135〕陳德鴻、張南峰：《西方翻譯理論精選》，香港城市大學出版社 2000 年版，第 190 頁。

〔註136〕郭沫若：《少年維特之煩惱·序》，泰東圖書局 1922 年版，第 2～4 頁。

　　隨著郭沫若自身文藝思想的成熟，以及在國內文學地位的確立，《少年維特之煩惱》譯本的出版業已成爲他文化自信的重要體現。他在 1942 年的譯本中就用永葆青春的激情呼喚到：「一本有價值的書，看來是永遠年輕的。讀了這樣的書，似乎也能夠使人永遠的年青。人世間，比青春再可寶貴的東西實在沒有，然而青春也最容易消逝。最可貴的東西卻不甚爲人所愛惜，最易消逝的東西卻在促進它的消逝。誰能夠保持得永遠的青春的，便是偉大的人。歌德我依然感覺到他的偉大。爲使人們大家更年青些，我決定重印這部青春頌。」〔註 137〕

　　新中國成立後，隨著國家文藝政策的調整，郭沫若的文藝思想也有了非常明顯的改變，《少年維特之煩惱》就是一個明顯的風向標，「歌德的這部小說，很明顯的是把自己的生活經驗和以魯塞冷的故事結合了。這毫無疑問是一部現實主義的小說，而內容是反對封建制度的。青年歌德所處的時代正是德意志從中世紀封建制度行將蛻變到資本主義制度的時代。那時的青年人一般反對舊制度與舊道德，和我們五四時代相彷彿，在德國歷史上是稱爲『狂飆時代』（Sturm und Drang）。歌德讓維特採取了以魯塞冷自殺的結果，這在當時是具有反對舊道德的意義的。基督教認爲自殺爲罪惡，採取自殺的結果不用說是具有反對基督教的意義。……自殺不用說並不是唯一的對舊道德的抗議。採取這一方式，作爲小說或許容易掀動人，但在事實上倒是懦弱者的行徑。」〔註 138〕這時「維特」形象已經由一個自由的青年叛逆者和時代的鬥士，轉換成了一個反封建的標杆以及一個懦弱的自殺者。

　　因此，「維特」形象在中國由郭沫若文藝思想的代言人到青春叛逆的鬥士，再到自殺懦弱者的三級跳的傳播變動，由此可以清晰的梳理出中國現代文學典型創作所走過的歷程，同時也是「五四」文學所走過曲折路徑的折射，從這個意義上來講，「維特」形象的傳播與接受的過程已經完全超越了這一形象本身，而具有深遠的歷史和現實意義。

五、沒有翻譯，何來五四：「五四時期」郭沫若翻譯文學體系的建構

　　「沒有晚清，何來『五四』」〔註 139〕的命題已經被大多數學者所接受，同樣「沒有翻譯，何來五四」也應該是必須深入探究的學理命題。「翻譯文學

〔註 137〕郭沫若：《少年維特之煩惱・重印感言》，群益出版社 1942 年版，第 1 頁。
〔註 138〕郭沫若：《少年維特之煩惱・小引》，人民文學出版社 1955 年版，第 1 頁。
〔註 139〕王德威：《被壓抑的現代性》，北京大學出版社 2005 年版，第 1 頁。

不僅僅是新文學產生與發展的背景，而且從對象的選擇到翻譯的完成及成果的發表，從巨大的文學市場佔有量到對創作、批評與接受的廣泛而深刻的影響，都作爲走上前臺的重要角色，直接參與了現代文學歷史的構建和民族審美心理風尙的發展，對此應該給予足夠的重視。」〔註140〕但是長期「五四」文學的研究卻一直是注重作家個體的創作實踐忽視翻譯活動的同構作用，形成了只見創作，不見翻譯的弊病。特別是有關郭沫若「五四文學」研究更爲突出，就是這麼一部對現代中國文學發展和文化轉型產生重要影響的《少年維特之煩惱》都一直未給予合理的定位和評判，其實郭沫若譯介《少年維特之煩惱》的成功爲我們提出了「他山之石何以攻玉」的啓示。

在外來文化對郭沫若創作方面的影響來講，我們自然而然的便會想到日本文化對於他文藝創作觀的深刻影響，我們眾所周知郭沫若1914年到了日本開始了自己的學醫留學生活，1928年又由於政治方面的原因被迫流亡日本十年之久，而且他的很多成名之作如《女神》、《中國古代社會研究》等都是在日本生活期間完成，因此郭沫若與日本的關係便自然而然的生成了。誠然「郭沫若作爲中國現代思想文化史上一個具有代表性和獨特經歷的人物，他一生的幾次重要文化選擇以及他人生中最重要的幾個歷史階段都與日本社會、日本文化有關。在他個人身上形成的這種文化關係，實際上記錄的是中日之間現代文化交流史的一個個歷史瞬間。」〔註141〕但是如果涉及到了翻譯領域之中，這種關聯又似乎顯得不是如此密切和關鍵的。在郭沫若近 600 萬字的翻譯作品之中，翻譯日本的作品僅僅只有《日本短篇小說集》和《社會組織與社會革命》兩本譯作，而且字數和篇幅都非常少，反而是有關德國文學方面的內容翻譯的特別多，而且多爲經典之作，如小說方面《少年維特之煩惱》、《茵夢湖》、詩歌方面《德國詩選》、戲劇方面《浮士德》、《赫曼與竇綠茞》、還有馬克思、恩格斯的《政治經濟學批判》等社會科學著作，形成了一個涵蓋多學科、多門類的德國文化的譯介體系。爲什麼會是這樣呢，郭沫若解釋爲：

> 「考入高等之後，有一年的預科是和中國學生同受補習的。預
> 科修滿之後再入正科，便和日本學生受同等教育。三部的課程以德

〔註140〕秦弓：《二十世紀中國翻譯文學史‧五四時期卷》，百花文藝出版社 2009 年版，
　　　　第 2～3 頁。
〔註141〕蔡震：《文化越境的行旅》，文化藝術出版社 2005 年版，第 347 頁。

文的時間最多，因爲日本醫學是以德國爲祖，一個禮拜有十幾、二
十個鐘頭的德文。此外拉丁文、英文也須得學習。……功課相當繁
重。日本人的教育不重啓發而重灌注，又加以我們是外國人，要學
兩種語言，去接受西方的學問，實在是一件苦事。」〔註142〕

　　「在高等學校第三年級上所讀的德文便是歌德的自敘傳「創作
與本事」（Dichtung unda Whrheit），梅里克（Morike）的小説「向卜
拉格旅行途上的穆查特」（Mozart auf Reise nach Prague）。這些語學
功課的副作用又把我用力克服的文學傾向助長起來。我得以和德國
文學特別是歌德和海涅等的詩歌接近了的，便是這個時期。〔註143〕

上述材料可以看出，郭沫若將自己對德國文學的熱衷歸結爲了因上課的課程
安排的原因，但這也僅是外因，同他一起學習的很多同學可能就未必對德國
文學產生濃厚興趣，因此在這些直接外因之外還應有其他原因待考。特別是
通過這種原因的探究將會進一步釐清作爲他山之石的外國文學思潮是如何打
磨現代中國文學創作之玉的歷史發展規律。

　　郭沫若譯介《少年維特之煩惱》就是一個最好的事例，特別是「五四時
期的許多外國文學作品，之所以能夠進入譯者視野、通過翻譯而與廣大中國
讀者見面，就是因爲其中的個性主義、人道主義意蘊、民主、自由、平等、
科學等現代觀念，正爲新文化啓蒙運動所急需。這類翻譯作品在跨文化交流
與現代啓蒙中也的確發揮了重要作用。」〔註144〕這個重要作用已經超出了一
個單純西方文學文本的範疇，而是作爲一種觀念的輸入，特別是文學話語體
系的建構而被譯介。郭沫若就是借助於《少年維特之煩惱》的譯介工作，建
立起了現代中國第一個德國浪漫文學體系的輸入和傳播體系。五四時期的重
要文學創作者，無一不是某一文化體系的輸入者和建構者。與郭沫若對德國
文學情有獨鍾相同的是，魯迅對蘇俄文學的譯介、周作人對希臘文學的譯介
等也都形成了獨有的話語體系和藝術特色。

　　郭沫若是 20 世紀一個多方面實現的文化名人，某一方面的缺失都不可能
成就他顯赫的文化成就，而其中翻譯活動對他文學創作、歷史研究、戲劇構

〔註142〕郭沫若：《我的學生時代》，《郭沫若全集·文學編》第 12 卷，人民文學出版
　　　　社 1992 年版，第 15 頁。
〔註143〕魏建編：《青春與感傷——創造社與主情主義文學文獻史料輯》，人民出版社
　　　　2013 年版，第 226 頁。
〔註144〕秦弓：《二十世紀中國翻譯文學史》，百花文藝出版社 2009 年版，第 5 頁。

思等方面的影響和價值雖被認知，但並不全面。我們曾談到了郭沫若白話新詩的創作與他翻譯泰戈爾等詩歌的影響，但如何影響的，影響到何種程度，都沒有進行詳盡的闡釋，再如，郭沫若翻譯活動與他的歷史劇創作有何關聯更沒有被涉及，僅以歷史劇創作與翻譯活動的為例，我們就能發現很多的兩者之間密切的關聯。

因此「翻譯研究者只注意其中的語言現象，而不關心它的文學地位。而文學研究者一方面承認翻譯文學對民族文學和國別文學的巨大影響，另一方面卻又不給它以明確的地位——他們往往認為這是外國文學的影響，而沒有意識到翻譯文學作為一個相對獨立的文學現象的存在。」〔註145〕這是翻譯文學目前研究的癥結，同樣也是郭沫若翻譯文學研究的缺陷之所在，這就造成了郭沫若翻譯文學研究目前還停留在單篇作品的語言翻譯的研究上，還沒有建立起一套完整的體系，這是與他本有的翻譯實踐是不相符的。他山之石，究竟如何攻玉呢？不僅僅是在郭沫若研究翻譯研究領域中迫在眉睫必須要解決的問題，也是整個 20 世紀中國翻譯文學研究必須要重視的課題。

〔註145〕謝天振：《譯介學》，譯林出版社 2013 年版，第 3 頁。

第四章　多重困境中的曙光：1948 年前後郭沫若集外作品研究

　　縱觀現有的郭沫若研究成果不難發現，我們對於郭沫若的研究一般都是以 1949 年新中國成立作爲郭沫若文藝創作的分界點，也即是我們在郭沫若研究領域已經基本達成了這樣的共識：在新中國成立之前郭沫若文學創作的熱情更高，作品的藝術成就非常突出，但是新中國成立後郭沫若隨著社會身份的變更，他的政治意識佔據了他思想體系的主體，文學創作逐步走向低谷，取而代之的是一些反映時事的政論性的文章。

　　那麼把 1949 年作爲郭沫若文學創作轉向政治題材抒寫的時間點的劃分方法是否合理呢？假如說這種說法是合理的，那麼究竟郭沫若是如何完成了從文藝抒情到政治表達的轉變呢，具體有哪些表現能夠證實這種轉變呢？以上的疑問表明在我們以往對郭沫若的研究中雖然不斷在提及這種轉變，但是也恰恰忽視了他轉變的種種細節，從而也造成了對郭沫若這種轉變應然性的認識，從而也造成了對他評價標準的差異，要麼強調他建國前文學創作的藝術特色，以文學創作的成就來否定建國後郭沫若政治身份的合理性，要麼突出他建國後的政治意識，以政治選擇來解析其早期的文學成就，這也就形成了郭沫若研究中經常出現非此即彼論斷的現象。那麼問題出在哪裏呢？我認爲形成這種現象的主要原因是我們往往以一個時間點作爲郭沫若轉變的界限，而往往忽略了郭沫若這種轉變時間的持續性，也即是忽略了對 1948 年郭沫若在香港時期的生活以及創作情況的研究。

第一節　筆劍無分肝膽相照：郭沫若抗戰時期的文化情懷

　　中國人民抗日戰爭勝利暨世界反法西斯戰爭勝利已經走過了 70 年的歷程，為取得這場中華歷史上史無前例的民族獨立和解放戰爭的勝利，全中國各階層的民眾浴血奮戰，而以郭沫若為代表的知識分子更是全身心的投入到這場戰鬥之中，他們用自己的筆鋒喚醒沉睡的中華大地，鼓舞迷離的群眾以滿腔的熱血奪取中國人民和全世界反法西斯戰爭的最終勝利。

　　1937 年 7 月 25 日，郭沫若從日本神戶出發，「別婦拋雛」隻身踏上了歸國抗戰的旅程。自此後，他以無黨派民族人士的身份，致力於構建全民族統一戰線，激發民族抗戰的事業之中。郭沫若的身影一直活躍於中國抗戰的最前沿，他創作出文學審美內涵和社會價值俱佳的歷史劇；他奔走各處發表激情昂揚的演講；他利用自己的人格魅力團結知識分子和無黨派人士共同抗戰，就這樣他以各種不同的方式，去喚醒民眾抗戰的熱情，構建了血火淬煉的抗戰精神和情懷。

一、古今薈萃：獨具審美內涵的史劇創作

　　郭沫若重來都不是一個安於書齋的知識分子，他畢生都以民族興亡和社會振興為己任，積極投身於中華民族解放和文化精神振興的事業之中，「五四」時期如此，北伐戰爭時期如此，抗日戰爭時期亦是如此。

　　1928 年郭沫若因反對蔣介石發動「四・一二」反革命政變，被迫流亡海外。在日本流亡的十年，郭沫若的主要精力用於歷史、考古和古文字等方面的研究工作，相繼完成了《中國古代社會研究》、《古代銘刻彙考》、《卜辭通纂》等歷史研究名篇，奠定了中國馬克思史學的基礎。雖然流亡日本的十年，郭沫若由於生存環境所迫不得不過著埋首書齋的生活，但他的內心一直關注著國內社會局勢的變化發展，並做好了隨時奔赴國難的準備。

　　1937 年 7 月 7 日盧溝橋事變，就在這中華民族面臨生死存在的關鍵時刻，郭沫若毅然決然的躲過層層的追捕秘密歸國抗戰。當面對災難深重的民族危亡與妻兒老少的生離死別之間，孰重孰輕的選擇已經不言自明了。在歸國途中黃海的航船上，郭沫若滿含熱淚的抒寫下「此來拼得全家哭，今往還將遍地哀。四十六年餘一死，鴻毛泰岱早安排」的感人詩句，由此他歸國參戰的決心和視死如歸的精神展現無餘。

　　歸國後，郭沫若不顧旅途的勞頓和個人的安危，立刻投身到抗戰宣傳之中。在上海我們看到他親自到前線慰勞抗日將士的身影；在武漢我們看到他在獻金運動中忙碌的情景；在重慶我們看到他奮筆疾書的寫下歷史名篇《甲申三百年祭》的興奮。我們總能在抗戰戰場的最前沿觀賞到郭沫若富有文化內涵的歷史劇的演出，聆聽到他群情激奮的演講，注視到他與各界民主人士熱情相擁的場景。抗戰期間郭沫若在諸多文藝創作上最大的成就便是歷史劇的創作了，1941～1943 年，郭沫若先後創作完成了《棠棣之花》、《屈原》、《虎符》、《築》（後改名為《高漸離》）、《南冠草》和《孔雀膽》等 6 部歷史劇的創作。這些歷史劇無論是劇作的創作手法，還是美學內涵，也無論是劇作的主題內容，還是歷史價值來講，都是繼郭沫若「女神時期」詩歌創作高潮之後又一次文學創作的高峰，更為重要的是這些歷史劇為激發民眾愛國主義精神，鞏固對敵抗戰統一戰線都具有歷史性的貢獻。這些歷史劇何以會產生如此巨大的社會效應和歷史價值呢？

　　首先，新穎獨到的創作方法。郭沫若在抗戰期間所創作的 6 部歷史劇，都是以中國古代歷史上的某一事件或歷史人物為原型，輔以現代的內涵和意義後創作出來的。他運用了「借古鑒今」、「借古喻今」、「借古諷今」、「失事求似」的創作原則和手法，借中華民族歷史上廣為人知的歷史人物及相關事件，映像抗戰的時局，如五幕歷史劇《棠棣之花》展現的是戰國時期聶嫈聶政姐弟殺身取義的故事，《屈原》描寫的是戰國時期楚國大夫屈原與賣國求榮者鬥爭的故事；《虎符》重現的是信陵君竊符救趙的故事。以屈原、信陵君為代表的歷史人物及他們的故事都充滿了「正能量」，他們都是不懼危難，舍生取義中華精神的典範，他們還是廣大民眾耳熟能詳、易於接受的行動榜樣和精神力量，以他們作為歷史劇創作的內容，觀眾易於理解和接受。如《屈原》的創作，郭沫若就敏銳地觀察到屈原所具備的原初品位與精神脊梁，這正是激勵抗戰中文人志士禦敵鬥志的重要因素。內憂外患的民族災難，促使郭沫若奮筆疾書，完成了抗戰文化的巔峰之作歷史劇《屈原》。劇中的「桔頌」、「雷電」與「天問」的表述至今仍震懾人心，並讓抗戰的民族文化真正具有了深遠的歷史背景與長存於世的人文價值。劇中不僅再現了屈原遭受奸人排擠陷害後陷入人生困境的歷史史實，更主要的是凸顯了屈原遭受打擊之後不屈不饒的抗爭精神和矢志不渝的人格魅力。郭沫若通過還原屈原獨有的文化人格，並將滿腔憤激借助於屈原的吟誦抒而出，從而將中華民族特有的不畏強

暴、勇於抗爭的民族氣節展現出來。通過《屈原》劇作的創作，郭沫若進一步激發了民眾抗敵作戰的信心和力量。

其次，鼓舞人心的文學話語。郭沫若在抗戰時期所創作的歷史劇，在遵循戲劇劇本創作基本原則的前提下，延續了他「女神時期」詩歌作品情感外洩的創作方法。通過劇中人物高聲的誦讀和靈魂的詰問表達出不屈不撓的抗爭精神。通讀郭沫若抗戰期間的歷史劇創作，你會獲得一種感人的力量，這種力量催促你前進，鼓舞你鬥志。如《屈原》中的雷電頌這樣寫到：「啊，這宇宙中的偉大的詩!你們風，你們雷，你們電，你們在這黑暗中咆哮著的，閃耀著的一切的一切，你們都是詩，都是音樂，都是跳舞。你們宇宙中偉大的藝人們呀，儘量發揮你們的力量吧。發泄出無邊無際的怒火把這黑暗的宇宙，陰慘的宇宙，爆炸了吧!爆炸了吧！」郭沫若借助於現代白話詩體的形式高聲地吟唱出屈原所獨有的憤激、淒涼幽冷的情感情緒，創作出民族抗戰文化史上的壯麗史詩性的巨著《屈原》！

再次，宜於演出的社會效用。隨著抗日戰爭轉入相持階段，特別是日本帝國主義不斷擴大在中國的侵略範圍，民眾在抗戰初期的同仇敵愾、誓死同歸的抗戰情緒也逐漸低落了下來。如何迅速調動起民眾日趨低落的抗戰情緒成為當時抗戰宣傳的關鍵所在，郭沫若所創作的歷史劇便適時承擔起來這種任務。郭沫若在抗戰時期所創造的歷史劇除了具有高度的美學特徵外，適宜公開演出也同樣是其突出的特點。這 6 部歷史劇中人物關係設置簡單清晰，如《棠棣之花》中主要人物就是聶嫈聶政姐弟二人，《屈原》中主要人物為屈原、宋玉、南后、嬋娟等少數幾人，這樣的安排也突顯出了郭沫若歷史劇注重人物情緒的渲染，而淡化故事情節曲折的創作特徵，如此的安排更加易於排演，也同樣易於不同階層觀眾直覺感觀和情緒共鳴。據資料顯示 1941 年 11 月《棠棣之花》上演後立刻引起了轟動，兩個月內三度公演，打破了當時所有舞臺劇演出的紀錄。1942 年《屈原》正式公演後，很多人專程從很遠的成都、貴陽來觀看，《屈原》的首次公演竟然達到了驚人的 17 場之多。

通過歷史劇的創作和演出，郭沫若將中華民族的奮發向上、自強不息、愛好和平、勤勞勇敢的優秀品質集中展現出來，鼓舞了全民族抗戰的熱情，增強了取得最後全面勝利的信心。

二、亦情亦理：抗戰時期激越人心的公開演講

郭沫若留給歷史的記憶更多的是，他是一名卓越的文學家、史學家、古文字學家、翻譯家和社會活動家，但他作爲一位極具鼓動性的演講家卻被我們所忽略了。特別是他的演講才能在抗戰時期更是彰顯無遺，據統計僅在抗戰時期郭沫若就做了 100 多場演講。

全面的抗戰需要全民族各階層的參與，而此時如何在短時間內聚攏普通民眾抗戰的情感，增強他們抗戰的信心，成爲了宣傳工作的重中之重。相對於詩歌、小說和戲劇等宣傳方式而言，演講因其特有的鼓動性、時效性和通俗性，成爲抗戰宣傳的首選方式。而郭沫若便是這樣一位極具天賦的演講家，他在「女神時期」的很多詩作中就蘊含著諸多演講的句式和情緒。特別是作爲一名著名的社會活動家的郭沫若來講，演講也已經成爲郭沫若的一項重要社會活動，同時也是他參與社會發展和文化革新的重要載體。全民族抗戰的八年時間裏，我們會時常看到他走上街頭巷尾、走進高校學府、走入知識群體振臂高呼的演講場景，他用此來感染聽眾，激勉四萬萬同胞同心同德的抗戰熱忱。當從留存的影像資料中看到他演講時堅毅的目光、亢奮的情緒時，我們也會不自覺的深浸其中，隨著他情緒的律動而發生情感的共鳴。郭沫若的演講之所以能有如此的魅力和感染力，主要是有如下幾個方面的特徵：

第一，演講辭體裁多樣。除了詩歌、散文等文學體裁的創作外，演講辭也是郭沫若文學創作的一種特殊形式，同樣具有其文學創作的風格。郭沫若演講辭的最大特點是題材涵蓋面廣泛，既有直接以抗戰爲題的，如 1938 年 5 月 8 日，所作廣播題爲《把有限的個體生命融化進無限的民族生命裏去》的演講中，他讚揚 3 月 17 日在魯西南戰場上陣亡的將領是「偉大的人生的成功者」，只有充分珍視生命，才能「擔負起復興民族的使命」；也有以文藝創作爲題的，如 1945 年 4 月 28 日在沙坪壩學生公社所作的題爲《我們需要怎樣的文藝》的演講，他重點闡釋了文藝的本質和方法的關係問題，並希望「我們不需要替統治者歌功頌德，替一家一姓歌功頌德，我們要歌人民大眾的功，頌人民大眾的德！我們需要這樣的文藝！」還有以青年教育爲題的，如 1939 年 1 月 24 日在復旦大學做的《我敵青年的對比》演講，在演講中指出了「日本青年強於我們，但爲侵華之結果，精神身體均頹廢失敗。中國青年則因抗戰關係日益前進」；也還有針對日本問題所做的演講，如 1940 年 1 月 14 日在中華職業補習學校青年星期講座上做的《日本政治經濟問題》的演講。

　　第二，演講內容亦情亦理。郭沫若的演講並非是口號式的宣傳和直白的說教，而是融感情於道理之中，彙知識於言說之內，這樣聽眾在接受起來既能夠得到學理上的提升，也能夠受到情感上的感染。如郭沫若在 1938 年 2 月 15 日於長沙文抗會上的演講《對於文化人的希望》，並不是告誡文化人應該怎麼辦，而是直陳抗戰期間文化人在文化創作上的弊病，特別是用生動的言語讓聽眾聽起來栩栩如生。「我們的文化人，尤其是文藝工作者，有一種通病，便是過於潔癖」，這樣的闡釋便使聽眾對戰時文藝創作者的問題明白易曉。同樣是在《對於文化人的希望》演講中郭沫若指出了「目前的戰時文化是應該注重在宣傳上的，而宣傳的對象則是民眾」的戰時文藝創作思想觀念，這從更深層次上進一步顯示出郭沫若借助於這種淺顯易懂的演講辭的表述，將複雜的文藝創作思想統一為戰時的文藝創作觀念，也為文藝的大眾化和通俗化鋪墊了發展的道路。

　　第三，演講受眾層次多樣。面對千瘡百孔的戰時中國，只有全面發動各階層的民眾奮起抗爭，才能取得最後戰爭的全面勝利。各階層民眾因其所受教育、生活經歷等方面因素的差異，便造成了對事物認識的不同。為此郭沫若的演講也格外重視受眾層次的多樣性。演講場合上，他既有在文西學生軍營、漢口女青年會等協會性的場合，也有廣西大學、復旦大學等高校學府，還有廣播電臺等無線傳播方式，也還有《新民報》職工讀書會、孩子劇團辦兒童星期講習班等臨時性會議；演講聽眾上，既面對知識分子、也面對普通民眾，還面對少年兒童，也還有宗教民主人士；演講語言上；既有如《文藝之社會使命》的專業術語，又有如《武裝民眾之必要》的通俗詞彙，還有如《在孩子劇團歡迎會上的講話》的淺白語句。

　　郭沫若正是通過這樣精心的設計和安排，使得演講的受眾都能最大程度的受到鞭策和激勵，從而激發了他們內心中本有的抗爭的本能和勇氣。

　　郭沫若借助富於感染力的演講活動，警醒了苦困之中猶豫不前的民眾，全力以赴的投身到全民族的抗戰洪流之中。

三、肝膽相照：革命民主人士的戰友情深

　　一個值得注意的史實便是郭沫若在抗戰期間，在中國共產黨黨組織的特殊安排下始終以無黨派人士的身份參與各項社會公開活動。1941 年 11 月 16 日，由周恩來、馮玉祥、沈鈞儒等發起的慶祝郭沫若創作生活 25 週年暨 50

壽辰的活動在重慶、延安、成都、桂林、昆明、香港等地如期舉行。當日的
《新華日報》刊發了專刊以此來紀念此次活動，周恩來專門撰寫了《我要說
的話》高度評價了郭沫若爲中國革命事業所作出的突出貢獻，並首次提出了
「魯迅是新文化運動的導師，郭沫若便是新文化運動的主將」的論斷。當時
退守到重慶的全國社會各界著名人士 500 餘人參與了此次慶祝活動，他們通
過演講、獻詩、發表文章等方式紛紛稱讚郭沫若在各個方面所取得的成就，
以及爲全民抗戰的宣傳工作所作出的突出貢獻。的確如此，經過了血雨腥風
的抗戰生涯，郭沫若無論是 1938 年歸國之後就任政治部第三廳廳長之職，還
是在 1941 年擔任文化工作委員會主任委員的工作，都與茅盾、老舍、田漢和
翦伯贊等廣大的黨內外知識分子結下了深厚的友誼，成爲「革命文化的班
頭」，爲建立起最廣泛的全民抗戰統一戰線做出了突出貢獻。郭沫若之所以能
團結文學、史學、經濟學、社會學、自然科學等領域的著名專家，成爲社會
各界民主人士最信賴的朋友和戰友，關鍵所在便是他以自己的才學和成就所
形成的現代知識分子的人格魅力。

　　郭沫若是「五四」新文化運動以來具有百科全書式的文化大家，他在文
學、歷史學、考古學、古文字學、翻譯、書法以及社會活動等方面都做出了
卓越的成績，留下了豐富的文化遺產。他不僅博古通今、才華橫溢，在中國
文學、歷史、考古、書法等領域留下了寶貴的文化遺產，而且還爲學以致用、
關注現實，爲新中國的社會解放建設和科學文化事業的發展做出了卓越的貢
獻。郭沫若以浪漫的理想主義和強烈的愛國情懷，創作出了《女神》等具有
審美韻味的名篇佳作，發出了時代的最強音，樹立了革新中國的「鳳凰涅槃」
精神；他以「借古喻今、借古諷今」的創作思想，賦予了屈原等中華歷史名
人嶄新的時代意義，表達出了強烈的革新精神；他以馬克思主義理論爲指導
構建了中國新的史學研究方法和體系，他的《中國古代社會研究》、《青銅時
代》等歷史著作成爲中國馬克思史學研究的典範；他還自覺運用西方先進的
考古學理論完成了《甲骨文字研究》等多部考古著作，爲新中國考古事業的
發展奠定了深厚的基礎。

　　以上這些成就構成了郭沫若獨有的人格魅力，也成爲他與社會各界著名
學者交往合作的平臺和基礎。郭沫若與老舍在抗戰的血雨腥風中建立起來了
純真的友情和詩情，他們爲了抗戰的勝利共同參加聲勢浩大的勞軍募捐活
動，並率先捐出了自己珍藏的書畫作品；他們還共同創辦了詩人節，祭奠愛

國詩人屈原；他們互相寫詩唱和，留下了「醍醐妙味誰能識？端在吟成放筆時」的美妙詩句；郭沫若與茅盾在全面抗戰救亡工作中，消除了「五四時期」有關文學創作、翻譯等方面的分歧，統一了對抗戰時期文藝創作的認識和理解，結下了「膽肝相對共籌量」的終生友誼，他們分別主持《救亡日報》和《文藝陣地》的工作，為抗戰文藝宣傳工作的共同目標相互配合、互相支持，譜寫了「慰勞血戰三杯酒，鼓舞心頭萬燭光」的感人情誼。郭沫若與夏衍、傅抱石、翦伯贊、田漢等知識分子因共同的人生追求和學術理想也都建立起了終生的友誼，郭沫若憑著自己文化人格魅力緊密團結了社會各界著名人士共同禦敵。

「風雨如晦，雞鳴不已」，身處民族危機、國破家亡之中的郭沫若，以其特有的文化情懷，投身到抗戰宣傳的洪流之中，他手中的筆猶如鋒利的劍，譜寫出一篇篇驚濤駭浪的抗戰檄文，為全民族抗戰的勝利作出了卓越的貢獻。

第二節　1948 年郭沫若香港期間創作的收錄與散佚考釋

1947 年 11 月 13 夜郭沫若詠吟出了「北極不移先導在，長風浩蕩送征衣」的詩句，由此可見他又要開始一段新的征程了。果然第二天也即是 11 月 14 日便由葉以群陪送，從上海乘船奔赴香港，16 日抵達香港後便開始了他一年零七天的香港生活，這段生活在郭沫若一生之中具有著極其重要的價值。他在這短暫的一年中發表了大量的作品，這些作品對香港地區抗戰力量的凝聚乃至今後建國後文藝方針的走向都產生了重要影響，這些作品絕大多數都沒有收入到《郭沫若全集》中，是一些極易被我們所忽略的集外作品，非常值得我們研究。

一、1948 年郭沫若香港期間集外作品研究的緣起

為什麼要研究 1948 年郭沫若香港期間的文學創作呢？我認為大體有如下幾個方面的原因：

1、郭沫若 1948 年在香港的生活無論從時間上還是創作上來講都是獨特的

談及郭沫若的海外生活經歷，日本的生活當然最為重要，郭沫若的思想、

生活等方面無不深刻地烙刻上了日本的印記。除了日本之外的海外生活哪個還最爲重要呢？如果突然提出了這個問題，很多人會感覺到突兀，這同樣也反映了我們郭沫若研究現今的狀況，相對重視日本留學和逃亡生活期間對於郭沫若創作和人生的影響，而忽略了郭沫若另外一段海外生活，即 1947 年 11 月到 1948 年 11 月這一年有餘的香港生活對於郭沫若的創作傾向和人生價值選擇的重大影響。

　　郭沫若一生之中一共三次到過香港，第一次是在 1927 年 10 月中下旬，在香港停留一個月左右的時間，第二次是在 1937 年 11 月下旬，在香港停留了一個星期的時間，第三次是在 1947 年 11 月到 1948 年 11 月，在香港居住了一年零七天的時間。從目前掌握的資料來看，前兩次的香港之行，郭沫若主要是爲了自身的安全考慮才來到了香港，而且在香港期間深居簡出，因此停留的時間極其短暫，很快就由香港達到了其他避難的地方，香港只不過是一個中轉站或安全島而已。而第三次情形則完全相反，郭沫若雖然此次香港之行也是以避難作爲乘行的緣由，但是他在香港期間的表現則和前兩次完全不同，他不斷公開出席各種會議並做演講，而且還在《華商報》、《自由叢刊》等刊物上連續發表各種時政文章，開始公開宣傳中國共產黨的文藝政策。從這個角度來看郭沫若的第三次香港之行的意義非常重要，極富研究的價值。

2、1948 年香港期間的活動成為郭沫若人生的又一重要轉折點

　　如果說郭沫若日本的生活造就了他早期文學創作和歷史研究輝煌的話，那麼 1948 年的香港生活同樣也搭建了郭沫若後期政治生活的舞臺。

　　1948 年 11 月 23 日夜郭沫若從香港乘船北上，到達了瀋陽後不斷出席一系列的中國共產黨組織的各種黨內外的會議，每次會議時都是作爲焦點人物出現，並做主題發言，1949 年 10 月 1 日更是陪同毛澤東、周恩來等黨和國家領導人登上了天安門城樓，參加隆重的開國大典。

　　我們反觀 1947 年 11 月，郭沫若到香港之前在國內的情形就不難發現香港之行對於郭沫若人生的重要影響。在到香港之前，郭沫若一直是以黨外人士參加抗戰活動的，雖然周恩來等領導人爲郭沫若組織了如紀念其創作二十五週年等公開的活動，但是郭沫若 1937 年歸國後的公開身份還是先是以國民政府軍事委員會第三廳政治部主任，後是國民黨文化工作委員會主任的身份出現在公眾面前。僅僅只有一年多的時間，郭沫若轉眼間便成爲了新中國文藝戰線上的領軍人物，可見 1948 年這一年多的香港生活對於郭沫若政治生活

的深遠意義和價值，那麼到底郭沫若在香港完成了哪些轉變呢？

3、為了填補郭沫若研究領域的空白點

在郭沫若研究中對於 1948 年郭沫若在香港生活的經歷，到目前為止涉及到這一選題的只有五篇文章〔註1〕，但這五篇文章全部都是對於過往歷史事件的復述和回憶，而非對這一時期的郭沫若進行研究並得出相關的結論。

目前有關少年郭沫若、五四時期郭沫若、大革命時期郭沫若、留日時期郭沫若、抗戰時期郭沫若和建國後郭沫若都進行了研究，出現了相關的研究成果，雖然這些成果所得的結論有深有淺，但無論怎樣這些階段都開始引起學界的關注，唯獨 1948 年郭沫若在香港長達一年多的生活至今為止在郭沫若研究領域中還沒有涉足，這不能不說是郭沫若研究領域中的憾事。

4、這一時期集外作品集中而隱含著諸多文學史秘密

1948 年郭沫若的香港生活之所以未被研究者納入研究的視野之中，究其原因一是時間過短，相對於在日本時期的漫長歲月相比，郭沫若第三次在香港一年零七天的生活是非常短暫的，極容易被我們所忽視；二是目前有關這一段時間內郭沫若活動的歷史資料甚少，而且由於歷史和社會的原因對於郭沫若在香港期間的歷史資料還缺乏有效的收集和保護，而且是遠在海外的香港，因此造成了目前資料收集較難，由於這一階段現有的資料過少，所以研究也未能深入開展。

通過對郭沫若文學集外作品的收集和整理，不難發現在 1948 年前後郭沫若在香港發表了大量的作品，這些作品不僅在 1982 年後所陸續出版的《郭沫若全集》中絕大多數沒有被收入，而且在郭沫若生前自己所編輯的《沫若文集》中也沒有被收錄。據統計，從 1947 年 11 月 16 日離開上海到達香港到 1948 年 11 月 23 日郭沫若北上解放區，在為期一年的時間裏，郭沫若參加各種集會 30 餘次，發表演講 10 多次，發表文章 76 篇，而這其中散佚的作品竟然多達 61 篇之多，散佚作品占到這一時期作品的 80%還要多，這些佚作中詩作 3 首、演講 6 篇、政論雜文 53 篇。根據目前所統計出的郭沫若的集外作品來看，在

〔註1〕 這五篇文章主要有：梅子《于立群與郭沫若在香港》，《名人傳記》2009 年第 6 期上；艾以《郭沫若三赴香港》，《世紀》1998 年第 2 期；艾以《郭沫若與香港》，《郭沫若學刊》1998 年第 1 期；馮錫剛《郭沫若與香港》，《炎黃春秋》1997 年第 4 期；王宋斌《黃壽山安全護送郭沫若抵達香港》，《廣東黨史》1995 年第 1 期。

郭沫若所有文學集外作品中像這一時期出現數量如此眾多，體裁如此集中的集外作品是絕無僅有的。更爲奇特是這一時期所出現的散佚集外作品，基本上都是發表在香港的各大報刊之中，即便是現在也非常容易查詢到，而據郭沫若在1957年親自所編輯的《沫若文集》的時間還不到10年。如果說郭沫若在少年時期、在《女神》時期、在日本流亡時期由於時間久遠、發表刊物缺失、甚至是由於化名等多方面原因造成了作品散佚的話，那麼造成1948年香港期間的大量集外文存在的原因可能就沒有如此簡單了。

這樣最爲直觀的問題就擺在了我們面前，郭沫若爲什麼將這一時期的作品只收入了14篇呢？爲什麼在1948年香港期間所創作的文學作品全部收錄了呢，而凡是涉及到政治性的文藝論文基本上都被捨棄了呢？這種收錄與散佚的取捨標準是什麼呢？這個取捨標準又說明了什麼呢？郭沫若到底是以什麼樣的身份登上新中國歷史舞臺的呢？由此可見，郭沫若這一時期的集外文中隱含著很多文學史的秘密，這也同樣彰顯了這一時期郭沫若集外文的價值和意義。

二、1947年11月郭沫若爲什麼要離開上海到香港

1947年11月14日，郭沫若離開生活一年半的上海奔赴香港，直到1948年11月23日晚六時，郭沫若登上華中號輪船秘密離開香港，奔赴東北解放區，在這一年多的香港生活中，郭沫若頻繁參加各種社會活動，針對國內局勢在《華商報》等報刊上發表了大量的文章，從中表達出了前所未有的堅定的革命立場，其對於社會活動的熱情程度，在文章中所傳達的犀利的鬥爭論調，都是前所未有的。正是在這種情形下系統地論述郭沫若1948年在港時期的活動和表現，探討其文藝觀念和政治觀念，尋覓其深層的文化心理和個性氣質，對還原一個眞實的郭沫若顯得尤爲重要。在郭沫若1948年香港之行中最先引起爭議的便是郭沫若爲什麼要到香港呢？

1、各方對郭沫若1948年香港之行的解釋

那麼郭沫若爲什麼這個時刻選擇離開上海呢？爲什麼選擇到香港呢？對此就目前所掌握的材料來看大體有如下幾個方面：

《郭沫若年譜》中的解釋是：

> 「鑒於上海白色恐怖日益嚴重，黨組織爲了保護郭沫若，特此決定。十六日抵港後，住在九龍公寓，領導中國學術工作者協會和

中華全國文藝界協會香港分會的工作。家眷亦於二十二日抵港。」
〔註2〕。

艾以在《郭沫若三赴香港》〔註3〕中認為：

「為反對國民黨的獨裁統治，郭沫若團結廣大民主人士，支持
工人和學生運動，利用各種活動和場合與美蔣進行堅決的鬥爭。一
些民主人士不斷遭到打擊和迫害，白色恐怖籠罩著中華大地，郭沫
若首當其衝，隨時都可能受到迫害。黨組織為確保他的安全，特地
安排葉以群於 11 月 14 日護送他去香港。……當時，郭沫若實際擔
負了中華全國文藝界協會香港分會的領導工作。」

馮錫剛在《郭沫若與香港》〔註4〕一文中談到：

「1947 年 11 月，國民黨政府悍然宣佈民盟『非法』。郭沫若遂
與一批民主人士於 11 月中旬離開上海赴香港，繼續從事民主活動。」

郭沫若的女兒郭庶英在《我的父親郭沫若》〔註5〕一書中曾提到：

「1947 年 10 月中國人民解放軍發表宣言，號召打倒內戰禍首
蔣介石，迅速解放全國人民。為了能在時局的發展中把國統區的進
步人士及時轉入解放區，開始了分期分批轉道去香港──這是大批
人士惟一可以到解放區去的中間地帶……在香港爸爸實際上擔負著
中華全國文藝界協會香港分會的領導工作。」

上述有關 1948 年郭沫若為什麼離開上海到香港的解釋雖然表達方式不同，但
是非常明顯無外乎兩個原因：一是避難，二是領導香港民主人士的文藝活動，
也就是郭沫若此次香港之行都是基於外界的原因，而非本人的強烈需求。事
實果真如此嗎？這些解釋基本上都是基於學界的猜測和對當時情形的判斷而
得來的，很多事情當事人自己的解釋最為重要。

2、郭沫若本人對於此問題的闡述

郭沫若本人對於他自己一生中非常重要的事件做過解釋嗎？當然有，在
1948 年 1 月 8 日香港《華商報》上就刊登了郭沫若的《我為什麼離開上海？》

〔註2〕 龔濟民、方仁念：《郭沫若年譜》上冊，天津人民出版社 1982 年版，第 553
～554 頁。
〔註3〕 艾以：《郭沫若三赴香港》，《臺港記聞》1998 年第 2 期。
〔註4〕 馮錫剛：《郭沫若與香港》，《炎黃春秋》，1997 年第 2 期。
〔註5〕 郭庶英：《我的父親郭沫若》，遼寧人民出版社 2011 年版，第 78 頁。

一文，文中談到了自己對於此次香港之行的感受和原因。但是這一篇文章在
1957 年到 1963 年郭沫若自己親自編選的《沫若文集》中並沒有被收入，直到
1987 年王錦厚等編選的《郭沫若佚文集》中才再一次回到公眾的視野之中。

對於自己這一次香港的行程，郭沫若在《我為什麼離開上海？》中提到：

「住在上海，也就和十年前住在日本時一樣，一切自由都被剝
奪了。我只卑鄙地在那兒呼吸著血腥的空氣。

……

因此，我感覺著：我多留在上海一天，便對中國人民多犯了一
天的罪。

因此我便決計離開了上海。

我離開上海的用意在我是和十年前離開日本，回到祖國來參加
抗戰的，完全一樣。我消極地要摔破法西斯統治者的花瓶，積極地
要恢復我的自由替中國人民服務。

我現在是非常愉快的，我已經由奴隸的屈服恢復到做人的尊嚴
了。」〔註6〕

通過以上的言語我們非常明顯地看到，郭沫若本人的解釋與上述我們所列舉
的其他人的解釋大相徑庭。有關外界所認為的避難和領導香港民主人士的文
藝活動的原因，郭沫若在這篇佚文中幾乎都沒有任何涉及。從他的解釋中我
們明顯地能夠看到，他還是主要從個人的原因來解釋 1948 年香港之行的。

但是郭沫若在 1947 年 11 月 13 日離開上海奔赴香港的前夜所寫下的一首
詩也提到了相關的問題。

「十載一來復，於今又毀家。毀家何為者？為建新中華。」

這首詩發表在 1948 年 2 月 24 日香港《野草文叢》第八集《春日》中，同樣
也沒有被郭沫若自己所編輯的作品集所收錄，而且《郭沫若全集》中也沒有
收入。

郭沫若這首詩中談到他到香港的原因時非常明顯地是從國家和民族全局
的角度來考慮的。與他到香港時所發表的《我為什麼離開上海？》中所談到
的原因又有所出入。那麼到底哪種原因才是郭沫若到香港的主要原因呢？

〔註6〕　王錦厚、伍加侖、肖斌如編：《郭沫若佚文集》下冊，四川大學出版社 1988
年版，第 208 頁。

3、各方對郭沫若到香港的原因解析

根據現有的材料可以非常明顯地看出，除了郭沫若以外的人在提到了他第三次香港之行的共同原因，基本一致的認爲是由於國內局勢的給郭沫若帶來的危害，香港成爲郭沫若逃離國內追捕的避難所。從在香港所停留的時間以及在香港期間的活動情況來看，郭沫若前兩次的確是因爲自身的安全受到了威脅，不得不到香港暫避危險。但是第三次香港之行的情形則僅僅用避難一說實難完全解釋，因爲，一是郭沫若此次在香港停留了一年之餘，如果僅僅是避難的話，香港也絕非安全之處，香港更多的是逃往日本或蘇聯的一個中轉站而已，而且郭沫若在1948年直接乘船北上到達了東北解放區也恰恰說明了到香港的目的並不僅僅是避難；二是郭沫若在香港期間至1948年元旦開始，不斷在公共場合露面，參加各種集會活動，登臺演講宣傳國內的民主政策，並且有多達60多篇的政論文章在香港的《華商報》、《自由論叢》等中共主辦的刊物上公開發表，這樣的情形更與避難一說形成極大的反差。這樣看來，避難雖然各方都認可，但卻並不是郭沫若1948年香港之行的唯一目的，甚至是主要目的。

1947年11月郭沫若離開上海到香港除了避難之外的原因，各方面的認識並不一致，形成了郭沫若本人以及郭沫若本人以外的兩種不同的解釋，即使是郭沫若本人，他前後的解釋也並不相同，到底哪一個才是眞正的原因呢？造成這種現象又說明了什麼問題呢？我想對這個問題的回答，僅僅靠理論的推測很難得出一個合理的解答，當我們眞正走入到郭沫若的集外文文本之中時或許可以找到答案。

三、1948年郭沫若香港期間創作的收錄與散佚情況

目前比較集中收入和談到郭沫若在香港期間的集外文主要有兩本著作，一本是王錦厚、伍加侖、肖斌如所編的《郭沫若佚文集》，該書共收錄郭沫若在香港期間集外文27篇，一本是上海圖書館，復旦大學分校中文系編《迎接新中國：郭沫若香港戰鬥時期佚文》，該書共收錄郭沫若在香港期間集外文62篇。通過目前所掌握的資料來看，以上兩部著作中所收集到的相關集外文對於郭沫若相關資料的收集做出了很大的貢獻，雖然如此，但它們還是有各自的問題存在，如第一部資料集的資料比較精選，但是還不夠全面，第二部資料集的資料比較全面，但是卻缺乏系統性的分類。更爲關鍵的是到目前爲止

對這兩部資料研究都還沒有出現，它們最大的價值還未有眞正體現出來。

據目前筆者統計郭沫若1947年至1948年在香港期間共發表文章76篇，而這其中散佚的作品竟然多達62篇之多，散佚作品占到這一時期作品的80%還要多，這些集外作品中詩作有3首、演講6篇、政論雜文53篇。

1、1948年郭沫若香港期間作品被收錄情況

那麼我們先來看看1947年到1948年郭沫若香港期間的創作，收錄到郭沫若親自彙編的《沫若文集》和郭沫若去世後所出版的《郭沫若全集》中的作品有如下這些：

（1）回憶散文：《我是中國人》，收入《沫若文集》第八卷《海濤集》，後收入《郭沫若全集・文學編》第十三卷《海濤集》。

（2）回憶散文：《南昌之一夜》，收入《沫若文集》第八卷《海濤集》，後收入《郭沫若全集・文學編》第十三卷《海濤集》。

（3）回憶散文：《流沙》，收入《沫若文集》第八卷《海濤集》，後收入《郭沫若全集・文學編》第十三卷《海濤集》。

（4）回憶散文：《神泉》，收入《沫若文集》第八卷《海濤集》，後收入《郭沫若全集・文學編》第十三卷《海濤集》。

（5）回憶散文：《涂家埠》，收入《沫若文集》第八卷《海濤集》，後收入《郭沫若全集・文學編》第十三卷《海濤集》。

（6）《抗戰回憶錄》，收入《沫若文集》第九卷《洪波曲》，後收入《郭沫若全集・文學編》第十四卷《洪波曲》。

（7）七絕：《海上看日出》，收入《沫若文集》第二卷《蜩螗集》，後收入《郭沫若全集・文學編》第二卷《蜩螗集》。

（8）《〈蜩螗集〉序》，收入《沫若文集》第二卷《蜩螗集》，後收入《郭沫若全集・文學編》第二卷《蜩螗集》。

（9）《〈虎符〉校後記》，收入《沫若文集》第三卷，後收入《郭沫若全集・文學編》第六卷。

（10）《〈築〉校後記》，收入《沫若文集》第四卷，後收入《郭沫若全集・文學編》第七卷。

（11）電影評論：《看了〈侵略〉》，收入《沫若文集》第十三卷《集外》，後收入《郭沫若全集・文學編》第十六卷《集外》。

（12）電影評論：《出了籠的飛鳥——看了〈江湖奇俠〉後》，收入《沫

　　若文集》第十三卷《集外》，後收入《郭沫若全集‧文學編》第十
　　六卷《集外》。

（13）政論文：《斥反動文藝》，收入《沫若文集》第十三卷《集外》，後
　　　收入《郭沫若全集‧文學編》第十六卷《集外》。

（14）政論文：《駁胡適〈國際形勢的兩個問題〉》，收入《沫若文集》第
　　　十三卷《集外》，後收入《郭沫若全集‧文學編》第二十卷《其他》。

2、目前能夠收集到的 1947 年到 1948 年郭沫若在香港期間的創作散佚在《沫若文集》和《郭沫若全集》之外的作品大約有 63 篇，這些作品包括詩作、演講詞和政論文

詩作有三篇八首：

（1）《爲蔡賢初五七壽辰題詩》：1948 年 6 月 1 日香港《自由》週刊月刊
　　　新七號。

（2）《論文六絕》（六首）：1948 年 9 月 20 日香港《公論》季刊四期。

（3）《詠金魚》：1979 年 6 月 10 日《光明日報》。

3、演講詞有六篇：

（1）《一年來中國文藝運動及其趨向》：1948 年 1 月 3 日香港《華商報》。

（2）《文藝活動的總方向》：1948 年 1 月 3 日香港《華商報》。

（3）《美帝扶植日閥，恢復侵略勢力》：1948 年 7 月 7 日香港《華商報》。

（4）《講革命掌故》：1948 年 10 月 16 日香港《華商報》。

（5）《繼續走魯迅的路──記魯迅先生十二週年祭》：1948 年 10 月 20 日
　　　香港《華商報》。

（6）《蘇聯電影是爲人民服務的，美國電影卻走向反人民路線──漫談
　　　美國電影與蘇聯電影》：1948 年 10 月香港《新文化叢刊》第二種《保
　　　衛文化》。

4、政論文有五十二篇：

（1）《關於尾巴主義的討論》：《國訊》週刊新一卷。

（2）《尾巴主義發凡》：《野草叢刊》第七期。

（3）《自力更生的眞諦》：1948 年 1 月 1 日香港《華商報》。

（4）《要有力量贏得戰爭，然後才能贏得和平！》：香港《自由叢刊》第
　　　十輯。

（5）《費譯〈屈原研究〉序》：1948 年 1 月 11 日香港《華商報》。

（6）《我爲什麼離開上海？》：1948 年 1 月 8 日香港《華商報》。

（7）《對九龍城事件之意見》：1948 年 1 月 20 日香港《華商報》。

（8）《迎接批評時代的一個基本問題》：1948 年 1 月 29 日香港《群眾週刊》二卷二期。

（9）《當前的文藝諸問題》：1948 年 2 月香港《文藝生活》海外版一期。

（10）《開拓新詩歌的路》：1948 年 3 月 15 日香港《中國詩壇》一期《最前哨》。

（11）《斥帝國主義臣僕兼及胡適——覆泗水文化服務社張德修先生函》：1948 年 3 月 1 日香港《自由叢刊》第十二種渡江前夜。

（12）《天天過新年》：1948 年 2 月 17 日香港《正報》十六、十七春節合刊。

（13）《說「公」》：1948 年 3 月 1 日香港《公論》季刊第二期。

（14）《還要警惕著不流血的「二二八」！》：1948 年 2 月 28 日香港《華商報》。

（15）《「自由主義」親美擁蔣，「和平攻勢」配合美援》：1948 年 3 月 14 日香港《華商報》。

（16）《當前的文藝教育——紀念生活教育社廿一週年》：1948 年 3 月 14 日香港《華商報》。

（17）《提防政治扒手！》：1948 年 3 月 15 日香港《華商報》。

（18）《屈原、蘇武、陰慶》：1948 年 3 月 10 日香港《光明報》半月刊一卷三期。

（19）《爲美帝扶日向愛國僑胞呼籲》：1945 年 4 月 5 日香港《自由叢刊》。

（20）《打破美帝的扶日奴華計劃》：1948 年 4 月 20 日香港《現代華僑》半月刊一卷九期。

（21）《隔海回答》：1948 年 4 月 10 日香港《野草文叢》。

（22）《申述「馬華化」問題的意見》：香港《文藝生活》海外版二期。

（23）《浪與岩頭》：1948 年 4 月 1 日香港《華商報》。

（24）《美術節展望新美術》：天津《綜藝》半月刊一卷七期。

（25）《四月八日》：1948 年 4 月 8 日香港《華商報》。

（26）《歷史是進化的》：1948 年 4 月 17 日香港《光明報》半月刊新一卷四期。

（27）《誰個能夠不奮發》：1949 年 4 月 19 日香港《華商報》。

（28）《歷史的路只有一條》：上海《國訊》週刊四五六期。

（29）《我再提議改訂文藝節》：1948 年 5 月 4 日香港《華商報》。

（30）《慶祝「五四」光復》：1948 年 5 月 4 日香港《華商報》。

（31）《關於歷史劇》：1948 年 5 月 22 日新加坡《風下》週刊一二七期。

（32）《「三無主義」疏證》：1948 年 5 月 14 日香港《華商報》。

（33）《屈原的幸與不幸》：1948 年 6 月 15 日香港《中國詩壇》二期。

（34）《白毛女何來白毛——答讀者黃國賢》：1948 年 5 月 21 日香港《華商報》。

（35）《爲新政協催生》：1948 年 6 月 5 日香港《自由叢刊》。

（36）《悲劇的解放——爲〈白毛女〉演出而作》：1948 年 5 月 23 日香港《華商報》。

（37）《腦力勞動者爲「五一」號召應有的覺悟》：1948 年 6 月 3 日香港《群眾》週刊二卷二十一期。

（38）《屈原假使生在今天》：1948 年 6 月 10 日香港《華商報》。

（39）《關於青銅時代和黃帝造指南針》：1948 年 6 月 26 日香港《華商報》。

（40）《誰領導了北伐和抗戰》：1948 年 7 月 7 日香港《華商報》。

（41）《我怎樣開始了文藝生活》：1948 年 9 月 15 日香港《文藝生活》海外版六期。

（42）《我的讀書經驗》：1948 年 8 月 19 日香港《華僑日報》。

（43）《日本投降三週年的感想》：1948 年 8 月 11 日香港《華商報》。

（44）《〈中蘇文化之交流〉序》：收 1949 年 6 月上海生活、讀書、新知聯合發行所版《中蘇文化之交流》。

（45）《祝〈文匯報〉復刊》：1948 年 9 月 5 日香港《華商報》。

（46）《〈三年游擊戰爭〉序言》：1948 年 9 月 30 日香港《正報》第三年十三期。

（47）《波羅的海代表》：1948 年 9 月 18 日香港《正報》第三年第七期。

（48）《撕毀了「黃金時代」》：1948 年 10 月 10 日香港《華商報》。

（49）《雙十節的三大教訓》：1948 年 10 月 7 日香港《群眾》週刊二卷三九期。

　　（50）《萬家燈火》，1948 年 9 月 30 日香港《華商報》。

　　（51）《世界文化戰的呼應》：1948 年 10 月香港《新文化叢刊》

　　（52）《歲末雜感》；1948 年 12 月 25 日香港《文化生活》海外版。〔註7〕

5、收錄和散佚背後所呈現出的問題

　　通過以上集外文的示例，我們明顯地看出這樣幾個問題。

　　首先，綜觀這些集外作品我們會發現文學創作類的文章全部被《沫若文集》和《郭沫若全集》收錄，而有關政論文的文章幾乎全部是集外作品。由於在《沫若文集》和《郭沫若全集》中演講都沒有被收錄其中，因此這一時期的演講作品屬於散佚的作品也是有情可原的，但甚為奇怪的是絕大多數政論文章未被郭沫若本人在編輯《沫若文集》時收錄，而《郭沫若全集》基本上是在《沫若文集》的基礎上編輯而成的，因此也將這些作品散佚之外，那麼這究竟是為什麼呢？更為奇特的是，在眾多政論文章中，郭沫若唯獨卻選取了《斥反動文藝》和《駁胡適〈國際形勢的兩個問題〉》這兩篇編入到《沫若文集》第十三卷《集外》之中，《郭沫若全集》中也保留了這兩篇，那麼這又是為何呢？

　　其次，這些集外文都是在香港、國內甚至國外的刊物上公開發表的文章，其中絕大多數文章集中主要集中發表在《華商報》、《自由論叢》、《野草文叢》等刊物上。按照道理來講，這些作品創作時間跨度不長、登載刊物如此集中，不應該形成如此眾多被散佚在外的情形才對，除非唯一的解釋是郭沫若自己並不願意把這些作品收入其中，特別是這一時期有關政論性的作品基本都是集外文，而被收錄的兩篇，又被放置在了《集外》之中，這種現象說明了什麼樣的問題呢？

　　再次，如果我們仔細加以考究就會發現這樣一個現象，郭沫若於 1947 年 11 月 22 日到達香港後，由於要安排家眷等一系列的事情，真正開始創作是在 1948 年 1 月 1 日《斥反動文藝》開始的，直到 1948 年 11 月離開香港，在這 200 多天的時間內幾乎是每隔一天就有一篇文章刊登出來，這樣的寫作速度於前文所提及到外界對郭沫若到香港避難一說很難吻合，另外，這些文章全部都是在香港的媒體中刊出不就更是向世人表明了郭沫若此時正在香港，而且還公開從事宣傳中國共產黨的文藝政策。這不更是與避難之說相牴牾了嗎？

〔註7〕　這些佚作主要指的是沒有收入《郭沫若全集》和《沫若文集》中散佚的作品。

到底郭沫若是到香港來對他本人來講意味著什麼呢？

再次，政論文章中有 23 篇發表在《華商報》中，數量幾乎是所有政論佚文的一半左右。不僅如此，在 1948 年 8 月「應《華商報》副刊《茶亭》主編夏衍之約，始作回憶散文《抗戰回憶錄》，至十一月訖。」〔註 8〕另外，郭沫若還經常參與《華商報》組織的各種集會並做演講，如「1948 年 6 月 28 日「往《華商報》參加座談會，在發言中將反對美帝扶日與七七抗戰聯繫起來，更覺得今天必須堅決制止日寇捲土重來」〔註 9〕；1948 年 8 月 10 日「為《華商報》舉辦的筆談《日本投降三週年的感想》作短文一篇」〔註 10〕；1948 年 10 月 10 日「應邀參加《華商報》同人舉行的旅行野餐，並講話」〔註 11〕；另外，他還參加了《文藝生活社》、《新文化叢刊》編輯部召開的座談會，為什麼郭沫若對《華商報》這麼情有獨鍾呢？郭沫若與《華商報》的關係到底是怎樣的呢？

第三節　新觀念的提出還是舊觀念的延續——從集外作品看郭沫若政治及文藝思想的變遷

1937 年抗日戰爭爆發後，郭沫若隻身從日本返回國內從事抗日運動，1938 年 1 月就任國民政府軍事委員會政治部第三廳廳長，長期以來郭沫若一直都是以此身份團結進步人士從事文化抗日救亡運動。雖然在 1938 年夏，黨中央根據周恩來的建議，作出黨內決定：以郭沫若為魯迅的繼承者、中國文化界的領袖，並由全國各地黨組織向黨內外傳達，以奠定郭沫若同志的文化界領袖地位。但是這種身份畢竟只是秘密的，而郭沫若卻在 1949 年 10 月 1 日下午，跟隨毛澤東等中共領導人，登上了天安門城樓，出席中華人民共和國開國大典。在這一天，能夠有資格登上天安門城樓的人，當然都是新政權黨、

〔註 8〕　龔濟民、方仁念：《郭沫若年譜》上冊，天津人民出版社 1982 年版，第 569 頁。

〔註 9〕　龔濟民、方仁念：《郭沫若年譜》上冊，天津人民出版社 1982 年版，第 567 頁。

〔註 10〕　龔濟民、方仁念：《郭沫若年譜》上冊，天津人民出版社 1982 年版，第 569 頁。

〔註 11〕　龔濟民、方仁念：《郭沫若年譜》上冊，天津人民出版社 1982 年版，第 572 頁。

政、軍和其他黨派、社會政治組織的最重要、最有影響的人物。郭沫若究竟
是如何由黨內的秘密身份轉變到公眾的政治人物的呢？他如何登上了新中國
政治的前臺呢？這不得不從 1948 年的郭沫若香港時期的生活和創作談起，特
別是從目前經過我們收集和整理過的 1948 年郭沫若在香港期間的集外作品
中，明顯地發現了郭沫若走向政治前臺的軌跡。

一、1948 年郭沫若香港生活時期國內及香港的局勢

就在郭沫若 1947 年 11 月 14 日離開上海到達香港不到一個月的時間，也
即是 1947 年 12 月 25 日，中共中央在陝北召開會議，在這次會議上毛澤東作
了《目前形勢和我們的任務》的報告，報告對當前中國的形勢做出了的預判，
認為：「這是一個歷史的轉折點。這是蔣介石的二十年反革命統治由發展到消
滅的轉折點。這是一百多年以來帝國主義在中國的統治由發展到消滅的轉折
點。」〔註 12〕應該說以毛澤東為首的黨中央能夠在當時局勢並不明朗，特別
是中國共產黨的軍事實力並不占優而處於戰略防禦階段的時候，能夠得出這
種判斷，還是顯示出了中國共產黨人的魄力和信心。但同時也應該看到毛澤
東還指出：「中國人民革命戰爭應該力爭不間斷地發展到完全勝利，應該不讓
敵人用緩兵之計獲得休息時間，然後再來打人民。」〔註 13〕這便顯示出這場
戰爭也必將是持久性的，這同時也造成了國內緊張戰爭局勢的持續。

面對這種國內緊張的局勢，像李濟深、宋慶齡、彭澤民等民主愛國人士
紛紛在國內戰爭的局勢下來到香港，據統計，從 1946～1949 年初，因為躲
避戰亂的原因從國內轉移到香港的文化人有近 300 人左右，據周而復回憶
到：「重慶的、上海的、廣東的文化界著名人士幾乎都來了，『群賢畢至，少
長咸集』，極一時之盛……可以說，這是全國文藝界著名人士在香港大集會」
〔註 14〕，內地文化人在香港不斷召開座談會、文學研討會等活動，一方面提
高了香港本地文化人的素養，另一方面這些內地文化人也時刻關注著國內政
治的局勢，成為左右國內戰爭局勢以及未來中國政治走向的不可忽略的文化
力量。

〔註 12〕毛澤東：《目前形勢和我們的任務》，《毛澤東選集》第 4 卷，人民出版社 1991
　　　　年版，第 1245 頁。

〔註 13〕毛澤東：《目前形勢和我們的任務》，《毛澤東選集》第 4 卷，人民出版社 1991
　　　　年版，第 1246 頁。

〔註 14〕周而復：《往事回憶錄》，《新文學史料》1992 年第 2 期。

　　早在「1945 年 9 月初，毛澤東、周恩來、王若飛等在重慶商定，派出一批人到香港等大城市籌辦或復辦報刊。」﹝註 15﹞因此，《正報》、《華商報》、《新生日報》、《人民報》、《大公報》、《文匯報》、《群眾》、《中國詩壇》等一些由中國共產黨領導的報刊在香港相繼創辦出版。一些進步人士借助這些刊物發表各種反對國民黨獨裁統治的宣言和主張，另外，這批進步文人還借助於這些刊物為依託組織各種活動和集會，宣傳進步的文藝主張。

　　正是由於這些中國共產黨領導的各種救亡力量的努力，使香港對國民黨反對派的輿論譴責活動如火如荼的開展起來，因此有人把 40 年代末期的香港說成是「中國革命的後勤基地」。郭沫若 1947 年離開上海到達香港便是在這一種背景之下乘行的。到達香港後郭沫若頻繁參加各種社會活動，並在不同場合發表演說。

　　1948 年元月 3 日下午，剛剛來香港不久的郭沫若便在參加中大師生新年團拜會時便旗幟鮮明地提出了：「文藝像政治一樣，一方面有為人民的文藝，一方面有反人民的文藝。反人民的文藝有四種」﹝註 16﹞的論斷。

　　1948 年 2 月 4 日，郭沫若和馬敘倫、侯外廬等十七人聯名發表宣言，聲援上海同濟大學等校學生為爭取民主而英勇抗爭的鬥爭。這是在港知識分子第一次通過正式的聯合對國內政治局勢表明自己的立場和態度。

　　在 1948 年 4 月 8 日的香港，郭沫若通過回憶四八烈士犧牲兩週年之際，表明了自己的政治立場和態度：「要拿出粉身碎骨的精神來和中美反動派不共戴天。」這一立場是有著高度的政治自覺意識的。

　　1948 年 5 月 1 日，中共中央發布紀念五一勞動節口號。毛澤東倡議：「各民主黨派，各人民團體，各社會賢達迅速召開政治協商會議，討論並實現人民代表大會，成立民主聯合政府。」﹝註 17﹞5 月 5 日，郭沫若和李濟深，何香凝，沈鈞儒等聯名致電中共中央毛澤東主席並轉解放區全體同胞，表示擁護中共中央五一勞動節發出的號召，響應參與新政協會議。

　　這僅僅只是列舉了郭沫若 1948 年在香港期間的部分活動，非常明顯這些

﹝註 15﹞ 袁小倫：《戰後初期中共利用香港的策略運作》，《近代史研究》，2002 年第 6 期。
﹝註 16﹞ 郭沫若：《一年來中國文藝運動及其趨向》，《迎接新中國：郭老在香港戰鬥時期的佚文》，上海圖書館復旦大學分校中文系，第 8 頁。
﹝註 17﹞ 龔濟民、方仁念：《郭沫若年譜》，天津人民出版社 1982 年版，第 576 頁。

活動的性質都是具有鮮明的政治特性，由此可見在此時的郭沫若已經非常清楚地意識到，自己在社會評價系統中的位置和作用。不僅如此從上文對收集到的 1948 年郭沫若在香港時期的集外文的示例也能夠清晰的看出這一點，這一時期郭沫若創作了大量的政治性的文章，這些文章雖然也涉及到了文藝，但從總體上來講政治意識非常鮮明，從這些文章中我們便能夠感知到郭沫若的命運，早已經和共產黨領導的波濤洶湧的政治洪流緊密地聯繫在了一起。由這些政論性的佚文我們可以清晰地探究出他走向新中國政治舞臺中心的軌跡和心路歷程。

二、「尾巴主義」政治觀念的肇始

1948 年 11 月 22 日郭沫若在離開香港的前日寫下了《歲末親感》，這在篇文章中流露出郭沫若不同於以往的語氣和心態。

> 「別無所感，只感到我們今後的責任重大，而能力又太薄弱。
> ——這可不是謙虛，而是實感。要建設一個新中國是多麼重大的責任呀！我們拿什麼本領來貢獻在這項建設上呢？
> ……
> 決心摒除一切的矜驕，虔誠地學習、服務，貢獻出自己最後的一珠血，以迎接人民的新春。」〔註18〕

這篇文章既是郭沫若對一年來香港生活的總結，也是對以後新生活的憧憬和嚮往，但從這篇文章中我們可以清晰地體會到那個離開上海奔赴香港時的惆悵滿志的郭沫若不見了，那個早期具有叛逆精神的郭沫若也消失了，取而代之的是這樣一個具有現實責任感，充滿理性魅力的郭沫若。這一切緣何而改變呢？改變的緣起在哪裏呢？

通觀現在所收集到的郭沫若 1948 年在香港時期的 62 篇集外作品，其中數量最多的便是非文學創作類的作品佔了絕大多數，這些作品中有政論文、有電影評論、有文藝評論、有書刊序言、有觀後感等，從看起來這些集外文的內容非常駁雜，但如果仔細研讀你便會發現，這些內容駁雜的文章背後的思想傾向非常鮮明，那就是突出為廣大人民服務的思想，為勞工大眾服務的情感。郭沫若這一思想的出現總結起來便是他所提出的「尾巴主義」內涵的

〔註18〕郭沫若：《歲末親感》，《文藝生活》海外版第九期。

擴展和延伸。

郭沫若在 1947 年 11 月 16 日抵達香港後，經過了短暫的調整，於 1948 年 1 月 1 日正式登上了香港文藝界活動的舞臺，這一天他在《野草叢刊》第七期發表了《尾巴主義發凡》一文，首先提出了「尾巴主義」的政治主張，並在隨後 1948 年 1 月 3 日香港《國訊》週刊新一卷六期上發表了《關於尾巴主義的討論》繼續對所謂「尾巴主義」進行解釋和說明，這是郭沫若 1948 年在香港期間所創作的政論文之中最早和最重要的兩篇文章，是郭沫若後期政治和文藝思想、生活道路的指南。

那麼究竟什麼是尾巴主義？郭沫若在這兩篇文章中進行了詳盡地闡釋：

> 「牛是最好的一個人民的象徵。我們要做牛尾巴，這就是說要為人民服務，跟著群眾路線走，即使不能有多大的貢獻，驅逐蒼蠅的本領總是有的。這些意義，我感覺著表現的最為形象化。」〔註19〕

於是，郭沫若找到自己在香港政治活動的理論支撐，並積極號召：

> 「因此，我今天要大聲地喊出：不要怕做尾巴！這，在我認為，對於目前的知識分子不失為一種對症的良藥。不要再蒙著頭腦妄想往上升，而是要放下決心往下爬。不要插上鷺鷥毛妄想當無兵司令，而是應該穿上草鞋替工農大眾做一名小卒。打倒領袖欲望，建立尾巴主義！把一切妄自尊大，自私自利，上諂下驕的惡劣根性拔掉吧，心安理得地做一條人民大眾的尾巴或這尾巴上的光榮的尾。尾巴主義萬歲！」〔註20〕

因此，他號召：

> 「士大夫階級應該掉過來做人民大眾的尾巴，實質上是要求今天的知識分子們要主動去做牛尾，牛是最好的一個人民的象徵，我們要做牛尾巴就是要為人民服務，跟著群眾路線走，即使不能有多大的貢獻，驅逐蒼蠅的本領總是有的。」〔註21〕

從「尾巴主義」思想的提出，可以看到郭沫若對於社會階級特別是對於

〔註19〕郭沫若：《尾巴主義發凡》，《迎接新中國：郭老在香港戰鬥時期的佚文》，上海圖書館復旦大學分校中文系，第 2 頁。

〔註20〕郭沫若：《尾巴主義發凡》，《迎接新中國：郭老在香港戰鬥時期的佚文》，上海圖書館復旦大學分校中文系，第 3 頁。

〔註21〕郭沫若：《關於尾巴主義答某先生》，《迎接新中國：郭老在香港戰鬥時期的佚文》，上海圖書館復旦大學分校中文系，第 5 頁。

文藝知識分子的認識有了一個重大的變化：

> 「在我看來，就是一些不上不下，非嘴非尾的所謂士大夫階級。
> 他們是『學而優則仕』的，畢生的希望在求進身之階，總想往上爬，
> 爬到替職君賢相做嘴巴的地步，放著喉嗓替他們歌功頌德。」〔註22〕

「尾巴主義」究竟對郭沫若來講是新的觀念呢，還是舊有思想呢？郭沫若曾言：「宇宙的內部整個是一個不息的鬥爭。而鬥爭的軌跡便是進化，人類社會與自然界一樣，也充滿著鬥爭。人類的整個歷史是一部戰鬥的歷史，整個是一部流血的歷史。」〔註23〕1948 年郭沫若對中國共產黨政策大力的宣傳正是基於他正確的歷史進化觀。

所謂的尾巴主義其實是一種盲目崇拜的邏輯。郭沫若在尾巴主義的統領下逐步放棄了知識分子獨立思考的權利，郭沫若以尾巴主義爲旗幟將與自己有不同觀點和選擇的異己，輕則視爲落伍，重則視爲眞理的叛徒，進而扮演起眞理捍衛者的角色，對持有不同意見者大加討伐。

爲什麼郭沫若到香港後會提出了「尾巴主義」的觀念，並把它作爲對一切事物評判的標準呢？這還是緣於郭沫若對當時社會時局的清醒判斷，進而形成了「在當時的現實環境下，任何高遠的口號都不能收效甚至沒有意義。在解決時代矛盾的問題上，已經不是思想啓蒙的時代了。這個時代的問題的解決方法惟有靠實力與民心」的思維方式。〔註24〕正是如此郭沫若在給泗水文化服務社張德修回信中，即以尾巴主義爲標準，對胡適的自由主義思想進行了全面的批判：

> 「胡適學無根底，僥倖成名，近二三年來更復大肆狂妄。蔣介
> 石獨裁專擅，禍國殃民，而胡爲之宣揚『憲法』，粉飾『民主』，集
> 李斯、趙高、劉歆、楊雄之醜德於一身而恬不知恥。更復蠱惑青年，
> 媚外取寵，美國獸兵，強姦沈崇，竟多方面爲之開脫。」〔註25〕

在此基礎上進而對毛澤東等爲首的共產黨人大加稱讚：

〔註22〕 郭沫若：《尾巴主義發凡》，《迎接新中國：郭老在香港戰鬥時期的佚文》，上海圖書館復旦大學分校中文系，第 3 頁。

〔註23〕 郭沫若：《郭沫若全集・文學編》第 16 卷，人民文學出版社 1990 年版，第 234 頁。

〔註24〕 郭沫若：《郭沫若全集・文學編》第 15 卷，人民文學出版社 1990 年版，第 156 頁。

〔註25〕 郭沫若：《斥帝國臣僕兼及胡適——復泗水文化服務社張德修先生函》，《迎接新中國：郭老在香港戰鬥時期的佚文》，上海圖書館復旦大學分校中文系，第 29 頁。

> 「沫若與毛周諸先生交遊甚久，間嘗細察其思想行事，無不合
> 於智仁勇之三大達德。……抗戰幸告結束，毛周諸先生爲和平合作
> 奔走呼號之精神猶照耀天壤。所可痛恨者，獨夫蔣在美帝國主義全
> 力支持下，竟不惜全面破裂，屠殺人民，置全中國全世界愛好和平
> 民主之人民願望於不願。〔註26〕

在尾巴主義下，從觀念到心理語言，都充滿了勝利的絕對自信。這是一種以
戰場上的勝利爲支持的自信，在尾巴主義原則下，願做尾巴的與不願做尾巴
的不僅僅是觀念的衝突，更是敵我不能並存的選擇。把胡適視作政治扒手，
在當時的語境下是順理成章，但今天看來是失之偏頗的。

三、「尾巴主義」思想統攝下的郭沫若政治的選擇和文藝思想的變遷

「尾巴主義」對於郭沫若究竟有何影響呢？從郭沫若在 1948 年近 70 餘
篇集外文中便可以看到「尾巴主義」思想統領了郭沫若在 1948 年香港時期創
作的路向以及對以往文藝思想的修訂，具體表現在「人民本位」文藝創作觀
念的具象化、對「標語口號」式政治宣傳的廣泛化、「文以載道」文藝觀念的
現代轉型、對自由主義作家批判的極端化。

1、人民本位觀念批評觀念的具象化

如果說「尾巴主義」還只是郭沫若表達自己思想轉換的一個比喻而已，
那麼眞正的目的便是樹立了以人民爲本位的思想政治觀念。郭沫若在香港期
間的集外文最爲明顯的一個標記就是幾乎每篇集外文總都出現人民的字樣，
時時都以人民作爲評價一切的標準，從此也可以看出郭沫若明確的人民本位
觀念的確立，這種觀念不僅僅是在有關政治事件的評述中，而且還大量出現
在有關文藝批評的文章之中。

早在 1922 年「五四」新文學運動時期郭沫若在《論國內的評壇及我對於
創作上的態度》中曾說：

> 「至於藝術上的功利主義的問題，我也曾經思索過。假使創作
> 家純以功利主義爲前提從事創作，上之想借文藝爲宣傳的利器，下

〔註26〕 郭沫若：《斥帝國臣僕兼及胡適——復泗水文化服務社張德修先生函》，《迎接
新中國：郭老在香港戰鬥時期的佚文》，上海圖書館復旦大學分校中文系，第
28 頁。

之想借文藝爲糊口的飯碗，我敢斷定一句，都是文藝的墮落。隔離
文藝的精神太遠了。這種作家慣會迎合時勢，他在社會上或者容易
收穫一時的成功，但他的藝術決不會有永久的生命。這種功利主義
的動機説，從前我曾懷抱過：有時在詩歌之中借披件社會主義的皮
毛，漫作驢鳴犬吠，有時窮得沒法的時候，又想專門做些稿子來賣
錢，但是我在此處如實地告白：我是完全懺悔了。文藝本是苦悶的
象徵。」〔註27〕

這時期的郭沫若主張文藝的獨立性，視功利主義爲「文藝的墮落」。至 1928
年前後，即轉向了革命文學，認同了文藝的社會性政治性和功利性。

及至 40 年代，郭沫若進而接受了毛澤東同志在《在延安文藝座談會上的
講話》的精神。

1945 年 4 月發表的《人民的文藝》一文，標誌著郭沫若完成了「人民文
學」觀的轉變，他在文中宣稱：

「文藝從它濫觴的一天起本來就是人民的。社會有了治者與被
治者的分化，文藝才逐漸爲上層所壟斷，廟堂文藝成爲文藝的主流，
人民文藝便被萎縮了。一部文藝史也就是人民文藝和廟堂文藝的鬥
爭史。今天是人民的世紀，人民是主人，處理政治事務的人只是人
民的公僕。一切價值都要顛倒過來，凡是以前說上的都要說下，以
前說大的都要說小，以前說高的都要說低。」〔註28〕

人民文藝和廟堂文藝是勢不兩立的，也就是把「以前說上的都要說下，以前
說大的都要說小，以前說高的都要說低」。

郭沫若在人民本位觀念下對當時香港及國內的文藝界狀況進行了判斷，
並指出了其中的問題，特別是以人民本位的文藝觀念對當時的各種文藝創作
進行了分類，並進而提出了反人民文藝的劃分標準：

「反人民的文藝有四種，第一種是茶色文藝。搞這種文藝的一
群中，有蕭乾，沈從文，易君左，徐仲年等。……第二種是黃色文
藝。這是反民主陣營的別動隊。……第三種是無所謂的文藝，這是

〔註27〕 郭沫若：《論國內的評壇及我對於創作上的態度》，《沫若文集》第 10 卷，人
民文學出版社，第 106 頁。
〔註28〕 郭沫若：《人民的文藝》，《郭沫若全集・文學編》第 19 卷，人民文學出版社
1992 年版，第 542 頁。

文藝上所謂中間路線。……第四種是通紅的文藝，托派的文藝。」
郭沫若這種以人民為本位的文藝思想甚至延伸到了他對於歷史人物評價的標準上。

　　「屈原假使生活在今天，他會是怎樣的一個詩人？這個問題我想請大家來答，但不妨先寫出我的答案。

　　我認為他會成為一個無產階級的革命詩人，為什麼會產生這樣的答案？

　　第一，屈原生前是一位徹頭徹尾的人民詩人，他的意識充滿著人民的疾苦，他的詩體效法著民間歌謠，他在替人民呼吁，並喚醒人民，引著人民向理想的境地前進，他如生在今天必然更堅決地走著人民的道路，為解放人民而貢獻他的一切。」〔註29〕

不僅僅是詩歌等文學創作領域，就是有關歷史劇的創作，郭沫若也是以人民本位的思想來評價和衡量的。

　　「我對於歷史劇和現代劇（或者古裝劇與時裝劇）的看法，認為只是題材上的不同，裝飾上的不同，並沒有什麼本質上的差異，我們是不應該在這兩者之間有畸輕畸重的。兩個中國不久便要合而為一了，一切文藝活動必然要在新現實主義或新民主主義的文藝觀之下統一起來，那是毫無疑問的事。」〔註30〕

所謂以「人民為本位」，就是要站在人民的立場上，以全體人民的根本利益作為認識、觀察、分析、評價一切人和事的出發點和標準。郭沫若1948年人民本位下的文藝批評和活動立足於他的人民本位政治思想，是在服務於政治上的文學活動。

　　可見，1948年郭沫若最終皈依代表無產階級利益的人民本位文學觀，並且通過各種文學活動把人民本位文學觀落到實處是有理論淵藪的。藝術屬於人民，它必須深深地紮根於廣大勞動群眾中間。它必須為群眾所瞭解和愛好。它必須從群眾的感情思想和願望出發把他們團結起來並使他們得到提高。它必須喚醒群眾中的藝術家並使之發展。1948年郭沫若的文藝批評都是服從和服務於

〔註29〕 郭沫若：《屈原假如生在今天》，《迎接新中國：郭老在香港戰鬥時期的佚文》，上海圖書館復旦大學分校中文系，第124頁。

〔註30〕 郭沫若：《關於歷史劇》，《迎接新中國：郭老在香港戰鬥時期的佚文》，上海圖書館復旦大學分校中文系，第114頁。

人民本位的文藝價值觀。郭沫若人民本位的思想來源於人民本位的政治思想。郭沫若人民本位的政治思想是與中國共產黨的政治綱領、大政方針、政策導向一致的。郭沫若 1948 年人民本位觀念下的文藝批評偏廢了對藝術品質的把握，對社會價值的強調也就是人民本位的第一性成爲其文藝批評的主流。

郭沫若對蘇聯和美國電影的評價也恰好是對其人民本位觀念的極好詮釋。在香港時期郭沫若在文藝審美領域中的一個非常顯著的變化就是，這一時期郭沫若開始關注電影，特別是關注蘇聯和美國的電影，並寫下了《浪與岩頭》、《波羅的海代表》、《萬家燈火》、《蘇聯電影是爲人民服務的，美國電影卻走向反人民路線》等一些影片的觀後感，這在郭沫若的創作中都是一個全新的嘗試。在這些影片的觀後感想中我們明顯能看出來，在 1948 年香港的郭沫若對蘇聯電影中所表現出的人民本位思想讚賞有加，而對以美國爲首的自由主義影片中所體現出的文藝思想卻極盡批判，這其實也表明了郭沫若在人民本位觀念下對文藝的選擇與接受。

郭沫若在觀看完《波羅的海代表》後就認爲：

「這是一部富有教育意義的影片。

它用鮮明的形象來告訴了我們幾件極其重要的事：

（一）科學、革命、人民是三位一體的。

（二）凡是眞正的科學家必然走上人民路線，或甚至投入人民解放的偉大鬥爭。

（三）凡是眞正爲人民解放而戰鬥的革命家必然尊重爲人民服務的科學及能爲人民服務的科學工作者。

（四）凡是富於鬥爭性的人民，爲了自己的解放，必然歡迎革命，歡迎科學，歡迎科學家與革命家。

……

離開了人民立場，經不起人民鑒別的東西，都是假的。

科學有假的科學。革命有假的革命。人民也有假的人民。這些假東西也會匯合成爲三位一體，但這也正是《波羅的海代表》所要側面抨擊的一面。

我們坐在《波羅的海代表》面前,請檢點一下自己吧!」〔註31〕
對於美國電影郭沫若則認爲:

「美國電影在技術上面和技巧方面,確有一日之長,不能否認。
但在一般演出技巧方面,在我看來總覺得它太纖細,太膚淺,而有
時太無理性,成爲不正常、不健康的東西。不光是在色情神怪片如
此,即使是卡通片也同樣犯這毛病。我想打個譬比,不健康的人總
喜歡打扮,譬之如娼妓,健康的人有本質的美,對於裝飾便不能那
麼腐心,大大方方,出之天然。這也就是美國片與蘇聯片在技巧上
的區別。特別喜歡娼妓的人自然有,或許還多,但無論如何,我個
人總是喜歡看健康的方興未艾的蘇聯片,它常常能給我一種心心相
印的愉快和使人向上的鼓勵。」〔註32〕

郭沫若對於蘇聯文藝進行的選擇和吸收,通過蘇聯電影這一載體得以體現
的。外來文化的價值實現是文化選擇的根本問題,它要解決的是外來文化如
何走進本土文化的問題。郭沫若揚蘇抑美的文藝主張服從於人民本位的文化
價值觀念,也與歷史進化觀念有關,進化論使他一生都在追隨時代的重大變
化並將立於時代潮流前頭作爲自己思想和行動的基點。

郭沫若在香港期間以人民爲本位的批判觀還體現在他對於自由主義作家
的批判和反駁上。郭沫若作爲中國共產黨文藝思想的代言人,他 1948 年在香
港期間並沒有像邵荃麟、喬冠華、胡繩、林默涵等黨內文藝工作者,那樣把
批判鋒芒指向同屬左翼文藝陣營的胡風等人,而是指向了自由主義作家,特
別是郭沫若展開了對沈從文自由主義文藝思想的批判,至此也製造了現代中
國文學史上一段難以言說的文壇糾葛。

在對自由主義作家進行批判之時,郭沫若非常鮮明地指出:

「今天是人民的革命勢力與反人民的反革命勢力作短兵相接的時
候,衡定是非善惡的標準非常鮮明。凡是有利於人民解放的革命戰爭
的,便是善,便是是,便是正動;反之,便是惡,便是非,便是對革
命的反動。我們今天來衡論文藝也就是立在這個標準上的,所謂反動

〔註31〕 郭沫若:《波羅的海代表》,《迎接新中國:郭老在香港戰鬥時期的佚文》,上
海圖書館復旦大學分校中文系,第 160 頁,第 163 頁。
〔註32〕 郭沫若:《蘇聯電影是爲人民服務的,美國電影卻走向反人民路線》,《迎接新
中國:郭老在香港戰鬥時期的佚文》,上海圖書館復旦大學分校中文系,第 183
頁。

　　文藝，就是不利於人民解放戰爭的那種作品、傾向和提倡。」〔註33〕
他更是開創性的用：紅、黃、藍、白、黑等五種顏色非常形象地概括出了反
動文藝的特色，並且對每一種顏色都相應指出了代表性的人物，桃紅色指沈
從文，藍色指朱光潛，黑色指蕭乾。

　　郭沫若對這些沈從文、朱光潛和蕭乾等的批判最終的目的，並不是完全
針對某個作家或某部作品，最主要的還是要闡明他非常具象化的以人民為本
位的文藝批判觀：

　　　　「題材的選擇可以有相當的自由，而主題的定立絕不容許脫離
　　　人民本位。堅決地走著現實主義的路，一定要有充分的研究，深湛
　　　的體驗，然後才能執筆。空頭的農民文學家或空頭的工人文學，和
　　　庸俗的市儈主義，並沒有多麼大的區別。」〔註34〕
在郭沫若認為只有具備了這種人民本位的思想觀念，人民文藝才能取得最終
的勝利。

　　　　「我們也知道一味消極的打擊並不能夠消滅所打擊的對象。我
　　　們要消滅產生這對象的基礎。人民真正作主的一天，一切反人民的
　　　現象也就自行消滅了。我們同時也要從事積極的創造來代替我們所
　　　消滅的東西。人民文藝取得優勢的一天，反人民文藝也就自行消滅
　　　了。」〔註35〕
歷史是靠合力推動的，人性普遍的改觀和進化也只有靠社會心理的支撐才能
實現。在政治巨浪滾滾而來的時候，在革命這個宏大目標的召喚之下，自由
的暫時讓渡並非不可以接受。何況，這個讓渡是有條件的，也是明確的，是
讓渡給「祖國」、「革命」。這是一個基本的價值認同。在這個價值基礎上，知
識分子對自我的政治思維的改造顯得理所當然。1948 年的郭沫若在人民本位
的政治思維下繼續深化人民本位的文藝思想的行為是符合政治邏輯的。

2、文藝服務政治觀念的必然化

　　郭沫若在香港時期的集外文中有關文藝創作類的並不多，僅僅只有《一

〔註33〕郭沫若：《斥反動文藝》，《郭沫若全集‧文學編》第 16 卷，人民文學出版社
　　　　1989 年版，第 288 頁。
〔註34〕郭沫若：《當前的文藝諸問題》，《迎接新中國：郭老在香港戰鬥時期的佚文》，
　　　　上海圖書館復旦大學分校中文系，第 24 頁。
〔註35〕郭沫若：《斥反動文藝》，《郭沫若全集‧文學編》第 16 卷，人民文學出版社
　　　　1989 年版，第 296 頁。

年來中國文藝運動及其傾向》、《當前的文藝諸問題》、《開拓新詩歌的路》、《文藝活動的總方向——在文生社港社文藝月會上的報告》、《當前的文藝教育——紀念生活教育社二十一週年》、《我再提議改訂文藝節》、《關於歷史劇》、《論文六絕》、《世界文化戰的呼應》等十篇文章，但是這十篇文章中郭沫若開始旗幟鮮明的主張文藝創作要反映政治的需求、文藝應服務於政治的文藝思想。由於國內特有的戰爭局勢的影響，郭沫若不僅在政治宣傳性的文章中加強了對於政治為首觀念的闡釋，而且也將政治作為一切事物出發點和落腳點的觀念延展到了文藝批評和文藝創作之中。

這在表面上看起來與郭沫若「五四」時期所倡導的「批評沒有一定的尺度」，「批評家都是以自己所得的感印在一種對象中求意義」〔註36〕的文藝觀念相牴牾。「五四」新文化運動時期郭沫若非常強調和突出文藝批評的客觀性、科學性，反對文藝批評的主觀性和片面性，也即特別強調文藝批評家一定要按照自己審美標準所掌握的內在的尺度。但在與成仿吾的私人通信中郭沫若卻又認為：

> 「今日的文藝，是我們現在走在革命途上的文藝，是我們被壓迫者的呼號，是生命窮促的喊叫，是鬥士的咒文，是革命豫期的歡喜。這今日的文藝便是革命的文藝……我對於今日的文藝，只在它能夠促進社會革命之實際上承認它有存在的可能。」〔註37〕

這篇文章郭沫若在1925年出版的《文藝論集》中並沒有被收錄，最終把它放置在了《文藝論集續集》之中，可見郭沫若其實一方面既認為自己的這種文藝觀念的非主流性，但也想說明他內心中對這種文藝觀念還是有一定認可程度的。

從此可以明顯的看出，多元化是「五四」時期郭沫若文藝思想的主要特徵，而社會性和審美性是其中兩個重要分支，這也決定了郭沫若文藝思想具有多種發展的可能性。外在社會的不同變遷很可能就決定著郭沫若文藝思想社會性還是審美性的走向。隨著國內政治氛圍日趨漸濃，他的文藝批評觀念越來越注重文藝的社會價值功能，早期文藝思想中的社會性越來越顯現出來。

〔註36〕郭沫若：《批評與夢》，《郭沫若全集·文學編》第15卷，人民文學出版社1990年版，第230頁。
〔註37〕郭沫若：《孤鴻——致成仿吾的一封信》，《郭沫若全集·文學編》第16卷，人民文學出版社1990年版，第19頁。

　　我希望你們成爲革命的文學家，不希望你們成爲時代的落伍
者。這也並不是在替你們打算，這是在替我們全體的民衆打算。徹
底的個人的自由，在現在的制度之下是追求不到的。……你們要把
自己的生活堅實起來，你們要把文藝的主潮認定！應該到兵間去，
民間去，工廠間去，革命的漩渦中去。你們要曉得，時代要求的文
學史同情於無產階級的社會主義的寫實主義的文學，中國的要求已
經和世界的要求一致。〔註38〕

1945 年抗日戰爭勝利後，郭沫若更是發展了文藝批評的社會職能，加強了文
藝批評中激進的革命因素，甚至將文藝批評與社會革命等而視之。在郭沫若
的眼裏：

　　今天是人民的世紀，一切價值是應該恢復正流的時候。一切應
該以人民爲本位，合乎這個本位的便是善，便是美，便是眞，不合
乎這個本位的便是惡，便是醜，便是僞。我們要製造眞善美的東西，
也就是要製造人民本位的東西。這是文藝創作的今天的原則。現時
代的青年如有志於文藝，自然是應該寫作這樣以人民爲本位的文
藝。〔註39〕

直到 1948 年香港時期隨著郭沫若政治身份的變化，雖然他的文藝思想較之「五
四」新文化運動時期外在顯現的觀念發生了巨大的變化，但細究起來這種變
化其實便是將早期文藝批評中的社會性標準更加具象化，因此郭沫若鮮明地
走向了早在「五四」新文學運動時期重在顯現文藝審美思想觀念的反面，此
時他不斷的否定文藝審美化思想的觀念，他以爲：

　　文藝應該服務於政治，批評應該領導文藝服務於政治。這應該
是今天的文藝批評的原則。在這原則之下執行批評任務，其次所必
要的是應該分別對象。對自己，對自己人，對同路人，對中間人，
對敵人，依對象的不同應該有不同的態度。〔註40〕

〔註38〕郭沫若：《革命與文學》，《郭沫若全集·文學編》第 16 卷，人民文學出版社
　　　　1989 年版，第 43 頁。
〔註39〕郭沫若：《走向人民文藝》，《郭沫若全集·文學編》第 20 卷，人民文學出版
　　　　社 1992 年版，第 89 頁。
〔註40〕郭沫若：《當前的文藝諸問題》，《迎接新中國：郭老在香港戰鬥時期的佚文》，
　　　　上海圖書館復旦大學分校中文系，第 22 頁。

這種否定其實還是爲了開宗明義的提出文藝服務於政治的必然性爲前提的。

「文藝應該爲人民服務，當前的文藝應該爲人民解放的革命行動服務；因此當前的文藝教育也就是教人怎樣把文藝作爲革命的武器，並怎樣運用這武器來武裝自己和人民，以完成人民解放的神聖使命。

怎樣才能夠使文藝成爲革命的武器？

這首先要使文藝工作者成爲革命的人，他應該徹底明瞭中國當前的局勢，和他所擔負的任務。他應該徹底的反封建，反獨裁，反四大家族的封建買辦政權，反美國帝國主義的癩病性的侵略；並必須徹底擁護土地革命，人民大翻身，解放大軍的旋乾轉坤的大勝利。他應該把革命的呂律作爲他生命的脈搏。一句話歸結，要使他自己成爲文藝戰線上的一名戰鬥員。

因此，去年十二月二十五日毛澤東先生所頒佈的《目前形勢和我們的任務》，必須作爲我們今天的文藝課的第一課本。

每一個文藝工作者應該依據這個課本的嚴格地執行自我教育，這樣來武裝自己，要武裝到我們身上的每一個細胞。」〔註41〕

「不願意執行自我教育來改造自己，並甘心附逆，背叛人民的人必須打擊。那種人的作品必須使它和健康社會絕緣。我們對於這種人和作品，必須如同對待霍亂菌和霍亂症一樣，絲毫也不能容情。」〔註42〕

文藝與政治的命題在郭沫若的文藝思想中是最爲常見的命題，如果說在 1948 年之前郭沫若對文藝和政治之間關係的界定上還是基本處於平衡狀態，他在強調文藝審美內涵的同時也兼顧到了文藝的社會屬性，但是通觀郭沫若在 1948 年香港時期有關文藝思想觀念文章的表述，我們便可以感受到此時他已經將這兩者的天平倒向了政治一方，文藝服務於政治已經作爲一種必然性的要求而存在。歸根結底地來講，郭沫若文藝觀念轉變最突出的表現便是對他

〔註41〕 郭沫若：《當前的文藝教育——紀念生活教育社二十一週年》，《迎接新中國：郭老在香港戰鬥時期的佚文》，上海圖書館復旦大學分校中文系，第 37 頁。

〔註42〕 郭沫若：《當前的文藝教育——紀念生活教育社二十一週年》，《迎接新中國：郭老在香港戰鬥時期的佚文》，上海圖書館復旦大學分校中文系，第 40 頁。

早期「文以載道」思想內涵重新的界定和詮釋。

> 「大家都知道，『文藝是生活的反映和批判』，沒有生活，就沒有文藝。……我們的生活要替（或準備替）人民服務，才能使理論與實踐統一起來，所產生的作品，才能有價值的意義。……
>
> 服務，學習，革命工作都是『生活』，個人生活以外，還有集體生活，到農村工廠區工作固然是生活，留在都市裏幹工作也是生活，不過是要和革命工作能配合一致才是好的生活，有價值有意義的生活。我們有什麼樣的生活，才有什麼文藝！胡適有胡適的文藝，監察委員朱光潛他有他的監察委員文藝，常常希望攀龍附鳳的人物，只能寫出攀龍附鳳的文藝。」

郭沫若解釋了文以載道中「道」的來源。服務，學習，革命工作都是生活。無論到農村工廠還是在香港都是生活，只要是和革命工作能一致才是好的生活，有價值有意義的生活。文以載道中的「道」必須來源這種有價值有意義的生活：「否則像胡適那樣的生活，文即使載道也是背離人民的反革命之道，茅草上長不出稻梁來。」在明確「道」是源於有意義的生活之後，郭沫若充分肯定文以載道中「文」的多樣性。只要是站在文藝為人民服務的角度，文以載道中文章就不在於寫什麼，而在於怎麼寫：「題材的選擇可以有相當的自由，而主題的定立決不容許脫離人民本位。」也就是說，意識第一，題材第二：「要點不在於寫怎樣的題材，而在於怎麼樣處理各種題材。」郭沫若這一觀點深化了 1948 年文藝界關於寫什麼和怎樣寫的爭論，即使寫城市生活，甚至寫買辦獨裁者的生活，只要意識是正確的，仍然是無上的教材，仍然是能夠體現文以載道。

郭沫若的新「文以載道」論是工具文學觀在香港特殊環境下的延續和強化。抗戰時期，郭沫若便把文學作為得心應手的武器，不斷地創作反映社會現實事件的歷史劇，配合中國新民主主義革命的進程，表達了反對帝國主義侵略，憎恨蔣介石專制獨裁，建構現代民族國家的愛國意識。郭沫若在香港時期的新「文以載道」論與工具文學觀是有著內在邏輯聯繫的，兩者都具有濃烈的功利意識，但「工具文學」觀與文以載道論兩者並不完全同一，郭沫若的文以載道論是人民文學觀在香港的深化。從根本上說，文以載道論是服從和服務於人民的文學觀，而郭沫若人民文學觀念的形成與發展，既是適應時代發展的需要，也是自我調整的結果，既是對自己「五四」以來所形成文

學表現生活文藝觀念的延續，也是文藝如何表現生活方式的進一步深化。由此也奠定了郭沫若登上新中國文藝和政治的歷史舞臺的根基。

借助於對「文以載道」觀念的重新解讀，郭沫若完成了1948年他在香港時期的文藝服務於政治必然性的論斷，這同樣是界定了他後期特別是建國後對於文藝和政治關係判斷的思想，也同時顯現了他「五四」時期潛隱的文藝觀念。

3、「標語口號」式政治宣傳的廣泛化

在郭沫若1948年香港時期的集外文中，數量最多的便是充滿戰鬥性的政論文，這些文章在內容上有關於時事評論的、有關於對某種觀點的評說的、有對某個人物評價的、也有關於闡釋自我主張的，在體裁形式上有論文的形式、有演講的形式、有題詞的形式、有觀後感的形式等，總之郭沫若在香港時期的這些政論性集外文的共同特徵便是論題多樣、形式靈活、富有戰鬥性。

公開宣傳中國共產黨特別是毛澤東的思想成為郭沫若這些富有口號式的文章的最重要的組成部分，

> 「今天國外敵對力量的最大代表就是美帝，她已經瘋狂到了那樣的程度，你還以為她還保留了些清醒的餘地嗎？你就萬分穩重，她也不會理你。你就過分刺激，她也只能瘋狂到那樣。老實說，對於精神病，特別是像歇斯疊里症的醫治，在今天的醫理上倒有了一個新的見解，便是不妨給她一個超度的過分刺激，那樣倒有時希望使他回復本性。我們今天倒還沒有擔負著醫治國際狂人的義務，我們是要搶救我們自己。我們一向已經顧慮得太多了！但那並不單是別人的作風穩重與否，認識清楚與否的問題。為了要完成中國的革命，無論是誰，首先便必須嚴屬地執行自我革命，那也是毫無疑問的事。
>
> 振奮起來吧！以大無畏的精神響應中共的主張，研究毛澤東先生的思想，完成新民主主義革命！」〔註43〕
>
> 「請想想看，毛先生的思想那一點過激呢？土地改革不正是孫中山先生『耕者有其田』的實踐嗎？再說遠一點，不正是兩千多年

〔註43〕郭沫若：《為新政協催生》，《迎接新中國：郭老在香港戰鬥時期的佚文》，上海圖書館復旦大學分校中文系，第110頁。

前孟夫子所夢想過的井田制的兌現嗎？毛先生當然是共產主義的信徒，但是共產主義不正是兩千多年前孔夫子所倡導過的大同思想的更具體化嗎？……共產黨有什麼可怕，共產主義有什麼可怕呢？怕共產主義，怕共產黨的，是那貪得無厭的自私自利之徒，在中國是以蔣宋孔陳爲代表的財閥集團，在國際是獨佔資本到了登峰造極的美國，他們怕的是不能壟斷，不能獨佔，故爾怕，我們怕什麼呢？

〔註44〕

鼓勵民眾面對困難的時局時應該具有的心態，成爲了郭沫若口號式集外文的另外一個重要內容。

我們自己的路今天已經找定了。屬行土地革命以求中國的近代化，對內挖斷封建殘餘的命根，對外抵禦帝國主義的咽喉，中國人民正以雷霆萬鈞之力來完成著這一歷史的使命——自力更生。阻礙當然是有的，困難也當然是有的，但無論有怎樣大的阻礙和困難，決不能夠阻止這歷史必然性的發展。半生不死的舊中國必須毫不容情地徹底的揚棄，近代化的新中國在人民的合力之下是很迅速地便可以建設出來的。我敢於預言：這一工程的大體就緒至多只需要十年。」〔註45〕

郭沫若標語口號的政治宣傳方式除了進行正面鼓吹以外，強大的批判性和犀利的論斷性，也成爲這一時期他這方面集外文的主要特徵，首先就是對外部敵人的無情的揭露和批判：

「蔣朝本是以屠殺民眾，屠殺青年起家的。二十年來，唯一的成就，就是龐大的特務組織，普天下都是特務網，一切的一切都是特工化，在暴戾的統治下邊，我們能夠數得清，究竟死了多少同胞，多少青年，多少愛國志士嗎？現在臨到它日暮途窮的時候，它是更要倒行逆施，變本加厲了，平津學生這一次爲反飢餓，反迫害而大流血，眞眞正正足以『震動天下父母心』！

……

〔註44〕郭沫若：《爲美帝扶日向愛國僑胞呼籲》，《迎接新中國：郭老在香港戰鬥時期的佚文》，上海圖書館復旦大學分校中文系，第53頁。

〔註45〕郭沫若：《自力更生的眞諦》，《迎接新中國：郭老在香港戰鬥時期的佚文》，上海圖書館復旦大學分校中文系，第8頁。

　　　　今天青年學生的慘遭屠殺，是美帝在幕後指揮，我們應該認
識清楚。販賣知識分子的掮客們還在滿天飛呢！北平在流血，南
京的烏鴉在噪晚晴，上海的一部分插著孔雀毛的『自由分子』在
喊『不流血的新革命』，廣州的一批『大學教授』公然也要『寄澄
清之望』於『行憲鼎新之會』了。我們已經知道有『豬仔代表』，
但同時也還有『豬仔教授』『豬仔學者』『豬仔名流』，也應該明白
的知道。」〔註46〕

除此之外便是對國內所出現的敵對情緒的揭示，並在此基礎上指明今後發展
的路徑：

　　　　「今天有自稱為『在黑暗中摸索』的一幫，在北平組織了一個
什麼『中國社會經濟研究會』。毫無疑問，這一幫人是由政治扒手糾
合起來的。那裡面有國民黨的中央委員和黨棍子如段錫明、邵力子、
朱光潛、童冠賢之流，其餘的差不多都是一些大小官僚——所謂『大
學教授』其實也都是受了蔣朝命祿的文臣，我們可不要糊塗——他
們的背境還不夠明白嗎？

　　　　然而真正的人民的心意是有雪亮的眼睛的。就是那眼睛的雪亮
所以使得那一幫的長手將軍們只好『在黑暗中摸索』。人民今天正在
努力著不讓有『黑暗』的餘地存在，更不讓有誰『摸索』的可能。
但在這努力期中，人民正在大聲疾呼，要我們一些自由知識分子和
工商業者，『提防扒手』！」〔註47〕

為服務於這些政治宣傳的主題，郭沫若主要從兩個方面入手：第一，積極闡
釋共產黨政治路線的合理進步及光明前途；二，暴露國民黨真正的面目，揭
露國民黨的反人民性。這兩個方面實際是相輔相成的，兩者的結合充滿了鼓
動性，真正發揮了郭沫若演講的特色，體現了郭沫若政治思維的深刻性。

　　另外郭沫若在其一生之中非常重視對青年人的教育和引導，力圖把進步
的和先進的政治文化理念灌輸到青年人的頭腦中，殷切地希望青年人覺醒後
要有益於社會。在香港期間郭沫若借助於著這種標語口號的政治宣傳方式並

〔註46〕郭沫若：《誰個能夠不奮發》，《迎接新中國：郭老在香港戰鬥時期的佚文》，
　　　　上海圖書館復旦大學分校中文系，第78頁，第80頁。
〔註47〕郭沫若：《提放政治扒手》，《迎接新中國：郭老在香港戰鬥時期的佚文》，上
　　　　海圖書館復旦大學分校中文系，第41頁，第42頁。

結合自己前半生的經歷及人民解放戰爭的形勢，在各種紀念會及重大節日中發表各種演講鼓舞青年人樹立正確的觀念，號召青年人奮發有為，積極主動地去戰鬥，為迎接新中國做出自己應有的貢獻。

1948 年國民黨政府鎮壓平津學生反飢餓運動，有無數不畏強權的熱血青年在運動中受到侵害，他們用他們的行動創造著更光榮的歷史。郭沫若在 4 月 17 日的演講中挺身而出，號召廣大青年奮發及鼓舞青年

> 「誰人不死，在今天為反暴力反迫害反飢餓而死，這是真正的愛國死。我們不能再容忍，就是我們過去的一再忍讓造成了今天的嚴重後果。
>
> 青年們不再容忍，我們如果今天還容忍，那就是我們放棄了反帝反封建的使命，我們是要和蔣介石政府負著同等罪名的。」〔註48〕

郭沫若鼓勵青年們應該挖盡一切容忍的根，一致起來反抗國民黨和蔣介石這個屠民以逞的新軍閥，美帝國主義的走狗。郭沫若更深刻地指出美帝國主義是一切罪惡的源頭，他的演講使學生們明白所謂的民主自由分子的真正面目，正視美帝的滔天罪惡。

也正是在郭沫若這種標語口號式的宣傳方式下，被國民黨所廢止近四年的「五四」青年節得以恢復，並且郭沫若對「五四」青年節的意義又給予了新的詮釋。

> 「今天我們要紀念『五四』，紀念『五四』的光復，我們就得加緊來完成『五四』所給與我們的課題。
>
> 『五四』要我們反帝反封建，今天我們依然要反帝反封建，而且得更緊。
>
> 『五四』要我們歡迎科學與民主，今天我們依然要歡迎科學與民主，而且得更緊。
>
> ……
>
> 這就是我們當前慶祝『五四』光復所應有的認識和工作。我們要使得天天都是『五四』，人人都是『五四』革命精神的體驗者和實踐者。我們要使每一個人都成為反美帝反封建的戰士，要使科學民主

〔註48〕郭沫若：《誰個能夠不奮發》，《迎接新中國：郭老在香港戰鬥時期的佚文》，上海圖書館復旦大學分校中文系，第 78 頁，第 79 頁。

化，民主科學化，使新民主主義在我們全中國範圍內及早實現。這是
不僅是可能的祈願，而且已經是在實現過程中的現實了。」〔註49〕
隨著社會身份的變化，1948 郭沫若演講的措辭也發生了一系列引人注目的變
化。例如他不再以「我」這樣的第一人稱而變爲以「我們」全國廣大人民群
眾的複數人稱發表看法。而權威性的表態與號召，則是他最爲醒目的調整的
標記。同時他完成了自己歷史身份的變更，不再僅僅以秘密的身份參與到中
國現實社會的鬥爭之中，而是以一名前臺的領導者和建設的參與者身份出現
在了全國公眾的面前，1948 年從內陸到香港郭沫若不僅僅完成了地域的轉
換，更主要的是完成了走向政治前臺身份的確認。

通過對自我文藝觀念的修正和人民本位觀念的確立，郭沫若完成了對自
由主義作家的文藝觀念和創作風格的批判，以及確立了接受外來文藝思潮的
標準和要求，一個有別於「五四」新文學時期「自由狂飆」的郭沫若；一個
不同於流亡日本期間致力於歷史考古研究的郭沫若；一個不同於抗戰時期借
助歷史委婉表達的郭沫若悄然出現了，在這些文藝活動的背後傳達了郭沫若
主動自我調節的思想和意識，一個新中國成立後的郭沫若完成了自我思想和
觀念上的變革。

第四節　郭沫若 1948 年香港期間集外作品的思考

由於中國現代文學發生的獨特歷史環境和社會環境造成了「20 世紀中國
現代文學研究的薄弱環節之一是文獻問題」〔註 50〕，整個現代文學研究的情
形如此，作爲對身兼文學創作與政治話語表達的郭沫若的研究更何以堪呢？
因此「郭沫若研究長期突而不破，長而不進的歷史教訓告訴我們，郭沫若研
究需要『補課』，也就是要補上基本文獻整理和研究這一課。」〔註 51〕近期郭
沫若的集外作品不斷出現被收集整理，並得以面世，之前所得到很多結論也
逐步得到修正。

〔註49〕 郭沫若：《慶祝「五四」光復》，《迎接新中國：郭老在香港戰鬥時期的佚文》，
　　　　 上海圖書館復旦大學分校中文系，第 86 頁
〔註50〕 劉增傑：《論文獻薄弱的四個要素》，《中國現代、當代文學研究》（複印報刊
　　　　 資料）2005 年第 7 期。
〔註51〕 魏建：《〈沫若詩詞選〉與郭沫若後期詩歌文獻》，《中國現代文學研究叢刊》
　　　　 2011 年第 11 期。

一、有關郭沫若後期資料收集的問題

中華人民共和國建國前後郭沫若研究一直是郭沫若研究中的一個薄弱點。近些年來《郭沫若的晚年歲月》、《「文革」前的郭沫若 1949～1965》和《郭沫若的最後 29 年》等相關研究專著相繼出版，但是這些專著的作者們在前言或後記中不斷提及一個共同的話題：有關郭沫若建國後的資料嚴重缺乏。

> 「深以爲憾的是，檔案未獲充分利用，對於這樣一位同時亦從政的人物，檔案的適時解禁所具有的特殊意義是不言而喻的，人們有充分的理由抱怨拙作在這方面的短缺。」〔註 52〕

> 「檔案未獲充分利用的缺陷難道已經彌補了嗎？答案當然是否定的。這既是因我生性慵懶所致，也有國情的圍限。這後一半的制約因素，想來讀者是很明白的。待將來情況發生變化之後，我相信一定會有有心的作者寫出翔實的傳記來。」〔註 53〕

> 「希望有朝一日，郭沫若的那些尚未面世的日記、書信、軼事等資料，能盡快公開。因爲這些資料，非常有助於我們還原一個眞實的歷史人物郭沫若。」〔註 54〕

郭沫若的很多資料目前爲止還沒有公開，特別是建國後的資料更爲匱乏這也是郭沫若研究中所面臨的最爲實際的問題，就目前的情形來看這一問題在短期內還是難以解決的。相較於中國現代文學史上的其他作家來講，郭沫若由於自身政治身份的原因使得他的存在又有著特殊的情形，因爲「郭沫若研究文獻之所以比一般作家研究文獻問題多，而且難於解決，多半是因爲它往往與意識形態纏繞在一起，使問題變得更爲複雜所致。」〔註 55〕從這個角度來講我們絕不能被動地把建國後郭沫若的研究完全寄託於這些未公開的書信、日記上。因此如何從現有的郭沫若的資料、作品中尋找建國後郭沫若研究的突破口便是當務之急。

郭沫若在建國後自己親自主編了多部作品，如《沫若詩詞選》、《沫若文集》等，圍繞這些作品的編選目前就有較爲深刻的研究成果面世。〔註 56〕郭

〔註 52〕馮錫剛：《郭沫若的晚年歲月》，中央文獻出版社 2004 年版。
〔註 53〕馮錫剛：《「文革」前的郭沫若 1949～1965》，中央文獻出版社 2005 年版。
〔註 54〕賈振勇：《郭沫若的最後 29 年》，中國文史出版社 2005 年版。
〔註 55〕稅海模：《關於郭沫若研究文獻的思考》，選自《當代視野下的郭沫若研究》，四川出版集團巴蜀書社 2008 年版，第 362 頁。
〔註 56〕魏建：《〈沫若詩詞選〉與郭沫若後期詩歌文獻》，《中國現代文學研究叢刊》

沫若曾不止一次的說過：「不要把那些應景或酬酢之作收入我的文集。」〔註57〕如果說其他現代文學史上作家作品散佚的原因大多是由於時間原因或原刊難尋的原因難以收集錄入的話，那麼造成郭沫若作品出現眾多集外作品的原因更大程度上是由於郭沫若本人的意願。在郭沫若對於自己作品收錄與否的取捨之中，不正是隱含著很多我們需要探尋的有關他的文化心態、政治抉擇、晚年生活情形等方面的問題嗎？因此與其寄希望於那些遙不可期的日記、書信的公開，倒不如先利用好我們現在能夠看到的、可以找尋到的郭沫若後期的文學集外作品，以此尋求郭沫若研究的突破點。

二、究竟郭沫若後期應該如何界定？

長期以來我們一直按照 1949 年 10 月 1 日新中國成立作為郭沫若研究的分界線，新中國成立前我們界定為前中期的郭沫若，建國後我們一般都界定為後期或晚年郭沫若，而且對於建國後的郭沫若研究我們也是將他的晚年和後期長期混搭，目前普遍存在郭沫若的後期等於郭沫若的晚年，郭沫若的晚年也就是郭沫若後期的現象。魏建先生在其《〈沫若詩詞選〉與郭沫若後期詩歌文獻》一文中對郭沫若的晚年進行了重新的界定，非常鮮明地指出晚年和後期界定的不同。

但是後期應該從什麼時候算起呢？我們通常把 1949 年 10 月 1 日這樣一個政治性的時間節點作為劃分郭沫若的人生階段分界點是否合適呢？〔註58〕

通過 1947 年 11 月至 1948 年郭沫若在香港期間的集外作品，我認為對於郭沫若後期的時間界定應該提前，也即是 1947 年 11 月 14 日郭沫若乘船離開上海奔赴香港就應該算作他後期創作和生活的開始。理由如下：一是郭沫若的身份發生了變化，這時他已經轉變為實際意義上的中國共產黨的文化領導者；更為重要的是此時郭沫若堅定了對於崇高美的追求和信念佔據了他創作的主體，這些都是建國後郭沫若發生重要變化的前奏曲，因此郭沫若的第三

2011 年第 11 期；魏建：《作品異本與作品集異本──以郭沫若後期作品為例》，《重慶大學學報》（社會科學版）2011 年第 1 期，（人大複印資料全文轉載）；張勇：《建國後郭沫若佚作筆名考釋》，《山東師範大學學報》（人文社會科學版）2011 年第 2 期等

〔註57〕李怡、蔡震：《郭沫若評說九十年》：文化藝術出版社 2010 年版，第 165 頁。

〔註58〕目前有關郭沫若後期的文章和著作基本上都是以 1949 年 10 月 1 日作為起始點的，如馮錫剛《郭沫若的晚年歲月》，《「文革」前的郭沫若 1949～1965》，賈振勇的《郭沫若的最後 29 年》。

次香港之行成為他人生中最為重要的轉折點。

屈原在郭沫若的文學創作領域是一個非常重要的人物形象。他創作轟動一時的話劇《屈原》以反抗國民黨的獨裁統治，他全面地研究了屈原的身世、時代、思想，將屈原的《楚辭》翻譯成白話文，可以說，在郭沫若一生的文化活動道路上，屈原之花處處開，屈原更是郭沫若一生之中最推崇的知識分子。郭沫若對屈原狂誕的文格、高潔的人格、心憂天下的普世情懷讚譽有加。他這樣評讚屈原道：「他對後世的偉大而長遠的影響，實在可與希臘的荷馬、意大利的但丁相媲美。他不但在中國的文學思想上有極偉大極長遠的影響，就是在普通人的精神中，我們也可以找出他的影響的深刻的痕跡」〔註 59〕。他的這一誇張而並不過分的評價，足見其與屈原精神之相契，感情之共通，可以說，「屈原」是郭老的化身」〔註 60〕。

屈原在中國歷史上被我們所記憶最深刻的就是他是一個政治家，一個不得志的、受排斥的、失敗的政治家，面對國難家仇具有詩人氣質的屈原最終選擇了赴死以告慰生民的極端方式，屈原留給後人的便是這種憂心國事、哀歎民生的擔當道義的知識分子內在精神內涵。正是如此同樣具有詩人氣質感性精神的郭沫若便給予屈原以至高的評價：「屈原是中國民族所產生出的一位偉大的詩人。他熱愛人民，熱愛祖國，熱愛真理和正義」。〔註 61〕

40 年代正是現代中國生死存亡的關鍵時刻，這樣的時刻絕對不亞於屈原時期的楚國，面對這樣的境遇郭沫若這時首先想到便是屈原，因此郭沫若每每自比與屈原，但是他又能超越屈原的憂鬱悲憤，自沉明志的消極抗爭，而是以筆為劍，絕然奮起，特別是在香港生活時期，郭沫若更是展開了對屈原的全面論述。

1948 年郭沫若在香港共有三篇文章集中圍繞屈原作為論題而展開。第一篇便是《屈原・蘇武・陰慶》，郭沫若以屈原反襯南京政府統治下奴顏婢膝的第五縱隊學者，在屈原的對比下更加凸顯這些所謂學者的無恥，更加凸顯把這些學者趕出地球去的必要性。

〔註 59〕 郭沫若：《屈原考》，《郭沫若全集・文學編》第 19 卷，人民文學出版社 1992年版，第 99 頁。

〔註 60〕 劉白羽：《雷電頌》，見《悼念郭老》，生活・讀書・新知三聯書店 1979 年版，第 37 頁。

〔註 61〕 郭沫若：《郭沫若全集・文學編》第 17 卷，人民文學出版社 1992 年版，第 165頁。

　　第二篇是《屈原的幸與不幸》中寫屈原爲了愛祖國而遭受奸臣們的排斥，無法挽救祖國的命運只好一死謝之的不幸。這不幸卻激起了楚國人民的鬥志，遂致三戶亡秦，並且兩千多年來全中國的人民都在紀念屈原，這又是屈原的幸運。而這幸與不幸一幕又在中國上演著。1941 年聚集在重慶的詩人們爲紀念屈原而要求端午節定爲詩人節，但重慶的文教大員卻認爲這是別有用心，借題發揮。郭沫若就此以屈原與屈原的反對者作喻，認爲：「流芳百世與遺臭萬年在比賽。然而老百姓總是喜歡香而不喜歡臭，這也是萬年百世的眞理。臭的總是不能掩蓋的，臭的總是要被消滅的」他以屈原精神爲感召，認爲光明美好前景必然到來：「反屈原者都被抽向海底。」〔註62〕

　　郭沫若以屈原爲論題的第三篇政論文是《屈原假使生在今天》，這篇文章郭沫若看似在寫屈原，其實是在抒發自我的心聲：「屈原在今天會成爲一個無產階級的革命詩人。」〔註63〕實際上，1948 年郭沫若被認爲是無產階級革命詩人。「屈原生前在一部分人眼中是一個徹頭徹尾的人民詩人，他的意識充滿著人民疾苦，他在替人民歡呼並喚醒人民」，這是郭沫若把屈原看作是無產階級革命詩人的第一個原因，現在看來這是郭沫若對自己在 1948 年自我評價也不爲過。第二個原因：「屈原有決不妥協的性格，堅決反對暴秦，反對楚國的腐化。而生在今天必然堅決的爲人民大眾服務，反對美帝國主義，反對封建主義和官僚資本主義。」〔註64〕這是郭沫若爲之奮鬥的目標借屈原來表達。「屈原熱情洋溢，意志堅定，富於自我犧牲的精神。屈原在今天看見中國人民這樣英勇奮發，徹底進行三反的革命戰爭，必然會跳進革命的洪流中，走在前頭。」郭沫若 1948 年的英勇奮發不是「出於對實際利益的精心算盤」，而是郭沫若出於把自己認同於無產階級，是出於一種強烈的人道同情，出於一種對受難者命運的關懷。1948 年郭沫若在屈原精神感召下投身社會，履行屈原式的社會責任。這篇文章可以說是郭沫若在香港期間創作有關屈原三篇文章中最具有總結性特色的一篇，也是將屈原精神展現最全面的一篇，這篇文章最主要的特點便是郭沫若非常明確的借助屈原來表達自己的情感，進行個人

〔註62〕郭沫若：《屈原的幸與不幸》，《迎接新中國：郭老在香港戰鬥時期的佚文》，上海圖書館復旦大學分校中文系，第 90 頁。

〔註63〕郭沫若：《屈原假使生在今天》，《迎接新中國：郭老在香港戰鬥時期的佚文》，上海圖書館復旦大學分校中文系，第 124 頁。

〔註64〕郭沫若：《屈原假使生在今天》，《迎接新中國：郭老在香港戰鬥時期的佚文》，上海圖書館復旦大學分校中文系，第 125 頁。

自我的定位和總結。

　　這種總結和定位在 1948 年前的郭沫若是很少有過的，我們看到第三次香港之行前的郭沫若無論是在自己政治立場的選擇，或是在與沈從文等的文藝論爭方面，都還是延續著他的思維和判斷以及行動的方式。但是到了香港後，特別是創作了有關屈原三篇政論文的後，可以明顯地看出，借助於屈原的評述郭沫若這時已經開始有了非常明確堅定的政治方向和文藝立場，這種確定也恰好表明了已經走出青春型心態的郭沫若開始步入到他後期的生活之中。

三、從作品的收錄與散佚的角度探析郭沫若後期文化心態

　　郭沫若後期的文化心態一直是學界關注和爭論的焦點，同時也形成了郭沫若研究的一個難點問題。〔註 65〕這些文章都在試圖從郭沫若心態變化的角度去證實郭沫若建國後在政治抉擇、文學創作中所出現種種問題的合理性，但是由於缺乏最直接有力的資料支撐，僅僅從作品分析的角度去闡釋這個複雜的問題所得的結論，要麼就是強調政治心態的無奈性、要麼就是認爲文學創作心態的消極性，但是仔細推敲起來這些結論都難免有些牽強。到底郭沫若後期的文化心態是怎樣的呢？

　　我們知道 1957 年到 1963 年郭沫若親自修訂編輯出版了 17 卷本的《沫若文集》，這是郭沫若對於自己生前創作的總結，這也是以後《郭沫若全集》出版的基礎。但是在這 17 卷本的《沫若文集》中郭沫若捨棄了很多作品，在編輯《沫若文集》時郭沫若曾經談到「不要把那些應景或酬酢之作收入我的文集」，這也可以看作是對作品選取與否的標尺。我們同樣也可以這樣理解，凡是收錄《沫若文集》中的作品便是郭沫若認爲有價值的，可以長久保存傳世的作品，凡是未收入《沫若文集》中的作品（的確由於難以尋找的作品除外）在很大程度上是由於郭沫若自身不滿意，也即是他認爲的「應景或酬酢之作」。

　　1948 年郭沫若在香港期間創作的作品很少被收入到《沫若文集》中，特別是大量的政論文，即使收錄了兩篇還被郭沫若放在了《集外》之中，由此可見郭沫若對於 1948 年在香港期間創作的態度了，這些政論文無疑被郭沫若

〔註65〕涉及到這個論題的文章有：李郭倩《身份的重影——看舊體詩中的郭沫若心態》《湖北社會科學》2007 年第 2 期；王潔《郭沫若與「十七年」政治心態》，《南京師範大學文學院學報》2003 年第 4 期；劉涵華《複雜心曲的流露——郭沫若〈百花齊放〉的重新解讀》《貴州社會科學》2003 年第 3 期。

認爲僅僅只是「應景之作」而已。由此也可以看出在郭沫若的內心之中，文學審美創作才是他永恒的生命，是放在第一位的，政治的話語和言論僅僅只是生存，或者說是他人生的另外一種存在形式，是從屬於文學審美創作的。

《斥反對文藝》與《駁胡適〈國際形勢的兩個問題〉》這兩篇文章雖被郭沫若收錄以及收錄後的位置，同樣也表明郭沫若始終在協調著政治意識與審美追求之間的關係與平衡，其實這兩種關係在郭沫若的內心之中一直是統一存在的，而並非出於一種分裂狀態，這也就更加凸顯了郭沫若晚年心態的複雜性，特別是在郭沫若批判沈從文、蕭乾以及朱光潛的《斥反動文藝》一文中表現的尤爲突出。《斥反動文藝》雖然不是集外文，但是透過這篇文章收錄的情形我們一樣可以探究出郭沫若晚年複雜的心境。

《斥反動文藝》發表於 1948 年 3 月 1 日的香港《大眾文藝叢刊》一輯《文藝新方向》，該文把沈從文界定爲「桃紅色」作家，朱光潛界定爲「藍色」作家，蕭乾則是「黑色」作家，郭沫若認爲：「我們今天主要的對象是藍色的、黑色的，桃紅色的這一批『作家』，他們的文藝政策（僞裝白色，利用黃色等包含在內），文藝理論、文藝作品，我們是毫不容情地舉行大反攻的。我們今天要號召讀者，和這些人的文字絕緣，不讀他們的文字，並勸朋友不讀」〔註66〕。該文被收入郭沫若親自選編的《沫若文集》第十三卷《集外》中，後收入《郭沫若全集·文學編》第十六卷《集外》。解放後在眾多的香港期間所創作的政論文之中選擇了這樣一篇文章收入自己的作品集，由此可見郭沫若對於這篇文章自己還是比較認可的。

結合當時眾多的歷史史料，特別是在當時抗戰進入到關鍵時刻，以沈從文爲首的一批所謂自由知識分子，在抗日戰爭結束後有關民盟、文藝創作等問題都表現出了極端臆想化和理想化的特徵，特別是在沈從文於 1947 年 10 月 21 日，11 月 9、10 日先後在上海《益世報》，北平《益世報》所發表《一種新希望》一文更加顯現了沈從文在原則問題上是非不分的問題。對此郭沫若便發表了《斥反動文藝》一文加以駁斥和批判。今天看來郭沫若《斥反動文藝》一文對沈從文等人的批評總體上說來是有道理的，但是掌握的方法和語氣的運用等方面的問題卻值得商榷，特別是在沈從文等人的態度已經有所改變的前提下還公開發表這樣的文章就有些牽強了。建國後的郭沫若也不能

〔註66〕郭沫若：《斥反動文藝》，《郭沫若全集·文學編》第 16 卷，人民文學出版社 1989 年版，第 295 頁。

不意識到這個問題，因此建國後所編選的《沫若文集》中收錄了這樣一篇政論文目的並不僅僅是肯定這篇文章這麼簡單，更是自己在政治意識形態與民主公正批判兩者之間抉擇的複雜心態。

　　在郭沫若紀念、回憶、評價過的知識分子特別是學者、作家中，很明顯的一點，他極力推贊他們那種或爲國家、或爲人類、或爲人道、或爲公理義無反顧、挺身而出、擊濁揚清、甚至不惜犧牲生命的入世精神。在郭沫若的眼裏，一個知識分子不僅僅將自己的精力全部運用於研究探索之中，而更應該像屈原那樣以時代爲己任，以民族國家爲根本，而這後一方面在郭沫若看來是一個讀書人能否成爲有機知識分子的關鍵所在。作爲郭沫若自身，從1937年秘密歸國後便是把主要的精力投入到了複雜的政治鬥爭之中，他更是爲中共政策在香港的宣傳錦上添花。

　　郭沫若1948年在香港生活期間所發表的一系列言論只不過是他對現代知識分子認知的外在表現，這不可避免的便同以沈從文爲代表的自由主義知識分子的思想發生了牴牾，沈從文堅持認爲只有將知識分子從政治的「歧途」上拉回書房，否定知識分子介入社會的責任擔當，使得他們或安身於抽象的理念世界蹈空而談，或憩身於學術的「象牙塔」裏皓首窮經才是正途。由此可見，郭沫若和沈從文的矛盾並不是要不要學術和自由的問題，而是學術和自由如何爲外在社會服務的問題，而在當時的歷史境地中，無疑郭沫若的選擇和觀點是可取的。但是郭沫若恰恰是用了最不民主的方式去實現了民主的願望。具體到對於《斥反動文藝》這篇文章的取捨，同樣也是這種心境的體現。如果捨棄不收錄的話，那麼就等於否定了自己在當時社會情境中的價值判斷，但是如果收錄的話，也同時表明了自己對事物批判方式的問題，於是郭沫若只好將這篇文章收入到《集外》之中。

　　1948年郭沫若在香港時期的集外作品，僅僅只是郭沫若文學佚作中的極少部分，但是卻能夠從郭沫若對待這些作品的態度和處理的方式中，我們可以探究出很多當今郭沫若研究中懸而未決的問題，相信隨著對於郭沫若文學集外作品不斷收集整理的完成，以及研究的普遍展開，郭沫若的研究將會呈現出另一番景象。

第五章 隱秘心曲的自然彰顯：新中國時期郭沫若集外文研究

1949 年 10 月 1 日新中國成立後，郭沫若陸續出版了詩集《新華頌》（一九五三年）、《百花齊放》（一九五八年）、《長春集》（一九五九年）、《潮汐集》（一九五九年）（其中的《潮集》是屬於這個時期的）《東風集》（一九六三年）、《東風第一枝》（一九七八年），此外還有編入《沫若文集》第二卷的《集外（二）》。選集則有《駱駝集》（一九五九年）、《沫若詩詞選》（一九七七年）。這些詩作反映了我國社會生活與國際交往的廣泛領域。詩歌形式也更加豐富多彩，自由體、民歌體、舊詩，以及詞、曲等，他都得心應手地運用。

但相對於郭沫若建國後的詩歌創作數量而言，針對這一時期的郭沫若詩歌研究卻無論從數量還是質量上都遠遠不及建國前郭沫若詩歌的研究。如果說對於以上我們所知道的郭沫若建國後文學創作的研究還甚少的話，那麼對於郭沫若建國後這些詩歌以外的文學集外作品的研究更是空白。郭沫若建國後在雜文、書信、演講等文學創作體裁上有大量集外作品存在，無論是數量還是質量來講都值得我們關注和解析。這對於全面認識郭沫若，特別是進一步剖析他作為現代中國知識分子「標本」式的人物意義將會非常重大。

第一節 郭沫若與老舍的通信研究

在中國現代文學史上，郭沫若和老舍都是令人矚目的一代文界巨擘，他們都在各自的文學創作、文化思考等領域作出了後人難以企及的成就，為中國現代文學創作的成熟和發展劃上了濃重的一筆。目前對兩人的研究還僅僅局限在他們各自文學創作的領域，能夠將兩者結合在一起進行研究的人少之又少，目

前能夠查閱到的有關論文僅僅就石興澤的《論郭沫若、老舍、田漢歷史題材的戲劇創作——以〈蔡文姬〉、〈茶館〉、〈關漢卿〉為中心》〔註1〕，另外一篇就是甘海嵐談有關郭沫若和老舍交往歷史的《郭沫若與老舍：「我愛舒夫子」》〔註2〕，這顯然是與郭沫若和老舍在中國現代文學史及中國現代文化發展史中的地位是不相符的，尤其是有關郭沫若與老舍交往研究的相關論文還沒有出現。

一、為什麼要研究郭沫若與老舍的交往——由郭沫若和老舍的通信談起

郭沫若與老舍雖同為中國現代文學史上舉足輕重的人物，但二者的交往並非始於「五四」時期。由於各自人生的經歷，在抗日戰爭初期，郭沫若和老舍才開始相識，他們在共同組織中華全國文藝界抗敵協會的過程中，逐漸增多了交往。從此以後，兩人由於工作上的聯繫、會場上的相遇以及外事活動中配合的基礎上友誼逐日遞增，並經常有書信往來。目前能夠查閱到的有關兩者的通信就僅僅只有八封〔註3〕。雖然如此，通過對這八封通信的解讀卻能夠使我們對於郭沫若與老舍的交往，以及通過他們交往所反映出的文學史的有關問題進行分析和解析。

首先，通過這八封書信我們感受到了二人的交往本身就包含著豐富和深厚的歷史和文化信息。郭沫若和老舍二人對中國現代文學的發生、發展乃至最後的成熟都起到了不可替代的作用，在表面上二者的成就又各不相同，郭沫若主創詩歌而老舍成名於小說，但他們文學創作上的內在氣質卻驚人的相似；如果從文化人格上來講二者都擁有熱情、理想、童真的博大心靈，但二人又有性格特點和行為方式的互補性。

其次，通過二者往來的書信我們也能夠明顯地感受到二人的交往中蘊含著一些未知的文學史秘密；僅就郭沫若創作二十五週年時老舍與郭沫若之間的交往，以及此後二者交往背後所蘊含的文學史秘密，這是我們解讀中國現代文學史特別是建國後中國文壇格局和形勢所不可忽視的細節。

〔註1〕 石興澤：《論郭沫若、老舍、田漢歷史題材的戲劇創作——以〈蔡文姬〉、〈茶館〉、〈關漢卿〉為中心》，《聊城師範學院學報》（哲學社會科學版）2001年04期。

〔註2〕 林甘泉主編：《文壇史林風雨路——郭沫若交往的文化圈》，浙江人民出版社1999年版，第129頁。

〔註3〕 張桂興著：《老舍資料考釋》（修訂本），中國國際廣播出版社2000年版，第479頁。

再次，同時通過對於二者往來書信的解讀我們也能夠深化對二人的研究，這八封書信既有商談某些工作事宜，也有共同探討學術問題，還有人情禮儀的相互往來，因此每一封信都是一段歷史的記載，因此探究此問題既有助於深化對郭沫若的研究，也有助於開拓老舍研究的領域和範疇。最為重要的是有關兩者集外文的收集和整理可以互相補充，互為借鑒。可惜，此類研究文章並不多見，文學史著作中有關此問題的敘述更是空白。

由此可見研究郭沫若與老舍的交往並不能僅僅停留在一般歷史事件的簡單復述，也不能簡單的將兩者進行對比研究，而是應該建立在史料分析和研究的基礎上探究兩者交往背後所折射出的中國現代文學和文化發展的規律和共通的問題。

二、郭沫若與老舍交往的大致經過——對郭沫若和老舍的八封通信談起

有關郭沫若與老舍交往的大致經過甘海嵐先生的《郭沫若與老舍：「我愛舒夫子」》一文〔註4〕已經按照時間線索將兩者的交往詳細地給我們描述出來。但是略顯遺憾的是通過二者交往的事件所映像出的問題卻沒有能夠進行分析和解讀。筆者在甘先生文章的基礎上結合著郭沫若與老舍的八封通信以及相關的資料將兩者的交往分為三個階段。

第一階段（1938～1946）：相識與結緣

郭沫若與老舍的相識結緣於「文協」的成立。在 1938 年 3 月 27 日中華全國文藝界抗敵協會成立大會上，「老舍正和初識的郁達夫談話，郭沫若走上前來握手，並作自我介紹。他們還沒有來得及說幾句話，就振鈴開會了，這短暫的交談，成為郭沫若、老舍一生友誼的開端。」〔註5〕

由於國內特殊的戰爭環境，「各種類型的座談、講座、勞軍、募捐、文化名人紀念活動、聯歡活動」成為了此後他們交往的主要場所。在這種情形下郭沫若和老舍的交往更多的還是出自集體利益，而非私人的欽慕。這一點從目前所能夠收集到的有關郭沫若與老舍的八封通信中也能夠找尋到端倪。在這八封信

〔註4〕 林甘泉主編：《文壇史林風雨路——郭沫若交往的文化圈》，浙江人民出版社1999 年版，第 129 頁。

〔註5〕 林甘泉主編：《文壇史林風雨路——郭沫若交往的文化圈》，浙江人民出版社1999 年版，第 131 頁。

中寫於四十年代也即是郭沫若與老舍交往之初的信件就一封，數量少的原因不外乎兩種：一是由於時間長久保存不易或戰爭等非人為因素的破壞或丟失；二是二者本身通信數量並不多。這兩個方面的原因我更加傾向於後者，因為從整篇通信的內容，人物的稱謂、落款等方面來看，與其他通信相比有很大差異。

> 沫翁：
>
> 鄉居大利文思：《歸去來兮》後，繼以《誰先到了重慶》，計月尾亦可完卷。雖粗製濫造，幸或成篇，終勝利祿之喜。擬再索枯腸，一夏成四劇，堪為記錄耳！秋後有緣，四劇同時演出，咸遭失敗，熱淚長流，亦大快事！
>
> 冷暖變化，略患腹瀉。未審城中如何，起居當適否？聞劇藝社將演《屈原》於北碚，深欲往觀，但時署途遙，又輒自阻。
>
> 組緗、冶秋，俱有去志：長安，不易居，尚乏舉薦之路；有用人處，祈代留意為禱！
>
> 匆匆，祝
>
> 吉
>
> 弟舍躬
>
> 廿七

首先從人物稱謂來看，這封信老舍尊稱郭沫若為「沫翁」而非如寫於五六十年代的「郭老」。

其次從落款來看，這封信老舍的落款為「弟舍躬」而非五六十年代的落款老舍。

再者從信件的內容和語氣上來看「聞劇藝社將演《屈原》於北碚，深欲往觀，但時署途遙，又輒自阻」，顯然是普通熟人間的客套話語與五六十年代信件中「我不搞這一套，把問題交給您吧」以及「明後天去西郊農村小住，歸來再去請安」的輕鬆語調截然相反。即便是代人舉薦之事的「有用人處，祈代留意為禱」懇求的語調與 1952 年的「據我瞭解，他的確喜愛實際造林，而且很有經驗。他囑我向您說說」的語調也有所不同。

透過這封信的細節說明了老舍此時還是處於敬仰郭沫若的角度來同郭沫若進行交往的。於此相互印證的便是為慶祝郭沫若五十壽辰和創作二十五週年，老舍在 1941 年 11 月 10 日《新蜀報》上所發表的標題為《我所認識的郭

沫若先生》一文，用十分樸素的語言述說了他與郭沫若相識四年來對郭沫若的認識，以及表達自己對郭沫若充滿眞誠、友情和敬佩的情誼。縱觀當時的絕大多數慶賀郭沫若創作二十五週年的文章〔註6〕，僅僅就老舍這篇文章的內容和語氣顯得十分獨特。

當然郭沫若對老舍也充滿了理解和深知之情，相隔三年後也即是 1944 年恰逢老舍創作活動 20 週年，郭沫若在 4 月 17 日這一天分別在《新蜀報》、《新華日報》以及《華西日報》發表文章來紀念這一活動，更是表達了「我愛舒夫子」強烈的朋友之誼。

第二段（1950～1960）：相交與關愛

沫公：

老友郝景盛現任西郊公園植物分類所所長，他前幾天來說：願意實際搞造林工作，不願圈在屋裏搞公事；農林部曾有意叫他去幫忙，但科學院不放手他。他不肯多反映意見，怕上級誤會他不安於位。據我瞭解，他的確喜愛實際造林，而且很有經驗。他囑我向您說說，我忘了；今天讀到《人民日報》社論才又想起來。您這兩日空閒了一些吧？

匆匆，致

敬

老舍

六、十四

郭老：

找到一塊端硯，係北京藏家所珍，石名「蕉白」，非普通紫色；中有朱紋，加水愈顯，大概是康熙時物，邊款或可證。這是我送給您的小禮物，千祈哂納！

致敬

老舍

四日

〔註6〕 王錦厚、秦川等選編：《百家論郭沫若》，成都出版社 1992 年版，第 358～419 頁。

郭老：

謝謝摩腰膏藥！如見效，當託廣州友人代購。

問夫人好，弟弟妹妹等都好！

致敬！

老舍

這是目前所能夠查詢到的有關郭沫若與老舍在 50 年代裏爲數不多的通信，如果再附加上《老舍年譜》中的記載：同日，給郭老寫信，通知住址已遷移到燈市口酒茲府大街豐盛胡同 10 號。〔註7〕雖然數量不多，但是從中我們能夠明顯地看出他們較之於剛剛認識時單純的朋友間友誼，發展到了相互關懷的友人。

這三封信是現存郭沫若和老舍的通信中唯一的一個時期沒有談及文學的信件，而它們全部都出現於 50 年代，其中隱含著豐富的文學史的秘密。根據目前能夠收集到的有關資料在 1950～1960 年期間，老舍共在約 88 個機構、團體或社團中擔任重要職務，這要遠遠地高於 1938～1949 年的 25 個以及 1961～1966 年的 11 個〔註8〕。而翻閱《老舍年譜》和《老舍日記》中有關這一段時期的記載也基本上都是有關老舍出席會議、宴會、出訪以及接見代表團的事件，眞正的文學創作卻少之又少，除了《茶館》之外眞正能夠達到解放前創作水準的作品寥寥無幾。郭沫若的情形與老舍的大致相當，解放後郭沫若也因公務和社會事物的原因，使得文學創作出現了停止的現象，因此他們這一段的交往基本上遠離了文學創作。

第三段（1961～1966）：相知與唱和

郭老：

拜讀《詩歌漫談》，獲益不少！我手中的《唐人萬首絕句》係埽葉山房鉛字本，不知怎麼把「勸君多採擷」印爲「勸君休採擷」！這樣一來，便和您的講法恰好相反了。埽葉本不算太壞，「多」易「休」必有所本。我不搞這一套，把問題交給您吧。

致

敬禮

〔註7〕 張桂興編：《老舍年譜》（修訂本·下冊），上海文藝出版社 2005 年版，第 590 頁。

〔註8〕 張桂興：《老舍資料考釋》（修訂本），中國國際廣播出版社 2000 年版，第 168 頁～229 頁。

問立群同志好！

老舍

五、九

郭老：

黃山之遊，血壓波動，昏昏終日，未獲好詩，蒙索閱，選錄數章，全無秀句，博一笑耳！明後天去西郊農村小住，歸來再去請安。

匆匆，致

敬禮！

立群同志好！

老舍上

十二

郭老：

南遊歸來，詩囊必富，切盼拜讀佳篇，學習受益！立群同志索扇，已畫好；醫學科學院求您寫毛主席《送瘟神》二律，紙在我處，當與小扇一同送上。何時在府，祈示下（電話：55.4879），以便拜謁！

致

敬禮

立群同志同此

老舍上

七、十三

立群同志：

郭老書《送瘟神》大字收到，已送交醫學科學院，並囑代致謝！打油詩一首附奉，博郭老一笑！暑甚，恕不一一！

致

敬禮

絜青問您好！

老舍

七月二十二日

在這四封 60 年代老舍給郭沫若的信件中，讀新作、代人求字、切磋詩藝等都充溢著摯友間的親密與坦誠，同時也顯現出了兩位中國現代文學史上的文學大師詩心雅趣的心靈撞擊，這樣郭沫若和老舍同時迎來了自己解放後創作生涯特別是舊體詩創作的高峰。〔註9〕

郭沫若與老舍能夠在各自文學創作領域得以突破，他們之間在多重交往中的互相砥礪有著密不可分的關係。脫離了政治和外物的羈絆，純粹心靈的溝通和融合是郭沫若和老舍這一段時間交往的最好詮釋。

1963 年春節期間，郭沫若、于立群夫婦到老舍家看望。于立群為老舍夫人胡絜青在一副中堂上寫了八個隸書大字，郭沫若隨後便將自己的新作《滿江紅·迎春曲》寫在了旁邊。寫好後，郭沫若夫婦熱情地邀請老舍夫婦到郭府加蓋印章。

1964 年，老舍去海淀區四季青公社體驗生活，行前給郭沫若送去一封信，新後附錄了黃山之行詩作八首。郭沫若在下午會議結束後，冒雨驅車來到燈市西口豐富胡同 19 號老舍家品茗論詩，當郭沫若回家後立刻收到老舍送來的快件，原來老舍對郭沫若冒雨前來看望深為感動，郭沫若走後即賦《詩謝郭老秋雨中來訪》。

1964 年 10 月 23 日老舍寫信給郭沫若講述了他在門頭村的生活和村裏搞四清運動的情況。郭沫若收到信和詩後，於 10 月 24 日和詩一首，25 日與回信一併寄給老舍。

1965 年春老舍率中國作家代表團訪問日本，歸國後即將 17 首遊日詩寄給郭沫若。夏天，老舍讀了郭沫若詩後，又賦詩七律一首致郭沫若。

以上這些只是他們在 1960 年代共同談詩的片段。正是在這樣的氛圍中郭沫若和老舍才迎來了自己文學創作的又一次高峰。

在郭沫若、老舍的交往、往來信件和詩歌唱和中，蘊含著他們對祖國的熱愛，對理想、信念的執著，也蘊含著朋友間彌足珍貴的真誠、關切、信賴和友情。

三、郭沫若與老舍交往的主要側面

郭沫若與老舍雖然在中國現代文學史上留下了顯赫的聲名，但他們影響範圍以及參與活動的場合又遠遠超出了文學的範疇，他們既在文學創作領域

〔註9〕 有關老舍舊體詩創作請參閱《老舍資料考釋》（修訂本），張桂興著，中國國際廣播出版社 2000 年版，第 258 頁～292 頁中有關內容的復述，郭沫若的舊體詩創作請參閱《郭沫若全集》第 4 卷的《東風集》和第 5 卷的《沫若詩詞選》，人民文學出版社 1984 年版。

互相唱和，又在社會活動中親密合作，由此他們之間也就達成了心靈之間的交流。

1、文學創作

作爲現代文學史上的文學創作巨匠，郭沫若與老舍交往的基礎便應是文學創作。在目前所能夠收集到的郭沫若與老舍的八封通信中，有五封信就涉及到了關文學創作、文學理論等方面的問題，在文學創作方面又涉及到了詩歌、戲劇等方面的創作，特別是以通信的交往方式二者在舊體詩的創作上互相唱和使得現代文學的創作在特殊的時代背景下得以維繼。

郭沫若與老舍文學創作上的交流最典型的表現在二者對文學創作的熱情和純眞。1941 年仲夏郭沫若作《和老舍原韻並贈三首》，其中「內充眞體圓融甚，外發英華色澤鮮」；「奇語驚人拼萬死，高歌吐氣作長虹」；「醍醐妙味誰能識？端在吟成放筆時」〔註 10〕的詩句表現出郭沫若對老舍文才和人品的欽佩和惺惺相惜之意。1941 年 8 月 23 日老舍便作了《沫若先生邀飲賴家橋》一詩〔註 11〕，記述了老舍與郭沫若開懷暢飲共抒心志的情形。可以說郭沫若和老舍眞正的交流和交往便是立足於詩歌創作。無獨有偶目前所能夠發現的郭沫若和老舍最後交流的文字也是詩歌創作。1965 年 7 月 22 日，老舍在給于立群信後附了打油詩：讀郭老《由王謝墓誌的出土論到〈蘭亭序〉的眞僞》，戲成一律，錄呈郭老博粲。

由此可以看出文學創作成爲維繫郭沫若和老舍交往的紐帶和基石，無論外界環境如何變遷，他們之間對於文學共同的摯愛和信仰，使他們走過了近三十年的相交、相知的友誼之途。

2、社會活動

如果說文學創作成爲郭沫若和老舍交往的紐帶和基石的話，那麼社會活動則成爲郭沫若和老舍交往的外在顯現，他們在社會活動中的配合和支持更加深化了他們之間交往的情誼。

老舍一生中大約在一百五十八個社團和機構中兼任過職務，而與郭沫若相識後大約參與了一百二十四個社團和機構的活動，其中有絕大多數是與郭

〔註10〕　林甘泉主編：《文壇史林風雨路──郭沫若交往的文化圈》，浙江人民出版社1999 年版，第 140 頁。

〔註11〕　林甘泉主編：《文壇史林風雨路──郭沫若交往的文化圈》，浙江人民出版社1999 年版，第 140 頁。

沫若一起任職的。因此社會活動成爲郭沫若與老舍交往過程中增加彼此友誼和信任的關鍵點。

特別應該提及的便是在郭沫若五十歲壽辰和創作二十五週年紀念活動中，正是老舍不遺餘力的籌劃和組織，才使得這一活動收到了應有的成效。老舍經過積極活動，將當時幾乎整個文藝界、文化界的人物全部都動員起來，另外，老舍又借助於馮玉祥的關係，更將此次活動拓展到了政治領域。這個活動持續了近半年的時間，這不僅是文化界的勝利，同時也是政治鬥爭的勝利。同時也大大增進了郭沫若和老舍之間的感情。今天我們再來重讀老舍在這個活動中所寫的《我所認識的郭沫若先生》和《參加郭沫若先生創作二十五年紀念會感言》兩篇文章，可以明顯地看出這絕非僅是通過閱讀郭沫若一兩篇文章就能夠寫成的，而是要達到心與心的交流後才能爲之。可以毫不誇張地說，郭沫若成爲繼魯迅之後的文化旗幟，老舍是功不可沒的。

3、合作共事

建國後郭沫若擔任了政務院副總理、全國人大常委會副委員長、全國政協副主席、中國科學院院長和中國文聯主席等職務。而老舍則是北京市文聯主席，並與郭沫若在很多文化團體中擔任重要職務，因此合作共事成爲他們建國後交往的主要形式。

首先在文學藝術的創作上，郭沫若和老舍以自己豐富的戲劇創作成果和深厚的戲劇理論知識爲推進中國戲劇事業的發展做出了突出的貢獻。

另外在對外文化藝術的溝通交流上，郭沫若和老舍以自己深厚的中華文化底蘊，以及自己的真誠，博得了外國友人的讚譽，爲中外文化的交流與發展做出了貢獻。

4、心靈交流

郭沫若與老舍的交往並非一般朋友間簡單的唱和，而是一種心靈的交流。這種心靈的交流體現在很多方面。

首先就是對於對方文學創作的批評。當老舍看完郭沫若的歷史劇《棠棣之花》後認爲「全戲空氣不甚調諧，……第三幕是臨時添加的不甚高明，……沒有這一幕，我想，也許更好一點。中國古代如何舞劍擊劍，不可得知；但此劇中之劍法，則係西洋把式，事情雖小，亦足證演古裝戲之不易爾」〔註12〕，

〔註12〕王錦厚、秦川等選編：《百家論郭沫若》，成都出版社 1992 年版，第 382 頁。

這種不疾不徐的批評語氣顯示出了老舍對戲劇藝術的獨到見解，同時也切中了郭沫若歷史劇創作中的不足和缺憾。相比於當時許多對於郭沫若文學創作無原則的「追捧」或意氣式的否定，老舍的這種「講眞話」的批評才彰顯出了他們之間心靈的契合。

　　其次生活細節上的關心，老舍在北碚時愛喝酒，郭沫若常關心地勸他少貪杯，保重身體。老舍在《我所認識的郭沫若先生》中就曾記述到：「最使我感動的是他那隨時的，眞誠而並不正顏厲色的，對朋友們的規勸。這規勸，像春曉的微風似的，使人不知不覺的感到溫暖，而不能不感謝他。好幾次了，他注意到我貪酒，好幾次了，當我辭別的他的時候，他低聲的，微笑的，像極怕傷了我的心似的，說『少喝點酒啊！』」〔註13〕另外，建國後郭沫若還曾經送給老舍摩腰膏藥，使老舍深受感激。〔註14〕

　　心靈之間的交流深化了郭沫若和老舍交往的層次，使得他們的友誼不斷昇華。

四、有關郭沫若與老舍交往的幾個問題

　　書信是人類社會中最常見的一種基本的交流方式，書信這種交流方式出現之初最基本的功能便是彼此之間互通信息，但隨著人類社會的不斷發展，特別是人類情感的遞增，書信交流的功能日趨繁複，其功用慢慢超出了互通訊息的初級階段，而成爲一大「文類」，並形成了獨具特色的書信傳統。如果拋開書信的通訊、交流等工具性以及私密性、針對性乃至得體、禮貌原則等等這些共通特點外，書信傳統主要的特色便體現在以「言」和「心聲」爲中心的「論學」傳統，如後人整理的《胡適論學往來書信選》〔註15〕以及郭沫若、田漢和宗白華之間往來書信《三葉集》就是在現代社會中較爲典型的論學書信。郭沫若與老舍之間的通信看似簡單，但卻在其中隱含了很多鮮爲人知的問題。不可否認郭沫若與老舍交往研究的過程中我們遇到了很多難題，我認爲可能這也是我們大家在郭沫若與老舍研究，甚至是有關整個文學史研究過程中可能也會遇到的共同問題，對於這些問題的解答如果僅僅依靠兩者

〔註13〕老舍：《我所認識的郭沫若先生》，《老舍文集》第 14 卷，人民文學出版社 1989
　　　　年版，第 222 頁。

〔註14〕張桂興：《老舍資料考釋》（修訂本），中國國際廣播出版社 2000 年版，第 481
　　　　頁。

〔註15〕胡適等著，杜春和等編：《胡適論學往來書信選》，河北人民出版社 1998 年版。

文本的解讀還遠遠不夠的,兩者之間書信的交流便是一個極好的切入點,以此也能夠開拓出一條現代文學研究的新路。

1、郭沫若與老舍交往散佚信件收集與整理工作

郭沫若與老舍交往約有二十八年的時間,但現存的通信僅僅只有八封,這顯然是與兩個人的歷史地位是不相符的,因此對二人交往過程中散佚信件的收集與整理工作成為深化二者研究的必由之徑。

首先,應該注重史料中所記載信件的收集。如在甘海嵐先生的文章中就記載了:1965 年春老舍率中國作家代表團訪問日本,歸國後即將 17 首遊日詩寄給郭沫若。夏天,老舍讀了郭沫若詩後,又賦詩七律一首致郭沫若。但是目前這些詩作如何我們都不得而知了。另外,在《老舍年譜》中也記載:1954 年 4 月 13 日,老舍曾給郭沫若寫信,告之已搬至新址,但這封信目前也不得而知。

其次,這八封通信全部都是老舍寫給郭沫若的,而郭沫若給老舍的回信至今為止也僅僅就一封,〔註 16〕這顯然是不符合事實邏輯的。由此可見,郭沫若和老舍之間的通信並不僅僅就是現存的八封,還有很多他們之間的私人通信現在都消失在研究的視野之外了。如果能夠收集到散佚的郭沫若回覆給老舍的信件,那麼有關兩者交往的研究很可能會是另外一種情形。從目前的情形來看,這些信件收集起來的確難度很大,這些信件並不像已經出版的文本一樣,可以長久保存使用,書信基本上都散落於民間,或者作為私人物品收藏起來不願公佈於眾。但是我們也可以借助於信件收集的機緣,對於當事人的親屬、朋友進行口述歷史的整理也是對資料收集的一個很大的貢獻。

通過郭沫若和老舍交往散佚信件的收集和整理我們完全可以以小見大,將這種研究方法和思路運用和擴展到整個現代文學作家作品的研究領域之中。目前在現代文學研究領域中,多集中於對於作家進行文本的細讀和分析,但是對於他們之間的交往以及他們的生活交往圈瞭解和分析的太少,如果能通過這些外圍的資料,通過紮實細緻的史料分析,現代文學研究的面貌和成果將會大為改觀。

〔註 16〕此封信收於《老舍全集》第 15 卷,第 646 頁,全文為舍予兄:廿三日信接到,和詩拜讀了。我又和您一首。可惜我不能來奉陪,深為內愁。鼎堂一九六四年.十.廿五。

2、郭沫若和老舍舊體詩創作爆發期問題探析

如果談到老舍，可能我們都會脫口而出，他是中國現代文學史上著名的小說家和戲劇家，他的《駱駝祥子》《四世同堂》等長篇小說蜚聲海內外；老舍作爲著名劇作家，有口碑皆，他的話劇《茶館》等劇作譽滿全球，然而，如果說老舍是一位擅長於古體詩創作的詩人，那就不一定爲廣大讀者和學術界所熟悉和瞭解了。造成這種現象的原因固然很多，但就其主要原因來看，恐怕是由於老舍一生中所創作的小說和劇本影響太大了，以至於掩蓋了他古體詩詩歌創作的光輝。

但從老舍與郭沫若的通信中，我們可以發現老舍其實也是一位詩歌創作者，特別是他古體詩歌創作的顯示出特有的藝術魅力，因此他與郭沫若之間便有了相交的默契和可能，而他們對於文學創作的交流更多的是通過古體詩歌創作來實現的，特別是六十年代以後，這種現象更加明顯。

老舍的一生中除去 1950 年至 1958 年期間至今尚未見其古體詩作外，其餘各個時期均有不同數量的古體詩發表。其中，有兩個階段爲爆發期：一是 1939 至 1942 年；一是 1958 年至 1965 年〔註17〕，特別是第二個時期古體詩則成爲郭沫若與老舍交往中有關文學創作溝通的橋梁和紐帶，他們的每一次通信之中必定涉及到詩歌的創作，如：

1964 年，老舍去海淀區四季青公社體驗生活，臨行前給郭沫若送去一封信，信後附錄了黃山之行詩作八首。郭沫若在下午會議結束後，冒雨驅車來到燈市西口豐富胡同 19 號老舍家，郭沫若回家後立刻收到老舍送來的快件，原來老舍對郭沫若冒雨前來看望深爲感動，郭沫若走後即賦《詩謝郭老秋雨中來訪》。

1964 年 10 月 23 日老舍寫信給郭沫若講述了他在門頭村的生活和村裏搞四清運動的情況。郭沫若收到信和詩後，於 10 月 24 日和詩一首，25 日與回信一併寄給老舍。

1965 年春老舍率中國作家代表團訪問日本，歸國後即將 17 首遊日詩寄給郭沫若。夏天，老舍讀了郭沫若詩後，又賦詩七律一首致郭沫若。

以上的事件無不說明了舊體詩在郭沫若與老舍交往過程中的重要作用。但目前有關郭沫若舊體詩的研究僅僅只有六篇〔註18〕，而有關老舍舊體詩的

〔註17〕張桂興：《老舍資料考釋》（修訂本），中國國際廣播出版社 2000 年版，第 260 頁。

〔註18〕這六篇有谷輔林的《論郭沫若前期舊體詩詞的愛國主題》；華忱之的《高歌吐

研究僅僅只有三篇〔註19〕。

　　為什麼會出現這種情形，原因是多方面的，其中最關鍵的是研究者們對於資料掌握的匱乏，導致了這種研究的缺失。但如果我們從郭沫若與老舍交往的角度，也即是從郭沫若和老舍舊體詩創作的時間、舊體詩生成的機制以及傳播方式和途徑角度來研究，對於這一問題的研究將會是另外一種景象。

　　從上述資料中我們明顯地發現郭沫若與老舍通信中有關古體詩的創作基本上都是有關日常生活的寫照和感悟，這些詩歌創作的目的是為了進行私人之間的唱和，在這種詩歌創作的目的下無疑通信成為了最好的傳播方式和途徑，因此我們便看到了郭沫若和老舍之間使用舊體詩進行唱和通信的出現。

3、有關新中國成立後文壇格局的思考

　　新中國成立後文壇發生了很大的變化，特別是一大批在新中國成立前的著名作家由於各種原因紛紛選擇退出或者創作數量和質量明顯的減退，這其中唯獨從美國返回國內的老舍依然保持著旺盛的創作力，而且還以話劇《茶館》的創作達到了自己創作的第二次高峰。在當時特有的政治環境下像老舍這樣一個「沒幫沒派」的作家，能夠取得如此的創作成就不能不說是一個奇蹟。這其中除了老舍本人創作的天賦外，是否還另有原因呢？我想這其中的原因就不得不從老舍與郭沫若的交往之中談起。

　　在以往文學史的敘述中，有關40年代文學基本上都表述為：

　　　　「抗日戰爭爆發後，大片國土淪陷，全國實際上分為國民黨統治區、共產黨領導的解放區（抗戰時稱為抗日民主根據地）和日偽統治下的淪陷區三大部分。文學也因此形成國統區文學、解放區文學和淪陷區文學同時並存的格局，並生發出各具特點的文學景觀。它們在相對對立的發展中有著大體一致的目標，就其主流來說，都

氣作長虹──論郭沫若抗戰時期的舊體詩》；李郭倩的《身份的重影──看舊體詩詞中的郭沫若心態》；羅鎮嶽的《對郭沫若舊體詩詞注釋的幾點質疑》；馬宏柏的《「問余何所愛，二子皆孤標」──魯迅、郭沫若舊體詩比較》；卜慶華的《對五家郭沫若舊體詩詞注釋的再質疑》。

〔註19〕注這三篇為李遇春的《憂患之詩與安樂之詩──老舍舊體詩創作轉型論》；王棟的《不以詩名　唯示詩心──讀老舍舊體詩作》；陳友康的《論老舍的舊體詩》。

　　較自覺地繼承了五四以來新文學的革命精神和戰鬥傳統，各盡所能
　　地為民族解放的大業努力奮鬥。」〔註20〕

現存的文學史基本上都是將中國 20 世紀 40 年代的文學格局劃分為解放
區、國統區和日僞區三個部分，這樣的劃分非常明顯帶有政治色彩和軍事
統治地域的原因，但如果仔細考量便會發現其中存在著很大的弊端，其中
最主要的問題便是將不同創作特性的作家劃分在一起，從而遮蔽了中國現
代文學史的走向，特別是對新中國成立後文學格局形成認知的偏差。如：
丁玲在文學史的敘述中是將她放在解放區的作家中講述的，但是建國後丁
玲卻遭遇了極大的信任危機，而老舍在文學史的敘述中是將他放在了國統
區的作家中講述的，但是建國後老舍卻獲得了至高無上的榮譽，獲得了「人
民藝術家」的稱號，擔任了北京市文聯主席的職務。由此可見僅僅單純的
以這種軍事統治地域的方法來歸納 20 世紀 40 年代中國現代文學格局還是
不夠完整和恰當的。

　　通過郭沫若與老舍的通信交往我們非常清晰的可以看出，在 20 世紀 40
年代在軍事統治地域之外的顯在文學創作格局外，還有一個隱性的主流文學
創作格局的存在，這便是以郭沫若和老舍為代表的一批文學創作者的集合。
這一主流文學創作的格局形成肇始於 1941 年慶祝郭沫若五十壽辰和創作二十
五週年所舉行的大型紀念活動，在這次紀念活動便是由老舍所領導的文協率
先發起，經過老舍的「積極奔走，幾乎整個文藝界、思想文化界、新聞界和
相當一部政界人士都被動員起來了。紀念活動前後延續了半年之久，影響擴
大到了全國各地和香港、新加坡。」〔註21〕

　　由此可見這次活動已經遠遠超出了為郭沫若過生日和紀念郭沫若本人創
作的單純的目的和意義，這此活動最大的收穫便是在當時混亂的政治軍事格
局下形成了一條潛隱的主流創作的價值體系。老舍在這次活動中通過創作發
表《我所認識的郭沫若先生》、《參加郭沫若先生創作二十五年紀念會感言》
等一系列的文學創作活動，提出了「眞正的文人應像郭老那樣，言行如一，……
詩人是一團火，文字、語言、行動，必有熱力；若只在紙上寫些好聽的，而

〔註20〕　朱棟霖、丁帆、朱曉進主編：《中國現代文學史 1917～1997》上冊，高等教育
　　　　　出版社 1999 年版，第 254 頁。

〔註21〕　林甘泉主編：《文壇史林風雨路——郭沫若交往的文化圈》，浙江人民出版社
　　　　　1999 年版，第 135 頁。

在作人上心小如豆,恐怕也就寫不出光輝的東西來。」〔註22〕這不僅表明了以他對於郭沫若文壇地位的肯定,更是顯現以老舍為代表的當時國內最大的文學創作團體逐步形成了較為統一的創作審美傾向,這樣有別於以軍事統治地域的文學創作主流團體意識的開始形成。

此後,1944 年老舍創作 20 週年的時候,以郭沫若為代表的文化名人也發起了慶祝活動,而且郭沫若也發表了《老舍先生創作生活二十年紀念緣起》、《文章入冠——祝老舍先生創作生活廿年》和《民國三十三年春奉賀,舍予兄創作廿週年》等系列文章對老舍的創作進行讚譽。這不僅僅是朋友間的互相唱和,而且還表明了他們創作意識的趨同,更是當時創作主流團體意識成熟的標誌。正是這一種主流意識的成熟才奠定了新中國成立後文壇的格局形成。

郭沫若與老舍同為現代中國文學史乃至中國現代文化史上舉足輕重的人物,他們之間的交往已經遠遠超出了單純朋友間情誼的範疇,而是影響甚至決定了中國現代文學發展的方向。

第二節　建國後郭沫若兩篇佚作筆名考釋

綜觀近些年郭沫若研究的成果可以明顯地發現郭沫若建國後的文學創作及對新中國文化建設貢獻也開始逐步被納入研究者的視野之中,特別是許多爭議較大的問題在爭鳴中逐漸清晰。

面對如此眾多涉及到建國後郭沫若創作的研究成果我們本應該感覺到欣慰,但是一個奇怪的現象表現得越來越突出:有關建國後郭沫若創作研究的成果號稱「創新」、「突破」之類的東西越來越多,然而,許多成果中的觀點卻越來越偏離文學發展的歷史實際,而絕大多數的研究成果依然在沿襲著「女神時期」或「抗戰時期」的研究方法和路數,真正的突破點並不多。究其原因誠如魏建先生所指出的:「多年以來,我們的郭沫若研究就是建立在大量作品遺漏的基礎上進行的,所以以往發表的很多研究成果對郭沫若的基本把握多是很不完整的,其結論的科學性也是很難保證的。」〔註23〕這表明要想突

〔註22〕 林甘泉主編:《文壇史林風雨路——郭沫若交往的文化圈》,浙江人民出版社 1999 年版,第 137 頁。

〔註23〕 魏建:《郭沫若佚作與〈郭沫若全集〉》,《文學評論》2010 年第 2 期。

破現有的研究格局，還需要回到建國後郭沫若文學創作的文本之中，特別是郭沫若大量散佚的作品之中。

筆者在對郭沫若文學佚作的收集整理的過程中，就發現了這樣一個在郭沫若研究領域中很少關注的問題：郭沫若的筆名問題。〔註24〕

一、由郭沫若筆名的使用所引出的問題

截止到目前為止郭沫若到底使用了多少筆名還存在著爭議。李文遂、王澤君發表在 1987 年《紀念郭沫若逝世十週年研討會論文集》的《郭沫若筆名、別名、化名彙釋》一文中就認為有四十五個；艾揚的《郭沫若名、號、別名、筆名輯錄》〔註25〕一文中就認為有三十四個；成都市圖書館編印的《郭沫若著譯及研究資料》中認為有三十九個；盧正言的《郭沫若筆名考釋》一文中〔註26〕就認為郭沫若的筆名有二十多個，更有甚者將郭沫若的筆名統計為「五十餘個」〔註27〕，有些學者就乾脆進行了模糊化的處理「郭沫若在漫長的文學創作與史學研究生涯中，先後用過的筆名不下二三十個」。〔註28〕

就目前郭沫若研究的情況來看，單純地追究郭沫若究竟使用了多少筆名，我認為意義並不重要，因為僅僅「《郭沫若全集》『文學編』遺漏的文學作品至少有 1600 篇以上，隨著我們輯佚工作的延伸，這個數量肯定還會增加，甚至會大大增加。」可以說目前郭沫若究竟有多少作品還沒有搞清楚，統計筆名又從何談起呢？

郭沫若署用筆名，雖然情況各有不同，但是都是經過慎重考慮，頗有深意的。因此對於這些筆名的由來、涵義和使用情況進行深入的思考，或許在深究之餘我們會對郭沫若的創作有著更深入的理解和認識，甚至有些對我們認識一個全面真正的郭沫若不無裨益。

〔註24〕 目前有關郭沫若筆名的論文僅有 6 篇，分別是莫娟娟、傅嘉明的《郭沫若主要筆名的來歷與含義》《備教參考》；盧正言的《從「於碩」是否是郭沫若筆名談起》《郭沫若學刊》1991 年第 2 期；曾慶明《郭沫若筆名拾趣》；盧正言的《郭沫若筆名考釋》《上海師範大學學報》1979 年第 1 期；彭放的《郭沫若的筆名和別名》《社會科學戰線》1979 年第 4 期；李文遂、王澤君《郭沫若筆名、別名、化名彙釋》1987 年《紀念郭沫若逝世十週年研討會論文集》。

〔註25〕 艾揚：《郭沫若名、號、別名、筆名輯錄》，《中國現代文藝資料叢刊》1979 年第 4 期。

〔註26〕 盧正言：《郭沫若筆名考釋》，《上海師範大學學報》1979 年第 1 期。

〔註27〕 莫娟娟、傅嘉明：《郭沫若主要筆名的來歷與含義》，《備教參考》。

〔註28〕 李道雨：《郭沫若化名引出的遭遇》，《鄭州大學學報》1998 年第 1 期。

但僅就到目前爲止所能夠統計出的筆名來看，有如下幾個問題值得我們
關注：

1、郭沫若在文學作品中很少使用筆名

就目前所能夠確定下來的郭沫若的筆名，我們不難看出這些筆名絕大多
數都是使用在有關歷史研究、文學翻譯、政治宣傳以及朋友通信之中，涉及
到文學作品的極少。〔註29〕由此可見郭沫若在文學創作中很少使用筆名。

對於文學作品的署名問題郭沫若曾爲此申明：「沫若從事文學的述作兩年
於茲，所有一切稿件，均署本名，不曾另有別號。今後亦永遠抱此宗旨不改。
恐有相似之處，特此先行申明，有昭己責。」〔註30〕雖然這只是針對「五四」
時期的創作而言的，但郭沫若一生的創作中對此原則基本上是堅持不變的。

2、郭沫若的筆名絕大多數都是在 1927 年到 1949 年間所使用的

通過對郭沫若筆名的研究和統計，我們會清晰地發現郭沫若這 17 個筆名
中有 14 個是在 1927 年到 1949 年間所使用的。對此王仰之認爲：「郭沫若用
筆名發表作品，主要是在一九二七年蔣介石背叛革命以後。」〔註31〕

由此可見，郭沫若在創作作品時所使用筆名最爲直接的原因就是在白色
恐怖時期同反動派作鬥爭所採用的一種手段和方法。

3、建國後郭沫若僅僅使用過三次筆名

在上述有關郭沫若筆名使用中所出現的第一個和第二個獨特現象中，所
列舉到的 2 部文學作品和 3 篇建國後的作品中，分別指的就是發表在 1956 年
7 月 18 日署名爲龍子的《髮辮的論爭》、1956 年 8 月 4 日署名爲克拉克的《烏
鴉的獨白》，以及 1959 年《歷史研究》第 3 期署名爲江藕的《曹操年表》。對
於很少在文學作品創作中使用筆名，而且建國後僅使用了三次筆名的郭沫若
來講，卻在 1956 年七八月間簡短的時間段內，連續發表了兩篇使用筆名的文
學作品，這個現象較之於前兩種現象更爲獨特。

那麼究竟是什麼原因使得郭沫若要做出這樣的選擇呢？這種選擇的背後
究竟隱含著怎樣的難以言說的問題呢？我們可以先看看郭沫若這兩篇文章究

〔註29〕據筆者根據《郭沫若著譯繫年》和《郭沫若年譜》進行了統計，僅就目前爲
止所確定的郭沫若的在著述時所使用的筆名大約爲 17 個，其中通信 4 個，翻
譯 4 個、歷史研究 4 個、政治性宣傳文章 5 個，文學作品 2 個。

〔註30〕郭沫若：《郭沫若啓事》，《時事新報‧學燈》1921 年 7 月 3 日。

〔註31〕王仰之：《郭沫若和他的筆名》，《羊城晚報》1959 年 9 月 5 日。

竟是怎麼回事，然後再進行詳盡地分析。

二、郭沫若建國後所使用的「龍子」和「克拉克」兩個筆名

《髮辮的爭論》和《烏鴉的獨白》都是通過寓言的形式展開對現實社會問題的評判，文中的語言風格幽默風趣，思維巧妙嚴謹，顯示出郭沫若特有的生活和政治的敏感性，這兩篇雜感成為郭沫若晚年創作生涯中的難得一見的作品。

1、《髮辮的爭論》的介紹

《髮辮的爭論》發表於 1956 年 7 月 18 日《人民日報》，署名龍子。文章以擬人化的手法講述了姑娘們頭上的兩條髮辮之間的爭論，語言活潑幽默，並且富於深意，表達了作者對當時文學創作和文化思想現狀的不滿。一派的髮辮認為它們是無用的長物，髒衣服，費時間，容易導致工作拖沓，應該剪下來，還有很多更有價值的用途。另一派髮辮則認為它們是一種美的民族形式，體現了民族文化，應該保留。前者被扣了「民族文化的虛無主義者」、「近視的實用主義者」、「左傾幼稚病患者」的大帽子，而後者則被稱為「右傾保守主義」，這兩派髮辮爭執不休。文章最後指出這不休的爭論就像當時的八股文章一樣，要是把髮辮剪掉也就沒有爭論了。

從文章的篇幅及論調來看，郭沫若表現出的傾向是剪掉髮辮，這也和建國後的政治思想形勢相吻合——消滅資產階級小情調，積極投入到國家建設中去。剪掉髮辮省時省力，還有利於工作。而保留髮辮則恰恰相反，會妨礙工作，只有一個好處，那就是所謂的「美」，而這「民族形式的美」還被視為是惰性的表現。但是仔細讀下來，就會覺察到作者對於這「民族形式的美」卻有著割捨不斷的感情，在批評前一派髮辮的觀點為「近視的實用主義者」時，作者認為它們「美術的觀念太貧乏了」，從文中不多的幾句話如「多謝姑娘們還每每跟我們打上一對紅蝴蝶、白蝴蝶，或者別種顏色的蝴蝶。」「像長流蘇，那就表明我們是民族形式的美」等話語的論述中，我們也可以感受到一種隱暗的眷戀，這流露出了作者對於「美」的純粹性、獨立性的堅持——「美」是不以功利性為目的的，而首先應該是一種審美愉悅。

郭沫若建國後的文章大多是順應時代潮流的，《髮辮的爭論》也不例外，文章對於追求「美」的文學創作者表示出了不滿，並鼓勵人民不要做無謂的爭論而是要全力投入到生產建設中去。但是從這些文字背後我們可以體會到

作者對於獨立純粹的「美」的深情眷戀。

2、《烏鴉的獨白》的介紹

《烏鴉的獨白》發表於 1956 年 8 月 4 日《人民日報》，署名克拉克。文章是由《打魚殺家》中蕭恩出場的一段唱詞被修改而引發的，「清早起，開柴扉，烏鴉叫過；飛過去，叫過來，卻是爲何？」因爲其中包含著迷信的觀點所以被改爲：「清早起，開柴扉，日紅如火；一群群，小鳥兒，飛出巢窩。」作者就此把自己比擬爲烏鴉展開了論述。作者從科學的角度解釋了烏鴉愛吃腐肉的天性，它們清除了田裏的老鼠，是清道夫，它的叫聲不是預示著死亡，恰恰相反，是它們聞到了腐肉的味道才出現的，因此把烏鴉視爲不詳之物實在是冤枉了。烏鴉不僅消除害蟲還貢獻營養豐富的鳥糞，對生產大有好處。解釋了這些之後，在文章的結尾烏鴉又發了點小牢騷：怕喜歡掃除迷信的中國「新文豪」們不知還會對多少經典之作進行無謂的改造。

以烏鴉的口吻進行寫作，使文章活潑俏皮，富於生氣，結尾的牢騷也讓人忍俊不禁，在輕鬆中思考文學創作的不恰當做法，很容易使人接受。從中我們體會到郭沫若對於傳統經典作品的崇敬和愛護之情，以及對當時學術界輕視文化遺產、對藝術欣賞的隔膜、對世事萬物的無知又自大的現象進行了嘲笑和諷刺，這在當時是難能可貴的，同時也向我們展開了郭沫若複雜內心世界。但是換一個角度，郭沫若自己又何嘗不是他所謂的「新文豪」呢？這種以新時代的思想——革命的、人民的思想來苛求古人的做法在郭沫若建國後的文章裏並不少見。好的雜文不但要有予人啓迪的見地，而且要有知識性、趣味性。這篇雜文顯示了郭沫若淵博的學識和從容自如的行文風格。

三、從「龍子」和「克拉克」兩個筆名來看建國後的郭沫若

建國後的郭沫若是其一生中最具有爭議的階段，這一階段已然成爲了文化界與研究界最爲關注和感興趣的「難點」和「熱點」。近年來，國內也有些人根據郭沫若在解放後尤其是在「文化大革命」中的某些表現，「反思」之後認爲郭沫若「對權力及持有者無條件的頂禮膜拜」，是中國知識分子「人文精神失落」的最大典型。個別人甚至揚言要對郭沫若進行「道德拷問」！難道事實果真如此嗎？建國後的郭沫若究竟一直生活在怎樣的心境之中呢？下面我們就以郭沫若的這兩篇文學佚作來談探究一下。

如果從文學創作中的角度來講，這兩篇文章是目前郭沫若建國後文學創

作中最好的兩篇作品。就是這樣兩篇作品在 1957 年 3 月，由郭沫若親自選編的《沫若文集》中並沒有選錄，另外在 1982～2002 年間所陸續出版的《郭沫若全集》中也沒有被選錄，因此成爲了郭沫若文學創作的佚作。究竟是什麼原因使得這兩篇文章散佚在《郭沫若全集》之外呢，甚至郭沫若自己都把它們擱置起來了呢？這其中折射出怎樣的問題呢？

1、建國後郭沫若糾結矛盾心態的鮮活展示

從《髮辮的爭論》及《烏鴉的獨白》這兩篇作品的外在形式、作者署名、出版刊物以及文字表述等各個方面，都集中共同展示了這樣一個現象：作者的表面文字與內心世界發生了脫節。這既有郭沫若自身性格的因素，也有文學與政治的非正常關係所致。正因爲有脫節，有疏離，才使得理解郭沫若的創作內涵，進而深入探究郭沫若內心世界變得更爲複雜。

首先是有關這兩個筆名的使用情況。

不受譜名或學名約束的特性，使得筆名的使用可以完全體現作家自由意志，或假言託意，或明心見性，攜帶了作家個人及其創作活動的某些特點，而成爲作品外在的一個特殊標誌。因此順延著郭沫若這兩篇文章所使用筆名的情況，挖掘其所蘊含的文化內涵，便可加深對建國後郭沫若文化心態及其創作情形的理解，也可以從一個新的視角加深對整個建國後文學創作時代的瞭解。

彭放先生在《郭沫若的筆名和別名》一文中，便將郭沫若在 1956 年所使用的兩個筆名時將它們與新中國成立之前的筆名一起論述，認爲這些筆名的使用是「郭沫若同志進行革命鬥爭的一種策略和手段，而絕不是文人逸士的附庸風雅。」〔註 32〕但是考慮到建國後的社會政治形勢以及郭沫若所處的社會境遇來看，這種解釋恐怕沒有這麼簡單。其實這時的郭沫若也在進行著鬥爭，只不過這時候的鬥爭已經由過去的與敵人外部的鬥爭，轉化爲現在與自己內心的鬥爭。

郭沫若在一生中的文學創作中絕少使用筆名進行創作，縱觀郭沫若在創作中所使用的筆名主要的功用就是躲避敵人的追捕，用最簡單的話來講就是不希望別人認出他來。那麼建國後《髮辮的爭論》以及《烏鴉的獨白》這兩篇文章之所以使用筆名，依然是郭沫若不希望讀者認出他來，不希望別人把

〔註32〕彭放：《郭沫若的筆名和別名》，《社會科學戰線》1979 年第 4 期。

這篇文章同那一個寫作《在毛澤東旗幟下長遠做一名文化尖兵》的郭沫若，高呼著「十年來以延安爲發祥地蓬勃發展起來的人民文藝，不僅受著國內人民的歡迎，而且也受到國際友人的歡迎。這就明確地證明著毛主席所指示的文藝方向的正確性和普遍適應性」〔註33〕的郭沫若聯繫在一起。

但是既然是不希望讀者知道這是他的文章，按照常理這樣的文章要麼不發表，即使是發表也應該在一個不被別人注意到的報刊發表。但是郭沫若卻恰恰相反，他反而發表在了 1956 年 7、8 月間的《人民日報》上。

我們都知道《人民日報》是中國共產黨中央委員會的機關報，是中國最具權威性、發行量最大的綜合性日報。作爲中共中央機關報，《人民日報》承擔著每天向全國和世界傳播與介紹中國共產黨和中國政府的方針、政策及主張的重任，其中《人民日報》的言論（尤其社論和評論員文章等），被認爲直接傳達著黨中央的聲音，而倍受海內外讀者、外國政府和機構的重視。因此，《人民日報》既是廣大幹部群眾瞭解中國共產黨中央精神的最主要媒體，也是世界瞭解和觀察中國的重要窗口。

這同時也爲我們洞悉建國後郭沫若的文化心態打開了重要的窗口。郭沫若的這兩篇文章使用筆名來發表說明，他的確在迴避著讀者甚至是中央高層的認知，但是他最終選擇了在當時無論是社會影響力還是政治的敏感度都是最大的《人民日報》上發表，也的確表明了他又的確希望讀者能夠知道他，中央高層能夠瞭解他。

這其實就是郭沫若建國後眞實的生活態度。因此那個郭沫若在中國文化界中最活躍、最積極、最投入的政治人物便顯得更加眞實。從郭沫若對於這兩篇文章筆名的處理上我們發現，詩人、學者又兼政治與社會活動家的特殊身份與地位，使得郭沫若不同於一般的、純粹意義上的文人。在他身上，兩重性格似乎表現得更明顯一些：一方面，他是熱烈的、富有浪漫氣質與叛逆性格的、性情眞率的詩人，大膽地直面人生，直面現實，在學術上也愛做翻案文章；另一方面，他又和某些政治家一樣，有著很深的城府，謹愼、小心，用眞誠得近乎圓滑的外殼把大膽與浪漫包裹起來，在激烈複雜、殘酷無情的政治鬥爭中得以逃身，雖經劫難而未倒。

其次從郭沫若所使用的「龍子」筆名的內涵來看。

〔註33〕郭沫若：《在毛澤東旗幟下長遠做一名文化尖兵》，《人民日報》1952 年 5 月 23 日。

《髮辮的爭論》署名爲龍子。那麼龍子究竟是什麼意思呢？郭沫若爲什麼要取名爲「龍子」呢？對此盧正言的《郭沫若筆名考釋》，陳福康的《郭沫若的筆名、別名小補充》兩篇論文中都同時提到了「龍子」爲「聾子」諧音的說法。就目前本人的理解來看，這種解釋是有道理的。但是他們僅僅只是指出了這一點，但究竟爲什麼要用這個諧音，郭沫若究竟想表達怎樣的意思呢等方面的問題都沒有進行闡釋。

顯然這個「聾子」的內涵絕不僅僅是指「郭有耳疾，常自稱聾子」這麼簡單，這個「聾子」其實已經是超越了單純的生理內涵的所指，而蘊含著深刻的多元內含。透過「聾子」的生理意義之外，就是它的外在表徵，也就是「聾子」聽不見外界的聲音，以至於對於外界所發生的事物處於一種「失語」的狀態。那麼郭沫若這是要表明一種怎麼樣的態度呢？他想逃避什麼樣的事物呢？這篇文章爲什麼會在這時候出現呢等等一系列的問題需要我們解答。

1956 年是中國社會發展史上一個非常重要年份，這一年的 4 月 28 日，中共中央政治局擴大會議上提出將藝術問題上的「百花齊放」，學術問題上的「百家爭鳴」作爲我國發展科學，繁榮文學藝術的方針。這一方針由毛澤東提出，經中共中央確定爲關於科學和文化工作的重要方針。5 月 26 日，中共中央宣傳部舉行報告會，陸定一代表中共中央向知識界作了題爲《百花齊放，百家爭鳴》的講話，對這個方針作了全面闡述。講話中提出：要使文學藝術和科學工作得到繁榮發展，必須採取「百花齊放、百家爭鳴」的政策。這一方針，是提倡在文學工作和科學研究工作中有獨立思考的自由、有辯論的自由、有創作和批評的自由，有發表自己的意見、堅持自己的意見和保留自己的意見的自由。在學術批評和討論中，任何人都不能有什麼特權，以「權威」自居，壓制批評，或者對資產階級思想熟視無睹，採取自由主義甚至投降主義的態度，都是不對的。並提出在文學藝術工作方面，限制創作的題材「只許寫工農兵題材，只許寫新社會，只許寫新人物等等，這種限制是不對的。」發言還強調文藝工作者和科學工作者要學習馬克思列寧主義，以此來指導文學藝術創作和科學研究工作。從實質上來說，「百花齊放，百家爭鳴」是人民內部的自由在文藝工作和科學領域中的表現。

同年 1 月 14 日至 20 日，中共中央召開關於知識分子問題的會議。周恩來代表黨中央作了《關於知識分子問題的報告》。4 月 25 日，在中共中央政治局擴大會議上，毛澤東作了《論十大關係》的講話。中央高層如此密集的探

討有關知識分子、有關文化建設方面的問題，這在中國社會發展史上是非常罕見的。

而在這種政策的帶動下建國後的文學界確實也出現了很多新質的現象，如一批年輕作家寫出了揭示社會內部矛盾的作品，王蒙發表了《組織部新來的年輕人》，劉賓雁發表了《在橋梁工地上》和《本報內部消息》等小說，大膽揭露和批判了官僚主義和其他阻礙社會主義建設的消極現象，建國初絕少見到的描寫愛情生活的小說也開始亮相，包括陸文夫的《小巷深處》以及宗璞的《紅豆》等，展示了人的真實的生活狀態和心理變化，文學作品更富有人情味，無論是語言還是情緒的流動，讀來也更富於美感。1956 年的文學創作顯現出一派勃勃生機的情形。但真得如表面上的一樣嗎？

如果仔細閱讀一下郭沫若在《髮辮的爭論》中「看來，髮辮的爭論是不容易停止的。兩條髮辮愈拖愈長，像我們目前最流行的八股文章一樣」的表述，我們便能夠體會到此時郭沫若一種對於現實難以把捉的獨特心境。外在的政治形勢和文學創作的情形彷彿昭示著一個文學創作繁榮時期的到來，但是憑藉著郭沫若獨有的政治敏感性，他又認為這種形勢很有可能延續的時間並不會太長。究竟是應該何去何從呢？對此不做任何反應或許會更好，但是隱含在郭沫若內心中特有的文學基因還時時使他進行著審美表達的衝動，但這僅僅是衝動而已，很快郭沫若便恢復了以往的政治表達。因此我們看到的僅僅是創作了兩篇文章，而且還是使用了筆名，更甚者郭沫若將這兩篇文章都排斥在了《沫若文集》之外，成為了他文學創作的佚作，從這個方面來看「聾子」的寓意便不言自明了。對此我們可以將這兩篇文章出現之前和之後，郭沫若所公開發表的作品進行一番對比，他的這種心態便會一目了然了。

1952 年 5 月 23 日《人民日報》的《在毛澤東旗幟下長遠做一名文化尖兵》一文，雖然講的是文化、文藝的問題，但卻更是一篇政論文，文章中大量出現的是毛主席的講話、國家的方針以及革命性、人民性，「去年十一月下旬北京文藝界作為全國的先導發動了整風學習運動，用以整頓文藝思想、改進領導工作，是完全必要而適時的。這一學習運動、和教育界與科學界的思想改造運動，略有先後地在同一時期內發動了起來，而緊接著又發動了全國範圍的三反五反運動。經過這樣大規模的思想改造的學習，一部分人的思想麻痹症、思想癱瘓症，應該是有起死回生的希望了。」

1956 年 12 月 18 日《人民日報》的《關於發展學術與文藝的問題——答

保加利亞〈我們的祖國〉雜誌總編〉一文，雖然在文中郭沫若提倡「百花齊放，百家爭鳴」，但文章最終的落腳點是強調要繼續加強知識分子的自我教育，強烈的政論性色彩和行政化的語氣已經將郭沫若用筆名寫作時的那種詼諧的語調、輕鬆的語氣完全拋棄了。至此郭沫若明顯地又恢復到他自己所謂「正常」的創作狀態和軌道之中。從中我們也能夠發現郭沫若所特有政治敏感度。

的確正如郭沫若所預想的一樣「百花齊放」只開展了一年，政治標準在社會生活中又佔據了主導地位，1956 年文壇所出現的多元化創作狀態也只是曇花一現。因此郭沫若早就嗅到了政治變化的味道，及早收手，沒有創作其他更為「活潑」的作品也就可以理解了。既是不想被認定為政府的聲音，在很大程度上也是為了自保。現實確實是殘酷的，1957 年夏季，政治形勢突然逆轉，那些在「雙百方針」背景下露頭的知識分子，基本上都被打成「右派」。

郭沫若在私下對兒子講過這樣的話：「現在有人把毛澤東思想絕對化，把毛主席的每句話遵為聖旨，這其實是在反對毛澤東思想。」又不止一次的感慨過：「很可惜，這是帝王思想，而且妒賢，這樣下去是很危險的。」〔註34〕

我們可以從郭沫若文章創作風格的變化中，看到一個特定的歷史時期政治鬥爭的複雜性，可以看到文藝和政治之間的複雜關係。如果說問題的關鍵在於如何處理好兩者關係的話，那麼由於知識分子在這一問題上常常處於被動的地位，因而有時也就顯得有些無能為力。對於中國現代知識分子來說，即使在這樣的情況下也不願卸下自己的文化使命，這已經是難能可貴的了。

2、對於有關建國後郭沫若問題的評價

現在有關郭沫若在建國後的文學創作、政治選擇甚至是人格心態等方面問題研究，非常明顯地劃分為兩派。一派認為建國後的郭沫若一無是處，要進行嚴格的批評，更有甚者認為郭沫若把「文學和學術當作換取顯赫頭銜和王府大宅的等價物，……他獲得了政權所能給當代知識分子的最高禮遇。然而，這種禮遇的背後卻是對其人文價值的徹徹底底的消解」〔註35〕；另一派認為建國後的郭沫若之所以出現這種情形是一種無奈的選擇，是「出於政治事故的生存策略」，對於中央高層，郭沫若在「真心傾倒的同時也有了遵命無

〔註34〕 桑逢康：《晚日浮沉急浪中——對郭沫若晚年的思考》，《郭沫若與百年中國學術文化回望》，四川人民出版社 2005 年版。

〔註35〕 餘傑：《王府花園中的郭沫若》，《反思郭沫若》，作家出版社 1998 年版。

奈敷衍塞責，如作誅心之論，恐怕主動『邀寵』的動機多已讓位給被動自保的苦衷了」〔註36〕。爲此兩派陷入了曠日持久的論爭之中，由此也生發出了一個最基本的問題：這兩派誰是正確的呢？那個才是眞正的建國後的郭沫若呢？

對此問題我們跳出單純的政治判斷，從文學和政治交合的角度，通過對於 1956 年郭沫若的這兩篇署名爲「龍子」和「克拉克」文章的分析，我們便不難看出其實這兩派所持有的觀點都是對的，作爲政治人物所存在的郭沫若是眞實的，作爲文人所存在的郭沫若同樣也是眞實的。

作爲政治執行者的郭沫若和文學創作者的郭沫若在建國後便更爲緊密的合二爲一，「化合」成一個最爲眞實的郭沫若，那才是多元豐富的郭沫若。這樣的「化合」無疑是痛苦的，是不得已而爲之的，但最有意思、最值得玩味的是郭沫若本人把這兩部分結合得天衣無縫，不能不讓人佩服他是融合兩重性格於一體的大家。對此郭沫若曾在 1969 年 1 月寫給周國平的信中說：「我這個老兵非常羨慕你，你現在走的路才是眞正的路。可惜我「老了」，成了一個一輩子言行不一致的人。」〔註37〕

第三節　前海西街 18 號中的郭沫若

秋季的什刹海微波蕩漾，在它的西側有個院落裏鋪滿了黃色的銀杏葉，這對於深秋的北京來講更有一番風味在其中，這就是坐落於前海西街 18 號的郭沫若紀念館。在北京眾多古建築中，郭沫若紀念館所在四合院的歷史並不算是特別長，僅僅不足百年。無論它最初由恭王府地產一部分到樂氏達仁堂私宅的轉換，還是建國後由蒙古大使館到宋慶齡寓所的更迭，最終卻是因郭沫若晚年在此居住而成爲了現今的狀貌。

走進郭沫若紀念館立刻會被濃鬱的文化氛圍所吸引，一尊在銀杏樹下郭沫若的銅像會給你帶來無限的遐思，一面郭沫若書法的牆壁會給你帶來藝術的感染，一本本泛黃的郭沫若作品會給你帶來文學的感悟，一張張歷史的圖片也會帶給你長久的回憶，處處都在告訴來此的人這裡曾經是郭沫若的居所。這就是位於前海西街 18 號的北京郭沫若紀念館，這就是積澱著歷史、文

〔註36〕邵燕祥：《關於晚年郭沫若》，《郭沫若學刊》2004 年第 4 期。
〔註37〕邵燕祥：《關於晚年郭沫若》，《郭沫若學刊》2004 年第 4 期。

學與藝術、現實與未來的老北京四合院豐富內涵的體現。

　　現在的前海西街 18 號原為中醫世家樂氏達仁堂私宅的一部分，始建於 20 世紀 20 年代，50 年代以來先後做過蒙古國駐華大使館和宋慶齡寓所。1963 年 11 月，郭沫若由北京西四大院 5 號遷入，至 1978 年 6 月 12 日病故，他在這裡度過了晚年，這 15 年裏他有過歡樂，也有過悲傷，有著輝煌，也有著低落。在很多人的心目中，最後 15 年的郭沫若留給世人的更多是付諸報刊版面上以國家領導人面目示人的形象，而他作為一名普通人的存在被我們所忽略了，因此現在多數人更願意談論的是郭沫若在中國近現代史上最混亂時刻所作出的文化和人生選擇，以及由此產生的各類言行，而忽視了他作為一名父親、一名丈夫和一名普通文化人所呈現出不同社會角色的樣態。進而也將建國後的郭沫若單一化、平面化和絕對化，而忽視了他的豐富性、複雜性和矛盾性。

一、前海西街 18 號：一個被政治空間所擠壓的郭沫若

　　前海西街 18 號是一個佔地面積 7000 多平方米的庭院式兩進四合院，能夠入住其中也是彰顯出郭沫若被主流意識形態所認可的一個重要標誌。搬進這所院子之前，郭沫若不是沒有猶豫過。據現存資料記載起初郭沫若自己並不願來此居住，因為他覺得院子太大了，住宅條件太好了，在他心中自己不應享有如此高的待遇，最終周恩來總理出面勸說，說明這座宅子並非簡單供郭沫若私人居住，也是考慮他作為人大副委員長、政協副主席、科學院院長辦公和接待國內外友人的需要才分配給他使用的。如此郭沫若才改變初衷，同意搬來居住。這也許是個比較合理的理由，但我更願意相信郭沫若的猶豫並不僅僅只是因為如此，他何嘗不知如果搬家這所院子之後便會注定，他行將會作為一個國家政治形象，一個社會文化代表而存在，這必將與過去的那個充斥著個性自由呼喊，天馬行空想像的郭沫若的告別。

　　事實情況也印證了郭沫若的這種擔心，雖然這所院落寬敞精緻，但在這裡真正屬於郭沫若個人思考和活動的空間卻寥寥無幾，甚至來講都有些小的可憐。現在按照郭沫若生前的原貌保存了下來的原狀展廳便清晰的印證了這些。透過展廳的玻璃窗你會發現會客室、辦公室兼書房、臥室被分隔的清晰明確，在這明晰的分隔中郭沫若個人的空間其實已經被壓縮的所剩無幾了。從空間的維度上來看，從會客室到辦公室兼書房再在到臥室的面積空間是逐

步縮小的，單就完全屬於個人空間的臥室來講，這裡的布置相對於前兩者來講已經十分簡樸，甚至來講樸素的不能再樸素了。一張棕床、一張單人沙發、一套衣櫃，一整套帶木盒的《二十四史》，單就這幾件簡單的物品都已經讓本來就已狹小的臥室顯得更加局促了。在這裡唯一能夠體現出郭沫若個人性情的便是這套《二十四史》，我們也可以想像得到，每當處理完各種繁雜的政務和公文後，一天歸於平靜的時候，郭沫若自己一人安靜躺在床上順手拿起《二十四史》中的一本認真研讀的場景，再無喧囂的吵鬧，再無無緒的爭鬥，更多的恢復到了自我沉思的空間，但這屬於自我的空間又是那麼的狹小和短暫。

相對於個人空間的狹小，作為會客室和辦公室的公共空間卻是非常的寬大。這個會客廳是郭沫若用來會見重要客人的場所，面積大約有臥室面積的三倍還要大些。因為郭沫若建國後擔任了國務院副總理、人大副委員長、中國科學院院長等重要職務，所以他要經常會見來自各方的不同客人。馬蹄型擺置的沙發佔據了這間會客廳絕大多數的空間，靠牆角擺放的鋼琴。前面的單人沙發是郭沫若接待友人時習慣的坐椅，最尊貴的客人在他左手的位置上。沙發後面的牆壁上懸掛的是傅抱石專為郭沫若「量牆定作」的巨幅山水畫《擬九龍淵詩意》，描繪的是郭沫若筆下朝鮮金剛山九龍淵美景。總之，這件會客廳中擺設的物品都追求著「大」的原則。細看一下，這裡所有的擺設和陳列其實與其他人的會客廳別無二致，更多的是為了待客之道，屬於自己的空間幾乎沒有。

在客廳和臥室之間，略顯奢侈的大房間就是郭沫若的書房了，更確切的說是他的辦公室。屋內西側一排高大的書櫃倚牆而立，滿滿排列其上的中外文書籍暗示了主人貫通古今中西的學識。書房窗臺上滿布的一堆堆科學院科學考察報告、國情社會調查資料、待批閱的各類文件，訴說著主人公務的煩忙。

正是如此，作為一位文化巨匠，郭沫若寓所中這塊寫作空間顯現出「書房」與「辦公室」的雙重特性，這恰恰是這一時期郭沫若社會身份的反映。從新中國誕生時起，郭沫若就不再僅僅是一位文壇鬥士，此時的他更多了一重國家領導人的角色。而遷入前海西街 18 號寓所恰恰是對他這一身份的認定。自此以後，不管願不願意，他都以這間辦公室為書房，在其中閱讀、寫作、處理公務。這個房間，也見證了他人生的最後一段時光。

二、前海西街 18 號：一個青春詩性依舊的郭沫若

如果說郭沫若紀念館裏有什麼樣的特殊景觀，我覺得放置在草地中的一對石獅子應是其一，這也是郭沫若紀念館內一個往往被很多人忽略重要的對象。在一進郭沫若紀念館大門的右手邊有一片草地，草地上放置著一對威武的石獅子。你也許非常驚訝，爲什麼這對石獅子放在了草地上呢？因爲按照中國傳統的思維模式和文化習俗，石獅子應該是放置在住宅大門兩側，起到震懾的作用，並凸顯出宅子主人的威嚴。但是在郭沫若的心目中，石獅子也應該是一個動物，既然是動物那就應該把它們放置在自然之中，去恢復動物原有的本性，這樣才能讓它們在本眞的狀態中去生活，由此便折射出郭沫若內心中本有的童心思維和他對青春詩性的嚮往和追求。

青春和童趣何嘗不是郭沫若此時的嚮往呢？因爲特殊的社會政治環境，郭沫若只能將這種嚮往深深的埋在內心之中。《英詩譯稿》的翻譯便是在此種境遇中產生的，也是郭沫若晚年隱曲心境最典型的體現。《英詩譯稿》是郭沫若翻譯的最後一部詩歌作品，也是被研究者們所忽視的一部譯作。在郭沫若翻譯作品中《英詩譯稿》無論是翻譯的時間、方式以及內容等方面都顯示了非常多的獨特性。這部詩歌譯作和之前所翻譯的作品的心境是完全不同的。郭沫若在《英詩譯稿》中所選取的詩歌都是「英美文學中平易，有趣的，短的抒情詩，是早有定評的世界著名的部分詩人的佳作」。因此《英詩譯稿》中所譯的詩歌幾乎都是對春天的歌頌和嚮往，以及對人類原始生命活力的追尋和靈魂的拷問式的詩歌，如「青春的熱情尚未衰逝，愉悅的流泉但覺遲遲，有如一道草原中的綠溪，靜悄悄地蜿蜒著流瀉。……／當快感失去了花時和吸引，生命本身有如一個空瓶，當我快要臨到死境，爲什麼退潮更加猛進」的詩句。（妥默司・康沫爾《生命之川》，《英詩譯稿》）這何嘗不是久經情緒壓抑渴望自由生活的郭沫若的典型心聲呢？

《英詩譯稿》在郭沫若生前並沒有出版，就內容而言在當時的政治環境下也沒有出版的可能，它成了郭沫若爲數不多的一部生前已經完成，但卻沒有出版的著作。如果從翻譯的方式、心境和作品的選擇來看，其實郭沫若翻譯這部作品的初衷也許本就不是爲了出版而譯的。郭沫若之前所翻譯的作品大多是有目的性的，或爲學習而譯，或爲生活而譯，但是《英詩譯稿》可以說是爲內心而譯，現在在 1981 年版的《英詩譯稿》的插圖中清晰地看到郭沫若譯此詩歌的手稿形式，在原詩空白處密密麻麻的寫滿了漢語譯文，時而塗

改，時而增刪。這種隨感式翻譯的方法更加凸顯了郭沫若此時的心境，那就是渴望創作的衝動，渴望情感的抒發，渴望青春的重現。這何嘗不是一次再創作呢？

正如譯稿中所譯到「我的靈魂是陽春，踊躍狂飲愛之醇；萬事萬物皆有情，渴望，纏綿理不清。」（《靈魂》，約翰·格斯瓦西，《英詩譯稿》）這不正是「五四女神」時期詩歌創作中對青春的頌揚，對生命的讚歡重現嗎？即使是已年邁的郭沫若內心中永恒的青春激情便不自覺間的流露而出。

三、前海西街 18 號：一個複雜靈魂存在的郭沫若

每個人都是複雜的，郭沫若當然也並不例外，複雜性伴隨著他一生的選擇，由於特殊的社會環境使他晚年歲月中的複雜性表現的更加明顯。在前海西街 18 號居住的 15 年中，他既有過揮斥方遒的豪邁情懷，也有過內心彷徨的低回苦悶，既有過與友人詩詞唱酬的文情雅趣，也有過痛失愛子的悲哀無助。

郭沫若紀念館內懸掛了很多書畫作品，有傅抱石贈送的巨幅山水畫《擬九龍淵詩意》，也有郭沫若題字、傅抱石畫石、郁風畫花、許麟廬畫鷹合作完成的作品，但在眾多書畫作品中有一幅最為獨特，這就是懸掛在郭沫若書房西牆的毛澤東手書的《西江月·井岡山》。這幅作品原為郭沫若專為井岡山修建黃洋界保衛戰勝利紀念碑請毛澤東書寫的。這幅作品的獨特之處在於與現在黃洋界保衛戰勝利紀念碑上所刻寫該作品中的「鉋」改為了「炮」。這究竟是怎麼回事呢？

1965 年 7 月 1 日郭沫若到毛主席舊居、井岡山革命博物館、黃洋界哨口等處參觀，適逢該地正在修建紀念碑，於是郭沫若便答應了請毛澤東手書《西江月·井岡山》後鑴刻在上，於是便有了這幅字的由來。據目前的史料推測，毛澤東的這幅手書的《西江月·井岡山》應該作於 1965 年 7 月到 1966 年 7 月間，郭沫若得到這幅作品之後，第一時間便發現了「鉋」和「炮」的差異，並請毛澤東將此字修改了過來。

此後郭沫若還專門給井岡山負責同志就這副字的寫過一封信，信中主要強調：

請照碑式勾勒，並且適當放大為荷。

如以主席原式，則當成橫披形，已建立碑又須改建。如何之處，請酌量處理，寄件收到後，望回一信。

如果從郭沫若一貫的性情以及他作為書法家的稟賦來講，其實將「鉋」寫為了「炮」也無可厚非，但是郭沫若還是堅持讓毛澤東將「鉋」改為了「炮」。另外，從上述信件的內容上來看，郭沫若還是重點在強調著對於毛澤東這幅手書《西江月・井岡山》如何進行複製刻寫的事情。此後，郭沫若便將這幅存在錯別字的毛澤東的手書《西江月・井岡山》懸掛在了自己辦公室兼書房的西牆上。

通過這一字修改的事情，我們可以清晰地看出郭沫若此時非常複雜的情感。由此也可以看出郭沫若晚年對於毛澤東亦友亦神的複雜情感，毛澤東作為自己詩詞唱和的多年摯友，郭沫若是真誠相待的，而毛澤東作為新中國的領袖，郭沫若也是真心崇拜的，按照人的基本情感來看，摯友和領袖的關係是很難兼容的，甚至來講是矛盾存在的，正是這種矛盾性便形成了郭沫若一生中最複雜的存在，但也是真實的存在。1966 年 5 月延續十年文革已經開始，國內的政治局勢非常緊張，郭沫若不能不看到這一切，也不能不知曉其中的利害關係。這種時局的變化是他憑一人之力所不能左右的，也是改變不了的。郭沫若晚年在如此複雜情感支配下的存在，這何嘗不是當時眾多知識分子情感的集中體現呢？

由此，我們也可以聯想到在郭沫若書房書桌的案頭擺放著他謄抄的兩個愛子的日記本，這更是他在耄耋之年複雜心理的呈現。即使是再謹慎的處事，郭沫若在文革之初也遭到了沉重的打擊。1967 年 4 月，郭沫若在部隊服役的年僅 23 歲的兒子郭民英在苦悶中辭世，1968 年 4 月，在北京農業大學才華出眾的兒子郭世英也慘遭造反派非法綁架直至死亡，也僅 26 歲。這樣的喪子之痛，對於他是多麼大的精神打擊啊！可以想像每天忙碌完一天的工作後，一個年近八旬的老人用顫抖的雙手，滿含熱淚抄錄已經逝去親人日記的悲情場景。他每天用工整的小楷字體一頁一頁地抄下來，共抄錄了整整 8 本，以寄託自己的哀思。在這場非理性的政治運動中，任何的努力都顯得過於蒼白無力，任何的掙扎最終都會被無情的泯滅。這種無聲的抗戰更加凸顯了郭沫若此時複雜內心的存在。

前海西街 18 號的秋天依舊美麗如畫，落滿一地的銀杏葉將這個院落裝點的格外具有詩意。那尊在銀杏樹下郭沫若的雕像一直注視著遠方，他彷彿是在思考，又彷彿是在述說，思考著曾經一段過往歷史的現場，訴說著一段青春永恆的追憶。

第四節　《英詩譯稿》與晚年郭沫若

　　《英詩譯稿》是 1969 年 3、5 月間，郭沫若選取日本學者山宮允編選的《英詩詳釋》中五十首短詩翻譯成中文，後經編輯整理在他去世後出版的一部譯詩集，這是他一生大量譯作的最後結語之篇。這篇譯作容量不太，全書共有 5 萬字，是郭沫若全部譯作中字數最少的一篇；影響不大，這部譯作自從問世到現今較少被研究者所關注〔註38〕，雖然如此，它卻是充滿疑惑最多的一部譯作，是「困惑著研究者的一個『謎』。從 20 世紀 30 年代開始，郭沫若未曾翻譯過英國文學作品，何以郭老會在文化大革命中重操譯筆？何以郭老會在晚年時選譯這些多爲寫景之作、政治色彩淡薄的英美短抒情詩呢？還有那些隨手寫下的簡短評語，有沒有什麼寓意呢？」〔註39〕這些問題的確是進入《英詩譯稿》的關鍵，又因其譯於文革中期這又是解析晚年郭沫若的最好窗口，可惜目前還未有相關的研究成果觸及到這些重要的論題。

一、《英詩譯稿》之特：蘊含多重未解碼的譯作

　　《英詩譯稿》是郭沫若翻譯的最後一部詩歌作品，也是被研究者們最容易忽視的一部譯作。在郭沫若翻譯作品中《英詩譯稿》無論是翻譯的時間、翻譯的手法以及選取的內容等方面都呈現出非常多的獨特性。特別是「在他將近晚年的時候回到翻譯這種短的抒情詩，雖然是由於偶然的原因，但是，難道我們就不能從他的這種經歷中得出某些可能的推理呢？」〔註40〕這部詩歌譯作和之前所翻譯的作品的心境是完全不同的，因此在《英詩譯稿》中的詩歌幾乎全部都是對春天的歌頌和嚮往，以及對人類原始生命活力的追尋和靈魂的拷問式的詩歌。這何嘗不是久經情緒壓抑渴望自由生活的郭沫若的典型心聲呢？《英詩譯稿》如果僅從外觀上來看是比較簡單的，但是它出現的

〔註38〕到目前爲止相關的研究文章主要有：郭正樞：《讀郭沫若的〈英詩譯稿〉》；黃遵洸：《伏特卡與茅臺》，《杭州大學學報——郭沫若〈英詩譯稿〉讀後》，1993 年第 2 期；胡小曼：《郭沫若〈英詩譯稿〉的創造性叛逆探析》，《重慶科技學院學報》（社會科學版）2014 年第 2 期；楊玉英：《文學變異學視角下的郭沫若〈英詩譯稿〉》，《郭沫若學刊》，2010 年第 2 期；勞隴：《譯詩象詩——讀郭老遺作〈英詩譯稿〉》，《外國語》（上海外國語學院學報），1985 年第 2 期；谷峰：《哲學詮釋學維度下郭沫若的英詩美學翻譯之溯源——以〈英詩譯稿〉的個案研究爲例》，《郭沫若學刊》2009 年第 3 期。
〔註39〕石燕京：《郭沫若與英國文學研究述評》，《郭沫若學刊》2005 年第 3 期。
〔註40〕成訪吾：《英詩譯稿·序》，上海譯文出版社 1981 年版，第 2 頁。

時間、存在的方式等方面卻又存在非常多的獨特之處。

　　首先，《英詩譯稿》是郭沫若在 1947 年 5 月完成了《浮士德》第二部的翻譯之後，時隔 22 年後又一次進行集中的翻譯活動。曾經郭沫若從 1916 年翻譯詩歌開始，隨後他的翻譯的視角和內容便由詩歌逐步向外拓展，小說、戲劇、社會政治甚至自然科學方面的譯作相繼完成。以前我們關注的是他翻譯《英詩譯稿》時與上一部譯作相隔時間之久，但是我覺得《英詩譯稿》與上一部詩歌譯作《浮士德》第二部相隔之久才應是研究的重點所在，他的翻譯活動由詩歌開始，又以詩歌作結，這其中是否具有我們以前所忽略的意義呢？

　　其次，這是一部生前並沒有出版的譯作，它成了郭沫若生前唯一一部沒有公開發行的譯作。有學者指出「在那樣的時代環境下，這樣一些詩歌作品是決沒有可能出版的」〔註 41〕，誠然在文革結束之前，類似於《英詩譯稿》這種純文學的譯作肯定是沒有辦法出版的，但是考慮到《沫若詩詞選》便在 1977 年 9 月由人民出版社出版，《英詩譯稿》保存的完整性以及譯詩本身的篇幅並不長易於整理等方面的因素，如果郭沫若在文革後決定出版此譯作其實也不無可能，但是這部譯作最終沒有問世，其中又能說明什麼問題呢？

　　再者，從《英詩譯稿》的內容開看，郭沫若在這部譯作中所選取的詩歌都是「英美文學中平易，有趣的，短的抒情詩，是早有定評的世界著名的部分詩人的佳作」〔註 42〕。通讀《英詩譯稿》給你最直觀的印象也的確如此，這是一部短小清新的譯作。沒有任何的修飾，更多的是直抒胸臆的表白。如「我想，永不會看到一首詩，可愛得如同一株樹。／一株樹，他的饑渴的嘴，吮吸著大地的甘乳。」這部詩歌譯作與同時期郭沫若創作的作品是有著非常鮮明的差異的，同一時期郭沫若所創作的詩歌作品多為對時事的歌詠，如 1968 年所創作的《滿江紅·毛主席去安源》「日出東方，安源礦金光先到。正前進，氣吞玉宇，志凌倉昊。革命雷霆深鼓動，工人階級真領導。靠拳頭打破山河，從新造。」〔註 43〕同時期的譯作和創作的藝術水準相差如此之大，也是值得深思的問題。

〔註41〕蔡震：《郭沫若畫傳》，江西人民出版社 2011 年版，第 214 頁。

〔註42〕成訪吾：《英詩譯稿·序》，上海譯文出版社 1980 年版，第 1 頁。

〔註43〕郭沫若：《毛主席去安源》，《郭沫若全集·文學編》第 5 卷，人民文學出版社 1984 年版，第 128 頁。

　　從這些角度來看，就這樣不足五萬字的短小譯詩集，竟然還有這麼多未解之謎，那麼這些編碼究竟應做如何解釋呢？透過這些編碼我們能夠撲捉到一個怎樣的郭沫若呢？要闡釋諸多疑問，那麼還是要回到《英詩譯稿》譯作本身。

二、《英詩譯稿》之妙：意蘊技巧完美呈現的譯作

　　通讀《英詩譯稿》後給我們最大的感覺便是，彷彿又是郭沫若「女神時期」譯詩的重現，這裡面有《魯拜集》的清新自然，有《雪萊詩選》的浪漫氣息，還有《德國詩選》的文化韻律。具體來講，《英詩譯稿》應是郭沫若詩歌翻譯思想和技巧的延續和總結。

1、「風韻譯」翻譯技巧的昇華

　　翻譯最主要的是技巧，特別是在詩歌翻譯方面，如何保存原詩歌獨有的文化韻味和節奏韻律是最為重要的，從這個角度來講詩歌的翻譯要難於小說、戲劇等其他文體作品的翻譯。

　　郭沫若作為一個詩人，更是對詩歌的翻譯標準和技巧有著自己獨特的認知，他在早期的詩歌翻譯的實踐中便提出了成熟的詩歌翻譯理論，那就是著名的「風韻譯」理論，主要是強調「譯詩的手腕決不是在替別人翻字典，決不是如像電報局生在替別人翻電文。詩的生命在它的內含的一種音樂的精神。至於俗歌民謠，尤以聲律為重。翻譯散文詩、自由詩時自當別論，翻譯歌謠及格律嚴峻之作，也只是隨隨便便地直譯一番，這不是藝術家的譯品，這只是言語學家的解釋了。我始終相信，譯詩於直譯、意譯之外，還有一種風韻譯。字面，意義，風韻三者均能兼顧，自是上乘。即使字義有失而風韻能傳，尚不失為佳品。若是純粹的直譯死譯，那只好屏諸藝壇之外了。」〔註44〕

　　《英詩譯稿》的翻譯也處處體現出了這種「風韻譯」思想的精華，如「青春的熱情尚未衰逝，愉悅的流泉但覺遲遲，有如一道草原中的綠溪，靜悄悄地蜿蜒著流瀉。」〔註45〕這些句式無論是詩歌的韻律、句式甚至是內蘊都是典型的現代白話詩作。對於《英詩譯稿》的「風韻譯」的手法有已有很多論

〔註44〕郭沫若：《批判〈意門湖〉譯本及其他》，《創造》季刊第一卷第二期。
〔註45〕妥默司・康沫爾作，郭沫若譯：《生命之川》，《英詩譯稿》，上海譯文出版社
　　　　1981年版，第11頁。

述〔註46〕，但是《英詩譯稿》絕不是簡單的「風韻譯」翻譯思想的重複，而是一個昇華和提高。「風韻譯」的提出更多的是針對「五四」時期在詩歌翻譯上過分注重內容忽略形式的直譯方式而提出的，因此它便自然而然的將詩歌外在形式的創造放在了首位，這也造成了爲「形式而形式」的弊病，如《德國詩選》中《五月歌》

> 大地何嫣妍！
>
> 太陽何燦爛！
>
> 自然何偉麗
>
> 照我心目間！
>
> 群木發繁枝，
>
> 枝枝花怒迸，
>
> 林莽陰森處
>
> 鳥囀千種聲。〔註47〕

這首《五月歌》的詩歌譯作無論是外在形式，還是內在意蘊，都改變了當時詩歌翻譯過於注重內容的弊端，但在另一方面，當你讀完之後也會覺得有些刻板，甚至有些有意而爲之的呆滯，從而失去了西方自由體詩歌的自由和靈活。當時由於對外國詩歌的翻譯也處於初始階段，尚且白話詩歌的創作也並不成熟，另外這是詩歌翻譯論爭的產物，因此「風韻譯」翻譯的思想和方法還有待改進和提升。

　　而《英詩譯稿》的翻譯便是對早期「風韻譯」翻譯思想的完善和實踐，特別是在注重詩歌外在形式、內在韻律的前提下，兼顧了詩歌哲理性的特質。如《今昔吟》

> 我還記省，我還記省
>
> 我所誕生的門庭，
>
> 牆上有小小的窗，
>
> 朝陽從那兒窺進，
>
> 不覺得它是匆匆一瞬，

〔註46〕有關此的研究成果主要有：王慶《「風韻譯」對「讀者接受」的考慮》，；楊敏，王慶：《從郭沫若譯詩「眞的美看「風韻譯」的得失》，《世紀橋》2012年第 13 期；楊梅：《從兩元對立角度看郭沫若的「風韻譯」》，《重慶文理學院學報》，2012 年第 6 期。

〔註47〕郭沫若譯：《德國詩選》，創造社出版部 1927 年版，第 5 頁。

也不覺得日子長得悶人；

然而如今我常常怨恨，

長夜不使我一眠不醒。

……

我還記省，我還記省

樅樹林濃鬱森森，

我常想著那尖削的樹頂

直撐著和天接近；

那自然是兒時的無知。

我如今只好悲憫：

我和天是愈加遠隔，

不像我在童年時分。〔註48〕

2、一部譯寫給自己的詩作

《英詩譯稿》中最具鮮明特色的方面除了語言、詩句外，便要算作譯作中的 8 處附白。這些附白在有關前期的研究成果中雖有所提及，但是都沒有作為解讀《英詩譯稿》的重要元素。該譯作中共有 8 處附白，對於這些附白《英詩譯稿》的編者郭庶英、郭平英認識：「這些批語，文字很簡短，卻能反映父親對於詩歌創作的一些見解，不僅對我們瞭解原作，而且對瞭解父親本人的創作風格也有一定的幫助。」〔註49〕

從這個角度來看，附白是《英詩譯稿》中極為重要但卻有容易被忽視的組成部分，而對於解讀該譯作具有十分重要的意義。所謂的附白其實就是批註，它是郭沫若在閱讀並翻譯《英詩譯稿》時在文中空白處對這些譯詩所作的批評和注解，這些批註對於郭沫若掌握這些詩歌的內容起到了提示作用。這 8 處批註都是郭沫若直接對原作的評判，多是些切中肯綮、直白簡短的短詞斷句，是他自身閱讀直觀感受的筆錄，體現著他真實的審美眼光和評判標準。

這些評判既有對原作不足的直接批評，也有對原作水準的溢美之詞，如《荷恩林登之戰》譯詩後的附白是：「這首詩並不好，沒有什麼寫實，也沒有

〔註48〕妥默司・胡德作，郭沫若譯：《英詩譯稿》，上海譯文出版社 1981 年版，第 15、17 頁。

〔註49〕郭庶英、郭平英：《英詩譯稿・整理後記》，上海譯文出版社 1981 年版，第 147 頁。

什麼目標，只是些空響的壯語而已。」〔註 50〕而《爵士約翰‧摩爾在科龍納的埋葬》譯詩後的附白卻是：「這首詩好，比前面一首好得多，好在寫得實在而不做作。但很感動人。」〔註 51〕

　　從這些附白中，我們能清晰地認識到在詩歌翻譯上郭沫若始終堅持著的原則，那就是「外國詩譯成中文，也得像詩才行。……如果把以上這些一律取消，那麼譯出來就毫無味道，簡直不像詩了。這是值得注意的。本來，任何一部作品，散文、小說、劇本，都有詩的成分，一切好作品都是詩，沒有詩的修養是不行的。」〔註 52〕

　　附白的存在還表明了郭沫若翻譯這些詩作的初衷，那就是爲了審美而譯，爲了自我而譯。郭沫若之前所翻譯的作品大多是有直接目的性的，或爲學習而譯，或爲生活而譯，但是《英詩譯稿》可以說是爲內心而譯，從現存的資料可以看到《英詩譯稿》中詩歌的翻譯都是「留在書頁上的手跡」〔註 53〕，更爲直接的佐證便是附白的寫作，如《黃水仙花》譯詩後寫到：「這詩也不高明，只要一、二兩段就夠了。後兩段（特別是最後一段）是畫蛇添足。板起一個面孔說教總是討厭的。」〔註 54〕「就夠了」、「討厭」等詞語都是典型的口語性質，在一般的書面語中特別是評論性的語言中很少會出現這種詞語，再如《默想》譯詩後附白爲：「這首詩很有新意，的確有破舊立新的感覺。我自己也曾有過這樣的感覺，但不純。」〔註 55〕這是郭沫若譯完這些詩歌後第一直觀的感受，同時也是最眞實的心聲，這也是一種典型的隨感式批評。這種批評方式同時也折射出了郭沫若翻譯這些詩作時的心境，那就是渴望創作的衝動，渴望情感的抒發，渴望青春的重現。這何嘗不是一次再創作呢？

3、預想遠離現實的譯詩

　　《英詩譯稿》是一部有選擇的詩歌譯作。既然是有選擇的，那麼就有取捨的標準。哪些主題的留，哪些主題的捨，其中便可以窺見出譯者的審美趨向。

〔註 50〕郭沫若：《英詩譯稿》，上海譯文出版社 1981 年版，第 131 頁。
〔註 51〕郭沫若：《英詩譯稿》，上海譯文出版社 1981 年版，第 135 頁。
〔註 52〕郭沫若：《談文學翻譯工作》，《郭沫若全集‧文學編》第 17 卷，人民文學出版社 1989 年版，第 75 頁。
〔註 53〕蔡震：《郭沫若畫傳》，江西人民出版社 2011 年版，第 214 頁。
〔註 54〕郭沫若：《英詩譯稿》，上海譯文出版社 1981 年版，第 25 頁。
〔註 55〕郭沫若：《英詩譯稿》，上海譯文出版社 1981 年版，第 115 頁。

　　「青春謳歌」和「人生哲理」是《英詩譯稿》譯詩中所反覆吟唱的兩大主題，當讀到「青春的熱情尚未衰逝，愉悅的流泉但覺遲遲，有如一道草原中的綠溪，靜悄悄地蜿蜒著流瀉。」〔註56〕從此我們能夠又一次體會到「女神時期」那個讚美青春、呼喚未來的青春詩人形象。但是接下來你讀到的，卻是「但待頰上的紅霞褪盡，憂愁的征箭愈飛愈頻，星星喲星星，你們大小司命，你們的運行為何愈來愈迅？／當快感失去了花時和吸引，生命本身有如一個空瓶，當我快要臨到死境，為什麼退潮更加猛進？」〔註57〕這又明顯異於「女神時期」那個敢於破立、浴火重生叛逆詩人的內質，譯作內心的矛盾也可見一斑。

　　這種情緒體驗和情感抒發在《英詩譯稿》中處處可見，如《交響的綠坪》譯詩更是如此：

　　　　太陽出來了，
　　　　天空晴朗了；
　　　　愉快的鐘聲在鳴，
　　　　歡迎著陽春；
　　　　百靈與畫眉，
　　　　藪中的鳥禽，
　　　　蹄聲四處高揚
　　　　和愉悅的鐘聲響應，
　　　　咱們的遊戲競爭
　　　　在這「交響的綠坪」。
　　　　……
　　　　小將們精疲力盡，
　　　　遊戲不再進行；
　　　　快樂已經盡興，
　　　　太陽已近黃昏。
　　　　好多的兄弟姊妹
　　　　圍繞著母親的圍裙，

〔註56〕妥默司‧康沫爾作，郭沫若譯：《生命之川》，《英詩譯稿》，上海譯文出版社1981年版，第11頁。
〔註57〕妥默司‧康沫爾作，郭沫若譯：《生命之川》，《英詩譯稿》，上海譯文出版社1981年版，第11頁。

　　　　就像小鳥歸了巢，

　　　　要圖夜間的安靜，

　　　　遊戲不再看見了，

　　　　只剩下昏黃的綠坪。〔註58〕

前半部分在愉悅的歌唱，歌唱春天的美好、歌唱自然的偉大，但是到了後半部分，情緒斗轉之下，清新自然被抑鬱困頓所取代，明瞭暢快被疑惑消沉所替換。通過這些譯詩我們體會到了郭沫若此時試圖尋找「五四女神」時期詩歌創作中對青春的頌揚，對生命的讚歎的努力，也感受到這些努力過後終將不得而引發的內心的困苦和矛盾。

三、《英詩譯稿》之喻：晚年郭沫若的多重解讀

　　郭沫若翻譯《英詩譯稿》時已經接近八旬，從生理年齡上來看，毫無疑問已經是他人生的晚年歲月，「在他將近晚年的時候回到翻譯這種短的抒情詩，雖然是由於偶然的原因，但是，難道我們就不能從他的這種經歷中得出某些可能的推理呢？」〔註59〕從學理的角度來看，晚年郭沫若「作為現代知識分子的一種類型，對他個案研究，如同魯迅、胡適、陳寅恪等人物一樣，有著『說不盡』的吸引力。」〔註60〕但從現今的研究成果來看，晚年郭沫若的研究不及遠遠不及魯迅、胡適等人，更與建國以前郭沫若研究成果也相差甚遠，這顯然與郭沫若作為現代知識分子典型代表的定位不相符合，由於資料匱乏等原因晚年郭沫若研究成為了一個薄弱點。那麼如何從《英詩譯稿》來解讀晚年郭沫若呢？這是目前為止還為被關注的視角。

1、《英詩譯稿》：一個不為人所知的郭沫若

　　如果僅僅從翻譯的標準來看，《英詩譯稿》在郭沫若翻譯的成果中不是翻譯份量最重的，也不是翻譯技巧最好的，更不是對歷史發展有重要價值的譯作，那麼它的價值體現在哪裏呢？我覺得《英詩譯稿》的最大價值在於，它隱含了一個我們大眾視野之外的不一樣郭沫若，凸顯了一個在文革之中未被公眾所認知的郭沫若。如果從這個角度來講，《英詩譯稿》的價值就不僅僅只

〔註58〕威廉・布來克作，郭沫若譯：《交響的綠坪》，《英詩譯稿》，上海譯文出版社
　　　　1981 年版，第 73、74 頁。

〔註59〕成訪吾：《英詩譯稿・序》，上海譯文出版社 1981 年版，第 2 頁。

〔註60〕馮錫剛：《郭沫若的晚年歲月・前言》，中央文獻出版社 2004 年版，第 3 頁。

是一部譯作這麼簡單了，它承載了晚年郭沫若的審美理想，折射了這位一直處於風口浪尖的知識分子難以言說的痛楚。

晚年郭沫若留給公眾的印記大多是，作爲國家領導人從事各種政治活動的郭沫若；作爲詩人唱和毛澤東的郭沫若；作爲歷史學家寫下《李白與杜甫》的郭沫若，正是由於這些事項的存在，晚年郭沫若一直處於政治漩渦之中，於是也成爲了很多人詬病的對象。但是這僅僅只是郭沫若的某一方面，作爲本性和率眞的郭沫若在晚年同樣存在，只不過沒有被我們所認知而已。

對於晚年郭沫若我們現在普遍的問題是用他外在單一的言行遮掩了他內心複雜的情感。詩性和本眞是郭沫若一生追求和恪守的生存準則，只不過有時是顯性的表現，有時又是隱形的存在。「女神時期」青春自由的呼喚，「北伐時期」革命文學的倡導，「流亡時期」毀家紓難的情懷，「建國時期」和「玄黃翻覆」〔註61〕的奔波，無一不是這種情感外化的具體表現。而到了「文革時期」因爲特殊的社會政治環境，郭沫若只能將這種情感和思緒用潛隱的方式表達出來，而《英詩譯稿》的翻譯便承載了這些信息。《英詩譯稿》沒有很正式進行工整的翻譯，更沒有出版問世的打算，這是一部譯給自我的詩作，也是一次審美情趣的表達，更是一次情感性格的展現。通過《英詩譯稿》我們可以看到郭沫若以往的詩性和本眞的性格沒有改變，創造性和跳躍性的思維依舊。

《英詩譯稿》完成兩年之後《李白與杜甫》由人民出版社出版發行，很多人批評這部學術著作或「表面看是『反潮流』的翻案之作，實際上卻恰恰在迎合『文革』中『個人崇拜』的最大時尚」〔註62〕，或「缺少學術著作所要求的嚴謹與鄭重」〔註63〕。從現今有關《李白與杜甫》的成果來看，多從政治學和社會學的角度來闡釋，少從詩歌和創作者本體的角度來認識，這也就造成了目前「對此書的純學術性質產生了疑問」，〔註64〕如果孤立的看《李白與杜甫》，再結合著當時社會的情形難免會有以上的誤解，但如果把這部作品與同時期的《英詩譯稿》結合來看，「也許包含著作者某些隱晦曲折的情懷和寓意」〔註65〕。

〔註61〕 蔡震：《郭沫若畫傳》，江西人民出版社2011年版，第154頁。
〔註62〕 馮錫剛：《郭沫若的晚年歲月》，中央文獻出版社2004年版，第276頁。
〔註63〕 劉納：《重讀〈李白與杜甫〉》，《郭沫若學刊》1992年第4期。
〔註64〕 楊勝寬：《〈李白與杜甫〉研究綜述》，《郭沫若學刊》2009年第2期。
〔註65〕 楊勝寬：《〈李白與杜甫〉研究綜述》，《郭沫若學刊》2009年第2期。

　　《李白與杜甫》與《英詩譯稿》有著諸多相似點，首先，《李白與杜甫》與《英詩譯稿》一樣「原本是自己悄悄在做，但一個偶然的原因，其寫作爲外界所知。」〔註66〕其次，《李白與杜甫》開始寫作於 1967 年，完成於 1971年，從時間的角度來看是與 1969 年所譯成的《英詩譯稿》屬於同一時期的創作；從內容來看，兩者都是有關詩歌方面的內容。因此《英詩譯稿》中也必然包含著《李白與杜甫》的創作思想和動機。《李白與杜甫》中有關「揚李抑杜」的敘述，其實從根本上來講還是郭沫若對詩歌創作的思想和審美標準的評價的問題，在《英詩譯稿》中他在《黃水仙花》的附白中寫道：「這詩不高明，只要一、二段就夠了。後兩段（特別是最後一段）是畫蛇添足。板起一個面孔說教總是討厭的。」〔註67〕所謂的後兩段是「湖中碧水起漣漪，湖波踊躍無花樂——詩人對此殊激昂，獨在花中事幽躅！凝眼看花又看花，當時未解伊何福。晚來枕上意悠然，無慮無憂殊恍惚。情景閃鑠心眼中，黃水仙花賦禪悅；我心乃得溢歡愉，同花共舞天上曲。」〔註68〕仔細品味一下，這兩段主要是運用寫實性的手法，抒發了觀者在觀看黃水仙花後的心理感受，而在對《虹》「這詩也沒有大妙處，膚淺的說教，未免可笑」〔註69〕的附白評判也同樣是表達了此種認識。

　　因此，《英詩譯稿》與《李白與杜甫》都是郭沫若內心隱曲情感的集中展現，是另外一個眞實的不爲世人所熟知的郭沫若，也是一個豐富眞實的郭沫若，更是一個晚年痛楚生存的耄耋老者的郭沫若。

2、《英詩譯稿》：複雜政治環境夾縫中的遺珠

　　《英詩譯稿》的翻譯環境，也是以往研究者們所忽略的一個重要方面，這部作品譯於北京前海西街 18 號郭沫若晚年的寓所之中。如果單從生活環境來講《英詩譯稿》之前的翻譯都是在一種顛簸流離境遇中抗爭的產物，而《英詩譯稿》卻是在一個穩定安靜的居所中思索的結果，但如果從翻譯的心境來看《英詩譯稿》之前的翻譯更多的是在自由心態支配下的譯作，而《英詩譯稿》則是在多重政治夾縫中的遺珠。

　　前海西街 18 號是一個佔地面積 7000 多平方米的庭院式兩進四合院，能

〔註66〕蔡震：《郭沫若畫傳》，江西人民出版社 2011 年版，第 213 頁。
〔註67〕郭沫若譯：《英詩譯稿》，上海譯文出版社 1981 年版，第 25 頁。
〔註68〕郭沫若譯：《英詩譯稿》，上海譯文出版社 1981 年版，第 23、25 頁。
〔註69〕郭沫若譯：《英詩譯稿》，上海譯文出版社 1981 年版，第 35 頁。

夠入住其中也是彰顯出郭沫若被主流意識形態所認可的一個重要標誌。搬進這所院子之前，郭沫若不是沒有猶豫過。據現存資料記載郭沫若自己卻不願來此居住，最終周恩來總理出面勸說，說明這座宅子並非簡單供郭沫若私人居住，也是考慮他作爲人大副委員長、政協副主席、科學院院長辦公和接待國內外友人的需要才分配給他使用的。如此郭沫若才改變初衷，同意搬來居住。這也許是個理由，但我更願意相信郭沫若的猶豫並不僅僅只是因爲這個，因爲其實在搬家這所院子之後便會注定了，他行將會作爲了一個政治形象，一個社會代表而存在，這必將是與過去那個充斥著個性自由呼喊，天馬行空想像自我的告別。郭沫若在與友人的通信中也委婉的表達了這樣的意思：「建國以後，行政事務纏身，大小會議，送往迎來，耗費了許多時間和精力。近年來總覺得疲倦。國家對我的待遇過於豐厚。前年搬家，住到這樣的大地方，佔了這麼多的房子，心裏確實非常不安。晚年只想找個小小的清淨的角落，安下心來好好讀些書，約幾個好朋友談談心，度此餘生。」〔註70〕

事實情況也印證了郭沫若的這種擔心，雖然這所院落寬敞精緻，但在這裡真正屬於郭沫若個人思考和活動的空間卻寥寥無幾，甚至來講都有些小的可憐。現在按照郭沫若生前的原貌保存了下來的原狀展廳便清晰的印證了這些。透過展廳的玻璃窗你會發現會客室、辦公室兼書房、臥室被分隔的清晰明確，在這明晰的分隔中郭沫若個人的空間其實已經被壓縮的所剩無幾了。從空間的維度上來看，從會客室到辦公室兼書房再在到臥室的面積空間是逐步縮小的，單就完全屬於個人空間的臥室來講，這裡的布置相對於前兩者來講已經十分簡樸，甚至來講樸素的不能再樸素了。一張棕床、一張單人沙發、一套衣櫃，一整套帶木盒的《二十四史》，單就這幾件簡單的物品都已經讓本來就已狹小的臥室顯得更加局促了。在這裡唯一能夠體現出郭沫若個人性情的便是這套《二十四史》，我們也可以想像得到，每當處理完各種繁雜的政務和公文後，一天歸於平靜的時候，郭沫若自己一人安靜躺在床上順手拿起《二十四史》中的一本認真研讀的場景，再無喧囂的吵鬧，再無無緒的爭鬥，更多的恢復到了自我沉思的空間，但這屬於自我的時空又是那麼的狹小和短暫。

相對於個人空間的狹小，作爲會客室和辦公室的公共空間卻是非常的寬大。這個會客廳是郭沫若用來會見重要客人的場所，面積大約有臥室面積的三倍還要大些。馬蹄型擺置的沙發佔據了這間會客廳絕大多數的空間，靠牆

〔註70〕黃淳浩：《郭沫若書信集》（下），中國社會科學出版社1992年版，第162頁。

角擺放的鋼琴。沙發後面的牆壁上懸掛的是傅抱石專爲郭沫若「量牆定作」的巨幅山水畫《擬九龍淵詩意》，描繪的是郭沫若筆下朝鮮金剛山九龍淵美景。總之，這件會客廳中擺設的物品都追求著「大」的原則。這裡所有的擺設和陳列其實與其他人的會客廳別無二致，更多的是爲了待客之道，屬於自己的空間幾乎沒有。

《英詩譯稿》便是誕生在這種生活環境和心理感悟之中，在一個逐步被擠壓的生存空間和心理空間中，郭沫若依然借助於翻譯方式表達自己對青春美好的嚮往和老之將至的無奈，而更多的則是傳達渴望衝破身上重重藩籬的努力，但又不得的悲涼，這也難免郭沫若會發出「我們也只有短暫的停留，青春的易逝堪憂；我們方生也就方死，和你們一樣，一切都要罷休。你們謝了，我們也要去了」〔註71〕的哀歎。

四、《英詩譯稿》之思：郭沫若翻譯研究問題癥結及對策

《英詩譯稿》是郭沫若最後一部譯作，通過對它的傳播和研究，可以折射出目前郭沫若翻譯研究問題的癥結。對於郭沫若翻譯方面的研究與他的翻譯活動和譯著出版並不同步，直到 1978 年後才有相關研究成果出現，截止到目前爲止有關郭沫若翻譯研究的論文有大約 200 多篇。這些成果多集中在對郭沫若翻譯情況的介紹、翻譯方法和技巧闡釋、翻譯思想和觀念論析等方面，研究的方法基本上採取比較文學研究的方式，按照語種和國別的分類方式，主要分爲郭沫若與德國文學翻譯、郭沫若與英國文學翻譯、郭沫若與蘇俄文學翻譯、郭沫若與東方文學翻譯等的幾個研究方向。雖然從研究成果的數量上來講比較豐富，但是統觀現有的研究成果不難發現許多研究成果僅僅只是停留在對郭沫若譯作進行簡單對比研究的層面上。另外，現有郭沫若翻譯研究成果還多是停留在對郭沫若某部譯作或譯作某一方面的研究，還缺乏整體性、系統性的梳理。對此問題怎樣才能有效走出當前的困境，找到新的研究生長點呢？

「翻譯研究者只注意其中的語言現象，而不關心它的文學地位。而文學研究者一方面承認翻譯文學對民族文學和國別文學的巨大影響，另一方面卻又不給它以明確的地位——他們往往認爲這是外國文學的影響，而沒有意識

〔註71〕 羅伯特・赫里克作，郭沫若譯：《詠黃水仙花》，《英詩譯稿》，人民文學出版社 1981 年版，第 19、21 頁。

到翻譯文學作爲一個相對獨立的文學現象的存在。」〔註72〕這是翻譯文學目前研究的癥結,同樣也是郭沫若翻譯文學研究的弊端。郭沫若翻譯文學研究目前還沒有建立起一套完整的體系,還停留在單篇作品語言翻譯的研究上,從整體來看,有些篇目基本上還沒有涉及。在郭沫若研究領域中,是不能缺少翻譯文學研究的。翻譯文學是郭沫若文學活動的重要組成部分,和其他文學活動有著密切的關聯,甚至可以說牽一髮而動全身。

當然這一切研究都是建立在對於原始資料佔有的基礎之上的。郭沫若被譽爲中國現代著名翻譯家,可是自 1960 年來只有《少年維特之煩惱》、《浮士德》、《新時代》、《生命之科學》和《魯拜集》〔註73〕再版發行過,僅僅只有這麼幾部作品可能很難將郭沫若與翻譯家的稱號聯繫起來。特別是隨著 8 卷本《魯迅譯文全集》(福建教育出版社 2008 年版)和 11 卷本《周作人譯文全集》(上海人民出版社 2012 年版)等現代文學作家翻譯作品集的陸續出版發行,讀者們對於現代文學作家的翻譯作品有了整體性的認知,對這些作家的創作和中國現代文學史的研究也有了新的突破。相對於魯迅和周作人等來講,讀者們近年來能夠在書店中購買到的郭沫若譯作卻寥寥無幾,這更令他們對郭沫若著名翻譯家的稱謂有所質疑。

其實從 1920 年代到 1970 年代的 50 多年間,郭沫若一共翻譯出版了以《少年維特之煩惱》、《浮士德》等爲代表的五百多萬字的譯著,多達 289 種譯作問世。翻譯活動貫穿了郭沫若文化活動的全過程,就郭沫若所翻譯作品創作者的國籍來講,涉及歐洲、北美洲、亞洲等 9 個國家,作品以德國、英國、美國、俄國等歐美國家爲主,同時還包括波斯、印度、日本等東方國家,共98 位作者的作品;另外就郭沫若翻譯作品所涉及種類來講,既有文學類作品(含詩歌、戲劇、小說)如歌德的《少年維特之煩惱》、《浮士德》;又有藝術史類的著作:如《美術考古一世紀》;還有科學史著作:如《生命之科學》;另外還有馬克思和恩格斯的經典著作《政治經濟學批判》。不僅如此郭沫若通過自己的翻譯實踐活動,還提出了諸如「譯文應同樣是一件藝術品」等翻譯思想和觀點,因此無論從那個角度來講郭沫若都無愧於中國現代文化史上一個偉大的翻譯家,對郭沫若的這些譯作及相關的翻譯理論類文章我們要進行

〔註72〕謝天振:《譯介學》,譯林出版社 2013 年版,第 3 頁。
〔註73〕1981 年上海譯文出版出版的《英詩譯稿》是郭沫若 1969 年翻譯的作品,由郭庶英、郭平英整理後首次出版。這一部譯作就沒有算作再版的譯作之中。

收集、整理和出版。

　　對郭沫若翻譯資料的收集和整理除了上述具體的作品外，還應包括「從最初譯介到他們作品在各時期的翻譯出版情況、各個時期接受的特點等等，尤其是某具體作家或作品在特定時代背景下的譯介情況，都應有一個比較完整的描述和闡釋。」〔註74〕特別是郭沫若在對中外優秀作品的海量閱讀基礎上，使他的文化視野縱深而且寬廣，再加之他本身所具備的思想藝術的敏感性及其對中國文化進程的深度把握，又使他在選擇所翻譯內容時顯示了前瞻性和獨特性，郭沫若眾多的翻譯作品為中國知識界打開一扇窗口，成為 20 世紀中西方文化的交流與對話的催化劑。另外，郭沫若在從事文學創作和學術研究的過程中，極為注重攝取世界各國的文化養分，善於與中國傳統文化借鑒交融，形成具有自身特點的藝術風格，闡發前人未能破解的古代史與古文字研究中的奧秘，形成影響後世的學術體系。如 1922 年譯成的《少年維特之煩惱》就有 34 個版本之多，其中涉及到上海泰東圖書局、創造社出版部、上海聯合書店、上海現代書局、重慶群益出版社、上海群益出版社、上海新文藝出版社及人民文學出版社等出版機構，這些不同的版本跨越從 1922 年至 1959 年 30 多年的時間，對每一次出版情況、版本變動情況以及讀者接受情況等方面的考察，將會呈現出一幅豐富多彩的《少年維特之煩惱》的研究圖景。因此對這類資料的收集和整理，不僅僅對於郭沫若研究提供新的線索和途徑，而且對於中國現代文學的研究也不無啟示作用。

　　《英詩譯稿》僅僅只是郭沫若諸多譯作中的一部，但是由於其特殊的譯作時間和譯介背景，使得它具有了超出文本範疇之外的價值和意義，由此我們既可以探究出晚年郭沫若複雜隱曲的文化心態，也可以闡釋他一生多元豐盛的創作世界。

〔註74〕謝天振：《譯介學》，譯林出版社 2013 年版，第 9 頁。

結　語

　　自「五四」新文化運動以來，以魯迅、郭沫若、老舍、梁實秋等為代表的現代中國文學創作者們便開始了各自文學創作的歷程，他們或以小說給國民以警示，或以詩歌給讀者以激情，或以散文給觀者以美感，總之，正是由於這些獨具個性現代作家作品的存在，使得這百年中國現代文學創作風生水起，閃爍著耀眼的光芒。

　　但歷史的淘汰總是無情的，特別是由於中國由近代走向現代的艱難歷程更加增加了這種歷史淘汰的殘酷性。在中國由近代社會向現代社會轉變的百年歷史中，由於混亂的戰爭所形成的時代動蕩，特殊的政治所造成的立場變遷等原因，使得現代作家作品的散佚現象非常嚴重。近些年來幾乎每個作家都有數量不等的文學佚作陸續被發現，這些散佚的文學作品中隱含著大量的文學史的秘密。有的是對相關作家創作審美風格以及文體樣式的有益補充，有的提供了相關作家創作中懸而未解問題的線索，更有甚者通過這些文學佚作可能改變我們以往對於相關作家的定論性的認知和評價。由此可見通過這些文學佚作的收集，一批相關作家新的資料不斷被發現，這些隱含著豐富的歷史真實的文學佚作改變了我們以往研究中的臆想和推測，因而我們對於很多現代文學史上的作家有了重新認識和界定，特別是以往已經具有定論的文學史敘述和歷史判斷都會由此而發生或多或少的變化。

　　在目前所進行的佚作收集和整理的作家之中，散佚於《郭沫若全集》之外的文學佚作數量最多，因此郭沫若文學作品散佚的現象尤為突出。甚至「郭沫若的大量佚作，連大多數郭沫若研究專家都沒有見過。」〔註1〕就目前筆者

〔註 1〕　魏建：《郭沫若佚作與〈郭沫若全集〉》，《文學評論》2010 年第 2 期。

所掌握的材料來看，郭沫若僅僅就文學創作來講就有至少 2200 多篇作品散佚在《郭沫若全集》之外，更不用說有關歷史、考古、古文字等領域的文章了。郭沫若文學作品散佚的原因是多方面的，有歷史客觀原因，有些文章的確是因為時間久遠、手稿遺失等原因造成的散佚；有社會主觀原因，《郭沫若全集》的編輯和出版工作恰好是在中國現代文化市場化轉型的關鍵時刻，像這種經濟效益極小的書籍很難得到市場的認可；也有政治立場原因，特別是建國後郭沫若的一些政論文章，由於特殊年代的政治原因，這些作品也大都散佚在《郭沫若全集》之外；更有郭沫若主觀方面的原因，這恐怕是郭沫若出現這麼多散佚文學作品的主要原因，郭沫若文學創作特別是建國後的文學創作，更多的是郭沫若自己將它們排除在自己的創作集之外的。由於這些作品的散佚缺失，長期以來我們對於郭沫若的文學研究其實就是處在一種資料不全的狀態之中，那麼所得到的結論自然就有以偏概全之嫌了。

「文學佚作與郭沫若研究」應該作為一個獨立的課題而得到應有的關注，特別是對於當今郭沫若的研究，甚至對於中國現代文學的研究也就都尤為重要。郭沫若研究雖然從《女神》創作之初就已經開始，但是作為一個專門學術領域的形成，是從新時期開始，這樣算起來也已經有 30 多年的歷史了。在這 30 多年的歷史如果以 20 世紀 90 年代作為分界點的話，明顯的形成了前期熱，後期冷的局面。

後期「冷」的主要原因並不是由於研究方法落後、研究人員減少，而恰恰恰相反這一時期有關郭沫若研究方法的層出不窮，特別是一批具有高學歷的青年學者更是借鑒運用了多種理論學說進一步增多了郭沫若研究的成果，但是一個目前普遍研究者們都承認的事實便是，研究方法推陳出新卻帶了郭沫若研究的停滯不前，那問題究竟何在呢？我認為最主要的還是 20 世紀 90 年代相較於 80 年代郭沫若研究領域中遇冷最明顯的「便」是對郭沫若文獻史料收集整理工作的忽視。

據統計 20 世紀 80 年代僅僅 10 年的時間內，如《郭沫若著譯及研究資料》（成都圖書館 1980 年版）；《郭沫若著譯書目》（蕭斌如、邵華編，上海文學出版社 1980 年初版，1989 年增訂版）；《英詩譯稿》（上海文藝出版社 1981 年版）；《櫻花書簡》（唐明中、黃高斌編注，四川人民出版社 1981 年版）；《郭沫若書簡——致容庚》（曾憲通編注，廣東人民出版社 1981 年版）；《三葉集》（上海書店 1982 年版）；《郭沫若集外序跋集》（上海圖書館文獻資料室、四

川大學郭沫若研究室編，四川人民出版社 1983 年版）；《郭沫若少年詩稿》（樂
山文管所編，四川人民出版社 1979 年版）；《郭沫若秘密歸國資料選》（四川
社會科學院文學所抗戰文藝研究室編，1984 年）；《郭沫若佚文集》（王錦厚、
伍加倫、肖斌如編，四川大學出版社 1988 年）；《郭沫若研究資料》（中國現
代文學史資料彙編乙種，王訓昭、盧正言等編，中國社會科學出版社 1986 年）；
《創造社資料》（饒鴻兢、陳頌聲等編，福建人民出版社 1985 年版）；《郭沫
若年譜》（龔濟民、方仁念，天津人民出版社 1982 年版）；《迎接新中國；郭
老在香港戰鬥時期的佚文》（上海圖書館、復旦大學分校中文系編，復旦學報
編輯部出版 1980 年版）；《郭沫若全集》（郭沫若著作編輯出版委員會）等近
20 部郭沫若研究大部頭的文獻史料著作問世，另外大量有關郭沫若回憶、資
料性的文章在《新文學史料》、《中國現代文學叢刊》、《文學評論》等國內頂
級的刊物發表。

　　但是在 1990 年之後至今為止 20 多年的時間內，僅僅只有《郭沫若書信
集》（黃淳浩編，中國社會科學出版社 1992 年版）；《郭沫若研究資料索引》（樂
山師專、四川郭沫若研究學會編，四川大學出版社 1993 年版）；《郭沫若致文
求堂書簡》（馬良春、伊藤虎丸主編，文物出版社 1997 年版）；《郭沫若留日
十年》（武繼平著，重慶出版社 2001 年版）；《〈女神〉及佚詩》（蔡震編注，
2008 年版）等 5 部有關郭沫若文獻史料著作出版，無論從數量還是史料所涉
及的內容來講都較之前一階段有了非常明顯的下降，另外，在各種刊物中發
表的有關郭沫若文獻史料性的文章更是少之又少。在這種研究的狀態下，這
20 多年郭沫若的研究基本上是理論方法的翻新和更迭，在看似熱鬧的背後其
實是對錯誤的不斷重複。如郭沫若的詩作《十里松原四首》和《題〈一個流
浪人的新年〉的創作時間目前經過考證都是錯誤的，但是在這 20 多年的時間
裏有過多少學者都在運用《十里松原四首》來解讀郭沫若留學日本時期思想
歷程以及某個時間段的精神狀態，但是證據都是不對的更何談結論的正確與
否呢？

　　郭沫若的文學佚作我們以前都知道存在，但是究竟具體數量有多少、體
裁是什麼、這些佚作創作於什麼時間、是在什麼情況下創作完成的、為什麼
沒有被收入《郭沫若全集》或郭沫若生前所編選的作品集而成為佚作，這些
問題恐怕誰也說不清。我們的郭沫若研究就是在「說不清」的情形下延續著，
而且還竟然取得了那麼多看似正確的結論。通過收集和整理，郭沫若的文學

佚作至少有 2200 多篇，涉及到詩歌、散文、雜文、書信以及演講等各個方面。郭沫若有如此眾多的文學佚作可能是出於我們研究者們意料之外的，更為關鍵的是在這些文學佚作收集整理之後，郭沫若的很多結論性的成果很可能將會被推翻和更正。

　　郭沫若研究的成果表明，理論和方法對於研究固然重要，但是如果運用理論和方法所的研究對象本身的資料都不正確，那麼方法和理論再先進也是又有什麼用處呢？目前在郭沫若研究中最主要的仍然是對於那些我們知之甚少，甚至完全還不知道的有關郭沫若歷史真實史料的發現和整理，這對於郭沫若這樣一個在現代中國社會中具有標本性人物的研究尤為重要。從更深層意義上來講文獻史料的收集、整理和研究不僅僅是對於郭沫若研究，而且對於整個中國現代文學史學風的糾正、研究的有序進行都將有決定性的意義。

參考文獻

一、報刊類

1. 《創造》季刊
2. 《創造週報》
3. 《創造日》
4. 《洪水》
5. 《創造月刊》
6. 《A.11.》
7. 《幻洲》
8. 《文化批判》
9. 《流沙》
10. 《日出旬刊》
11. 《小說月報》
12. 《新潮》
13. 《彌灑》
14. 《時事新報》副刊《學燈》
15. 《華商報》
16. 《新文學史料》（1979～2006）
17. 《中國現代文藝資料叢刊》（第一輯～第五輯）
18. 《中國現代文學研究叢刊》
19. 《郭沫若研究》
20. 《郭沫若學刊》

21. 《中華讀書報》

22. 《人民日報》

23. 《光明日報》

二、研究論著類

1. 《郭沫若全集・文學編・歷史編・考古編》，北京：人民文學出版社，1982～2002 年版。

2. 龔濟民、方仁念編：《郭沫若年譜》（上、中、下），天津：天津人民出版社，1992 年版。

3. 龔濟民、方仁念編：《郭沫若傳》，北京：北京十月文藝出版社，1996 年版。

4. 王訓昭等編：《郭沫若研究資料》，北京：中國社會科學出版社，1986 年版。

5. 黃淳浩編：《郭沫若書信集》，北京：中國社會科學出版社，1992 年版。

6. 上海圖書館文獻資料室、四川大學郭沫若研究室合編：《郭沫若集外序跋集》，成都：四川人民出版社，1982 年版。

7. 王錦厚等編：《郭沫若佚文集（1906～1949）》，成都：四川大學出版社，1988 年版。

8. 上海圖書館 復旦大學分校中文系編：《迎接新中國：郭老在香港戰鬥時期的佚文》，上海：復旦學報（社會科學版）編輯部出版，1979 年版。

9. 唐明中、黃高斌編注：《櫻花書簡》，成都：四川人民出版社，1981 年版。

10. 蕭斌如、邵華編：《郭沫若著譯書目》，上海：上海文藝出版社，1980 年版。

11. 郭沫若譯：《英詩譯稿》，上海：上海文藝出版社，1981 年版。

12. 曾憲通編注：《郭沫若書簡——致容庚》，廣州：廣東人民出版社，1981 年版。

13. 四川社會科學院文學研究所抗戰文藝研究室編：《郭沫若秘密歸國資料選》，成都：四川社會科學院文學研究所抗戰文藝研究室，1984 年版。

14. 樂山師專、四川郭沫若研究學會：《郭沫若研究資料索引》，成都：四川大學出版社，1993 年版。

15. 馬良春、伊藤虎丸主編：《郭沫若致文求堂書簡》，北京：文物出版社，1997 年版。

16. 武繼平著：《郭沫若留日十年》，重慶：重慶出版社，2001 年版。

17. 林甘泉主編：《文壇史林風雨路——郭沫若交往的文化圈》，杭州：浙江人民出版社，1999 年版。

18. 樂山文管會編：《郭沫若少年詩稿》，成都：四川人民出版社，1982 年版。

19. 中國郭沫若研究會、四川省郭沫若研究會編：《郭沫若與百年中國學術文化回望》，成都：四川人民出版社，2005 年版。

20. 譚天著：《胡適與郭沫若》，上海：書報合作社，1993 年版。

21. 郭沫若著：《郭沫若自傳》，南京：江蘇文藝出版社，1996 年版。

22. 卜慶華著：《郭沫若研究札記》，長沙：湖南大學出版社，1986 年版。

23. 黃侯興著：《郭沫若的文學道路》，天津：天津人民出版社，1981 年版。

24. 蔡震著：《文化越境的行旅——郭沫若在日本二十年》，北京：文化藝術出版社，2005 年版。

25. 馮錫剛著：《郭沫若：人物與春秋》，北京：中央文獻出版社，2008 年版。

26. 馮錫剛著：《「文革」前的郭沫若 1949～1965》，北京：中央文獻出版社，2005 年版。

27. 馮錫剛著：《郭沫若的晚年歲月》，北京：中央文獻出版社，2004 年版。

28. 張恩和、張潔宇編著：《長河同泳：毛澤東和郭沫若的友誼》，北京：華文出版社，2003 年版。

29. 季國平著：《毛澤東與郭沫若》，北京：北京出版社，2003 年版。

30. 王年一著：《大動亂的年代》，鄭州：河南人民出版社，1988 年版。

31. 譚洛非主編：《抗戰時期的郭沫若》，成都：四川省社會科學出版社，1985 年版。

32. 〔美〕本尼迪克特‧安德森著，吳叡人譯：《想像的共同體——民族主義的起源於散佈》，上海：上海世紀出版集團，2005 年版。

33. 〔英〕埃里克‧霍布斯鮑姆著，李金梅譯：《民族與民族主義》，上海：上海世紀出版集團，2000 年版。

34. 〔英〕埃里‧凱杜里著，張明明譯：《民族主義》，北京：中央編譯出版社，2002 年版。

35. 〔英〕厄內斯特‧蓋爾納著，韓紅譯：《民族與民族主義》，北京：中央編譯出版社，2002 年版。

36. 〔日〕岩佐昌暲：《郭沫若的世界》，福岡：花書院，2010 年版

37. 《郁達夫全集》，杭州：浙江文藝出版社，1992 年版。

38. 《成仿吾文集》，濟南：山東大學出版社，1985 年版。

39. 劉晴編選：《張資平文集》，北京：華夏出版社，2000 年版。

40. 董健等編：《田漢全集》，石家莊：花山文藝出版社，2000 年版。

41. 《鄭伯奇文集》編委會：《鄭伯奇文集》，西安：陝西人民出版社，1988 年版。

42. 丁景唐選編：《陶晶孫選集》，北京：人民文學出版社，1995 年版。

43. 《魯迅全集》，北京：人民文學出版社，2005 年版。

44. 王自立、陳子善編：《郁達夫研究資料》，天津：天津人民出版社，1982 年版。

45. 史若平編：《成仿吾研究資料》，長沙：湖南文藝出版社，1988 年版。

46. 柏彬編選：《田漢專集》（中國當代文學研究資料叢書），南京：江蘇人民出版社，1981 年版。

47. 王延晞、王利編：《鄭伯奇研究資料》，濟南：山東大學出版社，1996 年版。

48. 賈植芳等編：《文學研究會資料》，鄭州：河南人民出版社，1985 年版。

49. 浙江文藝出版社編：《郁達夫日記集》，杭州：浙江文藝出版社，1986 年版。

50. 浙江文藝出版社編：《郁達夫書信集》，杭州：浙江文藝出版社，1987 年版。

51. 倪貽德著，丁言昭選編：《倪貽德藝術隨筆》，上海：上海文藝出版社，1999 年版。

52. 郁雲著：《郁達夫傳》，福州：福建人民出版社，1984 年版。

53. 曾華鵬、范伯群著：《郁達夫評傳》，天津：百花文藝出版社，1983 年版。

54. 郭文友編：《千年飲恨：郁達夫年譜長編》，成都：四川人民出版社，1996 年版。

55. 《成仿吾傳》編寫組：《成仿吾傳》，北京：中共中央黨校出版社，1988 年版。

56. 鄭春著：《留學背景與中國現代文學》，濟南：山東教育出版社，2002 年版。

57. 魏建著：《郭沫若：一個複雜的存在》，海口：南海出版公司，1993 年版。

58. 魏建著：《創造與選擇》，天津：百花文藝出版社，1995 年版。

59. 蔡震編：《〈女神〉及佚詩》，北京：人民文學出版社，2008 年版。

60. 王戎笙著：《郭沫若書信書法辨偽》，蘭州：蘭州大學出版社，2005 年版。

61. 山東師範大學中文系：《郭沫若研究資料彙編》，濟南：山東師範大學中文系，1960 年。

62. 四川大學學報編輯部四川大學郭沫若研究室：《郭沫若研究專刊》第一輯，成都：四川大學學報編輯部，四川大學郭沫若研究室，1979 年。

63. 四川大學學報編輯部四川大學郭沫若研究室：《郭沫若研究專刊》第二輯，成都：四川大學學報編輯部，四川大學郭沫若研究室，1980 年。

64. 成都市圖書館：《郭沫若著譯及研究資料》第一冊，成都：成都市圖書館，1979 年。

65. 成都市圖書館：《郭沫若著譯及研究資料》第二冊，成都：成都市圖書館，1980 年。

66. 上海師範大學中文系編：《中國當代文學研究資料・郭沫若評介目錄》，上海：上海師範大學中文系，1980 年。

67. 上海師範大學中文系編：《中國當代文學研究資料・郭沫若專集》，上海：上海師範大學中文系，1980 年。

68. 王繼權、童煒鋼編著：《郭沫若年譜》上下冊，南京：江蘇人民出版社，1983 年版。

69. 溫鑒非編：《郭沫若戲劇研究資料篇目索引（一九一九～一九八二）》，長春：吉林藝術學院圖書館，1983 年。

70. 王繼權編注：《郭沫若舊體詩詞繫年注釋》，哈爾濱：黑龍江人民出版社，1984 年版。

71. 中國郭沫若研究學會《郭沫若研究》編輯部編：《郭沫若研究：學術座談會專輯》，北京：文化藝術出版社，1984 年版。

72. 樂山師專郭沫若研究室編：《郭沫若研究叢刊》，樂山：樂山師專郭沫若研究室，1984 年。

73. 肖斌如等編：《中國當代文學研究叢書・郭沫若專集》（1）、（2），成都：四川人民出版社，1984 年版。

74. 蔡宗雋著：《郭沫若生平事略》，長春：時代文藝出版社，1985 年版。

75. 郭沫若研究學會，重慶地區中國抗戰文藝研究會：《抗戰時期的郭沫若》，成都：四川社會科學院出版社，1985 年版。

76. 吉少甫主編：《郭沫若與群益出版社》，上海：百家出版社，2005 年版。

77. 王駿驥著：《魯迅郭沫若與中國傳統文化》，天津：百花文藝出版社，1995 年版。

78. 上海社科院，上海圖書館主編：《郭沫若在上海：紀念郭沫若誕辰一百週年》，上海：上海社會科學院，1994 年版。

79. 黃侯興著：《郭沫若：「青春型」的詩人》，濟南：山東人民出版社，1994 年版。

80. 靳明全著：《中國現代作家與日本》，濟南：山東文藝出版社，1993 年版。

81. 暘天選編：《眾人眼裏的郭沫若》，廈門：鷺江出版社，1993 年版。

82. 馮望嶽著：《郭沫若的文學世界》，西安：陝西人民出版社，1993 年版。

83. 劉元樹著：《郭沫若創作得失論》，成都：四川文藝出版社，1993 年版。

84. 郭沫若故居編：《郭沫若百年誕辰紀念文集》，北京：社會科學文獻出版社，1994 年版。

85. 稅海模著：《郭沫若與中國傳統文化》，成都：四川大學出版社，1992 年版。

86. 李振聲編：《郭沫若早期藝術觀的文化構成》，貴陽：貴州人民出版社，1992 年版。

87. 王光東著：《關於「浪漫」的沉思：郭沫若前期文藝美學思想論》，香港：香港新聞出版社，1991 年版。

88. 傅正乾著：《郭沫若與中外作家比較論》，西安：陝西師範大學出版社，1990 年版。

89. 黃人影著：《郭沫若論》，上海：光華書局，1932 年版上海書店（影印本）。

90. 熊琦編：《郭沫若先生最近言論》，廣州：離騷出版社，1937 年版。

91. 生活・讀書・新知三聯書店香港分店編輯部編：《懷念郭沫若詩文集》，香港：三聯書店，1978 年版。

92. 新華月報資料室編：《悼念郭老》，北京：三聯書店，1979 年版。

93. 中國郭沫若研究會編：《郭沫若與東西方文化》，北京：當代中國出版社，1998 年版。

94. 舒濟編：《老舍書信集》，天津：百花文藝出版社，1992 年版。

95. 張桂興著：《老舍資料考釋》，北京：中國國際廣播出版社，2000 年版。

96. 張桂興著：《老舍文藝論集》，濟南：山東大學出版社，1999 年版。

97. 張桂興編撰：《老舍年譜》，上海：上海文藝出版社，1997 年版。

98. 楊勝寬、蔡震主編：《郭沫若研究文獻彙要》（1～14 卷），上海：上海書店出版社，2012 年版。

99. 溫如敏著：《中國現代文學批評史》，北京：北京大學出版社，1993 年版。

100. 唐弢編：《中國現代文學史》，北京：人民文學出版社，1979 年版。

101. 錢理群、溫如敏、吳福輝著：《中國現代文學三十年（修訂本）》，北京：北京大學出版社，1998 年版。

102. 朱棟霖、丁帆、朱曉進主編：《中國現代文學史（1917～1997）》，北京：高等教育出版社，1999 年版。

103. 〔日〕實藤惠秀著，譚如謙，林啓彥譯：《中國人留學日本史》，北京：北京大學出版社，2012 年版。

104. 李澤厚著：《中國近代思想史論》，北京：人民出版社，1979 年版。

105. 李怡、蔡震編：《郭沫若評說九十年》，北京：文化藝術出版社，2010 年版。

106. 曹劍編：《公正評價郭沫若》，北京：中共中央黨校出版社，1999 年版。

107. 張毓茂著：《陽光地帶的夢：郭沫若的性格與風格》，北京：北京師範大學出版社，1993 年版。

108. 秦川著：《文化巨人郭沫若》，北京：中國青年出版社，1992 年版。

109. 王宏志編：《翻譯與創作：中國近代翻譯小說論》，北京：北京大學出版社，2000 年版。

110. 王建開著：《五四以來我國英美文學作品譯介史》，上海：上海外語教育出版社，2003 年版。

111. 顧鈞著：《魯迅翻譯研究》，福州：福建教育出版社，2009 年版。

112. 謝天振著：《譯介學》，上海：上海外語教育出版社，1999 年版。

113. 謝天振主編：《翻譯研究新視野》，青島：青島出版社，2003 年版。

114. 孫慧怡著：《翻譯‧文學‧文化》，北京：北京大學出版社，1999 年版。

115. 羅新璋編：《翻譯論集》，北京：商務印書館，1984 年版。

116. 黃杲著：《從柔巴依到坎特伯雷——英語漢譯研究》，武漢：湖北教育出版社，1999 年版。

117. 孟昭毅、李載道主編：《中國翻譯文學史》，北京：北京大學出版社，2005 年版。

118. 陳福康著：《中國譯學理論史稿》，上海：上海外語教育出版社，2000 年版。

119. 陳玉剛主編：《中國翻譯文學史稿》，北京：中國對外翻譯出版公司，1989 年版。

120. 馬祖毅著：《中國翻譯通史》（共 5 卷），武漢：湖北教育出版社，2006 年版。

121. 羅選民主編：《外國文學翻譯在中國》，合肥：安徽文藝出版社，2003 年版。

後　記

　　這本書稿終於要付梓出版了，寫作期間的艱辛不言而喻。沒有想到本書所涉及的研究的內容時間跨度竟然如此之大，對於郭沫若集外文的研究已經很長時間了，甚至可以追溯到我讀研究生期間，到了博士後工作站後才開始集中進行，但是因爲很多研究以外事情的牽涉，所以思考一直處在斷斷續續的狀態之中，有時候還出現長時間的停滯，甚至書稿即將完成之際都有過放棄的念想，好在還是堅持了下來，這也算是對過往歲月的交差吧。

　　這本書稿也見證了我遠遊的足跡，因爲工作變更，從濟南來到北京，從高校教書來到行政性質的單位，無論是對於我個人，還是對於我的家庭而言都是一件影響深遠的事情。北京到濟南的空間距離並不遠，現代的交通方式和通信技術幾乎將兩地連爲一體，但是兩地在我心理中所形成的距離落差卻非常巨大。剛來到北京的很長時間內，我都還沉浸在過往的時空之中難以自拔，好在有這麼多熱心的師長、親朋的幫助和鼓勵，使我一次次擁有了前行的勇氣，他們讓我相信了陽光的存在，明白了眞情的可貴。沒有他們何談如今呢？

　　感謝我的導師魏建先生、鄭春先生對我學術和生活上的引領和示範作用。有很多人把老師比作了蠟燭，燃燒了自己照亮了別人；也有很多人把老師比作了園丁，辛苦了自己裝點了別人。我想說的是老師更應該是一個多元的複合，他既有父親般的嚴厲，也有母親般的呵護，更有朋友般的問候，他們更像一個攜手我前行的生動影像，在遇到困境和不安之時總有他們生動的聲影，砥礪著我前行的腳步。感謝周文博士一直以來對我的啓發，他不吝將自己碩士論文放在此書之中，爲本書添色不少。

　　女兒已經長成大孩子了，2015 年當我告訴了她要帶她離開濟南去北京上學時，並沒有發現她的興奮，特別是當她在離開濟南居住了 10 年之久的寓所之際，她將每個角落都拍攝了下來留作了紀念，我時常想像她來到北京最初的感覺是什麼？是好奇、是恐懼、是不捨、還是……？這可能是她永遠也不願告訴我的答案和秘密吧。現在她不斷地詢問著我有關她小時候的事情，在追憶和感悟中我漸漸地發現，女兒其實有了很多自己的主見，她的很多不經意的想法給了我很多啓示。每天送她上學、接她放學、做飯、和她一起學習和思考，這樣程序化的生活雖然簡單，但是卻十分充實，這也讓我見證了女兒的成長過程，對於作為人父角色的我來講就已經足夠了。

　　在北京生活的每一天我的內心中都交織著回憶和憧憬，雖不知道下一站的行旅將會在哪裏落腳，但我依然要邁出前行的腳步，為了自己，為了家人，更為了不可名狀的未來！

張勇
2017 年於東直門寓所